芭蕉の風景

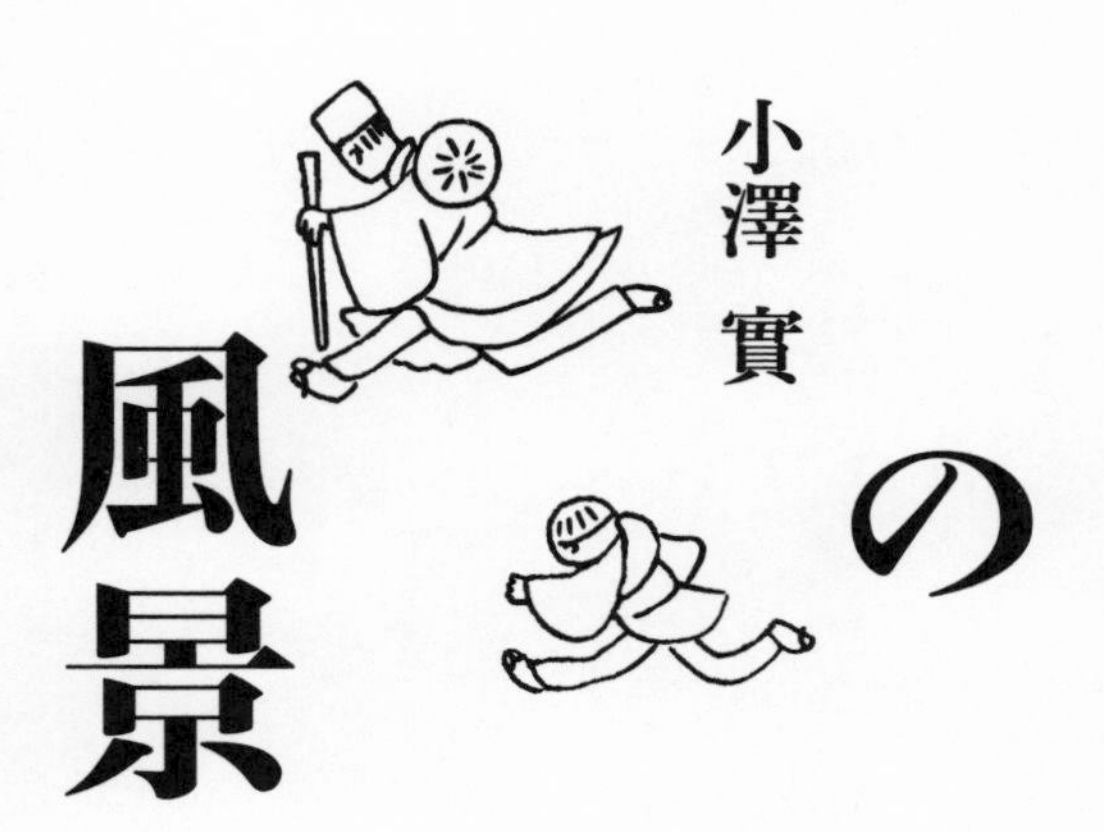

小澤實

下

ウェッジ

芭蕉の風景（下）

小澤　實

芭蕉の風景（下）　目次

第五章／おくのほそ道

第七章／晩年の世界

巻末附録

イラスト　浅生ハルミン

凡例

○初出は雑誌『ひととき』（株式会社ウェッジ）と『Ｌ＆Ｇ』（株式会社パッセンジャーズ・サービス）の連載「芭蕉の風景」です。この本は、同連載を発句の成立年代順に並べなおしたうえで、大きく加筆・修正しています。

○各項の最後にある（○○○○・○）は連載時の掲載月号です。
２０００年５月号から10月号までは『Ｌ＆Ｇ』、
２００１年８月号から２０１８年７月号までは『ひととき』に掲載されていました。

○漢字は、句・文章ともに新字を用いています。
ただし一部人名などはこの限りではありません。

○振り仮名はすべて現代仮名遣いとしています。

○本書巻末に上巻・下巻共通の各種索引を設けています。

○文中の交通機関や施設、店などの情報は初出時のままになっています。
お訪ねの際は、事前にご確認ください。

第五章／おくのほそ道

元禄二年（一六八九年）

数ある紀行文学のなかでも
近世を代表する一作である『おくのほそ道』。
芭蕉と門弟曾良の旅には、
多くの謎が隠されている。

【解説六】『おくのほそ道』　陸奥と伊勢を引き比べる

芭蕉の元禄二（一六八九）年の東北北陸方面の旅の記録である。芭蕉自筆草稿、野坡本が残っている。これについてはさまざまな異論もあるようだ。芭蕉が書家素龍に清書させて、兄に送った西村本を原本として、元禄十五年頃、版本が刊行されている。

元禄二年旧暦三月二十七日、四十六歳の芭蕉は、江戸深川から舟に乗って、東北北陸の旅に出発する。紀行文中の目的地美濃大垣から新たな目的地伊勢へ向かって舟に乗ったのは、九月六日。この間実に百五十五日、距離は約二千四百キロメートルに及ぶ大旅行であった。この旅の実情は、同行した門弟曾良の『随行日記』によって、明らかになっている。紀行と日記の矛盾についても、指摘されている。つまり、本紀行は、単なる旅の記録ではない、意識的に構成され、表現された文学作品であったのだ。

二十年におよぶ連載の間に、本紀行の見方が変わることが二度あった。ひとつは、芭蕉と曾良の旅が、幕府の奥州方面での情報収集の旅ではなかったか、と感じてしまったこと。村松友次著『謎の旅人　曾良』などを読んで、それはおそらく事実だと思った。一時は、芭蕉の句文がアリバイのように見えてしまって、困った。しかし、また時間を経て、それは旅のひとつのきっかけに過ぎないと思えるに至った。芭蕉の句文の分厚さを今あらためて思う。

もうひとつは、人類学者の中沢新一さんにアニミズムについて教わったこと。アニミズムにおいて、大きな石とか木は、スピリットが立ち止まったものとして、特別な意味がある。芭蕉が石や木の歌枕を訪ねたことの意味が見えてきた。その流れで、須賀川で芭蕉が残している二句「風流の初や奥の田植歌」と「世の人の見付ぬ花や軒の栗」が、それぞれ弥生文化、縄文文化と対応しているのではないか、芭蕉は陸奥に来て、米の弥生よりも一つ古い栗の縄文の存在まで感じとっているのではないか、と考えるに至った。

また、『おくのほそ道』の旅の帰着点は、実は伊勢ではなかったかということも、考えた。よく知る伊勢と未知の陸奥を引き比べることで、その陸奥の古代性を明らかにしていったのではないか、と思ったのだ。伊勢二見ヶ浦の夫婦岩の間を上る夏至の太陽と、芭蕉は見ていないものながら、青森の三内丸山の縄文遺跡の栗の六本柱のモニュメントの間を上る夏至の太陽とが重なるような気がした。

鮎の子のしら魚送る別哉

芭蕉

差し替えられた句

元禄二（一六八九）年旧暦三月二十七日は、芭蕉が門弟曾良とともに『おくのほそ道』の旅に出発した日である。曾良の『随行日記』（元禄二〜四年・一六八九〜九一年）によれば、日の出のころ弟子杉風の別荘を出て、舟に乗り隅田川をさかのぼり、午前十時ごろに千住で降りたという。前夜から別れを惜しんで集まっていた友人たちも、同じ舟で送ってきて、千住に上がっている。友人たちとは、ここで別れなければならないのだ。掲出句は、このとき日光街道第一の宿場町千住で、友人たちに向けて詠まれた。

句意は「隅田川では、これから旬の鮎の子が、旬を過ぎつつある白魚と別れていく。ここまで送ってくれた君たちとも、別れなければならない」。江戸時代の歳時記において、「白魚」は二月の季語、「鮎の子」（小鮎）は三月の季語だった。「白魚」には、老いてこれからの長旅に不安を感じている芭蕉自身が、「鮎の子」には今後さらに成長するだろうと期待している友人たちが重ねられている。「白魚」はことばどおり白く、「鮎の子」の背は黒々としている。これは芭蕉の髪の白さ、友人たちの髪の黒さとそれぞれ対応しているのかもしれない。

門弟土芳が残した『蕉翁句集草稿』（宝永六年・一七〇九年以前成立）に、掲出句についての記述がある。「この句は、『おくのほそ道』の旅立ちのときに、見送ってくれた人に芭蕉翁がお礼として贈った句です。しかし、旅立ちの句として品位が低いために、作り変えました、ということを翁自身から直接聞いています」。芭蕉は『おくのほそ道』執筆時に、千住での句を掲出句から「行春や鳥啼魚の目は泪」に変更した。「行春や」の句意は「春という季節が過ぎ去ろうとしている。それを惜しんで、鳥は鳴き魚は目に涙を溜めているのだ」。釈迦涅槃図の釈迦のかわりに春という季節を置いた巨大な句である。芭蕉屈指の名句である。しかし、その原形となった掲出句にもたしかな魅力がある。水中の魚種の交代と芭蕉と友人との別れを重ねて詠んだことによって生まれる俳味、魚種を書きつけている具体性、などである。句柄の大きさでは「行春や」の句にかなうべくもないが、掲出句にもういういしい魅力がある。別の句と考えるべきであろう。沾圃・芭蕉編の俳諧撰集『続猿蓑』（元禄十一年・一六九八年刊）の「旅の部　留別」（旅立つひとが後に残る人に別れを告げる句）の項に、掲出句は収録されている。掲出句の表記は本書に拠る。独立した一句として考えたいところだ。

元禄の川魚問屋の店頭

京成電鉄本線千住大橋駅で下車。寒い日である。小雨が降っている。南へ歩いて五分ほどで、隅田川に出る。この岸に元禄二年、芭蕉が乗った舟が着いたのだ。川面を見渡すが、一艘の舟も見えない。暗い水面が広がるばかりだ。

千住大橋を、北側から南側へと渡る。昭和二（一九二七）年建造の旧橋と昭和四十八（一九七三）年建造の新橋とが平行して架かっている。旧橋の歩道を渡る。旧橋の水色の塗装が、今日は寒々しくもある。ここに橋が初めて架けられたのは、文禄三（一五九四）年、徳川家康が江戸に入って間もないころである。隅田川で一番早く架けられた橋なのだ。芭蕉一行も、近づいてくるこの橋が別れの地千住と思いつつ、川をさかのぼってきたのだろう。

いったん南側へ渡った橋を、また北側へと戻る。北側の護岸壁には与謝蕪村筆「奥の細道図屏風」の芭蕉と曾良の旅立ちの図が大きく引き写されている。小雨は雪に変わった。雪の空を鷗が飛んでいる。

千住大橋は国道四号、かつての日光街道の一部である。橋を渡ってすぐ右に分かれる道が旧道。旧道を北へと進むと、道の両側に青物問屋が並んでいる。「やっちゃ場」と呼ばれていた場所である。ほとんどの店が閉まっていたが、店の前には歴史解説の木の板が掲げられていた。その中に川魚問屋鮒平（ふなへい）のものも見えた。創業は江戸中期。千住は交通の要衝で、川魚の集積地であったという。現在扱っている魚は鰻（うなぎ）中心だが、かつては鮒の雀焼きを新橋の佃煮屋に卸していたそうだ。

　ぼくは一つの想像をめぐらした。舟から上がった芭蕉と曾良と友人たちは、日光街道を歩いて、川魚問屋の店頭に新鮮な白魚と小鮎を目にした。売り手によるそれぞれの魚の旬についての解説を聞いて、掲出句をさっとまとめた。元禄時代、白魚や小鮎を扱う問屋がなかったとはいえまい。すくなくとも、隅田川をのぼる舟の上から、芭蕉が水中の白魚や小鮎を見つけて作ったという説よりも、今のぼくには説得力がある。ただ、残念ながら現代のぼくらは、白魚や小鮎が泳いでいたうつくしい隅田川の姿を、想像することができないでいる。芭蕉の掲出句の中には、すでに多くのいきものとともに失われてしまった、かつての隅田川が流れているのだ。

春の雪千住へのぼる舟もなし　實

春雪の濃くなる空や鷗飛ぶ

（二〇一二・〇四）

行春や鳥啼魚の目は泪

芭蕉

おくのほそ道矢立初

芭蕉は元禄二（一六八九）年の旧暦三月二十七日の早朝、滞在していた門人、杉風の別宅採荼庵を出た。そして、別れを惜しむ門弟たちとともに、小名木川に舫ってあった舟に乗りこんだ。舟は隅田川に出て、流れをゆっくりとさかのぼっていく。千住大橋のあたりで芭蕉と弟子たちは舟から上がった。『おくのほそ道』旅立ちの場面である。芭蕉と曾良とは、約六カ月、約二千四百キロにわたる長旅に、ここから出立したのであった。

掲出句は紀行文『おくのほそ道』所載。句意は「春が行こうとしている、鳥は鳴き、魚の目には涙が浮かんでいる」。

今日はその千住周辺を歩いてみよう。山手線日暮里駅から京成電鉄本線に乗り換え、千住大橋駅で下車。二百メートルほど南下すると橋に出る。北側の袂に足立区立大橋公園があった。

小さな公園だが、ここに「史跡おくのほそ道矢立初の碑」が建てられている。碑文には「行春や」の句を含む「おくのほそ道」の千住の部分が彫られている。『おくのほそ道』にはこの句の前に「草の戸も住替る代ぞひなの家」という句が置かれている。句意は「わびしい草庵にも住み替る時が来たようだ、新しい住人は雛人形を飾ることだろう」。しかし、こちらは芭蕉庵を人に譲って採荼庵に移った際の句、旅中の句ではない。「行春や」の句が旅に出て最初に矢立の筆を取った句ということになるのだ。

「千住大橋と奥の細道」という解説の碑もある。この橋は文禄三（一五九四）年隅田川最初の橋として架けられ、その後いくたびも架け替えや工事がなされたと書かれている。芭蕉の旅立ちの風景のなかにもこの橋はたしかに存在した。碑には広重の「名所江戸百景」（安政三〜五年・一八五六〜五八年作）の「千住の大はし」の銅版も添えられていて当時を偲ぶことができる。広重の浮世絵の橋は木造で、馬や駕籠に乗った旅人がゆったり渡っている。川面には白帆を揚げた船が浮かび、岸には船が引きあげられている。こういう風景の中、芭蕉は旅立った。

句を案じていると、釣竿を持った男達が何人も現れて輪を作った。釣りの会の解散の挨拶をしているようだ。この岸は現在でも釣船の発着所になっている。

素盞雄神社の芭蕉句碑

現在の千住大橋（旧橋）は碑の解説によれば昭和二（一九二七）年に完成している。当時は総アーチ型という最新型の橋だったようだが、現在見ると存在感がなつかしい。橋脚には鋲がびっしりと均一に打たれている。車道はかなり交通量が多く、その外側に自転車用の道があり、歩道は一番外側。歩いていくと、川面の煌めきが眩しい。若い男女の二人連れが撮影に来たのか、ともに大きなカメラを提げて渡っていく。

寺社の多い地域で道の右側に熊野神社、誓願寺、素盞雄（すさのお）神社と続いている。熊野神社は最初の架橋を試みた伊奈備前守が成就を祈願したところだった。素盞雄神社には古い芭蕉句碑がある。文政三（一八二〇）年に建造されたもの。儒者で書家である亀田鵬斎（かめだほうさい）が『おくのほそ道』の千住の部分と「行春や」の句を独特のぐらぐら揺れるような字で書いている。碑の下の芭蕉の座像は巣兆（そうちょう）筆。巣兆は白雄（しらお）門の俳人であり、画家としては谷文晁（たにぶんちょう）門である。異なったジャンルの芸術家たちの交遊が芭蕉の句碑のかたちで残されているのがうれしい。ただ、現在建てられている碑は碑面の傷みのため最近刻みなおされたものである。

さて、「行春や」の句であるが、旅立の当初、この句が作られたのではない。「鮎の子のしら魚送る別哉」、当初の句はこちらだとされている。隅田川は白魚の旬が終わり、鮎の子の季節を迎えようとしていた。そこで旅立つ芭蕉を白魚に、送る門弟を鮎の子に喩えているわけだ。船から見た川面にそれらの魚影も見えたのかもしれない。しかし、この句を捨てて『おくのほそ道』には「行春や」の句を据えているのであった。この句も「鳥」を芭蕉、「魚」を門弟と解するものがある。その解は、理屈っぽく、句を小さくしてしまっている。

歌人半田良平の『芭蕉俳句新釈』（大正十四年・一九二五年刊）が高濱虚子の掲出句の鑑賞を紹介している。「高濱虚子氏が『恰度お釈迦様の涅槃の図にいろんな動物が涙を流して悲しんでゐるのと同じやうに、何もかも泣いて別れを惜しんでゐる、といふ風に見ればよからう』。この説に共感する。ふつう涅槃図に鳥の姿は見えるが、魚の姿は見えない。そこで「魚の目は泪」に俳味が生まれる。この句で惜しまれているのは、まず春という季節の死。その上で、芭蕉自身の旅先での死もほのめかされているのだろう。芭蕉はこの奥州北陸への旅から生きて帰れるものとは思っていなかった。この思いは『おくのほそ道』末尾の「大垣」の門弟たちが芭蕉に会う場面の「蘇生のものにあふがごとく」、つまり「生きかえった者に会うように」という表現に遠く対応する。

境内では「奥の細道旅立ちの碑　根つけ」も販売している。俳句大会の看板も立てられている。芭蕉の人気が高いのである。小屋には神鶏として矮鶏が飼われていた。のぞき込むと鶉も同じ小屋の中に飼われている。春もたけなわである。

鉄橋に万の鉄鋲春日差す　實

春風やちやぼもうづらも一つ小屋

（二〇〇二・〇四）

糸遊に結つきたる煙哉

芭蕉

麦畑の中の神社

元禄二（一六八九）年旧暦三月、『おくのほそ道』の旅に出た芭蕉は粕壁（埼玉県春日部市）、間々田（栃木県小山市）と泊まりを重ね、二十九日に歌枕「室の八嶋」を訪れている。日光へ向かう道からすれば遠回りになる。だが、この旅の目的の一つに歌枕（古歌に詠まれた地名）探訪があった。芭蕉は期待してこの地を訪ねた。掲出句は曾良の『俳諧書留』に所載。「室八島」の前書あり。「糸遊」とは陽炎。句意は「陽炎に結びついた煙であるなあ」。今日は「室の八嶋」の地、栃木市惣社町の大神神社を訪ねてみたい。

東北新幹線小山駅下車、両毛線に乗り換え、栃木駅下車、さらに東武宇都宮線に乗り換え、野州大塚駅下車。駅前の地図で確認して歩き始める。家並はすぐ切れ、畑の中の道となる。ほとんどが麦畑である。青々とした麦がすがすがしい。畑の人に聞くと、ビールを作るためのライ麦であるという。日ごろお世話になっている畑である。感謝しつつ歩いていると、どこからか犬がついてきた。畑の中に走り入って遊んだり、糞などをしては、またついてくる。杉の林が見えてきて、そこが大神神社であった。ゆっくり歩いて三十分ほどである。『おくのほそ道』には同行の曾良のことばとして「この神は木の花咲耶姫の神と申して、富士一体なり」とある。富士浅間神社と同じご神体だとの意。芭蕉ははるか陸奥まで旅をしなければならない。その間、何も見知っているものはない。未知の地を歩く心細さを東海道の往復の際親しんでいた富士の祭神という存在が癒してくれたのではないか。現在の神社には由緒として、「崇神天皇の長子豊城入彦命が勅命をうけて東国治定のとき、天皇の崇拝厚い大和三輪山の大三輪大神（奈良県桜井市・大神神社）を当地室八嶋の琵琶島に奉斎した」とあり、祭神は倭大物主櫛𤭖玉命になっている。神社名から考えれば、これが自然である。ただ、『おくのほそ道』の諸注には「富士一体」についての出典も記されているので、芭蕉らが誤っているわけではない。神社の主神以外の「配神」としては「木花咲耶姫命」も挙げられている。由緒にもいくつかの系統がある。

句を消し文に生かす

『おくのほそ道』は次のように続く。「無戸室に入りて焼きたまふ、誓ひの御中に、火々出見の尊生まれたまひしより、室の八島と申す」。意味は「戸の無い室を作りそこに火を放って身をお焼きになり誓詞を立てられたその最中に火々出見尊がお生まれになったことから、この地を室の八島というようになった」。歌枕の語源を示している。木の花咲耶姫は天孫瓊瓊杵尊の妃となるが、一夜にして身ごもる。疑いをもった天孫に対して、姫は潔白を証明するため大胆な行動に出た。この出産場所「室」が「室の八嶋」の語源なのである。さらに、「また煙をよみならはしはべるも、このいはれなり」と続く。意味は「また和歌でこの歌枕は『煙』とともに詠まれる決まりになっているのもこのいわれによるものです」。

いかでかは思ひありとも知らすべき室の八嶋のけぶりならでは　藤原実方『詞花和歌集』

意味は「いったいどうやってあなたを恋しく思っていると知らすことができるのでしょうか、わたしは室の八嶋の煙ではないので」。「煙」の真実がどうなのかはわからない。ただ諸説がある。曾良は神話の出産の際の煙としている。平安時代の歌人、源俊頼は野中の清水の水蒸気であると説いていた。

芭蕉の句も和歌の習慣にならっている。曾良説による神話の煙と現実の糸遊とを結びつけているわけだ。

芭蕉が訪ねたころ「室の八嶋」は次のような状態であった。「小嶋のごとくなるもの八あり。其まはりは低くして池のごとし。今は水なし」貝原益軒『日光名勝記』(正徳四年・一七一四年刊)。意味は「小島のようなものがあります。その周辺は低くて池のようになっています。今は水はありません」。

今、「室の八嶋」には水がはられている。平成五(一九九三)年に大改修がなされたのだ。杉の木立の中、池があり、島には小さな社が祀られている。池には鯉が泳ぎ、落ちた椿がたくさん浮かんでいた。池のほとりの掲出句の句碑は明治二(一八六九)年に建てられたものである。

芭蕉はこの句を紀行文『おくのほそ道』には入れなかった。古歌の「煙」が消化しきれていない。糸遊と結んだアイデアだけで、風景が見えてこない。和歌の習慣で作っていて、自分の眼や感覚が生きていない。ただ、古風な詠み方ながら、歌枕「室の八嶋」と一心に向きあっている芭蕉の姿勢は確認できる。室の八嶋以外では読み様のない句なのだ。

また句が文章の内容と重複している。この句から連想を広げ文章を書いていったとも言える。ここが曾良、最初の登場の場面。「室の八嶋」の由緒を語らせたことで、曾良が幕府の神道方吉川惟足(よしかわこれたり)に学んだ、神社について深い教養を持った男であることを示しているのだ。

その夜は栃木市のホテルに泊まった。フロントの青年に「室の八嶋を知っていますか」と尋ねたが、初めて聞いたような顔だった。近所の居酒屋へ出かけて行って、五十代の主人にも取材を試みたが、「聞いたことがあるかもしれないけれど、何だったっけ」とちょっと迷惑そうだった。

麦青し犬ついてくるどこまでも　實

落椿ながれ寄り来しひととところ

(二〇〇五・〇五)

あらたふと青葉若葉の日の光

芭蕉

裏見ノ滝と含満ヶ淵

元禄二（一六八九）年旧暦三月末、室の八嶋を見て、鹿沼に泊った芭蕉は、四月一日、日光に到着した。掲出句は紀行文『おくのほそ道』所載。句意は「ああ貴いことだ、青葉や若葉の緑の濃淡に差す日の光は」。『おくのほそ道』最初の山場である日光周辺に芭蕉の足跡を訪ねたい。JR日光線日光駅前からタクシーに乗って、まずは裏見ノ滝と含満ケ淵とを訪ねる。東照宮参拝の翌日、芭蕉が訪ねている場所である。

バス停「裏見の滝入口」から右手の細い道に入り、しばらく行くと駐車場がある。そこで車から降りて急な山道を登って十分ほど歩くと滝である。『おくのほそ道』には「岩洞の頂より飛流して百尺、千岩の碧潭に落ちたり」と書かれている。意味は「岩の頂上から飛ぶように流れること百尺（三十メートル）、千の岩が囲む碧き淵に落ちこんだ」。数字が漢詩的に大仰であるが、高さは案外正確。現在も滝が数条落ち心が洗われる景が広がる。「岩窟に身をひそめ入りて滝の裏より見れば、裏見の滝と申し伝へはべるなり」。意味は「岩窟に身をかがめ入れて滝の裏から見るので裏見ノ滝と申し伝えている」。滝の名の由来が書かれている。裏に入りたいが岩が崩れて、今は不可能のようだ。ここが詠まれた芭蕉の句は、「しばらくは滝にこもるや夏の初め」。句意は「しばらくは滝裏に籠ることだ、ちょうど僧たちの夏行も始まるころだ」。これが追体験できない。

車に戻って含満ケ淵へ。バス停「西参道」まで引き返して含満大谷橋を渡り、川上にさかのぼる。溶岩が固まった上を大谷川が流れる奇観である。淵の対岸の岩壁には不動明王を表す梵字が彫られている。これは弘法大師が対岸から筆を投げて彫ったものと伝えられるが、実際は江戸初期にこの地を拓いた晃海という僧が山順僧正の書を彫らせたとも。修験者に不動明王が現れる場所と立て札にあるが、たしかに清らかな場所である。青い淵の中に雪折の大枝が沈んでそのままになっている。かなたの男体山（黒髪山）の残雪が輝いている。芭蕉とともに旅をした曾良の『随行日記』にはこの場所を訪ねたことがでてくるが、『おくのほそ道』には見えない。東照宮の印象を弱めることを恐れたのかもしれない。

東照宮の杉の木

『随行日記』によれば芭蕉の日光への到着は昼ごろ。雨の中を鹿沼から歩いてきたのだが、着いたころ雨が上がった。日光という地名と到着時に晴れたという偶然が掲出句の発想のきっかけになっているのではないか。

芭蕉はまず江戸浅草の清水寺からの案内状を持って、養源院を訪ねる。そこから案内されて、大楽院に行って東照宮拝観を願い出るが、先客があって午後三時まで待たされる。東照宮側の資料からその客は東照宮増修の打ち合わせのために来ていた絵師狩野探信であることがわかっている。芭蕉が待たされていた大楽院は現在の東照宮社務所。三時間近く待たされていた間は不安だったろう。

『おくのほそ道』の日光の叙述は次のとおり。「往昔、この御山を『二荒山』と書きしを、空海大師開基の時、『日光』と改めたまふ。千歳未来を悟りたまふにや、今この御光一天にかがやきて、恩沢八荒にあふれ、四民安堵の栖穏やかなり」。意味は「その昔、この御山を『二荒山』と書いたのを、空海がここに寺院を創建した際、『日光』と改めになった。それは千年の未来を予見されてのことだったか、今やこの日光東照宮の威光は天下にかがやきわたり、恵みの波はすみずみにまで満ちあふれ、士農工商すべての民が安住の身を寄せる地はおだやかである」。ここを読んで幕府全肯定の姿勢に芭蕉の限界を見るといった感想をもらす人もいる。が、ぼくはそう思わない。東照宮の威容を見て、徳川家の強大な力にひれ伏すだけではない。古代の山岳信仰や空海らの密教の上にその力を借りて東照宮が成り立っているというところまで見ているのだ。

曾良が書き留めた掲出句の原案は以下である。

あなたふと木の下暗(したやみ)も日の光

句意は「日光という地はその名にふさわしく木の下闇（夏の季語）といえど神の威光が届いているのである」。日光という地名と陽光とを掛けている。いささか理屈っぽい。それを掲出句のかたちにして理屈を弱めている。「青葉若葉」によって濃淡の緑が印象的な初夏の山肌を見せているのがみごとである。裏見ノ滝や含満ケ淵での豊かな自然の緑の印象も加わっているのかもしれない。「日光」という聖地の名を讃えることによって、自然賛歌と東照宮への信仰告白とを併せ行っているのだ。

ぼくが訪ねたのは三月中旬、まだ残雪もあったが、奥宮の家康の墓へ上っていく石段から見た杉の大木の日の斑が美しかった。その斑に芭蕉の句を思った。江戸時代にこの奥つ城(おくつき)は大名しか参拝を許されなかったという。このあたりのひきしまった空気は江戸時代がそのままに残っているような気がした。

東照宮では武士は陽明門の中の石畳、庶民は門の前に土下座して拝んだと言われている。紹介状をもらっていた芭蕉たちも一庶民として門の前で拝んだのだろうか。『おくのほそ道』は「なほはばかり多くて、筆をさし置きぬ」、意味は「これ以上言うことは畏れ多く、筆をさし控えた」と書くばかりである。

一枚岩ゐぐりて淵や春落葉　　實

陽明門残雪の塊くづしあり

（二〇〇二・〇五）

山も庭もうごきいるゝや夏座敷　芭蕉

兄弟二人の歓待

元禄二（一六八九）年初夏、芭蕉は日光を出て黒羽(くろばね)（現代の栃木県大田原市）を訪れる。旧暦四月三日のことだった。以後、十四日間の長きにわたって滞在した。これは『おくのほそ道』の旅において、最長の日数である。この地には、芭蕉の弟子、桃雪(とうせつ)・翠桃(すいとう)兄弟がいた。二人の父鹿子畑左内(かのこはたさない)が江戸にいたとき、若くして入門したらしい。二人の号に含まれる「桃」は、芭蕉のかつての号「桃青」から取られたものである。桃雪は黒羽藩の城代家老である。芭蕉来訪時、黒羽城主大関増恒(おおぜきますつね)はわずか四歳。城代家老は藩を代表する立場にあった。長期滞在の理由としては、名所旧跡の多さ、雨の多き時期、陸奥へ入るに際して英気を養うためなど、いくつかの理由を数えられるが、その第一は兄弟の競い合うような篤い歓待であったろう。

桜の開花が待たれる昼、東北新幹線那須塩原駅下車、県道百八十二号東小屋黒羽線を車で南下、黒羽へと向かう。この地は芭蕉の来訪を誇りとして、「芭蕉の里」と名乗っている。黒羽城三の丸跡に黒羽芭蕉の館という大きな展示施設も設けられている。芭蕉の生涯や『おくのほそ道』の旅程、黒羽での動向などが示されている。刊行の『芭蕉の里黒羽』という小冊子はわかりやすい記述になっていて、ありがたい。

芭蕉の館から続く小道、「芭蕉の道」を歩いていくと、桃雪邸跡に出る。木々に囲まれた中にぽっかりと開いた空地に、春の日が差している。ここに芭蕉は八泊しているのだ。掲出句の生まれた場所である。

掲出句は、まず曾良の『俳諧書留』の中に現れる。「秋鴉(しゅうあ)主人の佳景に対す」と前書が付いている。「秋鴉」

は「桃雪」の別号。その時の上五は「山も庭に」という形になっている。句意は「山の動きが庭に入ってくるのが見える、夏座敷」。自然を生かした庭を褒める句であった。この句の下に「翁」という作者名が見えないため、芭蕉作を疑う人もあるが、曾良にはここまで自然のダイナミズムを摑みとる力量はない。曾良の甥、周徳が編んだ『ゆきまるけ』（元文二年・一七三七年成立）の中で、掲出句の形となる。誤記と考える人もいるが、句柄がぜん大きくなっている。芭蕉自身が朱筆を加えたと考えたい。句意は「山の動きも庭の動きも、開け放たれた夏座敷の中に入ってくるのだ」。

なぜ『おくのほそ道』に未収録か

常識の世界では、山も庭も動かない。そこに動きを見いだすところに、芭蕉の自然観が現れている。造化、宇宙自然は刻々と変化している。その変化とともに生きているから、山も庭も動いて見えるのである。芭蕉にとって、極めて重要な句である。ところが、『おくのほそ道』の「黒羽」には、提出句は収められていない。収録されているのは、次の句である。

夏山に足駄を拝む首途かな

黒羽の修験光明寺での詠。句意は「夏山を望み役の行者の足駄を拝む門出であるなあ」。これからの長旅の健脚を役小角像に祈っている句であるが、「行者堂を拝す」という『おくのほそ道』本文が無ければ、何の「足駄」か理解できない。なぜ、この句が収録されて、掲出句が落とされてしまったのか。

芭蕉は弟翠桃の邸でも句を残している。

秣負ふ人を枝折の夏野かな

句意は「秣を刈り背負う人を道案内に渡ってきた広い夏野であるなあ」。夏野の広さ、迷いやすさを示した佳句である。ただ、那須野を詠った芭蕉の句では「野を横に馬牽(ひき)むけよほと、ぎす」の方が調子が高い。こちらが紀行に収録される。

弟の邸での句は収録されなかったとすると、兄の家で詠んだ句だけ収めるのもはばかられる。修験光明寺には桃雪・翠桃の妹が嫁いでいたので、二人に縁がないこともない。さらに、掲出句は座敷の中に山の動きが入って来ると詠う。これならば、わざわざ奥州まで長旅に出向く必要もない。座敷に座していればいいということになるではないか。そのような理由で、『おくのほそ道』に掲出句は収録されなかったと推測される。

百日紅の木肌を天道虫が歩いている。「山も庭も」の句碑の書は加藤楸邨の揮毫。雄渾だ。茶店の人がこの句の山は「あたご山」であると、かなたを指してくれる。

黒羽の西方、余瀬(よぜ)の翠桃の屋敷跡に向かう途中で、「犬追物(いぬおうもの)」の古跡を見る。妖狐を射るための練習をした跡というが、何も残らず、林の中に笹が鳴るばかりだ。麦畑の麦が青々として、密度が濃い。翠桃の屋敷跡は畑であった。芭蕉らが「秣負ふ」の句を発句に歌仙を巻いたところである。古い墓がコの字に並べてある。彼岸であったが、まだ、花は何もない。堆肥が匂う。一つの墓石に「不説軒一忠恕唯庵居士」の法名を読みえた。これが翠桃の墓である。芭蕉へのもてなしを感謝して合掌する。修験光明寺も近い。この寺は明治維新の際、廃絶になっている。ただ「夏山に」の句碑が残るだけである。

麦二寸勁(つよ)しよ風に輝ける　實

堆肥にほふ彼岸の墓に参りけり

（二〇〇六・〇五）

木啄も庵はやぶらず夏木立

芭蕉

参禅の師の和歌に和す

元禄二（一六八九）年旧暦四月、『おくのほそ道』の旅を続けてきた芭蕉と弟子曾良は、日光から黒羽に入った。黒羽滞在中の四月五日、郊外の臨済宗の禅寺、雲巌寺を多くの同行者とともに訪ねている。雲巌寺は、芭蕉の参禅の師と伝えられている仏頂和尚がしばしば滞在した寺で、芭蕉は師の修行の跡を訪ねたかったのである。

掲出句は紀行文『おくのほそ道』所載。句意は後述。『おくのほそ道』「雲巌寺」の章には、仏頂和尚が修行の場に残した和歌が引用されている。『おくのほそ道』の中で、芭蕉は散文のなかに古歌の一部分を引用するということをしばしば行っているが、和歌一首をそのままに引用しているのは、この箇所以外には見られない。

竪横の五尺にたらぬ草の庵結ぶもくやし雨なかりせば

歌意は次のとおり。「縦横が五尺、約一・五メートルにも足りない小さな草庵ではありますが、その庵を結ぶことさえ悔しく思われます。もし雨さえ降らなかったら、庵などけっして作らなかったでしょうに」。草庵の大きさとしては、方丈、四畳半の広さが普通である。それよりずっと小さな、ただ一人が身を入れて雨を避けるだけの庵であるのに、仏頂は持つことをいとわしく思っている。無所有を志向するその生き方に共感して、芭蕉は記憶していたのだろう。

『おくのほそ道』には、芭蕉がこの和歌を仏頂自身から直接聞いたということ、そして同時に和歌がどのように記録されたかということが書かれている。なんと仏頂は松明の燃えさしで、雲巌寺の岩に直接書きつけていたというのだ。

雲巌寺を訪れた芭蕉は、裏山によじのぼって仏頂和尚の山居の跡を見て、掲出句を詠んだ。句意は「仏頂和尚が住み捨ててからも、寺をつつきこわすと言われている啄木鳥（きつつき）が、この庵だけは破らなかった。夏木立のなかにあって、そのかたちをとどめている」。芭蕉訪問時には、仏頂はもちろん雲巌寺を去っていたが、句は仏頂の気迫まで捉えているような気がする。

芭蕉はまた同時に和歌に含まれていた「庵」の字を用いている。師仏頂の和歌に発句で和しているのだ。このような応酬も『おくのほそ道』には他にはない。師の和歌と弟子の発句の一対は、芭蕉の師への敬愛の思いを今に伝えるものである。

仏頂山居は藪の中

今日は雲巌寺を訪ねてみたい。東北新幹線那須塩原駅下車。東口から大田原市営バス雲巌寺線に乗車すると、一時間弱で終点「雲巌寺前」に着く。清らかな武茂川（むもがわ）が流れていて、朱塗りの瓜瓞橋（かてつばし）が架かっている。渡って山門を入ると、川音だけが響く静閑な世界である。人の姿はなく、一塵もない。仏頂の先の歌と芭蕉の掲出句とを一つの石に彫りつけた碑は、二人の友情を記念するものだ。碑の横に仏頂に関する解説が書かれていた。「仏頂和尚は、常陸国鹿島根本寺（ひたちのくにかしまこんぽんじ）の住職で、鹿島神宮との寺領争いの提訴のために江戸深川の臨川庵（りんせんあん）に滞在していた。芭蕉はこの時に仏頂和尚との交渉を持ったという」。延宝八（一六八〇）年、深川に移った芭蕉は仏頂と出会っている。個人としては無所有の志向が強い僧が、寺領争いでは一歩も退かない、というのは興味深い。エネルギーに満ちた仏頂の風貌も、想像される。

仏頂和尚の山居の跡を訪ねなければならない。「受付」とある建物の玄関に入る。「訪問した方は二度打ってください」と掲示があって、鉦（かね）が置いてある。

指示どおり二度打つとよく響いて、奥から紺色の作務衣を着た僧が出て来られた。「仏頂和尚の山居の跡に行きたいのですが」と言うと、「藪（やぶ）になってしまって、入っていけないのです」という答えであった。「せめてどのあたりか教えてください」と言うと、玄関を出て、裏山の大木を指さして、「あの木の下あたりです。今は筍（たけのこ）掘りが行くくらいのものです」とのこと。「芭蕉の句に啄木鳥が出てきますが、このあたりにはいますか」と尋ねると、「いまの季節はさすがにいませんが、五月くらいになると、木をつつく音をよく聞きます」とのことだった。仏頂山居の跡を訪ねることはできなかったが、ぼくは十分満足だった。この寺は、芭蕉が訪ねたころから自然環境はほとんど変わっていないのだ。

禅宗は坐禅を通して、自分自身を見つめる宗教である。禅宗と出会ったことで、芭蕉の発句は大きく変わっていった。発句もまた、単なることば遊びではなく、自分自身を見つめるものになっていったのである。その点で芭蕉と仏頂との出合いは重要であった。雲巌寺参拝は、陸奥に入る前に恩人の遺跡を訪ねるという、深い意味を持っていたのだ。

臘梅（ろうばい）に来意の鉦を打ちにけり　實
仏頂山居たけのこの出（い）で来るか

（二〇一四・〇五）

野を横に馬牽むけよほとゝぎす

芭蕉

那須野の深さ、広さ

元禄二（一六八九）年旧暦四月十六日に作られたと推定される、紀行文『おくのほそ道』、さらには、俳諧撰集『猿蓑』（元禄四年・一六九一年刊）などに所載の名句である。句意は「ほととぎすが鳴きすぎていった。馬子よ、野を分けて行く馬首を横に引きめぐらせよ」。言外に那須野の深さ、広さを感じさせる。馬子の大きな動きを感じさせるダイナミックな句である。

『おくのほそ道』の旅中、芭蕉は日光を経て那須の黒羽に着いた。黒羽では、家老であった浄法寺図書（俳号桃雪）とその弟鹿子畑善太夫（翠桃）の歓待を受けて、二週間にわたって滞在している。これが『おくのほそ道』の旅のなかでもっとも長い逗留であった。逗留の長さについては諸説あるが、ともかく芭蕉は陸奥への入口であった白河の関を前にして、身分の高い武士である兄弟の俳人の庇護のもと、那須野の風物を楽しみながら、休養を十分にとったのだ。

そして、四月十六日、黒羽の余瀬というところにあった善太夫の館を芭蕉は出発した。次の目的地は那須岳の中腹にある殺生石である。『おくのほそ道』によれば、浄法寺図書が馬子が引く馬を一頭用意してくれている。芭蕉はその馬の背に乗っていったのだろう。そして、その馬子が記念にと短冊に発句を所望した。『おくのほそ道』では、馬子の望みに応えて芭蕉が詠んだというかたちで掲出句は記されている。

『おくのほそ道』の中で黒羽に至るまでの那須野は、迷いやすい場所として描かれていた。芭蕉は草刈りの男に馬を借りて、ようやく黒羽にたどり着くことができた。黒羽を出る際においても、芭蕉に馬が再度用意されたことは、那須野が広漠として、道がわかりにくい場所であることを強調する効果を生んでいる。

二人の俳人への思いを断つ

今日は芭蕉が黒羽を発った日の行程を馬ならぬ車で追ってみたいと思う。東北新幹線那須塩原駅下車。タクシーに乗車、南下して黒羽へと向かう。ナビに西教寺を入力してもらって、その寺を目指す。西教寺のあるあたりが黒羽の余瀬地区で、芭蕉が滞在した鹿子畑善太夫の屋敷もあったのだ。屋敷はもはや残っていないが、畑の中には善太夫そのひとの古い墓が残っていた。畦道には、いぬふぐりがよく咲いている。

墓を拝した後、車に戻る。ここから芭蕉のたどった後を追っていくのである。まずは北西の方向、那須塩原駅の方向へと戻っていく。現在の道が、江戸期の道と同じならば、馬の背の上の芭蕉はこの道を進んでいったはずだ。現在は野ではなく、田畑が多い。家も建ち並んでいる。

芭蕉に同行した曾良の『随行日記』によれば、野間という場所で、芭蕉は馬子と馬とを黒羽に戻している。運転手さんに「野間という地名をごぞんじですか」と尋ねてみる。運転手さんは知っていた。「野間」は那須塩原駅への道を進行方向の右側へと曲がった旧陸羽街道の先にあるとのことだった。野間へと曲がる十字路は、「練貫(ねりぬき)」という地名であると教えられた。練貫に着いたらしばらく車を止めてもらうことにする。

四つ角は「練貫十文字」というバス停留所になっていた。近くには、古い墓があり、江戸期の石仏も祀られてあった。古くからの十字路と考えてもいいのだろう。芭蕉もこの十字路を右へと曲がった可能性が十分にある。

さらに想像を羽ばたかせると、「野を横に馬牽むけよ」という表現は、この角を曲がった際の風景の変化がきっかけとなって生まれたのではないだろうか。黒羽を出て以来、大きな曲がり角は、ここ以外にない。今まで那須岳を真正面に見て進んで来た道は、ここで那須岳を左手に見て進むことになる。まさに野が横に動いている。目的地の殺生石は那須岳の中腹にあるので、芭蕉がこの方向転換を意識しないはずはない。

掲出句の「野を横に馬牽むけよ」という強い命令形の表現には、黒羽でたいせつに遇してくれた二人の俳人、図書、善太夫への思いを断ち切って、陸奥へと進もうという思いも含まれているのではないかとも思った。

タクシーはすぐに芭蕉が馬を戻した野間に着いた。車を降りてみると、動物の糞の匂いがしている。運転手さんによれば、牧畜が盛んで牛や豚が飼われているとのことだ。近くでは競走馬も育てられている。現在においても馬に縁がある場所であることが興味深い。

芭蕉はこの日、殺生石までは行き着けなかった。急な雨のため黒磯駅近くの高久（たかく）（現在の栃木県那須郡那須町）で一泊している。高久まで車を走らせて、今日の旅を終えよう。

鹿子畑翠桃が墓いぬふぐり　實
残雪の那須岳はるか目当てとす

（二〇一三・〇五）

石の香や夏草赤く露あつし

芭蕉

嗅覚・視覚・皮膚感覚

元禄二（一六八九）年旧暦四月、芭蕉は、『おくのほそ道』下野（現在の栃木県）の旅を続けている。那須野ヶ原を、黒羽から高久を経て、那須湯本へと向かっている。十八日には湯本着。翌日は温泉宿の主人の案内で、温泉神社に詣で、史跡である殺生石を見ている。掲出句はそこで詠まれているが、『おくのほそ道』には収録されてはいない。随行した門弟曾良の『随行日記』に、「殺生石」と前書を置いて記されている。句意は、「石が匂いたっている。周辺の夏草は赤く枯れ、露さえも蒸発して暑く感じられる」。

この句のおもしろさは、次の点にある。「石の香や」は嗅覚で捉えた表現。「夏草赤く」は視覚で捉えた表現。そして、「露あつし」は触覚、皮膚感覚が捉えた表現になっている。芭蕉発句には視覚以外の感覚で捉えた句も少なくないのだが、なんと異なった三つの感覚を一句の中に詠み込んでいるのである。芭蕉という男の桁外れの力技を感じさせる一句になっている。

東北新幹線那須塩原駅下車。駅西口からバスに乗車、東北本線黒磯駅を経て、那須湯本へと向かう。乗車時間は約五十分、那須野は広い。赤松の林を抜けていく道が印象的だった。那須湯本の停留所は、温泉神社の前である。振り返ると、かなりの高さまで登ってきている。

温泉神社に参る。『平家物語』の屋島の合戦の際、那須与一が扇を射る前に心に祈った神社である。曾良の『随行日記』によれば、温泉神社で芭蕉は宝物を見ている。与一の射た扇や矢などである。参道の両脇には雪がかなり残っている。神社本殿の右を下れば殺生石に出られるはずだが、雪が多くて進めない。参道を戻って、殺生石へと向かう。

今も倒れる鳥獣

眼前には河原のような景が広がる。地面よりすこし高く作られた木道を行くと、茹で卵の黄身のような匂いがしている。硫黄の匂いだ。これこそが、掲出句の「石の香」である。石の地蔵もたくさん置かれていて、賽の河原を思わせる。行き止まりの柵の奥には山の大きな斜面がせりあがっている。大小の岩が転がり、地面には何も生えていない。縄が掛けてあるとりわけ大きな岩が殺生石。砂はくすんだ緑色になっている。このあたりから、硫化水素・亜硫酸ガスなど有毒ガスが噴き出しているのだ。周囲に生えている熊笹も近寄れない。この中に草が生えることがあっても、たちまち枯れて、赤茶色になってしまうことだろう。「夏草赤く」である。「殺生石の由来」という案内板が倒れている。ガスの激しさにいたんでしまったのか。読んでみる。その昔、中国、インドで世を乱していた白面金毛九尾の狐が渡来。「玉藻の前」と名乗って、日本を滅ぼそうとしたが、陰陽師に正体を見破られ、那須野に逃げて来た。妖狐は領民や旅人に危害を加えた。朝廷は妖狐を退治したが、妖狐は毒石となって、毒気を放って人畜に危害を与えた。これが「殺生石」である。会津の源翁和尚が、妖狐のうらみを封じたので、毒気も少なくなった。以上が要旨である。謡曲「殺生石」に描かれた素材でもある。芭蕉は、黒羽の篠原稲荷で玉藻の前の墓を訪ねたことも、『おくのほそ道』に記している。

柵の前に、迷彩服を着た壮年の男性がいて、無線で話している。「狐一、野兎一、鴉二」と聞こえる。いったい何のことだろう。たずねてみると、那須の山岳会のボランティアの方で、ガスに倒れた鳥獣の数を本部に報告しているとのことだ。始末しないと、その鳥獣を食べに来る鳥獣がまた犠牲になってしまうそうだ。ぼくにはまったく見えない。場所を教えてほしいと言うと、「すぐ前の真正面の岩陰」と教えてくれた。たしかに狐らしい背がのぞいている。「鳥は一、二分で、小動物は三、四分で倒れます。人間も昨年は三人が救急車で運ばれています。風の無い日は注意してください」。

掲出句の「露あつし」についてうかがうと、「かつてこの地は蒸気が噴きだしていました。その水蒸気の熱さを詠んでいるのでは」と教えていただいた。さらに『おくのほそ道』には、「毒気のため、蜂や蝶が砂の色が見えぬまでに重なって死んでいる」と描写してあるが、見たことはあるかとたずねると、「秋口に赤とんぼがたくさん死んでいたのを見ました」とのこと。芭蕉の見た風景は、現実に今もまさに生きているのだ。

ではなぜ、掲出句が『おくのほそ道』には収められなかったのか。陸奥には、しのぶもじ摺(ずり)の石、壺碑(つぼのいしぶみ)など石の名所が多い。奥州に入る前に石の名所をあまり強調したくなかったためかもしれない。掲出句自体をあらためて見直すと、踏み込んだことで、内容はやや詰め込みすぎとも感じられる。余韻が少なくなったと芭蕉は思ったのかもしれない。

狐死に石となりたり風に鳴る　實

岩陰の狐風音聞こえるか

（二〇一一・〇五）

田一枚植て立去る柳かな

芭蕉

だれが田を植えるのか

『おくのほそ道』には数々の名句があるが、もっとも解釈が分かれるのが、この句である。「田一枚植て」と「立去る」の主体が何かということで諸説があるのだ。主体を芭蕉自身とするもの、早乙女とするもの、さらには柳の精とするものまでがある。二つの動作の主体が違うというものもあるので、単なる組み合わせで言えば九説もあることになる。主体が決まらなければ口語訳はできない。後述する。

遊行柳の周辺を歩いて、句について考えてみよう。東北本線黒田原駅を降りると、駅前に一台のバスが止まっていた。「伊王野行」とある。運転手さんに遊行柳に行くか尋ねると行くとのこと。発車時間が来て走りだしても乗客はぼくだけだった。どこで降りるのか、すこし不安である。しばらく走っていくと、向かいの山に桜の花が残っているのが見える。

バスを止めて「ここです。この道を入っていってください」と運転手さんが指差してくれる。芦野支所前という停留所である。町役場の支所があるのだ。『おくのほそ道』の「清水流るるの柳は、芦野の里にありて、田の畔に残る」とある「芦野の里」に踏み入ったのである。意味は「西行が『清水流るる』と詠んだ柳は、芦野の里にあって、田の畦に残っている」。西行の歌は後で読もう。立て札もあってそれに随って進むと、大きな柳の木がはるかにけむっている。低山に囲まれた小さな世界の中心に夢のようにこの木は立つ。

芭蕉は元禄二（一六八九）年の旧暦四月二十日、那須湯本を発って、不案内な山道に難渋しながら芦野にたどりついた。『おくのほそ道』のこの部分は湯本の殺生石の描写、「石の毒気いまだ滅びず、蜂・蝶のたぐひ、真砂(まさご)の色の見えぬほど重なり死す」のすぐ後に置かれている。意味は「石の毒気はまだなくならず、蜂や蝶の類が、地面の砂の色が見えないほどに重なりあって死んでいる」。だから、先ほど引用した一文を読んだだけで、ほっとする。死の世界から生の世界へと転換しているのである。

農家の横の道を歩いていく。小学生の女の子たちがドッジボールをしている。通りかかったぼくを見て、はにかみながらボールを投げあっている。芦野の里の空気自体が柔らかなのである。

「しばし」という時間

芭蕉は西行の古歌、

道のべに清水流るゝ柳かげしばしとてこそ立ちどまりつれ　『新古今集』『西行法師家集』

に魅かれてこの里を訪ねている。歌意は、「道のほとりに清水が流れている柳の影があった、しばらくということで立ちどまったことだなあ」。実際、西行がここで詠ったのかはわかっていないのだが、謡曲「遊行柳」では、遊行上人の奥州下向の際、朽木の柳の精が西行の詠んだ場所として教えている。それもあって芭蕉はここで西行が詠んだと信じているのである。ただ、芭蕉が「遊行柳」の語を使わず、「清水流るゝの柳」と用いているのは謡曲の世界を経ないで、じかに西行の歌と接したいという思いの現れであろう。

芭蕉はこの歌の「しばしとてこそ立ちどまりつれ」という部分に注目する。『おくのほそ道』の「今日この柳の陰にこそ立ち寄りはべりつれ」、意味は「今日この柳の陰に立ち寄りました」。この西行の歌からことばを借りているのである。そして、この歌の「しばし」という主観的な言葉がどのくらいの時間であるかを具体的に示したのが、掲出句ではないのか。熟練の早乙女が田一枚を植えて去るまでの時間である、としたところに俳諧があるのではないか。だから、ぼくはこの句の「田一枚植て」と「立去る」の主体はともに早乙女でいいと思っている。とすると句意は、「早乙女が田一枚を植え終って立ち去るまで柳の影で休んだことだよ」。

柳が大きく見えてきたが、道が果てた。まだ、水は張られていない田の中を渡ってゆく。菜の花が咲いていて、もしかしてここは休耕田ではないのか。芭蕉が来たとき、早乙女が田植えをしていたか、そうでなくても田植えの前後を見たところから、掲出句が生まれただろうに、現在その田が耕されていないとは。なにか大きなものが失われてしまっているのを感じるのだ。

柳はむろん芭蕉当時のものではなく、その後、植え替えられたものだが幹はかなり太い。たくさんの鳥が集まっている。句碑の拓本を取っているひとがいた。声を掛けると、近所に住む教員を退職された郷土史家で、親切に教えてくれる。先ほどバスの中から見た桜の咲いている山は中世の芦野氏の居城があった山だそうだ。かなたを北上する道が奥州街道で、芭蕉はこの道を来た。木の下にある掲出句の句碑は江戸時代、寛政期に江戸の春蟻（しゅんぎ）という俳人が立てたもの。のち蕪村が訪れて「柳散清水涸石処々（やなぎちりしみずかれいしところどころ）」という句を作っているが、それも近代俳人富安風生（とみやすふうせい）の書で句碑になっている。西行の歌も碑になっているが最後が「立どまりけれ」という形に間違っているのが郷土の恥であると熱弁をふるってくれた。「時間があるのなら君の分も句碑の拓本を取るのだが」と言ってくれるが、先を急ぐ身とてお断わりしてしまった。

田を渡り遊行柳に参じけり　實

早乙女の去りてかへらぬ柳かな

野中なる囀（さえずり）の木を出でゆくか

（二〇〇二・〇六）

風流の初（はじめ）やおくの田植うた

芭蕉

引用の名歌の数々

紀行文『おくのほそ道』の冒頭に芭蕉が「白河の関越えんと、そぞろ神のものにつきて心を狂わせ」と書いている。意味は「白河の関を越えようと、人の心を浮きたたせ誘惑する神が、ものにとりついて、心を狂わせて」。この地は芭蕉にとって重要な地点だった。下野と陸奥の国境であり、ここから先がまさにみちのくとなるのだ。芭蕉は旧暦四月二十日、二十一日と白河の関周辺を歩いている。掲出句は紀行文『おくのほそ道』所載。意味は後述する。

東北新幹線新白河駅で降り、タクシーで関に向かった。運転手は昨日は大雪だったが、今日はよく晴れたと言ってスピードを上げる。山野が続き、刈田が続く。白河の関は関屋も滅びてしまって永く、所在地については諸説あるようだ。かつて白河藩主松平定信は関址（せきし）を簱宿（はたじゅく）（現在の福島県白河市旗宿）の地に定めた。車を降りてすぐの場所に定信が建てた古関蹟（こかんせき）の碑がある。寛政十二（一八〇〇）年に建てられたもの。曾良の『随行日記』二十日の項には「古関（こせき）を尋て（中略）簱宿へ行（ゆく）」とある。

二十一日の項には「町ヨリ西ノ方ニ住吉・玉嶋（たまつしま）ヲ一所ニ祝（いわい）奉（たてまつる）　宮有（あり）。古ノ関明神故ニ二所ノ関ノ名有ノ由、宿ノ主申（あるじもうす）ニ依テ参詣」とある。意味は「町よりも西の方に住吉の神と玉嶋の神を一所にお祀り申し上げる神社があります。昔の関の明神であったから「二所の関」の名があるとのこと、宿の主が言っておりましたので参詣しました」。この場所は定信が後に古関と定めた場所。芭蕉はこの地にも来ているのだ。小さな丘で現在は白河神社が祀られてある。石段は急で、昨日降った雪が凍りついて危ない。

『おくのほそ道』本文を開こう。「心もとなき日数重なるままに、白河の関にかかりて旅心定まりぬ。『いかで都へ』と便り求めしもことわりなり」。意味は、「不安な日々が続いているうちに、白河の関にさしかかって旅にひたりきる落ついた気持になりました。その昔平兼盛が『関を越えた感慨を何とかして都へ知らせたい』と伝手(つて)を求める歌を残したことも道理と思われます。」芭蕉はこの地で詠まれた名歌を巧みに断ち入れていく。まず、見えるのが「便りあらばいかで都へ告げやらむけふ白河の関は越えぬと　平兼盛」（『拾遺集』）。歌意は「もし伝手があったとしたら、何とかして都へと知らせてやろう。今日白河の関を越えたということを」。関を越えて陸奥に踏み入ることの重さを詠った歌を引用することによって、芭蕉みずからの思いを伝える。さらに『おくのほそ道』から引用しよう。「秋風を耳に残し、紅葉を俤(おもかげ)にして、青葉の梢(こずえ)なほあはれなり」。意味は「古歌の秋風を耳にとどめ古歌の紅葉を思いうかべて、いっそう眼前の青葉の梢が感銘深く思われる」。まず「秋風」から「都をば霞と共にたちしかど秋風ぞ吹く白河の関　能因(のういん)」（『拾遺集』）を思い出す。歌意は、「都を春の霞とともに発ったけれど、白河の関に着いた際には秋風が吹いています」。続いて、「紅葉」と「青葉の梢」で「都にはまだ青葉にて見しかども紅葉散りしく白河の関　源頼政」（『千載集』）を思わせる。歌意は「都ではまだ青葉で見たのですが、いま白河の関に着いてみると紅葉が散り敷いています」。都から白河の関までの大きな距離を春から秋という季節の変化で示している。芭蕉自身の旅に古人の旅が重ねられていくのだ。この地は重要な歌枕でもあった。歌枕辞典を引くと『おくのほそ道』の文章も引用してある。文中現代の眼から見ても落とすことのできない名歌が網羅してあるわけで、芭蕉の古歌を読む眼の確かさを証するものである。

関越えという事件

この段には芭蕉の句は記されない。さまざまな古歌に遠慮しているような感じである。感動のあまりに句を記さないのは松島の段に通ずる。曾良の「卯の花をかざしに関の晴れ着かな」が記されているのみ。句意は「古人は関を越える際衣装を改めたといいますが、卯の花を髪に差して、晴れ着の替わりとします」。

さて、掲出句が記されるのは、二十二日、須賀川に入ってからである。貞門俳人であり、駅長であったともされる、相楽等窮に「白河の関いかに越えつるや」、「白河の関をどんな思いで越えましたか」と問われての答えだった。『おくのほそ道』の中で芭蕉に問いかけてくる登場人物は等窮ただ一人しかいない。関を越えることが詩的事件であったことを示す質問なのである。ここではもう古歌の余韻にひたってはいない。振り捨てている。句意は「陸奥に入っての最初の風流、こころを動かされたものは奥州の鄙びた田植歌である」。現実に歌われている田植歌に耳を傾けている。古歌に向き合うのと同じように農民の田植歌に対している。

等窮の家の田植えは関越えの翌々日、二十四日であった。等窮の「田植え前でばたばたしていてすみません」に芭蕉の「お忙しいところにお邪魔してしまってすみません」、そんな会話も交わされたことと思う。田植えを取り上げたこと自体がまさに等窮その人への挨拶になっているのだ。脇句は「覆盆子を折て我まうけ草　等窮」。句意は「田植時で何も用意はできませんが、折り取ってきた苺をまずは召しあがってください」というところだろう。芭蕉と曾良とはこの地に一週間滞在した。

東北本線須賀川駅下車。この町には芭蕉記念館も設けられている。そこから程近いＮＴＴ須賀川支店のあたりが等窮の邸であったようだ。

白河の関春の野のふくらみは　　實

春雪の白妙に関越えにけり

（二〇〇四・〇五）

世の人の見付ぬ花や軒の栗

芭蕉

栗の木陰に隠棲する僧、可伸

『おくのほそ道』の旅の途中、白河の関を越えた芭蕉は、須賀川（現在の福島県須賀川市）の宿駅で元禄二（一六八九）年旧暦四月二十二日から一週間を過ごしている。須賀川で芭蕉が会った重要な人物は二人である。一人は等窮。問屋を営み、各地の商品を仲介する仕事を通して、諸国の事情に通じていた。七日間、芭蕉と門人、曾良とを泊めている。もう一人は可伸。須賀川宿のほとりの栗の木陰に隠棲していた僧である。

掲出句は紀行文『おくのほそ道』所載。可伸を詠んでいる。句意は次のとおり。「世間の人が美しさを見いだせない花、栗の花。その花を軒に咲かせて隠棲している人の価値も、世の人にはわかりえないだろう」。栗の花の美と隠棲の僧の人となりとを、世人に理解されがたいという点で、重ね合わせている。

今日は須賀川を訪ねてみたい。東北本線須賀川駅下車。駅の中に観光案内所があり、等窮の旧居と可伸の庵跡の場所を尋ねると、歩いて二十分ほどだと教えられた。「震災、たいへんでしたね」と言うと、「震度六強。だいぶ揺れました」と。須賀川は内陸ではあるが、昨春の東日本大震災の被害を多くこうむっている。

春の日の差す道を駅前からまっすぐ歩いていく。NTTの建物のあたりが等窮の旧居跡、その一筋裏手に可伸庵跡がある。いまも栗の木が二本植えられている。いまの季節、木には一枚の葉もないが、よく見ると芽を出しはじめている。

現在、等窮の旧居跡と可伸庵跡は隣り合っていると伝えられている。しかし、曾良の『随行日記』には、可伸庵を訪ねて等窮邸に帰る途中に「寺々や八幡宮を拝した」と書かれている。隣り合っていたらありえない記述である。可伸庵跡は現在伝えられている場所とは違う場所にあったと考える方が自然だろう。可伸は等窮の食客などではなく、独立した存在の僧であることを忘れてはならない。

可伸を讃える芭蕉

芭蕉は『おくのほそ道』で、可伸を最大限に讃えている。まず最初に、芭蕉が尊敬していた西行の次の和歌を、可伸の閑寂な生活に重ね合わせている。「山深み岩に垂る（しだ）ゝ水溜めんかつがつ落つる橡拾（とち）ふほど　西行」（『山家集』）。歌意は「山深いので岩に垂れてくる水を溜めましょう。わずかに落ちている橡の実を拾う間に」。可伸の庵の栗から西行の橡を思い出しているのだ。

さらに芭蕉は、奈良時代において東大寺造営などにたずさわった僧、行基の栗に関わる故事を思い起こして、栗の木の尊さを説いている。『おくのほそ道』のこの部分を意訳してみよう。「栗という文字は『西の木』と書き、西方浄土に縁があるので、高僧の行基は生涯の間、旅をする際には杖に、庵を建てる際には柱に、この木をお使いになったとか」。栗の木の尊さを説くことは、栗の木をたよりにして生きていた可伸、その人を讃えることなのである。

ではどうして、芭蕉は可伸のことをここまで讃えたのか。第一には、世間から離れて仏道修行する姿勢に魅かれたということだろう。加えてぼくは、可伸が愛した栗の木が重要なのだと考えている。栗の実は縄文時代以来食べられてきたもの。栗の木に芭蕉は、東北の縄文以来の文化の存在を直観的に嗅ぎとっていたのではないか。もともと芭蕉は、東北地方にあまたある古代からの歌枕に深い敬意を払っていた。

掲出句の初案は次のとおり。

隠家（かくれが）やめにた丶ぬ花を軒の栗

曾良の『俳諧書留』所載。旧暦四月二十四日に可伸庵を訪ねたときに作られていることがわかっている。『おくのほそ道』で掲出句のかたちに改作された理由は次のようなものだろう。「隠家」と「軒」とが重複するところ、「隠家」には「めにた丶ぬ花」がふさわしすぎるところ、「めにた丶ぬ花を軒の栗」がいささかもってまわった表現になっているところ、などである。

芭蕉の発句に脇句を付けたのは可伸であった。「稀（まれ）に螢（ほたる）のとまる露草　栗斎」。栗斎が可伸の俳号である。「露草に螢がとまってくださるのは、まれなことです」。自分自身を露草に、芭蕉を螢にたとえている。芭蕉への確かな敬意が感じられる。なんと心の通い合っている二人だろう。

現在、可伸庵跡と伝えられている場所の一筋裏に市役所庁舎がある。「倒壊の恐れがあるため、立ち入り禁止になっています」と警備の人は言う。震災から一年が経過したが、庁舎は復旧していない。

震災は、人間がきわめてはかない存在であることを痛感させるできごとであった。余震や原子力災害も続いて、今、ぼくらはなんと心細いことだろう。心細く生きていると、栗の木をたよりに生きた可伸や、「先（まず）たのむ椎の木も有（あり）夏木立」と椎の木をたよりに生きていた芭蕉が、身近に感じられてくる。震災後、芭蕉は前よりぼくらの近くにいる。

ねぢくれて栗の幹なり芽吹き初む　實

去年の栗の落葉一枚拾ひ去る

（二〇一二・〇五）

早苗とる手もとや昔しのぶ摺（ずり）

芭蕉

「文知摺石」悲恋の伝説

元禄二（一六八九）年旧暦四月末、『おくのほそ道』の旅中、白河の関を越え陸奥（みちのく）に入っている芭蕉は、五月一日、「浅香山（あさかやま）」「浅香沼（あさかぬま）」「黒塚（くろづか）」と巡り、福島に泊る。翌二日には「信夫（しのぶ）の里」を訪ねている。鍵括弧で囲んだ地名はいずれも和歌に詠まれた由緒あるもの、歌枕である。芭蕉は訪ねつつ、北上していく。

掲出句は紀行文『おくのほそ道』所載。意味は「早苗をとる早乙女の手つきは、古代に衣を摺り出したころの乙女の手ぶりを偲ばせています」。

今日は、この句が詠まれた「信夫の里」を訪ねたい。桜が満開の晴れた午後、東北新幹線福島駅下車。タクシーで北東の山際、文知摺観音（もちずりかんのん）（普門院）を目指す。ここに芭蕉の見た「文知摺石（もじずりいし）」があるのだ。この石そのものも歌枕になっている。古代の染色技法に忍草の葉や茎を布に摺りつけて、乱れた感じの模様とするものがあった。「しのぶもぢずり」である。「文知摺石」には字が彫られていて、染色の際、摺り出すのに用いられたのであると、芭蕉のころには信じられていた。

この石を巡って、悲恋の伝説も伝えられている。陸奥国按察使（あぜち）源融（みなもとのとおる）がこの地を訪れ、長者の娘、虎女（とらじょ）と恋に落ちる。しばらくして融は再会を約束して都に帰る。虎女は会いたくて文知摺観音に百日詣をするが、効き目はない。悲しむ虎女が「文知摺石」を見ると、表面に融の姿が浮かんで見えた。このため「文知摺石」は「鏡石（かがみいし）」とも呼ばれる。ところが、駆け寄ると融の姿は消えてしまう。病に倒れた虎女の元に、融から和歌が届く。「みちのくの忍ぶもぢずり誰ゆえにみだれそめにし我ならなくに」。意味は「陸奥の忍ぶもぢずりの染の乱れ模様のように私の心は乱れている、あなた以外の誰でもなくあなたのために乱れてしまっているのです」。「小倉百人一首」にも収録されている名歌。歌を読んだ後、虎女は亡くなってしまった。

改作を重ねる芭蕉

芭蕉訪問当時、「文知摺石」がどういう状態であったかというと、『おくのほそ道』には「石半(なかば)土に埋(うずもれ)てあり」と書かれている。半分まで土の中に埋もれていたのだ。その理由を「里の童部(わらべ)」が教えてくれたとして、次のように書いている。昔、石はこの山の上にあったが、往来の人が畑の麦をむしりとって、石に擦り付け思い人の面影が現れるかどうか、鏡石の効果を試すことが多かった。土地の人は不快に思って、谷に落としたので、石の表の部分が下になってしまった、と言うのだ。最後に芭蕉の感想が書かれる。「さもあるべき事にや」。貴重な遺跡に「そんなことがあってよいものか」と、現状を嘆いている。明治時代に信夫郡長柴山景綱(しばやまかげつな)という人がこの石を掘り出してくれて、ぼくらは石の全体を見ることができる。

現在、この大きな石は、柵に囲まれて静かにある。表面には苔や地衣類が生えて、時間を感じさせている。彫られた字などは見えない。ただ、表面に曲線が見えないでもない。しかし、それが染色のために用いられたかどうかはわからない。幅三メートルを超えるこの石は太古、仏教渡来以前においては信仰の対象であったのではないか。この巨石があったから、ここは聖なる地となり、後に観音堂や多宝塔など仏教の堂宇が建てられたのではないか。「黒塚」も「壺の碑」も古代の石の遺跡。陸奥の『ほそ道』は石を巡る旅でもあった。

芭蕉の句は大きく改作されている。同行者曾良がまず、記したかたちは、次のとおり。

五月乙女(さおとめ)にしかた望(のぞま)んしのぶ摺　『俳諧書留』

句意は「そのあたりの田で田植えをしている早乙女にわからなくなった『しのぶ摺』の『しかた』を所望してみよう」。土地の人に訊ねて、過去の生活を知ろうとするのは、民俗学の方法を思わせる。ただ、「しかた望ん」は思いでしかなく、動きが見えにくい。

早苗つかむ手もとやむかししのぶ摺　「真蹟懐紙(しんせきかいし)」

次にこの形に変更される。句意は「田植えをするために、苗代から苗をつかむ手元に、「しのぶ摺」が偲ばれる」。「しのぶ」が「昔を偲ぶ」と「しのぶ摺」の掛詞にもなっている。「早苗つかむ手もと」と早乙女の動作を見えるようにしている。いくつかの真蹟懐紙にこの句型のものが残されているが、その一つが境内にある「もちずり美術資料館 伝光閣」にも、展示されている。

『おくのほそ道』に収録される際には、掲出句のようになる。「文知摺石」の手前に建てられている句碑も掲出句のかたちだ。上五が「早苗とる」に変えられている。「早苗とる」は古歌の中にも用いられている由緒ある表現。上五の字余りも正され、歌枕での句にふさわしいものになった、と言える。ただ、その分、早乙女の実感、荒々しい息遣いのようなものが、失われてしまった、とも思える。ただ典雅な「しのぶ摺」を思い出すためには、「早苗とる手元」の方がふさわしいかもしれない。

境内諸所に植えられた桜も満開を迎えている。気持ちのいい場所で去りがたい。

虎女の墓しだれざくらの花まばら　實

彩色の多宝塔あり花の山

（二〇〇七・〇六）

笈も太刀も五月にかざれ紙幟

芭蕉

二人の嫁の墓は

芭蕉は源義経主従を愛していた。みちのくには彼らの旧跡が多い。義経の旧跡を訪れるのも『おくのほそ道』の目的のひとつだった。元禄二（一六八九）年旧暦五月二日、芭蕉は曾良とともに福島を発って飯坂を訪れる。この地はこの旅はじめての義経の遺跡であった。『おくのほそ道』の中では日付を実際の二日から「朔日」と改めている。この変更も義経主従の俤を求めて改まった気持ちで歩いていることの表れと読める。

紀行文『おくのほそ道』所載。句意は「紙幟がひるがえっている。寺宝の笈も太刀も五月に飾れよ」。「笈」とは修験者が仏具、衣服、食器を入れて背負う箱である。

今日は義経ゆかりの寺、医王寺を訪ねたい。東北新幹線を福島で降り、福島交通飯坂線に乗り換える。無人駅の医王寺前駅下車、住宅と林檎畑の中を十分ほど北へ歩くと医王寺に着く。

この寺は平泉の藤原秀衡の臣であった佐藤庄司（基治）の菩提寺である。芭蕉は「かたはらの古寺に一家の石碑を残す」と書いている。意味は「すぐわきの古寺には佐藤一族の石碑も残っている」。門を入って杉並木に挟まれた道を歩いていくと奥に基治夫妻の墓が建つ。基治の息、継信、忠信の墓も建っている。

二人とも義経の臣として平家との戦で大活躍するが、兄継信は屋島で主の身代わりとして死に、弟忠信は主の影武者として京からの義経の脱出を成功させ討ち死にした。二人の墓石は、ともに割れたり削り取られたりして、彫られている字などをうかがうことはできない。芭蕉は「中にも、二人の嫁がしるし、まづあはれなり。

女なれどもかひがひしき名の世に聞こえつるものかなと、袂をぬらしぬ」と書く。意味は「墓碑の中でも、二人の嫁の墓標が心を打つ。女の身ではあるが、けなげな名声の世に知れわたったものだと、感涙で袂を濡らした」。その嫁たちの墓標は見当たらない。古浄瑠璃「八島」には基治の臨終の際、妻が二人の嫁に鎧を着せ、「継信参りて候ぞ、忠信参りて候ぞや」と言う。意味は「継信が参りましたぞ、忠信が参りましたぞよ」。その姿を見て愛していた息子達が帰ってきたかと安心して往生する、というエピソードが語られる。その孝を尽くした嫁たちの墓に感動しているのである。ただ、曾良の『随行日記』にも庄司夫婦と兄弟の墓については書き留められているが、嫁たちのものは見えない。芭蕉の脚色であったのだろう。芭蕉はこの寺を訪れた翌日、斎川（現在の宮城県白石市）の甲冑堂で二人の嫁たちの鎧を着た木像を見ているが、そこで得た強い印象をこの場所にまとめて整理しているのだろう。

芭蕉は宝物を見たか

宝物殿には、弁慶自筆下馬札、弁慶所用金銅笈、弁慶筆紺紙金泥大般若経、義経所用の直垂の端切れなどが並べられていた。真偽の程はわからないが、古くから伝えられてきたものなのだろう。芭蕉は「寺に入りて茶を乞へば、ここに義経の太刀・弁慶が笈をとどめて什物とす」と書いている。意味は「寺に入って茶を所望すると、ここには義経の太刀や弁慶の笈を伝えて寺宝としている」。これだけ読むと見ているようだが、曾良の『随行日記』には「寺ニハ判官殿笈・弁慶書シ経ナド有由。系図モ有由」とある。意味は「寺には義経の笈、弁慶が書いた経文などがあるとのこと、系図もあるとのこと」。「由」であるから伝聞である。芭蕉たちは何らかの理由で見てはいないのだ。寺宝についての話を聞いただけなのである。せっかく遠くまで来たのに、芭蕉はじれるような思いを味わったことだろう。

芭蕉は掲出句をまず次のような形で作った。

弁慶が笈をもかざれ紙幟　『おくのほそ道』（野坂（やば）本）

句意は「紙幟がひるがえっている。弁慶の笈も飾れよ」。端午の節句が近づいていて、現在ならば鯉幟が風になびいているころである。だが、鯉幟の考案は江戸中期ごろといわれ、この時代はまだ、子どもたちの手によって紙で作られた幟が立てられていた。寺までの道筋で眼にしたものかもしれない。現在もこの節句には兜や刀など武具をかたどったものを飾る。そのなかに弁慶の笈を飾れ、といっているところに俳諧味がある。みな山伏に姿をやつしている義経一行にとっては笈もまた武具に準じたものだったという感もあろう。

その句形を掲出句に変えている。文中には義経、弁慶の両人ともに見えているのに、句には弁慶の持ちものだけでさみしいということもあろう。「太刀」が加わると義経の俤が立ちあがる。さらには「五月に」もはっきり加わる。端午の飾りとしてということが強調されるのだ。二人の嫁が兄弟の武具を生かしたように、伝えられた笈や太刀をしまい込んでいないで生かしてみよ、と呼びかけているのではないか。医王寺の笈の表面はまだ鍍金（ときん）が生きていた。正面に彫られた塔などもみごとである。五月の陽光に輝く笈を思い浮かべてみた。

案内の方に話しかけると、寺の歴史を語ってくれた。佐藤庄司の館があった丸山、大鳥城址が杉の木の間に見えるのを指し示してくれた。その麓が飯坂温泉である。芭蕉はそこに宿を取るのだが、雷雨や蚤・蚊に苦しめられて眠れず、持病の胃腸の痛みまで出た。まるで義経一行の苦しみに呼応しているかのようである。

百千鳥弁慶が笈負うてみよ　實

笈の鑛金の蹴彫（けりぼり）の塔ももちどり

（二〇〇三・〇五）

桜より松は二木を三月越シ

芭蕉

能因、西行が見られなかった松

掲出句は『おくのほそ道』掲載の一句だが、読み解くのはかなり難しい。口語訳は後にしよう。この紀行文には五十の芭蕉発句を収録しているが、随一の難解さではないか。掲出句は弟子の一人が贈った餞別の句に、応えて詠んでいる。『おくのほそ道』に贈答一対の二句が掲載されている唯一の例でもある。芭蕉における挨拶を考える際にも重要な句であるといえよう。

陸奥を北上する芭蕉は、福島、飯坂、白石を経て、岩沼に到着する。元禄二（一六八九）年旧暦五月四日のことであった。岩沼には古歌に繰り返し詠まれてきた「武隈の松」という歌枕があった。同行した曾良が出発前に準備した名所のメモにも武隈の松は記されている。芭蕉はその松を見ようと訪れたのだ。

ぼくも訪ねてみよう。東北本線岩沼駅下車。三月も半ばだが、先日降った雪がまだかなり残っている。東口に降り、線路と平行に走る道を南下する。残雪の山で繰り返し橇滑りをする男の子がいた。十五分ほど歩くと広い道に出て、左側に大きな松が見えた。武隈の松である。

道端に植えられているが、道の半ばまで傾いて生えている。芭蕉は、『おくのほそ道』に「武隈の松にこそ目さむる心地はすれ」と書いている。「武隈の松のすばらしさに目が覚めるような気持ちがする」というのだ。のびやかな松の姿を見たとたんに芭蕉のこのことばを思い出した。松に心が洗われたような印象であった。芭蕉は、松の根は土に近いあたりから二つに分かれ、古歌に詠われた昔の姿を失わないでいた、と書いている。

ぼくの眼前にあるのも、その姿である。二つに分かれた幹が同じようなかたちでうねりつつ、春の空へ伸びている。

案内板によると、この松は幕末に以前の松が倒れた後、似たかたちの松を植え直した七代目であるという。岩沼という地は、奈良時代、国府が置かれた陸奥の政治の中心地の一つ。この地に植えられた松は平安時代以来、野火で焼けたり、橋の材として切られたりしながらも、現在まで植え継がれてきた。ただ、場所は変わっているという説もある。そして、さまざまな歌人によって詠われてきた。平安時代、能因が二度目に訪ねた際には松は失われてしまっていた。平安末期、西行が訪ねた際にも松はなかった。敬愛する歌人たちが見られなかった松を、芭蕉は実際に見ることができた。そこに、いたく感激しているのだ。

二木は友情のかたち

掲出句は芭蕉の弟子、挙白(きょはく)の「武隈の松見せ申せ遅桜」を受けて詠まれている。挙白は陸奥へと旅立つ師に、「奥州の遅桜よ、先生に歌枕の武隈の松も忘れずお見せしてください」と呼びかけているのだ。挙白は江戸の商人であるが、奥州に詳しい。当地出身かもしれない。

芭蕉の句の「松」には「待つ」が掛けられている。句意は「桜のころより、見たいと待ち望んできた武隈の松は、みごとに二つに幹が分かれた松でした。この松を見たいという、江戸を出て以来、三月越しの思いはようやくかなえられました」。

掲出句には、古歌の一部分が引用されている。古歌とは「武隈の松はふた木を都人(みやこびと)いかがと問はばみきとこたへむ」(橘 季通(たちばなのすえみち)『後拾遺和歌集』)である。意味は「武隈の松は二つの幹に分かれている木であるが、都の人が『どうご覧になりましたか』と聞いたとしたら、『たしかに見た』と答えましょう」。「みき」の「み」に「三」が隠されていて、「二」と「三」という数が並ぶことを楽しんでいる。芭蕉はこの歌にならって、数字の

「二」「三」を並べ、「松はふた木を」という部分はそのままに取り込んでいるのだ。
挙白の編んだ『四季千句』（元禄二年・一六八九年成立）には次の句形が収められている。

散(ちり)うせぬ松や二木を三月ごし

このかたちが芭蕉が旅先から挙白に贈った初案と考えられる。ただ、この句形には明確な季語はなかった。この後、芭蕉が挙白の句に寄り添うように桜を加えたのである。二木は挙白と芭蕉との友情を形にしたものでもあるのだ。

松の周辺は二木の松史跡公園として整備されている。掲出句の句碑もある。公園の奥に、酒処兼駄菓子屋という不思議な店があって、主に話をうかがうことができた。「公園になった土地は、もともとうちのものだったんですが、竹下内閣のときの『ふるさと創生事業』によって、整備されたんです。芭蕉を訪ねて来る人はぽつぽつですが、います。ぼくは芭蕉の句も覚えていないけど。松の木の勢いが落ちていて、心配なんです。木の下に松の葉がたくさん落ちていたでしょう。先日、市の人が来て、木に薬を与えていました。もし松が枯れたときの、八代目候補も、別の場所で育てているんです」。歌枕を守ってくれる人がいて、歌枕は現在まで伝えられてきた。それを強く思った。

残雪に武隈の松葉を降らす　實
松の肌菱形割や春日差

（二〇一〇・〇五）

笠嶋はいづこさ月のぬかり道

芭蕉

けものみちの笹に迷う

元禄二（一六八九）年夏、芭蕉は門弟、曾良とともに陸奥を北上している。『おくのほそ道』の旅である。芭蕉は旺盛に歌枕を巡っているが、行こうとしていて行けなかった場所がある。笠島である。ここは藤原実方と西行ゆかりの地であった。旧暦五月三日、白石を発った芭蕉は岩沼で武隈（たけくま）の松を見たあと、笠島へ左折する道を通りすぎてしまった。

掲出句は紀行文『おくのほそ道』所載。句意は「笠島はどこでしょうか、五月のぬかる道が続いている」。実方は平安中期の歌人。行成と口論の結果、勅勘（ちょっかん）を受け、陸奥守（むつのかみ）に貶（へん）せられた。笠島道祖神の前を下馬（げば）せずに通って、神の怒りに触れ、落馬して死んだという。墓が笠島にあった。『おくのほそ道』冒頭の「古人も多く旅に死せるあり」を思い出させる、悲劇の漂泊の歌人である。芭蕉は須賀川を出て、浅香山のあたりで人々に「いづれの草を花がつみとはいふぞ」、意味は、「どの草を花がつみと言うのですか」、と尋ねている。この草（真菰（まこも）のことだったらしい）こそ実方が陸奥の配所にあやめがなかったため、軒に葺かせたという草である。芭蕉の実方への関心はすでに紀行中に示されていたことになる。

西行はこの実方の塚を訪れた際、「朽ちもせぬその名ばかりをとどめ置きて枯野の薄（すすき）形見にぞ見る」（『新古今集』『山家集』）という歌を残している。歌意は「朽ちもしない実方の名ばかりをとどめているので、枯野の薄を実方の形見として見ることです」。西行が訪れた際、塚はすでに無かったのだ。西行は芭蕉が憧れた歌人で、実方はその西行が憧れた歌人ということになる。

今日はその地、笠島を歩いてみたい。仙台駅で東北新幹線から東北本線に乗り換えて四駅目、名取駅で降りた。よく晴れているが、春の雪がまだ残っている。

タクシーでまずは道祖神社に向かう。小さな祠のような建物を想像していたのだが、大きな門を構えた立派な建物であった。「延喜式神名帳」にも載る由緒ある神社である。社務所に人影が見えたので案内を乞うと、大きな黒い猫を抱いた女性が出てきて、話をしてくださった。

道祖神社は道祖神の社としては日本一大きなものであること。現在残っている社殿は仙台藩伊達家の庇護のもと建てられたとのこと。屋根にある立引の紋は伊達家のものであること。境内にある多羅葉（たらよう）の木はこの木の北限であること。街道から笠島方面に曲がる道はけものみちのようなもので、芭蕉と曾良には笹に隠れて見えなかった、そのため来られなかったと土地では伝えられているとのことだ。猫が抱かれているのに飽きて降りたそうである。ぼくも失礼することにする。記念に多羅葉の葉、深い緑色の一枚を拾った。

竹林の中の清らかな塚

実方塚は道祖神社から北へ約一キロ。車を降りて、小川を渡ると、掲出句の句碑が建っていた。

この句の初案は次のかたちだった。


　笠嶋やいづこ五月のぬかり道　『俳諧書留』

旅中、曾良が記録したのはこのかたちである。「笠嶋」への思いが「や」を置かせている。ただ、このかたちではすでに当地に着いているようで、後の部分と矛盾する。同時に「や」でも「いづこ」でも切れる。ぶつぶつと切れすぎるのである。掲出句のかたちに変えられて、はるかにこの地を望むという句になりえた。

句碑の横には「かたみのすすき」と書かれた横板が建てられ、枯薄が風に吹かれている。ただ、ここが塚ではない。さらに奥まで行かなければならない。塚は竹林に囲まれてあった。小さな盛土には細い青竹が垂直に挿してあった。周りに実生の芽が出ている。風が吹くと竹が揺れて塚に光がこぼれた。鶲(ひたき)が飛び発った。

芭蕉の旅の七年後、桃隣(とうりん)という俳人が芭蕉の後を追って旅をして記録を残している。『陸奥鵆(むつちどり)』(元禄十年・一六九七年刊)である。それによればこの地は石の五輪塔が折れ崩れてしまい、「名のみばかり也」と書かれている。意味は「名だけである」。西行の歌を踏まえているわけである。現在は崩れた五輪塔の残骸までもが完全に消え失せてしまっている。より完全に「名のみばかり也」の状態になっているのだ。

『おくのほそ道』では武隈の松よりも前に笠島の段が置かれているが、実際の旅では能因ゆかりの武隈の松のほうが先だった。古より植え継がれた松に感動して、歌枕にはとりあえず満足していたろう。だから、通りすぎても引き返さなかったと考えることもできると思う。それから『おくのほそ道』一巻の中で、あえて行けなかった名所を設けたのではないか、とも思われる。ここには完全すぎることを避ける美意識が働いている。

芭蕉が訪れていたら、さらなる名句が生まれた可能性はあったと思う。そういう力をもった地である。ただ、もしそういうことになっていたら、この清らかな塚の姿は見られなかったかもしれない。

タクシーに戻って名取駅に向かうと、東北新幹線が眼前を右によぎって消えた。ぼくが今日歩いたあたりは仙台駅を出た新幹線が最初に入るトンネルの上のあたりだったのだ。

多羅葉の春落葉なり雪に得し　實

笠島やいま雪解のぬかりみち

(二〇〇四・〇六)

あやめ草足に結ん草鞋の緒

芭蕉

贈り物名人、加右衛門

元禄二（一六八九）年の旧暦五月四日、芭蕉は『おくのほそ道』の旅の途上、仙台に入った。紀行文は「名取川を渡て仙台に入。あやめふく日也」と簡潔。意味は「名取川を渡って仙台に入る。ちょうどあやめを軒に葺く日だった」。古来、五月四日の夜、軒にあやめの葉を葺く風習があった。雛の月三月、江戸を発った芭蕉は、端午の節句の前日に、ようやく伊達家六十二万石の城下町仙台に入ったのである。

掲出句は紀行文『おくのほそ道』所載。句意は「あやめ草の花の色である紺色の草鞋の緒、それを足に結ぼう」。

東北新幹線仙台駅下車。すでに春の夕暮れである。まず、芭蕉の宿泊地を訪ねる。阿部喜三男他著『芭蕉と旅 下』（現代教養文庫・昭和四十八年・一九七三年刊）によれば、芭蕉が泊まった大崎庄左衛門宅は、国分町二丁目の瀬戸勝旅館のあたりだという。駅から十五分ほど歩いて、辿りついたそこはネオンきらめく繁華街。すでに旅館はなく、高層の駐車場になっていた。壁面に風俗店の女性の顔が描き連ねてあり、絶えず車が出入りしている。車の誘導をしている方に、「このあたりに芭蕉が泊まっているようですがご存じですか」と尋ねると、「聞いています」とのことだった。芭蕉ゆかりの場所で、これほど華やかな場所を他に知らない。

芭蕉は仙台で画工加右衛門という人に世話になっている。歌枕（古歌に詠まれた地名）や寺社を案内してもらっているのだ。加右衛門は、仙台の俳人大淀三千風の高弟で、出版業を営み、領内の歌枕の調査をしている人であった。加右衛門の家跡もわかっている。芭蕉宿泊地のすぐ南である。

『おくのほそ道』には、加右衛門の贈り物が記録されている。まず、松島や塩竈など、これから訪ねる歌枕を絵に描いて贈ってくれた。この絵があれば行く前からどんな句を案じたらいいか、思い巡らせる。通り過ぎた後であっても、風景を思い出すよすがとなる。紀行を残したい芭蕉は感激したはずだ。加えて、紺色の染緒をつけた草鞋を芭蕉と曾良の分、二足くれたのである。草鞋は傷みやすい、旅の必需品である。さらに曾良の日記によれば、干飯(ほしいい)一袋と海苔一包ももらっている。これらはすべて仙台の名産であり、重くなく、旅の際、持っていればありがたいものであった。

芭蕉は紀行に「風流のしれもの、爰(ここ)に至りて其実(そのまこと)を顕(あらは)す」と加右衛門への感嘆のことばを残している。旅人への思いやりあふれる案内と贈り物に「風狂に生きる愚かものの真面目(しんめんもく)が顕われた」と書いているわけだ。「しれもの」は「愚か者」の意で一般的にはけなしことばなのだが、ここでは自分と同じ風狂に生きる同志であると認めているのだ。

『おくのほそ道』の「奥の細道」

掲出句は加右衛門の厚情に感謝する思いで詠まれている。いただいた草鞋に足を置いて紺の緒を結んでいると、折から端午の軒に葺くあやめの葉を足に結んでいるかのようなすがすがしさを覚えます。定住の方が葺いたあやめに魔を払われるように、旅人の私はこの草鞋に守られて、これから先の旅も無事であることでしょう。

仙台に一泊後、芭蕉が訪れた歌枕、社寺を巡る。薬師堂は陸奥国分寺講堂の跡に伊達政宗が建立したもの。芭蕉が拝した建物そのものである。近くの準胝(じゅんてい)観音堂のほとりには掲出句の句碑が立つ。このあたりが歌枕「木の下」。国分寺の礎石を踏み歩くと、懐古の思いにひたることができる。ただ、歌枕「玉田」「横野」あたりといわれている、市内、原町(はらのまち)、小田原のあたりはすっかり家が建てこんでしまっていた。

さらに、仙台駅から東北本線を北に進み、岩切駅下車。今市橋の北、東光寺の付近の「奥の細道」を訪ねる。東光寺の付近は広い道になってしまったが、寺から西へ五百メートル行き、北へ入る道は昔ながらの細道である。これが仙台を発った芭蕉が訪れた、紀行文『おくのほそ道』の書名の元になった道らしい。ただ、二百メートルほどで祠（ほこら）が置かれた行き止まりになってしまう。中世の文献に書かれている「奥の細道」が実際このあたりであったとは考えがたい。俳文学者久富哲雄は、加右衛門の師にあたる三千風の一派が再整備した名所だろうと考えている。

紀行では「かの画図（えず）にまかせてたどり行（ゆけ）ば、おくの細道の山際に、十苻（とふ）の菅有（すげあり）」と書かれている。意味は「加右衛門から贈られたかの絵画を頼りに道をたどって行くと、いわゆる奥の細道の山際に十符の菅がある」。芭蕉は加右衛門が書いてくれた絵地図をたよりにこの道を訪れているわけだ。「十苻の菅」は古歌に詠まれた植物、芭蕉訪問当時このあたりで栽培されていた。網目が十あった薦（こも）の材料の菅であるという。住民の方に「十苻の菅」のことを聞くと、聞いたことはあるが実際に見たことはないとのことだった。

『おくのほそ道』を紀行文の名に冠したのは、このことばが奥州深部への細い道をたやすくイメージさせることができると芭蕉が感じ取ったからだろう。それとともに仙台での加右衛門との交遊を記念するという思いも、含まれているのではないか。

女の顔を描きつらね壁春のくれ　實

すぐ果てて奥の細道梅の花

（二〇〇九・〇五）

嶋々や千々にくだきて夏の海

芭蕉

瑞巌寺の金壁荘厳

芭蕉にとって松島は特別の場所であった。『おくのほそ道』の旅、出立前に書かれた書簡にも、この地が目的地の一つであったことが示されている。『おくのほそ道』発端にも「松島の月先心にかかりて」と記していた。松島を見ることが旅の目的の一つであった。まず、この地は歌枕である。「松島や雄島が磯による浪の月の氷に千鳥なくなり」（『俊成卿女集』）など月の歌も残されている。歌意は「松島の雄島の磯に寄せる浪が月光が凍ったように見える、そこに千鳥が鳴いているのです」。現在、日本三景の一つと言われているが、芭蕉と同時代の仙台の俳人大淀三千風は、『日本行脚文集』（元禄二年・一六八九年刊）巻頭の「本朝十二景」に、田子の浦に次いで第二位として掲げている。当時から日本を代表する好風景として認められていたのだ。さらに芭蕉の愛読した仏教説話集『撰集抄』によれば、西行は僧・見仏上人を慕い、しばらくここに滞在していた。松島は芭蕉の追慕した西行の遺跡でもあった。

元禄二（一六八九）年旧暦五月九日朝、芭蕉は曾良とともに塩竈明神に参詣後、船で松島を訪れた。滞在は一日のみであったが、漢詩文をよく踏まえた高揚した文章を残している。掲出句は『蕉翁全伝附録』（成立未詳）所載。『おくのほそ道』には掲載されなかった。句意は「島々をたくさん砕いて夏の海がある」。

仙台駅で東北新幹線を降りる。観光地の松島は東北本線の松島駅ではなく、仙石線の松島海岸駅であることが繰り返しアナウンスされている。松島海岸駅で降りて、瑞巌寺へ向かう。道の脇には土産物屋、食堂が立ち並び、人通りが多い。絵や像の芭蕉をそこここで見る。それだけ愛されているということの証だろう。

瑞巌寺を拝す。芭蕉が「金壁荘厳（こんぺきしょうごん）光をかかやかし、仏土成就の大伽藍とはなれりける」と書いている大寺である。意味は「金色の壁や内障の装飾がまばゆい光を輝かせ、そのまま極楽浄土を現前させた大伽藍となったのです」。本堂は現在改修中であるが、すでに修理が済んだ部分は江戸初期の障壁画が華やかで、まさに「金壁荘厳」という芭蕉のことばどおりである。前庭に植えられている梅の古木は伊達政宗公が朝鮮出兵の際に持ち帰ったものであると立て札があった。紅白の梅は遅い盛りを迎えていた。

なぜ松島の句がないのか

五大堂を拝し、松島海岸の南に浮かぶ島、雄島に向かう。海岸から渡月橋と名付けられている橋を渡る。

この小さな島にはいくつか遺跡が残されている。芭蕉も訪れた瑞巌寺の中興、雲居禅師（うんごぜんじ）の別室の跡、鎌倉期の禅僧一山一寧（いっさんいちねい）が島の歴史を綴った重要文化財「頼賢（らいけん）の碑」などを訪ねる。碑は鞘堂が視野を遮り、字をなかなかたどれない。島全体が柔らかな石で、仏像や五輪塔などが多く浮き彫りにされている。しかし、芭蕉が「世をいとふ人」（世のわずらいを避けている人）と書いている修行者の姿はまったく見えなかった。しだいに強い風が出てきて、海の上に吹き落とされそうである。

『おくのほそ道』の松島の項に芭蕉の句がないことについて触れなければならない。芭蕉は土芳編『三冊子』（元禄十五年・一七〇二年成立）に「絶景に向かふ時は奪はれてかなはず」とことばを残している。意味は「みごとな景色に対する時は、心が奪われて句をなすことが思うようにならないのです」。『笈の小文』の花の吉野においても「われ言はんことばもなくて、いたづらに口を閉ぢたる、いと口惜し」と書いた。意味は「私の口に出すような言葉もなくて、無駄に口を閉じました、たいそう残念なことでした」。句がないのは、これらと重なる態度である。名所中の名所に来てその風景だけで十分に満足している。すでに数々の名歌などが尽くされている。この名勝を自分の句で汚したくないということだろう。『おくのほそ道』は小品ながら場所ごとの文章の変化を重んじている。ここは漢詩文を多く引用した文章そのもので読ませるということもあろう。さらには同行者曾良に花を持たせるという理由も考えられる。「松島や鶴に身を借れほととぎす　曾良」。句意は「松島の景色の格にはほととぎすの声は合うが姿は合わない、鶴の姿を借りよ」だ。いささか理屈っぽい。曾良の句は俳諧撰集『猿蓑』にも収録。『猿蓑』の「松島や」の句の前書に示すように、鴨長明著『無名抄』の「千鳥も着けり鶴の毛衣」を踏まえている。意味は、「千鳥も着たことだよ、鶴の毛でつくった衣を」。曾良はこの「千鳥」を「ほととぎす」に変えて詠んでいる。曾良の句が傑作であるから紀行文中に置いたのではないだろう。この句の作為の強さが芭蕉の句の不在を際立たせている。

さて、実際には松島で芭蕉の発句も残されていた。掲出句である。多くの島が散らばっているのが松島の特徴であるが、それがよく捉えられている。神が大きな島に手を下して砕いた直後の景を描いたとも言える。『おくのほそ道』本文の松島全体の部分の描写は次のように終わる。「ちはやぶる神の昔、大山祇のなせるわざにや。造化の天工、いづれの人か筆をふるひ、詞を尽くさむ」。意味は「これは遠い神代の昔、大山祇の神がなしたわざであろうか。造物主の仕事はいったい誰が絵筆をふるい、詩文で表わし尽くすことができるだろう」。すばらしい風景に神の手技を見て取っている。芭蕉は句を捨てて、そのイメージを文章の中に生かしていた。

（二〇〇三・〇六）

政宗が高麗土産梅咲きにけり　實

春風や聖者失せたる洞ばかり

夏草や兵（つわもの）どもが夢の跡

芭蕉

敗者への愛

芭蕉は元禄二（一六八九）年の旧暦五月十三日、午前八時ごろ一関（いちのせき）を発って、平泉を訪ねている。この地が『おくのほそ道』最北の地である。掲出句は紀行文『おくのほそ道』所載。句意は「夏草が生い茂っている、ここは義経たち勇士が奮戦した、夢の跡なのだ」。

東北本線平泉駅を降りて、駅前を右に歩む。「伽羅（きやら）御所跡入口」の道標を右に見て進む。これは藤原秀衡・泰衡（やすひら）の居館の跡である。左側に「無量光院跡」がある。ここは宇治の平等院を模して秀衡が建てたと言われる寺院跡。田の中に盛り土が見える。このあたりは奥州藤原氏とともにひとたびほろびた地なのだ。

十分ほど北へ歩くと「高館義経堂（たかだちぎけいどう）」を示す石柱が立っている。右に折れて小高い丘に登ると、そこが高館である。眺望が広がる。眼下を北から雄大な北上川が流れ下っている。『おくのほそ道』に芭蕉が「北上川、南部より流るる大河なり」と書くとおりである。意味は「北上川は南部領から流れてくる大河である」。

案内板によれば高館の由来は次のようだ。兄源頼朝に追われ逃げてきた義経は文治三（一一八七）年二月、秀衡に庇護を乞い平泉にかくまわれる。しかし、同年十月、秀衡は没する。文治五年、頼朝の圧力に耐えかねた四代泰衡は父の遺命に背く。義経がこの高台にあった「衣河館（ころもがわのたち）」に滞在しているところを滅ぼしてしまう。

芭蕉は敗者に愛をそそぐ。木曾義仲を愛し、その墓のある大津の義仲寺に葬られているのは有名である。同様に義経も好きであった。『おくのほそ道』ではここに至るまで、何カ所か縁のある場所を訪ねている。飯塚の里（現在の福島市）は義経の忠臣、佐藤継信・忠信の家郷であった。兄弟出陣のあと、二人の嫁が兄弟の鎧兜をつけて病床の父に凱旋のさまを見せてなぐさめた、というエピソードを、芭蕉は嫁たちの墓を見て思いだしたとしている。塩竈神社（宮城県塩竈市）では神前の宝塔の鉄の扉に「文治三年和泉三郎寄進」という文字を見いだしている。この和泉三郎は秀衡の三男、泰衡の弟にあたる忠衡であった。彼は秀衡の遺言を守って義経に忠誠を尽くし、泰衡の追討を受けて自害する。これらが平泉の伏線ともなっているのである。平泉はこの紀行中ある意味もっとも重要な土地かもしれない。

義経と西行の地

『おくのほそ道』の高館の上からの風景描写は次のように続く。「衣川は和泉が城を巡りて、高館の下にて大河に落ち入る」。意味は「衣川は和泉が城をめぐって、高館の下で大河に合流している」。この「和泉が城」が和泉三郎忠衡の館である。現実には衣川は「高館の下にて」ではなく高館のやや上流で北上川に流れこんでいる。「泰衡らが旧跡は、衣が関を隔てて南部口をさし固め、夷を防ぐと見えたり」。意味は「泰衡らの旧跡は、衣が関を隔てたかなたにあって南部口を固く守り、蝦夷の侵入を防ぐかたちに見える」。兄弟同士が争わざるをえない悲劇であるが、義経贔屓の芭蕉が泰衡も淡々と描いているのがいい。

石段を上がると「義経堂」がある。天和三（一六八三）年に仙台藩主伊達綱村が建てたものである。芭蕉が訪れたころには、まだ新しかっただろう。なかには義経像が収められてある。鎧兜を身につけ、その上に衣を羽織った木像である。彩色もよく残っている。なかなかのいい男である。この男の最後の地を自分の眼で確かめたいというのが、『おくのほそ道』の旅の目的の一つであったにちがいない。

北上川の向こうには束稲山が聳えている。この山はかつて桜の名所であった。ここを詠んだ西行の歌が『山家集』にある。「聞きもせずたばしね山の櫻ばな吉野の外にかかるべしとは」。意味は「束稲山の桜については聞いたことがありません。桜の名所吉野の外にこんな場所があったとは」。西行は二度この地を訪れている。二度目の晩年は、義経がかくまわれる一年前、文治二（一一八六）年である。奥州藤原氏と西行とは遠い血縁関係があった。東大寺大仏殿再建のための勧進に訪れているのである。「とりわきて心もしみてさえぞ渡る衣川見にきたる今日しも」。意味は「とりわけて心まで凍み通って冷えわたることである、衣川を見に来た今日は特に」。この歌は奥州藤原氏の滅亡も予感しているとも思える。芭蕉が愛した歌人、西行ゆかりの土地でもあったのだ。

掲出句はここ高館で詠まれた。現在の風景の奥に過去の悲劇を見ている。夏草の雄々しさが悲しく、動かない。毛越寺(もうつうじ)にはこの句の新渡戸稲造による英訳を掲げた碑があった。この句は古戦場なら赤壁でもワーテルローでも通用する。それが名句の所以である。と同時にここでしか通用しない句が欲しいとも思う。それを配慮してか、『おくのほそ道』には「卯の花に兼房(かねふさ)見ゆる白毛(しらが)かな　曾良」が添えられている。意味は「卯の花に兼房が見える、その白髪が見えてくる」。卯の花に見た幻である。兼房は義経の北の方の乳人(めのと)。北の方とは妻、また乳人とは保育の役をする男性である。『義経記』によれば勝ち目がないことがわかると兼房は義経と北の方を自害させ、二人の子を殺し、館に火をかけ敵を脇に挟んで火に飛び込み自害する。老齢と乳人という立場が泣かせるのだ。

北上もさざなみどきや藤の花　實

高館のうぐひす鳴くや強風に

義経のはねあげ髭や囀(さえず)れる

（二〇〇二・〇七）

五月雨(さみだれ)の降(ふり)のこしてや光堂(ひかりどう)

芭蕉

西行も訪れた平泉

元禄二（一六八九）年旧暦五月十三日午前十時ごろ、芭蕉は前夜から泊まっていた一ノ関の宿を発って、平泉へと向かう。紀行文『おくのほそ道』のクライマックスである。晴天のもと、平泉の名所を巡って、中尊寺の金色堂で、掲出句を残している。掲出句は紀行文『おくのほそ道』所載。

句意は「光堂の創建以来降り続けてきた五月雨も、この堂だけには降りそそぐことはなかったのであろうか、五月雨の中で光堂は燦然と輝いている」。

今日は中尊寺に詣でたい。東北本線平泉駅下車。徒歩で北の方へ向かう。しばらく歩くと商店、住宅が果てて、田畑となる。そのあたりに無量光院跡があった。ここに宇治の平等院をしのぐ規模の寺院があったのだ。奥州藤原氏の三代目、藤原秀衡の造営した大寺だが、今は田の中に礎石を残すのみである。芭蕉もここを訪れた。このような遺跡は平泉の至るところにある。平安時代末期の平泉は、大寺の居並ぶ地であった。

三十分ほど歩いて、中尊寺に入る。月見坂の急な勾配を上る。坂の両脇の杉の木がみごとである。杉の木が切れて、大景が広がった。東物見台(ひがしものみだい)である。正面には束稲山(たばしねやま)がそびえ、裾を北上川とそれに合流する衣川(ころもがわ)が流れている。

西行の歌碑があった。「きゝもせず束稲やまのさくら花よし野のほかにかゝるべしとは」。歌人土岐善麿(ときぜんまろ)の書である。『山家集』所載。歌意は「評判を聞くこともなかったが、束稲山の桜の花がみごとである。花の名所、吉野以外に、こんな見どころがあるとは知らなかった」。西行は生涯に二度、平泉を訪れている。若いときは歌枕巡礼のため、晩年には東大寺大仏再建の勧進(かんじん)のため。晩年の訪問の際には、落ち延びて来て秀衡に保護されていた源義経と会った可能性もある。西行と奥州藤原氏はともに先祖が俵藤太(藤原秀郷)であり、遠縁であった。さまざまな意味で平泉は西行ゆかりの地であったのだ。ただ、この西行の名歌が、若年か晩年か、どちらの訪問時に詠まれたのかは、明らかではない。

西行の魂と会う

光堂(金色堂)を拝する。奥州藤原氏の初代、清衡が建てたもの。堂全体に金箔が貼られ、柱には螺鈿(らでん)が施されている。内陣、須弥壇には阿弥陀如来を中心に十一体の仏像が三組並ぶ。仏像のすべてが金色に厚く塗られている。このように密度濃く仏像が並んでいる空間は、奈良京都でも見たことがない。この堂の中に清衡、基衡(もとひら)、秀衡の御遺体も眠っているのだ。ただ、昭和の大修理の後、堂全体が大きなガラスの中に密閉されてしまった。文化財保護のためにはやむをえないのだろうが、もはや、この堂の中に蝶が入り込むことも、たんぽぽの綿毛が舞い込むこともないと思うと、すこしさびしい。平安末期、平泉には多くの堂塔が犇(ひし)めいていたのだが、この堂以外当時建立のものはすべて失われてしまったのだ。

掲出句を読んでみよう。芭蕉が訪ねた当日は、晴れていた。しかし、あえて、芭蕉は句の中に五月雨を降らせている。それが、光堂の光に深みを与えている。光堂には芭蕉訪問時、保護のため、金色堂よりひと回り大きな覆(おおい)の堂が設けられていた。『おくのほそ道』の本文には、「四面新たに囲みて、甍(いらか)を覆ひて、風雨を凌ぎ」とその様子が描かれている。意味は「堂の四面を新たに囲み、上から屋根を覆って、風雨を防いである」。しかし、掲出句においては、芭蕉はあえて覆堂はないものとしている。創建時そのままの光堂が、五月雨の奥にしずもっているのである。自然の力は人が作りあげたものを容赦なく奪い去る。しかし、光堂は自然が残そうという意志を示すまでに、すばらしいものと、芭蕉は感じ取っているのである。人間が作ったものへの芭蕉の最高の賛辞であるといってもいいかもしれない。

さて、掲出句には初案があった。『おくのほそ道』にはいくつかの写本があるが、その一つ曾良本に、掲出句の初案がそのままに残されている。

五月雨や年々降りて五百たび

句意は「五月雨がこの堂の創建以来、毎年降って、五百回を数える」。単なる報告に終わっている。また、この句だけでは光堂でなくてもいいことになってしまう。この平凡な句を提出句に変えてしまう、芭蕉の力技にうなる。と同時に「五百たび」ということばに注目する。芭蕉が『おくのほそ道』の旅を行った元禄二年は、西行が没した年、文治六（一一九〇）年の四百九十九年後となる。芭蕉は西行の五百年忌を意識しながらみちのくを旅したと考えられる。「年々降りて五百たび」という表現には西行の没後の年数が意識されているのではないか。芭蕉は、光堂に祈りをささげる西行を幻視しているのかもしれない。『おくのほそ道』の旅の一つの目的は歌枕を訪ねて古人のこころを確かめることにあった。平泉の光堂において芭蕉は、西行の魂そのものと会っているのではないか。

（二〇一〇・〇六）

玻璃籠めに光堂あり春の昼　實

秀衡の念珠の瑠璃やさくら待つ

蚤虱馬の尿する枕もと

芭蕉

難所、出羽街道「中山越」

元禄二（一六八九）年旧暦五月半ば、『おくのほそ道』の旅にあった芭蕉は、平泉を遊覧したあと、出羽街道の「中山越」へと向かう。日本列島を横切るのである。

紀行文『おくのほそ道』所載。句意は「夜泊まっていると、蚤や虱が現れて、わが身を刺す。加えて、枕元にまで、馬の小便の音が響きわたる」。

現在、山形県境に近い宮城県の鳴子峡のあたりは山中の遊歩道が整備されていて、芭蕉が歩いたころの雰囲気を味わえるらしい。五月の連休の一日、陸羽東線鳴子温泉駅に降り立った。ところが、駅の窓口に次のような掲示が出ていた。「鳴子峡遊歩道は、補修工事の為、四月から八月下旬の予定で、全面通行止となっております」。残念ながら、現在、遊歩道を歩くことはできない。タクシーで主な場所を回ることにした。タクシーに乗ると、運転手さんが遊歩道について話してくれた。「去年の夏、落石事故のために怪我された方がいて、新しい道を作っていますが、なかなか完成しないのです」とのことだった。現在でも「中山越」は難所でありつづけている。

鳴子温泉駅から、西へ二キロあまり行くと、尿前の関址に着く。伊達藩が新庄との境に置いた関所である。『おくのほそ道』には「此路、旅人稀なる所なれば、関守にあやしめられて、漸として関をこす」と書かれている場所である。意味は「旅人がめったに通らないところなので、関守に不審に思われて、やっとのことで関所を越えた」。同行した門弟曾良の日記にも、通るための申し開きに手間取ったことが描かれている。

大きな黒い門だけが復元されていて、石段を下りると草の茂る広場。丈の低いたんぽぽが咲き、咲き残っていた桜が紅の濃い花びらを散らしている。

山神の社へ行く細い道のほとりに掲出句の句碑があった。江戸中期、明和五（一七六八）年に立てられた、歴史あるもの。「尿前」という地名は、平泉に落ちゆく途中、義経の夫人あるいは子が、尿をしたところから付けられたとの解説がある。芭蕉が愛した義経の伝説の地でもあるのだ。関所の前を通る道は急な坂になって、深い木々の中へと消えてゆく。

「尿」は「しと」か「ばり」か

タクシーは小雨降る新緑の中をさらに西へ七キロほど走り、「封人（ほうじん）」の家へと向かった。封人とは国境を守る役人、こちらは新庄領堺田村の庄屋の家なのである。村役場と問屋と旅館の機能も併せもっていたという茅葺きの古い木造家屋、建物の様式は元禄ごろのものである。芭蕉は『おくのほそ道』に「大山（たいざん）をのぼつて日（ひ）既（すでに）暮（くれ）ければ、封人の家を見かけて、舎（やどり）を求む」と書いている。意味は「大山を登っていくうちもはや暮れたので、国境を守る番人の家をめあてに尋ね寄り、宿を頼んだ」。難所「中山越」をようやく越えたら、もはや日暮、封人の家で宿を頼んだのである。芭蕉が安堵して、泊まった家がまさにそのまま残っている。芭蕉は梅雨に降りこめられて、この家で三日間を過ごしたのだ。

土間に入ると、火を燃やす匂いがする。板敷きにしつらえられた囲炉裏には薪が燃やされている。炉端に坐ると、管理人さんが説明してくれる。「どんなに暑い日でも、囲炉裏の火は絶やさないようにと町から言われています。この煙が虫よけになるんです」。炉の火には防虫効果があるのだ。「芭蕉はこの炉の回り、『こざしき』に泊まったのですか」と聞くと、管理人さんは「違います、一つ奥の畳の敷いてある『なかざしき』に泊まっていただきました」と答えてくれた。この家に代々暮らしてきた有路家に言い伝えられているようだ。芭蕉をたいせつに遇してくれたことがありがたい。芭蕉と曾良とが座っただろう炉端に座って火を見ているだけで、こころ躍る。

さて、掲出句である。蚤虱のみならず馬の尿までとは、たいへんな目にあったことだ。この句は泊めてくれた有路家に対する挨拶にはならない。ちょっと失礼である。旅の後、旅の苦労を表現するために、紀行中に置いた一句であろう。「尿前の関」からの縁で「尿」の字を芭蕉は用いているのだ。

馬が飼われていた土間脇の「まや」から芭蕉が泊まった「なかざしき」までは十メートルほど、枕元に聞こえて変ではない。管理人さんが「馬の小便はバケツの水をぶちまけたような大きな音がします」と教えてくれた。ただ、「尿」の字を「しと」か「ばり」かどちらで読むかで、長年争われてきた。近年発見された、芭蕉自筆本『おくのほそ道』には「ばり」と読みが振られていて、決着がついたのである。「しと」は人の小便、「ばり」は動物の小便と使い分けられているようだ。この地はかつて馬産地で「小国駒」という乗用馬を育てていたということも、管理人さんが教えてくれた。壁に掛けられた写真の「小国駒」の目がやさしい。

もたせあふ大榾二本夏炉なる　實
みがきにみがき夏炉縁すきとほる

（二〇〇八・〇七）

涼しさを我宿にしてねまる也

芭蕉

芭蕉、十泊の地、尾花沢

『おくのほそ道』の旅が始まって二カ月になろうとするころ、芭蕉は奥羽山系の難所山刀伐峠を越えて、尾花沢（現在の山形県尾花沢市）に着いた。元禄二（一六八九）年旧暦五月十七日のことである。太平洋側の陸奥（現在の岩手県）から日本海側の出羽（山形県）へと移動したのだ。尾花沢には、芭蕉旧知の俳人鈴木清風が住んでいた。清風に歓待されて、芭蕉とその門弟曾良は、この地で十泊している。これは『おくのほそ道』の旅のなかで、かなり長い逗留である。

掲出句は紀行文『おくのほそ道』に所載。尾花沢で清風に対して詠まれた挨拶句である。名句との評価も高い。句意は「この座敷の涼しさに、まるで自分の家であるかのようなつもりになって、くつろいで座っています」。

山形新幹線大石田駅下車。東京は桜が満開だったが、大石田にはまだ雪がかなり残っている。駅前から尾花沢市営のボンネットバス「銀山温泉はながさ号」に乗車。運転手さんに「尾花沢の芭蕉・清風歴史資料館に行きたいのですが」と尋ねると、「中町で降りてください」と言って、メモ用紙に停留所から資料館までの地図をささっと描いてくれた。バスの運転手さんに地図を描いてもらったのは初めてのうれしい経験だ。

中町の清風宅跡を訪ねる。標柱が立っているが、すでに建物はない。隣の芭蕉・清風歴史資料館に入る。こちらは江戸時代末期の商家の建物。表から靴のまま行ける通路が裏まで続き、裏の土間が広々としている。清風邸も同じようなつくりだったか。

今でも使われる方言「ねまる」

資料館の解説によれば、清風とは次のような人であった。尾花沢を代表する商人で、金融業を営むとともに紅花などの特産品を売買して巨富を得ている。同時に俳諧も楽しみ、自身で編集した俳諧の作品集を三冊も刊行していた。芭蕉とは『おくのほそ道』の旅以前から面識があった。清風が江戸に上った際、江戸に住んでいた芭蕉と二回はまみえていたこともわかっている。

江戸で芭蕉が清風に贈った句が、清風編の俳諧撰集『誹諧一橋』（貞享三年・一六八六年刊）に収録されている。「花咲て七日鶴見る麓哉」。句意は「桜は七日間咲くといわれている。降り立った鶴は七日間とどまるといわれている。今わたしは桜と鶴の両方を山の麓にいて見ている。なんと幸運なことだろう」。この句の鶴には、江戸滞在中の清風が重ねられている。芭蕉が清風に敬意をもって対していたことがわかる。

『おくのほそ道』の「尾花沢」の項の文章は、すべて清風についての描写である。口語訳を記してみよう。「彼は富裕な人ではあるが、こころが卑しくはない。京都へもたびたび往来しているだけあって、旅人の気持ちもよく知っているので、幾日もひきとめて、長旅の苦労をいたわって、あれこれともてなしてくれた」。清風のことをともに旅を重ねてきた同志と考えて、芭蕉は素直にもてなしを受けているわけだ。

そして、掲出句が置かれる。「涼しさを我宿にして」に息を呑む。家や部屋などの入れ物ではなく、「涼しさ」、涼しい空間、空気そのものを自分の家のように感じ取っているという発想が、まず大胆である。この「涼しさ」、単なる気温の問題ではない。主、清風の名を受けている。疲れをいやしてくれる、清風の心遣いに対する感謝も含まれている。庵を人に譲り旅に出てきた芭蕉が、「わが宿」と表現しているところもほほえましい。そして、きわめつきは「ねまるなり」。ここには方言が使われている。清風が芭蕉にかけた「ゆっくりねまってください」というようなことばから、即座に発想したのだろうが、すばらしい。清風そのひとへの挨拶になりえている。

資料館の受付の二人に「芭蕉が句に使っている『ねまる』という方言、今でも使いますか」と聞いてみた。「わたしたち、二、三十代のものは、もう使いません。でも父母の世代は今でも使っていますね。ゆったりと休んで座る、という意味です」。芭蕉が句に用いた「ねまる」ということばが今も同じ意味で使われていることに、不思議な感慨を覚える。

掲出句に清風が付けた脇句は「つねのかやりに草の葉を焼(たく)」。意味は「何のおもてなしもできず、ふだんのままに蚊遣の草を焼くばかりです」。当時一般的だった木片ではなく、草を焼いて蚊遣としているところに、鄙(ひな)びた味わいがある。謙虚な句だ。

尾花沢十泊のうち、芭蕉らは清風宅に三泊、あと七泊は養泉寺で過ごしていた。ここにも近づきすぎては芭蕉の疲れがとれまい、という清風の心遣いを感じる。養泉寺は、歩いて数分のところにある。訪ねてみよう。

（二〇一二・〇六）

残雪の厚き断面少女行く　實

雪囲ひして山門も本堂も

まゆはきを俤(おもかげ)にして紅粉(べに)の花

芭蕉

艶めいた句

元禄二（一六八九）年旧暦五月十七日、芭蕉は『おくのほそ道』の難所の一つ山刀伐峠を越えて、尾花沢へとたどり着いた。陸奥から出羽へと出て、これから日本海側の旅が始まるのだ。尾花沢には、芭蕉旧知の俳人、鈴木清風が住んでいた。豪商でもあった清風に歓待されて、芭蕉とその門弟曾良は、この地で十泊、『おくのほそ道』の旅で奥州に入ってから最長の逗留をしている。

紀行文『おくのほそ道』所載。

掲出句の「紅粉の花」は紅花。かつて当地で盛んに栽培されていた、化粧品や染料として用いられる紅の原料になる花である。夏にあざみに似た黄赤色の花をつける。平安時代には「末摘花(すえつむはな)」と呼ばれ、『源氏物語』の巻名の一つともなっている、雅な花である。「まゆはき」は、化粧道具。おしろいをつけた後、眉についた粉を払うための小さな刷毛のこと。

句意は、「いずれ女性の唇をいろどる紅となる紅花、そのかたちも、女性が化粧に使うまゆはきのかたちを彷彿とさせる」。芭蕉はよく紅花を見て、そのかたちに「まゆはき」を感じ取っているわけだ。花そのものも、そこから連想したものも、女性の化粧にゆかりのあるものであったというのが、艶めかしい。『おくのほそ道』中、もっとも色っぽい句と言ってもいいだろう。蕉門を代表する俳諧撰集『猿蓑』にも収録されている。芭蕉が自信を持っていた句なのだ。

曾良が残した『随行日記』と『俳諧書留』によれば、実は五月二十七日に山寺（立石寺）への途上に芭蕉が詠んだ句と類推される。ところが、『おくのほそ道』の中では、尾花沢滞在中の句に含めている。芭蕉は制作地を意図的に変更しているのだ。この移動に、紅花商人であった清風の尾花沢での歓待への芭蕉の感謝の思いを読み取ることができる。

清風伝説の真偽

山形新幹線大石田駅下車。バスで尾花沢へと向かった。鈴木清風宅跡近くに建てられている芭蕉・清風歴史資料館に入る。芭蕉と清風についてのわかりやすい解説がうれしい。清風伝説という展示が目をひいた。味わい深い絵が、添えられている。その内容は以下のとおり。江戸の商人が、出羽の紅花不買の同盟を結成した。すると、清風は品川海岸で紅花を焼き捨てるというデモンストレーションを行う。まさかの焼き捨てに紅花は高値を呼ぶ。しかし、実は清風が焼き捨てたのは、色をつけた鉋屑だったのだ。どんでん返しの結果として、清風は三万両の利益を得る。ただし、江戸の金は江戸に還元すべしとして、清風は遊廓吉原の大門を閉じさせ三日三晩借りきった。清風を意気に感じた最高位の遊女高尾太夫は彼と恋仲になり、別れに際して柿本人麿像を渡す。人麿像は、清風の屋敷内に建てた人麿神社に祀られたという。

資料館の方に「この伝説、ほんとうですか」と尋ねると、困ったようなうれしいような表情で、「わかりません」とお答えになった。「ただ、人麿像は現在まで伝えられています」と、展示されている人麿像の写真のところにご案内いただいた。

「資料館では、俳聖の来訪を記念して、七月に芭蕉来訪展を開催します。その際には実物を展示します」とのこと。写真の人麿像は木製で、ゆったりと座して、筆を持ち、宙を眺め、和歌を案じているようだ。鎌倉時代後期から南北朝時代の歌僧、頓阿が摂津の住吉大社に三百体奉納したものの一つで、東北地方にはこの像を含めて、二体が伝えられているそうだ。

資料館の方にご案内いただいた人麿神社は、資料館駐車場の裏手にある小さな社であった。雪囲いがしてあるのが、雪国らしい。人麿像は、現在この神社にはなく、資料館の収蔵庫に収められているとのことであった。清風伝説の真偽を判断することは、ぼくにはできない。ただ、清風と遊女との恋の伝説の成立に、芭蕉が清風に贈った、艶めいた掲出句が関わっているような気がしている。掲出句が生んだ波紋の一つが、この伝説ではないか。

かつて伊賀市の故郷塚——芭蕉の遺髪を納めた塚である——を訪ねた際、塚に紅花が供えられていて、胸をつかれた。伊賀にも、掲出句を愛している人がいたのだ。伊賀の紅花を思うと、掲出句に恋だけを読むのは、ちょっとものたりなくなる。まゆはき、紅という女性ゆかりのものに、芭蕉は故郷の亡き母を思い出したという読みも試みてみたい。厳しい旅の間の平穏の日々、紅花のかたちに母の身辺にあった化粧道具を思いだしたとも、読めるのではないか。

雪囲(ゆきがこい)の人麿神社拝しけり　實

ふきのたう生(お)ひ出でてをり誰(た)も取らず

（二〇一四・〇六）

閑さや岩にしみ入蟬の声

芭蕉

薬師の顔はみちのく人

元禄二（一六八九）年旧暦五月二十七日、新庄盆地の南部を占める尾花沢（山形県）で十日間を過ごした芭蕉は、清風ら尾花沢の連衆に勧められて、山寺（立石寺）に参拝する。掲出句はそこで詠まれた。『おくのほそ道』を代表する名句、というよりも芭蕉の生涯を代表する名句である。

紀行文『おくのほそ道』所載。句意は「何という静けさだろうか。蟬の鳴き声が岩の内部にしみ入っていく」。

仙台駅で、仙山線に乗り換え一時間ほど乗車、山寺駅下車。ゴールデンウイーク明けの晴れた日の午後である。駅のホームから、立石寺が望める。『おくのほそ道』の本文に書かれている通りの風景である。「岩に巌を重ねて山としたような地形で、松や柏も年数を重ねている」。そして、岩々には小さな仏堂が建てられている。

駅から立石寺へと向かう道にはいくつかの土産物店があり、なかには山菜を商っている店があった。店先にシドケ、イワダラ、タラノメ、ホソタケ、クワミズ、アマドコロなどが並べられている。見ていると、「食べてけ」と山独活と缶詰の鯖を煮たものを掌の上に取り分けてくれた。みちのくの初夏の山の幸の豊かさを、味わうことができた。

立石寺の根本中堂では、本尊薬師如来が開帳されていた。なんと五十年ぶりの開帳であるということだ。厨子の傍らに立つ僧の解説によれば、開祖慈覚大師みずからが桂の大木から刻んだ仏像とのこと。拝すると、優美というより朴訥な男っぽい風貌である。古のみちのく人にまみえた思いであった。

山門から石段を上りはじめる。看板には「石段をひとつ上ると、煩悩がひとつ消える」と書かれている。たしかに上っていくうちに、気が晴れる。高齢の方々の団体の列の中に入って、上っていく。上からは、揃いのジャージを着た中学生たちが勢いよく石段を下りてくる。全員が「こんにちは」と明るく声をかけてくれる。「遠足ですか」と聞いてみると「いいえ、研修です、宮城県から来ました」とのことだった。

静寂と向き合う

上っていくと、石段の両脇にはつぎつぎと巨岩が現れる。山全体が巨大な一つの凝灰岩(ぎょうかいがん)でできているのだ。「立石寺」という寺の名は、この地形にまことにふさわしいと思う。仁王門の手前にあった「弥陀洞(みだどう)」は、岩に阿弥陀如来のかたちが刻まれてある。それも人間が刻んだのではなく、不思議なことに雨や風が自然に削りとったのだという。芭蕉はこのような岩と向き合って、掲出句を詠んでいるのだ。

芭蕉の旅に随行した弟子曾良は、掲出句の初案を書きとめている。

山寺や石にしみつく蟬の声　「俳諧書留」

初案の「山寺や」は、訪れた地名を示しただけにすぎない。「山寺や」から「閑さや」への推敲には、この山の清らかさをことばにとどめようという意思を感じるのだ。この推敲によって、芭蕉は静寂を一句の主題としている。そして、「閑さ」に切字「や」を加えて、さらに強く静寂を打ち出している。そのことによって、聖地の空間にエネルギーが満ちていることまでが表現されていると思う。

初案中七の「石にしみつく」は「岩にしみ入る」と推敲している。初案において、蟬の声は小さな石の表面でとどまっていた。それが、大きな岩の内部深くまでしみ込んでいくものになっている。ただ一匹で鳴きはじめた蟬の澄みわたる声を、より強く感じられるようになった。

この蟬の種類について、かつてアブラゼミかニイニイゼミかという論争があったが、ニイニイゼミに決着している。時期からも澄んだ声質からもニイニイゼミがふさわしいようだ。

ひたすら静寂と向き合っている芭蕉に、ぼくはアメリカの現代音楽家ジョン・ケージのことを思う。ケージは「4分33秒」という曲を作った。その時間、演奏者は楽器とともに何もせず過ごす。聴衆は静寂の中に響く偶然の音の豊かさに驚き、自分の身体の中で打ち続ける鼓動に気付く。芭蕉とケージとは、同じ場所にいる。

実を言うと、掲出句に対するぼくの評価は、年を重ねるにしたがって変化してきている。三十代のころには、評価できなかった。主観的なことばは作句に使いがたいというタブーに縛られて、「閑さ」ということばをすっぺらに感じ、読みが深められなかったのだ。五十を過ぎ、作句のタブーから自由になり、「閑さ」ということばが拡げる空間をようやく楽しめるようになった。一句を味わうのに、だいぶ時間がかかってしまった。

奥の院まで約千段、石段を上りきった。寺内を見下ろすと満開の桜の木が目に入ってくる。山形では初夏に桜が咲くのだ。

桂巨木に刻みし座像余花(よか)日和　實

千段を遠足の子ら駈けくだる

（二〇一三・〇七）

補記

この「蟬の声」に二十代の芭蕉が伊賀で仕えた藤堂良忠の俳号「蟬吟(せんぎん)」を思い出す人がいる。作家嵐山光三郎である。『芭蕉という修羅』（新潮社・平成二十九年・二〇一七年刊）。この芭蕉の絶唱に若い頃の主君への思いを読みとるのもありえると考えるようになった。

五月雨をあつめて早し最上川

芭蕉

風流ここに至れり

大石田には最上川の港、酒田へ下る川船の発着所があった。『おくのほそ道』のなかでは芭蕉はここから乗船するために日和を待つ。その間に土地の俳人に乞われて連句を巻くのだ。それについて、「このたびの風流ここに至れり」と記している。意味は「今回の旅の風流はこの地に極まった」。実はこの記述は次の句と呼応していた。「風流の初めやおくの田植歌」。白河の関を越えた須賀川においてこの句を発句とする一巻が編まれた。これがみちのく俳諧行脚の初め。その句と遠く呼応しつつ、ここ大石田の連衆の俳諧への執心を讃えている。

元禄二（一六八九）年旧暦五月二十八日朝、芭蕉は曾良とともに馬を借りて立石寺の宿坊を発つ。そして同日午後二時過ぎ、大石田の俳人、高野一栄宅に到着した。滞在は三日間。一栄の俳号と本名は、すでに曾良の『随行日記』の五月十八日、尾花沢滞在中の余白に記されていた。尾花沢の豪商俳人、鈴木清風の紹介があったのかもしれない。

掲出句は紀行文『おくのほそ道』所載。意味は「五月雨の水量を集めて早いことなだあ、最上川は」。

山形新幹線の大石田駅で降りる。駅構内の観光案内所で「大石田てくてくガイド」をもらって、最上川へ急ぐ。大橋近くに一栄の旧居があるのだ。堤防の上に出ると最上川が見渡せた。通りかかった人に水量について聞くと、今は雪解けの影響で増えているとのことだ。梅雨に入るとどうか聞くと、今よりさらに増えて、橋桁近くまで届くそうである。芭蕉はそういう川と対したのだろう。

一栄旧居には歌仙碑が建てられていた。掲出句の初案を発句とする歌仙（三十六句を連ねる連句）は芭蕉の自筆懐紙が伝えられている。その表六句、名残の表六句、奥書が拡大されて彫られていた。芭蕉は筆にたっぷりと墨を付けている。筆の運びにはリズムが生まれている。見ていると気持ちが良くなってくる。

さて、掲出句の初案は二十九日、一栄宅の句座に出された次の形である。

五月雨を集て涼し最上川　『俳諧書留』

「早し」ではない。「涼し」であるところに客の挨拶の意がある。「夏なのに五月雨を集めていかにも涼しげな最上川の景が眼前にあります。心地のいいお宅で過ごさせていただきありがとう」。

それに一栄が付けた脇句は次のとおり。「岸にほたるを繋ぐ舟杭」。「岸には舟杭はありますが舟もありません。蛍がとまっているばかりです。そんなつまらぬ所ですが、ゆっくりなさってください」と亭主は謙退の意を表す。

「すゞし」から「早し」に

『おくのほそ道』に収録された句は「すゞし」から「早し」へと変えられている。芭蕉の挨拶の対象が旅で会った一栄から和歌に詠まれてきた歌枕最上川そのものに変わっているのである。

この句の魅力は「五月雨を集めて」という部分にある。「峰々に降った五月雨が流れ込む支流を集めて」とことばを補ってもいいだろう。かなり大胆な、乱暴と言ってもいい表現である。この部分に「すゞし」をつなぐと若干渋滞の気分がある。「すゞし」はあくまでも人間の主観的な繊細な感覚である。挨拶のための人間界のことばである。これは「五月雨を集めて」の荒々しさと微妙にずれる。芭蕉はまだ最上川の外にいる。対して「早し」は客観的で率直、単純。「五月雨を集めて」にぴったり来る。この表現が来て、最上川と芭蕉とは初めて一つになり、ともに流れ下るのである。

古注には「最上川はやくぞまさるあま雲の登ればくだる五月雨のころ」『兼好家集』を踏まえるとの説が少なくない。歌意は「最上川は早く水量が増えている、雨雲が空にのぼると雨が降る五月雨のころには」。たしかにことばは似ている。しかし、もたもたとことばが重複して理屈っぽい。梅雨の川のスピードが感じられない。芭蕉が名所の句を作る際には古歌を乗り越えるように作る。掲出句はまさにその成功例である。

芭蕉は『おくのほそ道』に「最上川乗らんと、大石田といふ所に日和を待つ」と書いている。意味は「最上川を舟で下ろうと、大石田という所で天気のよくなるのを待つ」。しかし、実際には大石田滞在の三日間は天候が悪くない。雨は二十九日の夜に入って小雨が降るばかりで、三十日など晴れてもいる。この悪天候を連想させる一文は川が増水していることを読者に想像させんがためではないか。芭蕉は大石田からは乗船しなかった。新庄を経てずっと下流である元合海（もとあいかい）（現在の本合海）から乗っている。それなのに大石田からのように匂わせているのは、川の上で過ごす距離と時間とを長く感じさせるためではないか。掲出句には船上での実感がある。句のリアリティをより確かにするための企てではないか。

かつて大石田の岸には塀と蔵とを兼ねた塀蔵（へいぐら）という建物が立ち並んでいたようだ。現在堤防には塀蔵が壁画として描かれている。なんと六百メートル余りで世界一だというが、芭蕉が見たら喜ぶだろうか。川下りの船がこのあたりから出ていたそうだが、それも近年廃されてしまったという。しかし、川の流れは変わらない。

最上川雪解（ゆきげ）濁りや日を返す　實

虎杖（いたどり）に最上はやしよ波立てず

（二〇〇三・〇七）

涼しさやほの三か月の羽黒山　芭蕉

森のなかの静かな塔

『おくのほそ道』の旅で芭蕉は、さまざまな神社仏閣を訪ねている。その中でもっとも重要な場所と言えば、ぼくは出羽三山であると思う。出羽三山は、羽黒山・月山・湯殿山よりなる、修験道の巨大な聖地である。元禄二（一六八九）年旧暦六月三日、芭蕉は最上川を舟で、元合海より清川まで下った後、上陸して羽黒山へと向かった。羽黒山の案内をしたのは、麓の門前町、手向村の俳人、呂丸であった。この男は後に、京の去来の本宅で客死して、芭蕉を悲しませるが、ここで初めて出会っているのだ。芭蕉は、羽黒山をはじめ出羽三山のすべてに登っている。

　掲出句は紀行文『おくのほそ道』に所載。羽黒山で芭蕉をあたたかく迎えた高僧、会覚阿闍梨は芭蕉に依頼して「三山巡礼の句」を短冊に書かせた。それを記録した三句冒頭の一句である。句意は「羽黒山の空に浮かんだ三日月の姿が、うっすらと見えている。その清らかな月を見上げていると、心から涼しい気分になる」。

　ゴールデンウイークの一日、羽越本線鶴岡駅に降り立った。駅の観光案内所で羽黒山の状況を聞くと、羽黒山の石段の周辺にはまだ雪がかなり残っているということだ。羽黒山頂までバスも行くが、今日はタクシーで行くこととする。

　羽黒山への入山者を迎える大鳥居のあたりは、桜が満開である。随神門で下車。残雪にぬかるむ継子坂を下り、五重塔を見に行く。杉の森の中に立つ五重塔は静かである。平将門が寄進したと伝えられている塔だ。近くには樹齢千年の爺杉も立っている。多くの杉が五重塔よりも背が高い。沢音が響いている。華やかな声がして、体操着を着た女子高生たちが現れた。仙台からバレーボールの練習試合に来たという。足元から羽黒山頂へと石段が続いている。二千四百四十六段あって、ふつうに登れば一時間半で頂上に着くそうである。

タクシーに戻ると、運転手さんに「東京ではスカイツリー竣工が話題ですが、羽黒の塔はいかがでしたか」と聞かれる。ぼくは「森のなかの静かな塔が好きです。奈良には法隆寺の五重塔、薬師寺の三重塔など美しい塔もありますが、この羽黒の塔が日本で一番好きな塔かもしれません」と答える。

和歌・連歌に近づく試み

羽黒山頂の駐車場で降り、三神合祭殿に参る。茅葺きの屋根が重厚。ここには羽黒山・月山・湯殿山の三神が祀られていて、参詣の人が絶えない。月山と湯殿山は夏から秋の短い期間しか訪れることができないのだ。三神合祭殿の前が鏡池である。時を経て浅くなり、今日は残雪溜まりのようになっているが、かつては信仰のために鏡が投げ入れられた深い池であった。池から発掘された、いわゆる羽黒鏡は、出羽三山歴史博物館に展示されている。平安・鎌倉時代に製作された銅鏡で、裏には繊細な草花や鳥まで鋳られていた。見ていて飽きない。水中を沈んでいく鏡を幻想する。

会覚阿闍梨が、芭蕉に依頼して書かせた短冊は現在まで伝えられてきている。山形美術館蔵。その短冊では上五が、「涼風や」になっている。これが初案であったと考えられる。『おくのほそ道』掲載のかたちに芭蕉が変えたのは次のような理由が考えられる。「風」も「月」も天に属することばである。その重複を解消したかった。「風」がなくなったことで、句の中の動きが消え、読者は三日月一点に集中できるようになった。さらに「涼風」が「涼しさ」に変わったことで、上五、中七、下五それぞれに「ず」「づ」「ぐ」というウ音を含んだ濁音が揃うことになった。この濁音が玄妙に響き合って、神秘的な雰囲気を感じさせている。

中七「ほの三か月の」の部分には、掛詞という技法が用いられている。「ほの見」と「三か月」、合わせて「ほの見えている三か月」という意味である。「み」の字に二重の意味が掛けられているのだ。俳文学者尾形仂著『おくのほそ道評釈』（平成十三年・二〇〇一年刊）によれば「ほの見」と「三か月」とを掛ける用法は芭蕉の独創ではなく、すでに和歌や連歌において用いられていたものとのこと。室町時代の連歌には次のような例がみえる。「春はまづほの三日月の雲居かな　宗牧（そうぼく）」。意味は「春という季節はまず、雲にぼんやり見えている三日月に感じられる」。

『おくのほそ道』の羽黒山の部分で、芭蕉は天台仏教の修行法について触れている。修行法の一つに自身の心を見つめる修行がある。その修行をきわめた心を、芭蕉は明月にたとえたのである。月は天にあるだけでなく、修行者の胸の奥にもあるものなのだと。そのような神秘的で微妙な月を描き出すために、芭蕉は和歌・連歌の技法を借りている。芭蕉の作品の中では世俗から遠く離れた雅な句であり、もっとも和歌・連歌に近づいた一句である。

塔しづか花いまだなる杉の木より　實
さへづりやゆらめき鏡しづみゆく

（二〇一二・〇七）

めづらしや山を出羽の初茄子

芭蕉

物のふ、長山重行

元禄二（一六八九）年旧暦六月、『おくのほそ道』の旅中、芭蕉は、出羽三山を参拝した後、庄内藩の城下町、鶴岡に出る。旧暦六月十日、庄内藩士で蕉門俳人の長山重行邸に到着、三日間、逗留した。

掲出句は鶴岡の菓子商で俳諧作者呉天編の俳諧撰集『初茄子』（享保十二年・一七二七年刊）所載。重行邸で巻かれた歌仙（全三十六句の連句）の先頭の句、発句であった。出羽に「出羽」という地名と「出で端」、出たとたんという語とが掛けられている。句意は「出羽三山を出て、平地に来たとたんに味わう、出羽の初茄子である。なんと、珍しいことであるか」。重行さん、味のあるおもてなしありがとうという思いも籠ろう。厳しい神の空間から、人間の世界へと戻って来た安堵感がうかがわれる、丈高く奥行きも感じられる秀句だが、『おくのほそ道』には収められていない。

五月の連休も終わろうとしている一日、羽越本線鶴岡駅に降り立った。よく晴れて、風が強い。駅の観光案内所で、芭蕉に関わる場所について聞き、南へと歩きはじめる。日枝神社の八重桜の大木がちょうど満開、風に揺れている。青草に花が散りかかってうつくしい。今年の桜の見納めである。欅の大木もよく揺れている。掲出句の句碑は池に浮かぶ弁天島に立つ。

長山重行邸跡は山王町の裏通りにある。その小道には、今でも長山小路の名が残っている。ここにも掲出句の句碑がある。楓の樹下にベンチが置かれていて、花楓が降っている。芭蕉は、まさにここに滞在した。しばらく座って往時を偲ぼう。

同行者曾良の『随行日記』によれば、十日午後四時ごろ到着して、芭蕉は粥を所望している。思うにこの粥に初茄子の浅漬が添えられていたのではないか。鶴岡特産、民田茄子とよばれる小さな茄子である。それからしばらく眠った後、夜になって、掲出句を発句に連句を始める。

主、重行が付けた脇句は「蟬に車の音添る井戸」。意味は「鳴きしきる蟬の声に、井戸水を汲み上げ滑車の音を響かせました」。井戸水で冷やし、初茄子をお出ししましたという意になる。これに曾良と、羽黒山から同行していた弟子、呂丸とが一句ずつ付けた。それでその夜は終わり。翌日、歌仙の続きを付けるが、芭蕉の体調が悪く、昼ごろ、中絶。さらに翌日、十二日に完成している。

歌仙はふつう一日で巻かれる。三日かかったということは、芭蕉の深い疲れを意味する。一巻が残されたことは、後世のぼくらにいい贈り物となったが、疲れた芭蕉は初日の連衆一巡の四句だけで済ませたかったのではないか。そういう芭蕉に主が強いて巻かせているのではないかと推測する。『おくのほそ道』に芭蕉は、「鶴が岡の城下、長山氏重行と云物のふの家にむかへられて、誹諧一巻あり」と書いている。「物のふ」とは武士の擬古的な表現だが、強情な、後には引かないという性格も意味しているような気がする。

西行の和歌への思い

「出羽」を掛詞に用いた先例には西行の歌がある。「たぐひなき思ひいではの桜かなうすくれなゐの花のにほひは」(『山家集』)。「たぐいない思い出となる、この出羽の国の桜よ。うすくれないの珍しい花の輝きは」という意。北日本に多い香山桜を詠った和歌である。「思ひいでは」に「思い出」と「出羽」を掛けている。芭蕉が「出羽」を掛詞として使ったということは、先人西行を思っての句作でもあったのだ。茄子の照りに、西行が見出した桜の花びらの輝きを感じ取っているのである。

この秀句を『おくのほそ道』に収録しなかったのは、なぜか。まず、聖地、出羽三山での感動を強調したいがためであろう。茄子の句は金沢で「秋涼し手毎にむけや瓜茄子」がある。その句との重複を避けたということも考えられる。

重行邸跡の隣には「バナナハウス」という名のマンションがあった。芭蕉ゆかりの「バナナ」（実芭蕉）の名を冠したのだろう。家主のウイットを楽しんだ。住人の方に住み心地を聞きたかったが、誰も出てこない。

西南へ向かうと、大きな川、内川に出る。川風が気持ちがいい。川べりに「奥の細道内川乗船地跡」の標柱が立っている。ここから、芭蕉は川舟で、次の目的地、酒田へと向かう。半日の舟旅となる。外にも出ず、疲れを休め、歌仙を巻いただけの三日間であった。芭蕉の疲れは取れただろうか。近くの大泉橋には青蔦が這わせてある。両岸から伸びてきた蔦がちょうど触れ合おうとしていた。

夜は居酒屋で、土地の名産を楽しんだ。月山筍すなわち月山の根曲がり竹のたけのこの味噌汁が、忘れられない。深山の味がするような気がした。ご主人に民田茄子について尋ねると、「まだありませんが、七月になると、出ます。民田茄子の浅漬、最高です」と答えてくれた。

花屑の吹きとどまりぬ草の上　實

汁を出て月山筍や長きまま

（二〇〇八・〇八）

暑き日を海にいれたり最上川　芭蕉

最上川の涼気

元禄二（一六八九）年旧暦六月、芭蕉は『おくのほそ道』の旅で、出羽三山の巡礼を経て日本海側に出ている。鶴岡の内川から舟に乗り、赤川を経て、最上川下流で酒田に上陸しているのだ。六月十三日夕刻のことであった。

掲出句は紀行文『おくのほそ道』に掲載の名句。句意は以下のとおり。「最上川は海へと流れ入り、暑かった一日を海に流し入れてしまった」。大きな句である。大洋と大河と大気、それぞれがせめぎあう動的な一句である。

羽越本線で酒田駅まで行き下車。大通りを南下、本町通りを西へ向かう。市役所を過ぎると、酒田本町郵便局の向かいに「安種亭令道（あんじゅていれいどう）　寺島彦助宅跡」という標柱が立っている。現在はホルモン焼き屋になっていて、大きな看板には生ビールのジョッキの写真が掲げてある。ここで掲出句は詠まれたのだ。

芭蕉が酒田に入った翌日の十四日は、厳しい暑さだったことが、曾良の日記に記録されている。この夕べ、芭蕉と曾良は寺島彦助の家を訪れて、連句を巻いている。その発句として、掲出句の初案は示された。

涼しさや海に入（いれ）たる最上川　『俳諧書留』

句意は、「最上川が海に入るこのあたり、涼しさに包まれている」。「涼し」という季語によって、招いてくれた亭主を褒めるのは、最上川の上流大石田で土地の俳人高野一栄に与えた「五月雨を集て涼し最上川」と共通する。芭蕉は舟でこの川を下ってきた。そして今、河口を眼前にしている。最上川という川に、一貫して涼気を感じ続けてきたのだ。

主、彦助は詮道の名で芭蕉の「涼しさや」の句に脇句を付けた。「月をゆりなす浪のうきみる」。句意は、「浪に映った月影を浮いている海藻海松が揺らしている」。「海松」が夏の季語。月が出ているから、時間は夜である。河口の大景を詠んだ芭蕉に対して、詮道は足下の浅瀬を描いている。月を芭蕉に重ね、浮き海松を詮道自身に重ね、はるかな存在であった芭蕉と俳席を囲むことのできた幸福な気持ちを込めているわけだ。

熱き太陽か暑き一日か

彦助は、幕府が酒田に置いた米置場の米を管理する役人である。尾張鳴海宿の出身で、芭蕉と関わりのあった俳人、知足の親族でもあった。この地で俳人として会ったというだけではないものを感じる。曾良の日記によると、彦助はなんとこの五日後、江戸へと発っている。曾良が幕府の隠密的存在であったとする説があるが、だとすれば、曾良から得た東北地方に関する情報を江戸の上司に伝えるために出立したという想像も可能かもしれない。

現在、本町通りからは川は見えない。通りかかった男性に聞くと、「店の裏手に新井田川が流れています。最上川はその奥」と教えてくれた。ホルモン焼き屋の裏手へと進むと、たしかに川に出る。そのあたりは酒田港になっているのだ。最上川にかかる出羽大橋も望める。江戸時代、彦助の家からは最上川河口まで見渡すことができたろう。

さて、芭蕉は『おくのほそ道』にこの句を入れた際、初案「涼しさや海に入たる最上川」を改作している。上五「涼しさや」を「暑き日を」に替えているのだ。川が海へと入るのが涼しいのは当然。初案の句には飛躍はない。しかし、「暑き日を」になると、逆に涼気を覚える。

また、初案の句、「入たる」は他動詞、何が何を入れたのかが不明だ。それが『おくのほそ道』では、目的語として「暑き日」が来て、表現の無理が解消されている。すなわち、「最上川」が「暑き日」を海に入れていることとなる。

ところで、この「暑き日」の解釈には二説がある。一つは「熱き太陽」の意味、もう一つは「暑き一日」の意味である。「熱き太陽」説は単純明快。日本海に落ちていく真っ赤な太陽がたしかな像を結ぶ。海に入ったとたん、音がするかのようだ。鮮やかなイメージが強烈である。

対する「暑き一日」を海に入れるという説は、味わい深い。海辺に日暮れとともに涼気がやって来るのを巧みに捉えている。一日という時間を海に入れることは、現実にはかなわない。ことばの意味をずらしているのだ。その分、俳味は濃い。

酒田の日和山は、かつて船頭が航海の可否を判断するため天候を確認したといわれる高台である。そこから前者の読み通りの景が見えるという。ぼくも登ってみた。頂上には、まだ桜が残っていた。曇天ではあったが、雲を透かして日本海への落日を確かめえた。だからといって、後者の読みも捨てがたい。二説とも魅力的で、どちらか一つには絞りきれない。二説を重ねて読みたいとも思う。

遅桜荒海へ日は落ちつつも　實
遅桜海も港も濁りをり

（二〇一一・〇七）

象潟や雨に西施がねぶの花

芭蕉

松島・象潟の眺めともにせん

『おくのほそ道』、日本海側最北の地は象潟である。元禄二（一六八九）年六月十五日、芭蕉は曾良とともに酒田を発って北上する。『おくのほそ道』日光のくだりに同行者曾良を紹介している部分があるが、そこに「このたび、松島・象潟の眺めともにせんことを喜び」とある。意味は「今回、松島・象潟の風景をともにするだろうことを喜び」。この地は太平洋側の松島と並ぶ、旅の目的地の一つであった。

紀行文『おくのほそ道』所載。西施は、中国の春秋時代、越王勾践が呉王夫差に献じた美女、夫差は西施を愛し国を傾けた。意味は「象潟であるなあ、雨の中に美女西施が眠る姿を思わせる合歓の花が咲いている」。

秋田新幹線の終点、秋田駅で羽越本線に乗り換え、象潟駅下車。駅にはコインロッカーはないが、観光案内所の女性が「五時までに戻ってくるならば」と鞄を預かってくれる。自転車も無料で貸してもらった。

駅を出るとよく晴れている。見回しても雲はない。南東に鳥海山が聳えている。芭蕉は激しい雨の中、象潟に着いた。曾良の『随行日記』には、次のような意味のことが書かれてある。「雨が強く降り衣がたいそう濡れた。船を入れる小屋に入って休む。昼になって象潟の西である塩越に着く。当地の佐々木孫左衛門を探し当て休む。宿で衣を借りて着替え、雨で濡れた衣を干す。饂飩を食べる」。こうしてようやく人心地がついた。その日は当地の熊野神社の祭で女客があり、向いの佐々木左右衛門治郎という旅人宿に泊まることになった。なかなか落ち着かない。現在は普通の家になっているが、この向かい合う宿があった場所にはそれぞれ案内板が立っている。同様に芭蕉滞在中に世話をした今野加兵衛、今野又左衛門の旧居の位置もわかっている。又左衛門の旧居には「今野」姓が「今」と変わって、子孫の方が現在でもお住まいであった。

熊野神社で芭蕉らは祭の踊りを見ているが、今日は、誰一人いない。石段の上には椿が散り落ちていた。

隆起した入江

神社を出たところに欄干橋がある。象潟川に架けられた橋で、もともとの名は象潟橋。『随行日記』によれば、芭蕉らは到着の日の夕暮、ここから「雨暮気色」つまり「雨の日暮の風景」を見、ここを発つ十八日の早朝、「鳥海山の晴嵐」つまり「晴れた日の鳥海山から立ちのぼる山気」を見ている。気に入りの場所であったわけだ。だが、象潟の風景描写は蚶満寺の方丈からの一点に絞られる。

橋を渡ると、草の中に円柱形の「船つなぎ石」がある。芭蕉は象潟の島めぐりを楽しんだ。「その朝、天よく霽(は)れて、朝日はなやかにさし出るほどに、象潟に舟を浮かぶ」とある。意味は「その翌朝、天気は晴れあがって朝日が華やかにさし出るころ、象潟に舟を浮かべる」。この舟はここから出たのだ。ただし、実際の舟遊びは十七日の夕食後である。この日の天候は朝から小雨であった。翌十八日になって、ようやく朝から快晴となった。芭蕉は三日にわたる天候の変化を二日に縮めて、雨から晴への変化をドラマチックに仕立てた。蘇東坡の西湖の詩「水光瀲灩(すいこうれんえん)トシテ晴レテ偏(ひと)ヘニ好シ、山色朦朧(さんしょくもうろう)トシテ雨亦(また)奇ナリ」(『聯珠詩格』)意味は水面が光りさざなみが動き晴れるとひたすらにいい、また、山の風景がおぼろになる雨もまたすぐれている」。この詩を二日の天候の変化で表現しているのだ。

羽越本線の踏切を渡って蚶満寺に入る。本堂裏の庭園に入ると住職も出て、草刈をしていた。手を休めていただき話をうかがう。今からちょうど二百年前の文化元(一八〇四)年、大きな地震が起きて、入江の海底が隆起して、陸になってしまった。天然記念物であるため、現在、丘を削るのも家を建てるのも許されないとのことだ。かつての島は丘に、かつての海は田になっている。島々には松が茂り、ところどころに残花が見える。田ではトラクターを使用して代掻をしていた。現在の景に芭蕉の見た景、「風景一眼の中に尽きて、南に鳥海、天をささへ、その影映りて江にあり」を重ねてみる。意味は、「象潟の風景はことごとく一望のうちに見わたされ、南に鳥海山が天をささえるようにそびえ立ち、その影が映って水面にある」。現在のぼくらは松島とはまったく異なる奇景を眺められることをもって良しとすべきであろう。

境内にある掲出句の句碑は宝暦十三（一七六三）年建立。文化の地震で折れたものを補修してある。「象潟の雨や西施がねぶの花」と読める。芭蕉は先ほど引用の蘇東坡の詩から中国の美女を連想しているわけだ。蘇東坡の詩は次のように続く。「若シ西湖ヲ把テ西子ニ比セバ淡粧濃抹両ツナガラ相宜シ」である。意味は「もし西湖を西施に比べてみると薄化粧も濃い化粧もともに魅力的だ」。雨の西湖に化粧の濃い美女を連想する蘇東坡に芭蕉は従う。雨の象潟に咲く合歓に西施の眠っている様子をイメージしている。「合歓の花」は当時の新季語、その上「ねぶり」が掛詞になっている。静かな入江に眠っている美女の面影を重ねるとは洒落たことをしたものだ。最終的に、「象潟や雨に西施がねぶの花」と改作されて、句柄がぐっと大きくなる。

象潟という地名には異国の動物「象」が潜んでいる。芭蕉は象潟という歌枕に不思議な異国的な匂いを感じ、憧れてこの地を訪ねたのではないか。

鷗のような鳥が餌を探して、泥田を行ったり来たり歩いている。かつて芭蕉が上陸した能因島が見える。

残雪の鳥海あはし昼月も　實

九十九島すべてに松や稀に残花

（二〇〇四・〇七）

あつみ山や吹浦かけて夕すゞみ

芭蕉

句の中に二つの地名

元禄二（一六八九）年旧暦六月、芭蕉の『おくのほそ道』の旅は、出羽三山の巡礼を終え日本海側に至った。十三日には、鶴岡から川舟に乗り酒田に到着する。酒田には二十五日まで滞在して、その間には名所象潟への訪問も果たしている。

掲出句は、酒田滞在中に最上川下流で行われた舟遊びにおいて発想された。紀行文『おくのほそ道』に所載。句意は「南にはあつみ山が、頭をめぐらせば北には吹浦が望まれる。その大景と向き合って、夕涼みを楽しんでいることだ」。

句の中に二つの地名が詠み込まれているのが、珍しい。「あつみ山」は、酒田の南約六十キロを隔てた山であり、羽越本線のあつみ温泉駅が近い。「吹浦」は酒田の北二十五キロを隔てた宿場町であり、同じく羽越本線の吹浦駅がある。その二つの地名は、庄内藩のほぼ南限と北限とを示している。ぼくは新潟から羽越本線を特急「いなほ」で北上する際、あつみ温泉駅を過ぎると、掲出句の中の世界に入ったと感じる。芭蕉が眺めていた世界の中を走っていると思うのだ。

二つの地名の間には、意味上の関連もある。「あつみ山」という地名には、「暑し」の語幹「あつ」が含まれている。ちょっと暑苦しいが、それを「吹浦」という地名に含まれている「吹く」という動詞が吹き飛ばしてくれている。そこに爽快感が生まれているのだ。

あつみ温泉駅を発って四十分ほどで、特急「いなほ」は酒田駅に着く。梅雨曇りの町を市役所へと向かうと、本町通りを挟んで旧鐙屋がある。芭蕉の同時代人西鶴が、著書『日本永代蔵』（貞享五年・一六八八年刊）でその繁栄ぶりを描いた、江戸時代の廻船問屋である。そして、その裏手には、伊東不玉邸があった。芭蕉は酒田滞在中、この地に逗留して、掲出句を発句に据えた歌仙を、不玉と曾良とともに巻き上げたのである。不玉は医師で、当時の酒田俳壇の中心人物だった。現在は、倉庫の前に不玉邸跡を示す石碑が建つばかりだが、芭蕉を訪ねるものにとってたいせつな場所なのである。

海上から陸をながめる

西へ向かい、日和山に登る。船頭が航海の可否を判断するための高台である。頂には常夜灯があり、明治時代に最上川のほとりに建てられた灯台が移築されている。江戸時代に建てられた掲出句の句碑もある。南を最上川が流れ、日本海へとそそぎこむ。

不玉編の俳諧撰集『継尾集』（元禄五年・一六九二年刊）にも、この「あつみ山や」の句は掲載されているのだが、「江上之晩望」という前書がある。江とは大きな川のことをいい、すなわち最上川河口近くをさすと思われる。「晩望」は「日暮の眺め」の意。竹裡観淇水という俳人の編んだ『俳諧袖の浦』（明和三年・一七六六年刊）にも、この句は掲載されており、こちらには「袖之浦江上晩望」と前書がある。「袖之浦」とは、川ではなく、酒田の面している日本海のことである。歌枕（和歌において伝統的に使われてきた地名）の一つだ。『俳諧袖の浦』を信じるなら、芭蕉たち三人を乗せた舟は、河口からさらに外海日本海まで出ていったことになる。

酒田の町からは、「あつみ山」と「吹浦」とは見えにくい。しかし、海上から見れば、方向だけは望むことができる。海上にいて地上を詠んだ句は、芭蕉にとっても珍しい。あらためて読んでみると、「あつみ山や」

は「や」を付けて、あえて字余りにしている。ふつうの切字「や」の用法とは違うのだが、この字余りによって、波による舟の、ふいの揺れを実感したりもする。

そしてまた、「袖之浦」という由緒ある歌枕にいながら、その語を使わず伝統性のない「あつみ山」と「吹浦」という二つの地名を用いている。この挑戦も驚くべきことだ。「吹浦」は、芭蕉が象潟を訪ねる際に一泊した地であった。「あつみ」は酒田を出てこれから泊まる地である。旅の芭蕉は過去と未来とを大景の中に見ている。

掲出句に不玉の付けた脇句は「みるかる磯にたゝむ帆筵（むしろ）」。句意は「磯に海藻海松（みる）を刈って、帆にしていた筵を畳みます」。海の上で作られた可能性がある句だ。海松は歌枕「袖之浦」が和歌に詠まれる際に「海松布（みるめ）」として登場することが多かった、当地の名物である。

日暮れの日和山には老鶯（ろうおう）が鳴き、夏燕（なつつばめ）が飛んでいる。日本海の沖合には飛島が見え、雲の奥に太陽が落ちていく。赤ちゃんを抱いた青年が、海をじっと見ていた。

老鶯や夕日見にきて日和山　實
飛島の藍ひとすぢや夏燕

（二〇一四・〇八）

小鯛さす柳涼しや海士がつま

芭蕉

詠まれた場所がわからない句

元禄二（一六八九）年旧暦六月中旬から七月にかけて、芭蕉は日本海の海岸を南下した。『おくのほそ道』の旅である。日本海側の最北の到達地である象潟から新潟、富山を経て金沢方面へと向かっている。

掲出句は『おくのほそ道』に同行した弟子の曾良が残した記録『俳諧書留』に所載されている。句意は、「漁師の妻が、水揚げされたばかりの小鯛のえらから口に葉のついた柳の枝を通して、持ちはこびやすくしている。その柳がいかにも涼しげに感じられる」。

漁師の妻の手際のいい作業に目をみはっている芭蕉の姿が、想像できる。『おくのほそ道』には収録されなかったが、土地で働く人の様子を活写した傑作の一つとしていいだろう。

ただ、この句はどこで作られたのか、わかっていない。『俳諧書留』には、「西浜」と前書が付けられているが、西浜という地名はさまざまな場所にあって、特定できない。

『俳諧書留』の中で、掲出句は「荒海や佐渡に横たふ天河」（出雲崎）と「わせの香や分入右は有磯海」（加賀国に入る）の間に書かれている。両句とも「天河」「わせ」と秋季であるのに、掲出句は「涼し」で、夏季である。旧暦六月中に作られて、この位置に書き込まれた可能性がある。また、掲出句を発句として、金沢の俳人とともに連句を行っている。ということで、金沢で作られたという説もある。結局現在、象潟、酒田、村上、糸魚川、金沢の各地で作られたという説があるのだ。

実際のところどこであるのか、ぼくに判断する力はないが、評論家山本健吉が『芭蕉全発句』（河出書房新社・昭和四十九年・一九七四年刊）で説く村上説に惹きつけられた。芭蕉が村上を訪れたのは、旧暦六月二十八、九日、夏ぎりぎりである。曾良の日記によれば、芭蕉は宿の久左衛門に同行してもらって、村上の西方の海岸、瀬波を訪れている。この時詠んだのではないか、と指摘しているのである。他の地には、芭蕉の名句の数々がある。対して、村上での詠と認められている句はない。そんな事情もあって、村上での作であってほしいと思ったのだ。

脇句を付けたのは誰か

暮春のよく晴れた日、羽越本線村上駅に下車した。まずタクシーで岩船港に向かう。直売所に干物コーナーがあったが、鯛は見あたらない。

続いて海岸沿いを瀬波に向かう。瀬波の岩船港鮮魚センターで、岩船港から揚がったばかりの天然真鯛を見ることができた。小鯛と札が付いてはいるが、かなり大きい。二十センチ以上はある。眼が黒々として、全身は桜色である。売り場の女性に鯛の旬を聞いてみると「年中揚がりますが、特に夏場は多いです」とのことだった。村上説はたしかに成り立ちそうだ。

芭蕉が浜で見たのも、このような鯛であったろう。有名な禅語に「柳緑花紅（やなぎはみどりはなはくれない）」がある。『句雙紙（くぞうし）』（天明六年・一七八六年刊）所載。もともとは中国宋時代の詩人蘇東坡の詩から取られているようだ。「柳は緑で、花は紅、これが本来のありのままの姿だ」との意。芭蕉は浜で柳の枝を通した鯛を見たとき、この禅語を思いだして、涼気を感じたのではないか。小鯛に禅語の「花」の姿を感じていたのではなかろうか。

掲出句を発句として、金沢で連句が巻かれたが、その際の脇句は「北にかたよる沖の夕立」。句意は「浜から見ると、沖の方面に北にかたよって夕立が降っている」。沖の大きな景色を捉えた、みごとな脇句である。

ただ、残念ながら作者名がわからない。芭蕉作という説もあるが、脇句までは村上で作られ、芭蕉を歓待した土地の人が付けたという山本健吉説が、うれしく感じられる。

ぼくが訪ねたとき、瀬波の山には紅の濃い遅桜が咲いていた。沖に粟島（あわしま）が霞んで見えた。

村上に芭蕉が二泊したのは、曾良がかつて仕えていた伊勢長島藩ゆかりの人の墓があったからだ。長島藩で曾良が仕えていたのは、藩主松平佐渡守良尚（さどのかみよしなお）。その子である大学良兼（だいがくよしかね）は、村上藩の藩主に次ぐ位の大名分であった榊原家の娘婿に入った。良兼は貞享四（一六八七）年に没して、村上の光栄寺に墓が建立された。芭蕉訪問時の大名分は、良兼の子の帯刀直栄（たてわきなおひさ）となっている。曾良が墓参を果たした光栄寺は、榊原氏ののちの転封に従って、姫路へと移ってしまい、今はない。寺があった現在の村上市長井町の浄国寺の隣のあたりは、一面草原になってしまっていた。

鯛の目のくろぐろと濡れ遅桜　實

桜鯛額の肉の盛りあがる

（二〇一五・〇七）

海に降る雨や恋しき浮身宿

芭蕉

加藤楸邨が認めた句

元禄二（一六八九）年旧暦六月から七月にかけて芭蕉は、日本海の海岸を南下していく。紀行文『おくのほそ道』では、越後路（現在の新潟県）を通っている部分は次の記述で片づけられている。「この間九日、暑湿の労に神を悩まし、病おこりて事をしるさず」。意味は「越後を通る間は九日、暑さや湿り気の労苦のため精気を疲れさせて、病にもなってしまい、何も記しませんでした」。『おくのほそ道』後半の山場である象潟（現在の秋田県）の後、めりはりをつけるため、芭蕉は越後についてくわしくは記したくなかったのではないか。

掲出句は『おくのほそ道』に未収録。俳諧注釈書『藻塩袋』（寛保三年・一七四三年刊）に初出。その後、史上初の編年順で編まれた芭蕉の発句集『芭蕉翁発句集』にも「越後新潟にて」と前書を付けて掲載されている。

「浮身」は越前越後地方の遊女の一種で、旅商人が滞在中、同居して世話をしたという。「浮身宿」は「旅商人が滞在中、遊女と夫婦のような暮らしをする家」である。句意は、「海に降っている雨よ。遊女と過ごした浮身宿が恋しく思われる」。

掲出句を、初出が新しいことを理由として、芭蕉作と認めない学者が多い。その中で、俳人であり俳文学者でもあった加藤楸邨は、注釈『芭蕉全句（下）』（ちくま学芸文庫・平成十年・一九九八年刊）の中で、芭蕉作と認めている。市振（現在の糸魚川市）での「一家に遊女もねたり萩と月」（一軒屋の宿に遊女と泊まりあわせた。萩の花に月の光が差している）と同じ方向性をもっていると評価している。たしかにこの艶やかな句があると、芭蕉発句の世界はより豊かになる。ぼくも楸邨説に従いたい。

大工源七の母の温情

上越新幹線新潟駅に下車。駅前バスターミナルで「市役所経由」のバスに乗って、七、八分で「古町」の停留所に到着した。古町通五番町から七番町は、現在アーケード街「ふるまちモール」となっている。新潟の芭蕉研究者、大星哲夫著『越後路の芭蕉ズームイン』（考古堂書店・平成元年・一九八九年刊）によれば、芭蕉の新潟での宿は五番町あたりだった、と推定されている。

曾良の『随行日記』によって、芭蕉らは「大工源七」の家に泊まったことがわかっているが、大星哲夫は、この大工というのが職業名ではなく古町の旅籠の屋号であったことを示してくれている。さらに『随行日記』の記述をかみくだいて記しているので、大意を引いておこう。「芭蕉らが古町の旅籠街に宿を探し求めたが、宿は皆満員で断られ、一部屋に雑居する宿しか空いていなかった。芭蕉は宿のむさ苦しさを嫌って困惑していた。その二人を源七の母が見かねて、一度は宿泊を断ったものの、『うちで都合しますから、お上りください』ということになった」。芭蕉は、源七の母の温情に救われて、一夜の安らかな宿を得たのである。『おくのほそ道』に書かれなかった名場面の一つと言っていい。「ふるまちモール」には、新潟出身の歌人・美術史家である會津八一生誕地の碑が建っている。芭蕉の宿の厳密な位置はわかっていないようだが、その碑と並んで芭蕉宿泊地の碑が建っていてもいい。そう思った。

加藤楸邨は、掲出句の成立について『芭蕉全句（下）』の中で次のように述べている。「大工源七の母あたりからその夜、浮身宿の話を聞いたのでもあろうか」。新潟の宿のことをよく知っているだろう源七の母が、挨拶やもてなしの中で、浮身宿について語る可能性はある。さらに大工源七の宿と浮身宿とが芭蕉の内で重なる可能性もあるのではないか。もちろん実際には、大工源七の宿は浮身宿ではない。曾良も同行していた。しかし、源七の母の歓待に、厳しい旅をつづけていた芭蕉が越後の女性の深いやさしさを感じ取ったことはたしかだろう。浮身宿と大工源七の宿とを重ねて、芭蕉が懐かしく思ったと想像することは許されないだろうか。

芭蕉が新潟に入る前の日は、雨が激しく降った。海に降る雨もよく見たことだろう。大地に降る雨は草木や作物を育てるが、海に降る雨は何ももたらさない。いずれ別れがくる浮身宿の恋とも雰囲気が重なる。

この句には季語が入っていない。それもこの句の何ももたらさない感じに似合っている。『去来抄』（宝永元年・一七〇四年ごろ成立）に記録されている芭蕉のことばに「恋・旅・名所(めいしょ)・離別(りべつ)等、無季の句ありたきものなり」がある。意味は「恋や旅、名所、離別などのテーマには、無季の句を残したいものだ」。芭蕉は無季の句を否定せず、その可能性を探っていた。掲出句において、まさに無季の恋の句をこころみている。

つばくろの低く抜けたりアーケード　實

行く春の波あらあらし晴れながら

（二〇一六・〇七）

文月や六日も常の夜には似ず

芭蕉

芭蕉、切れやすい男

元禄二（一六八九）年旧暦七月、『おくのほそ道』の旅も後半、芭蕉は越後を南下している。出雲崎、柏崎、鉢崎を経て、六日、今町（直江津、現在の新潟県上越市）に到着した。掲出句はこの地で発表している。

紀行文『おくのほそ道』所載。句意は「旧暦七月の六日はいつもの夜とどことなく違う。どこか艶やかな雰囲気がある」。六日は、一年に一日しか逢瀬がかなわない織女と牽牛とが逢う七夕の前夜。ただ当日の日付を掲げてあるだけのこの句が、どうして深々とした詩情を感じさせてくれるのかを考えてみたい。

信越本線・北陸本線（現・えちごトキめき鉄道）直江津駅下車。梅雨入り前の曇天の街に降り立った。駅から北東の方向、海の方向へと目指す。しずかな街である。聴信寺は、芭蕉が最初に宿を取ろうと訪ねた場所だ。随行した曾良の日記によれば、象潟で会った美濃の商人、低耳の紹介状を携えて訪ねたのだが、寺はたまたま忌中ということもあって泊めたがらない。芭蕉はあきらめて、寺から出てきてしまう。

聴信寺の本堂は白壁が美しい。ちょうど庭仕事をされていた前住職の話をうかがうことができた。本堂の建て方は土蔵造。直江津は大火が多い土地で、この寺も火事にあっている。それで、火に強い建て方が選ばれているそうだ。「境内に文月の句の句碑を建てないか、と勧められたこともあるのですが、芭蕉を追い返してしまったのですから、建てられません」と笑いながらおっしゃる。

寺から出た芭蕉を見て、ただものではないと感じて、芭蕉を引き止めたひとがいる。石井善次郎である。善次郎は聴信寺門前に住んでいた俳人。石井がいなかったら、掲出句は生まれなかった、と想像される。というのはその前日、柏崎でもトラブルが起こっていたからだ。曾良の日記によれば、泊まろうとした家で不快なできごとがあり、芭蕉は家をとびだしていた。家のひとが二度も芭蕉を止めようとしたが、振りきり、結局、隣町の鉢崎まで行って泊まることになる。暑く、長旅に疲れていたこともあるが、芭蕉という男には、激しく、切れやすい一面があった。この時のことを、芭蕉自身は『おくのほそ道』にこう記している。「暑湿の労に神(しん)を悩まし、病おこりて事をしるさず」。意味は「道中、暑さと雨のために神経を病み、病も起こって記録を残さずじまいになってしまった」。この記述の裏には強い不快がにじんでいる。

望郷の孤独なこころ

芭蕉が直江津で泊まったのは、古川市左衛門宅。直江津郵便局の並びの西角、現在は駐車場になっている。コンクリートで固められて、車四台が止められるように区切られていた。ここに石井善次郎ら地元の俳人たちが訪ねてきて、芭蕉とともに連句を巻いた。その先頭の句として出されたのが、掲出句なのである。

『おくのほそ道』の中では掲出句は、「荒海や佐渡によこたふ天河(あまのがわ)」の句の前に並べて置かれている。芭蕉を代表する名句の前にあって一見目立たないが、深い味わいがある。文月という月名は、古来七夕の夜にひとびとが詩歌をつくる習慣があったところから名付けられたと考えられている。そのことをふまえ、句の上に直接「七夕」を記していないのが、まず奥ゆかしい。そもそも七夕という行事は、幼かったころのこと、故郷のことを思い出させるものである。不快なことが続く旅先で、こころ細く故郷を思い出している芭蕉は、天人たちの恋からの連想で、幼いころの恋を思い出していたのではないだろうか。恋といえば、『おくのほそ道』の次は市振(いちぶり)(現在の新潟県糸魚川市)。「一家に遊女もねたり萩と月」、遊女と同宿した淡い恋の句を引き出す伏線にもなっているかもしれない。孤独な旅人のひそやかなこころの句と、荒海の空を渡す天の河を詠った巨大な句とが『おくのほそ道』において並べられているのも見どころである。

当日の日付を入れて詠んでいるのは、地元の俳人への挨拶である。激しい感情を見せてしまったことを恥じて照れながら澄ましている芭蕉の表情も感じられる。地元の俳人、左栗が付けた脇句は「露をのせたる桐の一葉（ひとつば）」。意味は「露を乗せた桐落葉がひとつある」。芭蕉を露に、芭蕉を迎えた自分たちを桐一葉にたとえている。

掲出句の句碑は、直江津の浜に近い、琴平神社に建てられている。江戸時代のものと、平成二十一（二〇〇九）年のもの、二基があった。句碑の周りにたくさんの小判草が風に吹かれている。境内には、安寿（あんじゅ）と厨子王（ずしおう）の供養塔もある。石造の五輪塔だ。この地、直江津は、説教節「さんせう太夫」の安寿と厨子王が母と乳母から引き離される悲劇の地であった。安寿と厨子王のこころ細さが、掲出句にも流れていると思うのは気のせいだろうか。浜に出ると、雲は低いが、前方はるかに佐渡がくっきりと見えた。

浜風に小判草鳴る夕べかな　實

ひるがほや雲の低きに佐渡澄める

（二〇一〇・〇八）

荒海や佐渡によこたふ天河

芭蕉

夜の句、大きな句

『おくのほそ道』には芭蕉、曾良の計六十三の発句が収録されている。そのうち太平洋側を北上している際の句で描かれているのはすべて昼間の時間である。日本海側を南下する際には夜を詠った句がのきなみ出てくる。そのなかでもっとも名高い句がこの句だ。芭蕉にとって歌枕松島の月を見ることは、この旅の目的の一つであったのだが、芭蕉はそこで句を残していない。曾良の句を代わりに置くが月の句ではない。それは、太平洋側を「明」、日本海側を「暗」という、コントラストをつけるための一つの工夫であったとも言える。

近代俳句は子規の説く写生の旗印のもとに出発した。その結果、感覚のなかで視覚が偏重されてきた。時間としては昼が詠まれることが多い。眼があまり活かせない夜の句はあまり作られない。「荒海や」の句に倣って、夜の句、それも大きな句を作ってみたいものだ。

掲出句は紀行文『おくのほそ道』所載。句意は「荒海が広がっているなあ、佐渡へと銀河を横たえている」。芭蕉は元禄二（一六八九）年の旧暦七月四日、午前七時ごろ弥彦を発って、北国街道を南下、午後三時ごろに出雲崎に到着している。この地は江戸時代、佐渡島への渡船場として栄えていた。佐渡から出た金銀も海を渡ってまずこの町に届けられた。掲出句の着想はこの町の夜空から得られたものと考えられている。

越後線出雲崎駅は町から離れている。車で海側へ向かい、良寛堂の前で降りる。名筆で知られる良寛は芭蕉がこの町を訪れて六十九年後、まさにこの場所に名主で俳諧も楽しんだ山本以南の長男として生まれている。

出雲崎は芭蕉と良寛の町なのだ。

掲出句に付けられた文章「銀河の序」には佐渡が次のように書かれている。「海の面十八里、滄波を隔て、東西三十五里に、よこをりふしたり」。意味は「海面を十八里、青々とした波を隔てて、東西三十五里に横たわり伏している」。島の実際の大きさは十五、六里、しかし、今日の海は霞んでいて、よく見えない。

西方向に五分ほど歩くと「芭蕉園」という小公園があり、ここに芭蕉自筆の「銀河の序」の碑が建てられている。芭蕉の佐渡への思いが書き付けられている。「むべ此島は、こがねおほく出て、あまねく世の宝となれば、限りなき目出度島にて侍るを、大罪朝敵のたぐひ、遠流せらるゝによりて、たゞおそろしき名の聞えあるも、本意なき事におもひて」とある。意味は「まったくこの島は金がたくさん産出されて、限りなくめでたい島であったが、大罪を犯した人や朝廷に敵対した者となった類が、流罪にされたことによって、ただ恐ろしい評判があるのを残念に思って」。金の産地としての明るい面と日蓮、日野資朝、京極為兼、文覚上人、世阿弥らが流されてきたという暗い面との両面があることが、芭蕉に強い印象を与えている。

消された「銀河の序」

芭蕉園の向かいがかつて芭蕉が泊まったとされる大崎屋である。明治の末ごろまで旅籠を続けてきたようだが現在は営業していない。出雲崎には間口が狭く、奥行きの深い「妻入り」の家が多く残っている。越後一の人口密度を誇った繁栄の名残であるようだが、この旅館もその造りである。旅籠だったころの建物も部分的に残っているようだ。「銀河の序」に「窓押開きて、暫時の旅愁をいたはらむとするほど」、意味は「窓を押し開いて、しばらく旅愁をいやそうとしている」、と書かれている窓はどの窓だろうか。

宿の食事を終えて、しばらくすると激しい雨が来た。夕立の遅いものである。芭蕉の泊まった夜にも雨が降ったので、なにかうれしい。芭蕉の泊まった夜は朝まで降り続いたが、今夜はさっと上がった。

浜に出てみる。いずもざき海遊広場から長いフィッシングブリッジを渡って、ほんの少しだけだが佐渡に近づく。しかし、佐渡は見えない。雨は上がったが、空には一つも星が見えない。

「銀河の序」は三百字程度のものだが、佐渡の歴史の明暗と旅愁とを描いた名文である。だが、『おくのほそ道』をまとめる際、芭蕉はこの文章を入れることはなかった。散文での説明はすべて省いたのだ。全体の構成としては序破急の急に入って先を急いでいるということもある。同時にこの一句だけにすべてを語らせようとする芭蕉のたしかな自信と信頼とを感じるのだ。

この句に関して、銀河は出雲崎に沿うように流れて、佐渡に渡すようには見えない、という非難がある。句は現実を引き写したものでなければならないという、悪しき写生観がこの批判の底にはある。現実は表現のきっかけの一つではあるが、表現は現実とは別、独立したものである。芭蕉の流人たちへの思いを酌みとったら、こういう批判は出てこないはずである。

また、「よこたふ」は他動詞であるが、この場合、「横たはる」という自動詞を使うべきではないかという非難もある。しかし、「横たはる」では句の勢いが削がれる。「造化・自然」を生みだす造物主の、銀河を横たえようとする大いなる手を幻視してもいいと思うのだ。

掲出句が披露されるのは、七月七日以降。『おくのほそ道』の句順にならって、「文月や六日も常の夜には似ず」の後ろに置いた。

夜の秋やほのあからみて佐渡が方　實

いかづちの一鳴に熄(や)む佐渡が方

（二〇〇二・〇八）

一家（ひとつや）に遊女もねたり萩と月

芭蕉

北国一の難所

市振は『おくのほそ道』中、もっとも艶麗な箇所。伊勢詣の遊女二人と同宿、同行を頼まれるが断る。淡い交情が描かれた。掲出句は歌仙で言うのなら恋句に当たる。物語的な箇所である。

元禄二（一六八九）年旧暦七月十二日、能生（のう）を出た芭蕉は曾良とともに糸魚川を経て市振に到着する。途中、早川という川で芭蕉がつまずいて衣類を濡らしたことも曾良は記録している。

紀行文『おくのほそ道』所載。句意は「一軒の宿に遊女も寝ていたことだよ、萩の花に月の光が差している」。

北陸本線（現・えちごトキめき鉄道）親不知（おやしらず）駅で下車するや、日本海の波音が聞こえてきた。静かな無人駅である。駅前には観光案内所はない。タクシーも止まっていない。公衆電話から隣駅となる青海（おうみ）のタクシーを呼んだ。まずは親不知の海岸に行きたい。海岸に面して道の駅「親不知ピアパーク」がある。ここは縄文時代以来の翡翠（ひすい）の産地でもあった。翡翠ふるさと館には近くの寺地遺跡から出土した未完成の玉類が展示してあった。この浜には青海川や姫川から流れ出る翡翠が打ち上げられる。浜には小石が多いが、なかなか翡翠は見つからない。小石と小石とがぶつかり合う音とともに波が寄せられ、波が引いていく。恋人たちが黙って沖を見ている。沖にはながながと能登半島が見えた。車に戻ると、運転手さんが「梅雨の時期このように能登が見えるのは奇跡のようなもの、運がいい」と言ってくれた。

芭蕉は親不知を北国一の難所と書いていた。北アルプスが日本海になだれおちる場所である。海岸から垂直に岩がそそりたっているため、道は海岸を通るしかなかった。平家が滅びた後、都から落ち延びた池大納言頼盛の妻は夫を追って、この地を通ったが、折からの高波によって、抱いていた子どもをさらわれてしまった。その際の歌が「親不知子はこの浦に波枕越路の磯の泡と消えゆく」。歌意は「親は知らないが、子の方は、この浦の波音を聞いて眠っている、越の国へ行く道の磯の泡として消えてゆく」。それが「親不知」の由来となっていると言う。

現在、海岸からかなり上にトンネルが設けられている。トンネルが切れる「風波(かざなみ)」の展望台で海を見下ろすと、はるか下に海が輝いている。親不知観光ホテル奥の展望台には、海岸のパノラマ模型が作られ、現在に至るまでの道路建設の経過がパネルにまとめられていた。岩肌に「足下千丈」という字が大きく刻まれていたが、約百メートル下の海岸線をのぞきこんでいるだけでも、かつての旅のたいへんさが偲ばれるのである。いくら難所と聞かされても、この地に実際立たなければ実感できなかったことである。去ろうとすると、道に野うさぎが飛び出してきて、しばらくこちらを見ていた。

桔梗屋の萩若葉

市振では、まず長円寺(ちょうえんじ)を訪ねる。掲出句の句碑が建てられている。揮毫は相馬御風(ぎょふう)による。おおらかな書が気持ちいい。

この寺には芭蕉についての言い伝えが残されている。曾良が日記を落として、後戻りして探してきたこと。芭蕉は最初この寺に泊まろうとした、その際、遊女二人と老僕とを伴っていたこと。この段のことは曾良の日記に記録されていないため、虚構としてかたづけられることが多いが、津守亮によればそうとも言えないとのことだ(『「おくのほそ道」解釈事典』東京堂出版・平成十五年・二〇〇三年刊)。芭蕉の文章の魅力がこのような伝説を生んだのかもしれないが、うれしい言い伝えではある。

市振宿の入口には大きな松がある。芭蕉もこの松の先代を見て、難所を過ぎたことを知って、深く安堵したことだろう。虚実はともかく、この安堵感が遊女との淡き交情を書かせたのだろうとも思う。

芭蕉が泊まったのは桔梗屋であると伝えられている。その前で、たまたま当主和泉利信さんの話をうかがうことができた。ずっと「利信」の名を名乗ってきて、十三代目であるという。芭蕉の世話をしたのも先祖の「利信」であるわけだ。大正時代に起きた大火以前、屋根は土地のことばで「からぶき」、杉皮の上に石を置いていた。現在は瓦葺だが、それに重ねて当時の風景を思い見る。大火のころまでは宿として営業していたとのことだ。家の裏に案内されて、庭も見せていただく。かつては池が作ってあったそうだ。影を落としている大きな木は紅梅とのこと。その下に鴨足草（ゆきのした）が白い花を開いていた。掲出句の縁で植えられたという萩の若葉が、月光ならぬ日の光のもと、みずみずしい。

突然訪問したぼくに対して和泉さんは「前もって言ってくれれば、半日位は案内します、また来てください」と言ってくださる。芭蕉の世話をした先祖もこのあたたかさを持っていたことだろう。

芭蕉は翌、十三日、市振を発っている。曾良の日記によれば、その際、二人は虹を見ている。この虹が遊女のイメージを引き出したのかもしれない。

のうさぎの目に梅雨晴の草かがやく　　實

市振の空夏燕よろこび飛ぶ

（二〇〇四・〇八）

わせの香や分入右は有磯海

芭蕉

家持ゆかりの歌枕

芭蕉は『三冊子』中で、「若し、大国に入りて句をいふときは、その心得あり」と述べている。意味は「もし大国に入って句を吟ずる際には、その心得がある」。そして、例としてこの句を掲げている。大国にふさわしい格のある句を詠めということなのだろう。『おくのほそ道』で越中（現在の富山県）から加賀（現在の石川県南部）へと入ったときの句である。たしかに大国にふさわしい大きさがある。この句が詠まれた直前、芭蕉が訪れた、そして、行きたかったが断念した、越中のゆかりの地を歩いてみたい。

元禄二（一六八九）年旧暦七月十四日、滑川を出た芭蕉は、放生津（現在の射水市）を経て、高岡に出た。氷見方面へも行こうとしていたが、体調がすぐれないこともあって、断念している。

紀行文『おくのほそ道』所載。句意は「早稲の稲穂の香りが漂ってくる、加賀へと分けいって行くが、その右側には有磯海が広がっている」。その有磯海こそが芭蕉が断念した地なのだ。

北陸本線（現・あいの風とやま鉄道）高岡駅下車、駅前には大伴家持の銅像が灼けて立っていた。芭蕉を訪ねて旅に出ると、よく芭蕉像に会うのだが、ここは違う。家持の地なのである。

駅前から万葉線越ノ潟行きに乗る。小さな電車である。東新湊駅下車。放生津八幡宮に参詣する。ここが『おくのほそ道』に「数知らぬ川を渡りて、那古といふ浦に出づ」意味は「数もわからぬほど多くの川を渡って、那古という海岸に出た」。と書かれている「那古」である。

境内には掲出句の句碑がある。天保十四（一八四三）年九月に建てられた、古い碑である。家持の歌碑も建てられていた。「あゆの風いたく吹ふくらし奈呉なごの海人あまの釣する小舟おぶねこぎ隠る見ゆ」。「あゆの風」は「東風こち」である。歌意は「東風が強く吹くらしい、奈呉の漁師たちが釣する小舟が波間に隠れるのが見える」。歌枕としては「奈呉」と書くほうが普通のようだ。

家持は越中の国司として赴任した際、この神社の創立にも関わり、境内には家持を祀る社もある。松の木には鷺が宿っていて、鋭い声を発していた。かつては裏がすぐ海だったようだが、現在は工場のような建物があって、海は見えない。

海もまた豊饒

高岡に戻り、氷見線に乗換え、雨晴あまはらし駅下車。このあたりの海岸が「有磯海」と呼ばれていた歌枕である。駅そのものが観光案内所になっていて、係の方が説明してくださった。雨晴という地名は源義経が奥州へ落ち行く際にわか雨に遭い、雨晴岩の下で晴を待ったところから付いた。神社にその岩が祀られているが、晴天祈願のお守りを作ったら全国から注文が来る。ＮＨＫの来年の大河ドラマの主演俳優も先日、お参りに来た。義経好きの芭蕉がこの地に関心がないわけがない。見られなかったのは残念だったろう。

駅からすぐ浜に降りられる。まさに白砂青松の海岸であった。水も澄んでいた。水中を貝のようなものが歩いていく。よく見ると、やどかりであった。背負う貝殻には赤い藻が育っていた。小さな河豚の子も泳いでいる。雨晴岩の近くの浜には木の椅子が一脚置いてあった。近所の人が沖を見るためであろうか。男岩、女岩ともに松が生えた小さな島である。舟を出している人がいる。もずくを取っているのだそうだ。船上でラジオを鳴らしていて、その楽が浜まで届く。有磯海は鰤、蛍烏賊をはじめ多くの海幸をもたらしてくれる場所であった。掲出句には早稲稔る陸の豊かさが描かれているが、海もまた呼応するように豊饒の場所であった。

氷見線の終点、氷見からタクシーで田子浦藤波神社を訪ねる。『おくのほそ道』に「担籠の藤浪」を訪おうとするが、「宿を貸してくれる所もないだろう」と言われてあきらめる場面がある。ここも行こうとして行けなかった場所である。実際には曾良が日記に「翁、気色不勝」と書き残しているとおり。「越後路」での「この間九日、暑湿の労に神を悩まし、病おこりて事をしるさず」と記述が重なるためか、体調には触れていない。

石段の脇に藤の幹がよじれている。花は散り果て、葉の緑も深い。社殿の裏に家持の歌碑が立っていた。「藤奈美能影成海之底清美之都久石乎毛珠等曽吾見流」。歌意は「藤の花の影になっている海の底が清らかなので、沈んでいる石も玉と見ることだ」。「担籠の藤波」が書かれている。『おくのほそ道』本文を読んでいると、藤の花の匂いが感じられてくる。そこから、掲出句の早稲の香へと変わる。嗅覚を刺激する仕掛けを感じる。

芭蕉は旺盛に歌枕を巡礼しているが、行こうとしていて行けなかった場所があった。太平洋側では「笠島」。そこには以前訪ねているが、平安時代の歌人、実方・西行ゆかりの地であった。それに対して、日本海側ではここ「田子（担籠）」である。ここは奈良時代の歌人家持ゆかりの地となる。名所として、太平洋側の松島と日本海側の象潟とが、相対していることは有名であるが、この二つの地もたしかに向きあっている。

芭蕉は田子を訪ねられなかった鬱々たる思いを払うように、掲出句を置く。ア音が並んで、明るい。早稲の田の間の道を辿りつつ、それを嗅覚で捉えている。稲の波と海の波とが遠く響きあっているようだ。まさに大国加賀にふさわしい句である。同時に「有磯海」を出すことで越中への残心も表しているのである。

（二〇〇四・〇九）

波打際の揚羽まぼろしにはあらず　實

浜灼けて椅子一脚や誰が座る

あかあかと日は難面もあきの風　芭蕉

浅野川のほとりで披露の句

元禄二（一六八九）年旧暦七月十五日、『おくのほそ道』の旅で新潟、直江津、富山と日本海のほとりを西へと歩いてきた芭蕉は、加賀百万石の城下町金沢に到着した。金沢は俳諧の盛んな地で、芭蕉に心を寄せる俳人も多く、二十四日まで滞在している。

紀行文『おくのほそ道』所載。句意は以下のとおり。「赤々として夕日はなお暑く情け容赦ない。しかし、風はすでに秋のものとなっている」。掲出句は、金沢で詠んだ句「秋涼し手ごとにむけや瓜茄子」、句意は「秋の涼しさに瓜や茄子の皮をてんでに剝きましょうや」。と、金沢の西の小松を詠んだ句「しほらしき名や小松吹く萩薄」。句意は「可憐な地名であるなあ小松は、そのゆかりの小松、そして萩や薄を風が吹いている」の間に置かれている。さらには、「途中吟」と前書がある。金沢を出て小松に至るまでの道中で掲出句を詠んだとして、芭蕉は扱っているのだ。これについては後述するが、事実とは異なっている。

北陸本線金沢駅下車。梅雨の明けた暑い日の午後である。駅東口から「城下まち金沢周遊バス」に乗車。浅野川のほとり、「小橋町」で降りた。浅野川の岸を上流に向かって歩くと、緑が豊か。主計町茶屋街を経て、浅野川大橋に着いた。

久富哲雄著『奥の細道の旅ハンドブック　改定版』（三省堂・平成十四年・二〇〇二年刊）によれば、この大橋の付近に芭蕉の弟子、北枝の庵があって、そこで金沢の俳人たちに芭蕉自身が掲出句を披露したとのことである。ただ、この書には北枝の庵、源意庵の位置は記されていない。炎天下を歩きまわった後、下新町の泉鏡花記念館で、学芸員の方に教えていただいた。「館の裏手、久保市乙剣宮の脇にあります」。ようやくその場所に「立花北枝宅跡」という立て札を見出した。

芭蕉に随行した曾良の日記には、十七日に芭蕉が源意庵に赴いたことが記録されている。ここで、芭蕉が掲出句を披露したとすると、金沢において掲出句は完成していなければならない。

犀川橋上の吟

ふたたび「橋場町（金城樓前）」から「城下まち金沢周遊バス」に乗車。「片町」で下車する。こんどは犀川のほとりである。浅野川に比べると犀川の方が少し水量が多い。ただ、緑は同じく濃い。下流の犀川大橋へと川沿いを歩く。

金沢の後川という俳人の三回忌を祀るために刊行された『としのうち』（享和二年・一八〇二年刊）という俳諧撰集に掲載された掲出句には、「犀川橋上の吟」と前書が付けられている。江戸後期の金沢の俳人たちの間では、掲出句が犀川の橋の上で、詠んだものだと伝えられていた。

犀川大橋を最初にかけたのは、加賀藩主の前田利家。木造のため、何度も流されてはそのたびに再建された橋だが、江戸時代を通して、犀川にただ一つかけられた、城下随一の大きな橋であった。

掲出句披露の真実を知っていた金沢の俳人たちは、『おくのほそ道』を読んで、芭蕉が掲出句を金沢を出てから詠んだ句として扱っていたことに衝撃を受けたはずだ。なぜ事実どおりに金沢の句としなかったかを疑問に思い、掲出句が金沢で詠まれたことを語り伝えたのではないか。犀川大橋は金沢に住むものにとって名所であり、芭蕉が歩いていて絵になる場所であった。

この句に驚くのは、太陽と秋風だけを詠んで一句にまとめているということ。核になる「もの」は含まれていない。逆に現代では忌まれることの多い「難面も」という感情を表す語を用いている。それでいて、初秋の大気をつかんでいる。現代俳人の眼のみでものを捉えようとする写生という方法では、太刀打ちできない句である。

掲出句に影響を与えた和歌がある。「秋来ぬと目にはさやかに見えねども風の音にぞおどろかれぬる　藤原敏行」（『古今和歌集』）。歌意は「秋が来たということは目でははっきりとは見えないけれども、風の音に自然と驚いたことだ」。視覚では捉えられなかった秋の到来を、風の音を聴覚で捉えることで知ったという歌だ。

対して、掲出句は視覚で赤い夕日を捉え、皮膚で太陽からの熱を捉えている。「難面も」という用字は、「顔一面」で熱い日を受けている感じがある。その上で耳で風を捉えて、秋の到来に気付く。さらには皮膚でも秋の風の冷たさに気付いていくのだ。敏行の和歌が視覚と聴覚との対比のみだったのに、芭蕉の句には皮膚感覚も加わっている。その鋭い皮膚感覚に旅を続けてきた芭蕉の肉体を実感する。

この感覚を研ぎ澄ました句を生かす背景として、繁華な金沢の城下はふさわしくない。そのため芭蕉は小松への途中の句と場所を変えたのではないか。

現在の犀川大橋は、大正十三（一九二四）年にかけられた歴史ある鉄橋である。ちょうど太陽が大橋の彼方、海の方へ沈んでいく。赤く、大きい。

川上へのぼるさざなみさるすべり　實
草すずし大橋へ日は落ちつつも

（二〇一三・〇九）

塚も動け我泣声は秋の風

芭蕉

掲出句は『おくのほそ道』の旅中、金沢で残されている。この紀行中もっともはげしい感情が示された句である。これだけ強い悲しみが記された句は他にはない。芭蕉の全発句中と範囲を広げても、その評価は変わらないのではないか。

掲出句は紀行文『おくのほそ道』所載。句意は「塚も動けよ、君の死を悼んでわたしが泣いている声は秋の風とひとつになっている」。

加賀蕉門随一の作者、一笑

元禄二（一六八九）年旧暦七月十五日、高岡を発った芭蕉は石動で埴生八幡を拝し、歌枕である卯の花山、古戦場である倶利伽羅峠を越えて、金沢へ入る。この地は北陸の中心、俳諧も盛んであった。二十四日まで滞在することとなる。曾良の『随行日記』の十五日の項には次のようにある。「京や吉兵衛ニ宿かり、竹雀・一笑へ通ズ。即刻、竹雀・牧童同道シテ来テ談。一笑、去十二月六日死去ノ由」。意味は「京や吉兵衛に宿を借りて、門弟の竹雀・一笑に手紙を出した。即時に竹雀は牧童とともに来て話をした。一笑は去年の十二月六日に死去とのことだった」。芭蕉は到着するとすぐ、以前から文通など交流のあった竹雀と一笑へ連絡を取った。それに応えて竹雀らがすぐ宿に来た。しかし、そこに一笑の姿は見えない。会うのを心待ちにしてきた一笑は、前年の冬、死んでいたのである。再会の期待は一瞬にして悲しみに変わった。

一笑は芭蕉の九つ年下、茶屋新七を通称とする葉茶屋の主人であった。松江重頼編『時勢粧』（寛文十二年・一六七二年刊）松山玖世編『桜川』（延宝二年・一六七四年成立）など中央の貞門・談林俳書に入集、加賀蕉門中もっとも長い俳歴をもっていた。さらに大津の尚白が刊行した蕉門俳書『孤松』（貞享四年・一六八七年刊）には編者に次ぐ二百近い句が収められていた。数が多いだけではない。談林俳諧から脱皮して質も高い。「足ゆるく水をはなる丶蛙かな　一笑」、句意は「足をゆるやかに水面を離れていく蛙であるなあ」。岸に上がろうとする蛙が活写されている。『おくのほそ道』の次の部分、「この道に好ける名のほの聞こえて、世に知る人もはべりしに」、意味は「この俳諧の道に熱心だという評判がうすうす聞こえて、世間に知る人もいたというのに」とは一笑のこのような活躍を踏まえて書かれていた。芭蕉の胸中にはこの旅の目的として金沢で一笑に会い、俳諧を巻くことが数えられていただろう。無念の思いが深かった。一笑については国文学者荻野清が「『塚も動け』考」（『芭蕉論考』［養徳社・昭和二十四年・一九四九年刊］所載）で熱く論じている。

菩提樹の木の下にて

北陸本線金沢駅で降り、車で繁華街片町二丁目方面へと向かう。芭蕉の十六日からの宿、宮竹屋喜左衛門の家はこのあたりであった。北國銀行前の交差点には「芭蕉の辻」と彫った小さな碑が建てられている。犀川へ向かい、大橋を渡る。右下に雨宝院の小塔の緑青の屋根が見える。この寺は詩人室生犀星の養子先であった。

さらに歩を進めて茶舗の角を小路に入る。静かな道をしばらく歩くと一笑ゆかりの寺、願念寺があった。忍者寺として有名な妙立寺の裏手に当たる。門前には掲出句の句碑が建てられている。筆跡は芭蕉自筆である。この寺は芭蕉来訪時には片町にあったが、後にこの場所に移された。境内は緑が濃い。一笑塚にも緑の影が落ちている。やや前傾している石碑には「心から雪うつくしや西の雲」という一笑辞世の句が彫られていた。句意は明らか。末期の眼の捉えた景である。塚自体は昭和に建てられたものだが、芭蕉もこの句を一笑の兄、ノ松（しょう）から聞いて涙したことだろう。

さて、掲出句は激情がほとばしるばかりである。それはまず「塚も動け」に現れている。会わないままに死別してしまった弟子の塚に対して、「動け」と命じている。生と死とに分かたれてしまった現実を超えたいという慟哭がある。芭蕉が愛読した『撰集抄』のなかに西行が人骨を集めて人間をつくるという説話が収められている。結局、西行でも再生には成功しないのだが。そこまではいかないが、死者への働きかけがある。何としても会いたい。友の死がくやしいのだ。

さらには「わが泣く声は秋の風」である。「泣く声」と「秋の風」とを取り合わせているのではない。その二つが等しいものとしているのだ。秋風は古来ものさびしいもの「愁風」と感じられてきた。その秋の風と芭蕉の泣く声とが一つであるというのだ。芭蕉は自然に溶け込んで、天地と一つになって泣き悼んでいる。

芭蕉が金沢に到着した七月十五日は盆の魂祭の日、死者を祀る日である。一笑を祀るために金沢に来たかのようだ。曾良の『随行日記』によれば、一笑追善の会は二十二日になって、芭蕉を願念寺に迎えて開かれている。掲出句はその折りの吟だろうが、金沢の句の先頭に十五日の日付と呼応するように置かれている。

境内の大樹の下にたたずんでいると心地よい。小学校低学年くらいの女の子が二人遊びに来た。近所の子らしい。この木は何という木かと尋ねると、家に図鑑があるので持ってきて調べてくれると言う。しばらく経つと図鑑は持たないで戻ってきた。家の人に聞いてきたのだろう。「菩提樹」と教えてくれた。

青葉がもとに木の名教はる菩提樹と　實

菩提樹の樹下涼しかり少女とゐて

（二〇〇三・〇八）

むざんやな甲(かぶと)の下のきりぎりす

芭蕉

石に彫られた兜

曾良の『随行日記』によれば元禄二（一六八九）年旧暦七月二十四日、芭蕉らは金沢の俳人たちの餅と酒を持参しての盛大な見送りを受けて小松へと向かう。金沢の俳人、北枝は芭蕉と同行することとなる。しばらく三人での旅となるのだ。翌二十五日は快晴、芭蕉は先を急ごうとするが小松の俳人たちが北枝を通して留めている。この日、多太(ただ)八幡に詣でて、実盛(さねもり)の兜(かぶと)を拝し、翌日、連衆(れんじゅ)の一人鼓蟾(こせん)宅でこの句を披露している。芭蕉はここから山中温泉へ向かい、帰途再度訪れている。今日はこの小松を歩いてみたい。

掲出句は紀行文『おくのほそ道』所載。句意は「いたましいことよ、甲の下にきりぎりすが鳴いている」。

北陸本線小松駅で電車を降りると、曇っているが蒸し暑い。駅構内の観光案内所で「小松駅周辺見て歩きマップ」をもらった。駅前大通りを左折、アーケード街の三日市商店街を経て本折商店街を行くと、かぶと商店街となる。町の人々も兜を誇りとしているのである。商店街の外れに多太神社（八幡）があった。鳥居の手前には石に彫られた兜が飾られている。参道に入ると静かである。境内の掲出句の句碑は江戸期のものである。ながめていると急に大きな鴉(からす)が飛びかかってきた。近くの木に巣があって、雛(ひな)がいるのだろう。

兜というタイムマシン

兜は現在非公開で、七月下旬のこの神社の祭礼兜祭のときのみ公開している。取材のため無理にお願いして拝観させてもらった。『おくのほそ道』をあらためて読んでみよう。「この所多太の神社に詣づ。実盛が甲・錦の切れあり。往昔源氏に属せし時、義朝公より賜はらせたまふとかや」。意味は「この地の多太神社に参詣した。実盛の甲と錦の切れがある。その昔、彼が源氏に属していた時、義朝公より下賜されたものとか」。長井斎藤別当実盛については『平家物語』などに詳しい。初めは源義朝の家臣であり、後、平宗盛に従った。木曾義仲追討の軍に白髪を染めて出陣、討ち死にした。

「げにも平士のものにあらず。目庇より吹返しまで、菊唐草の彫りもの金をちりばめ、龍頭に鍬形打つたり」。意味は「いかにも並の武士の持ち物ではない目庇から吹返しまで菊唐草模様の彫刻に金をきざみつけ、龍頭には鍬形が打ってある」。「目庇」とは「兜の鉢の正面下方についている板」。「吹返し」とは「兜の両端を外側にひねり返した部分」。「鍬形」とは「兜の前立物」である。「龍頭」とは「竜の姿を兜の鉢の前方にとりつけたもの」。芭蕉は武具、兜に対して、正確な知識を持っていた。そうでなければ兜の各部分の名まではわかるまい。かつて芭蕉もまた武士だったのである。軍記物もよく読み込んできている。たしかにこの兜の見どころは「菊唐草の彫りもの」である。金の細工の上に二羽の向かい合った銀の鳥の細工を施している。加えて、全面の飾り金具と「八幡大菩薩」という金に輝く文字である。ここまで芭蕉が書かなかったのは煩瑣になるからだ。『国宝・重要文化財大全』（毎日新聞社、平成十一年・一九九九年刊）ではこの兜の制作年代は鎌倉・室町時代とある。兜鉢の矧ぎ板の縁が筋状になるのは鎌倉時代末ごろからである。芭蕉の感動に水を差すようだがこの兜が生まれたのはそのころ以降だろう。

「実盛討死の後、木曾義仲願状に添へて、この社にこめられはべるよし、樋口の次郎が使ひせしことども、まのあたり縁起に見えたり」。意味は「実盛が討死にした後、木曽義仲が戦勝祈願の書状に添えて、この神社に奉納されたということや、義仲の家来樋口次郎がその使者を勤めたことなどが、目に見えるように神社の縁起に書かれている」。とある。芭蕉は『平家物語』などの軍記物で得た知識がこの神社の縁起を読んで現実味を帯びてくることに感動している。芭蕉は近江の義仲寺に自分の墓を予定するまでに義仲好きであった。義仲は幼くして父を失ったがその際、実盛の恩を受けている。そのため篤い回向を命じているのだ。木曾四天王の一人樋口次郎は実盛とかつて親しかった。首実検をした次郎によって、「老武者(おいむしゃ)とて人の侮(あなど)らんも、口惜しかるべし」(『平家物語』)、意味は「老武者ということで人が侮るかもしれないことも無念だろう」とかつて実盛が語っていた、髪を染めて戦場へ赴いた事情も明らかになるのだ。

さて、掲出句である。この句の初案は次のかたちであった。

あなむざんやな甲の下のきりぎりす　『去来抄』

この「あなむざんやな」は謡曲『実盛』の樋口次郎が実盛の首実検をした際のことばである。芭蕉は兜を前にしてその声を聞いている。後に「あな」が取れて掲出句の形になる。字余りが解消されると同時に謡曲臭さ、芝居臭さが薄まる。その分、樋口次郎の肉声に近づいている。兜が一場の幻影を喚起する。「甲の下の」の次には自然には「実盛の首」が思われるだろう。しかし、案に反して、「きりぎりす」が置かれている。そこにはしばらくしてわれに返った感じがある。現実にはきりぎりすが鳴いているばかりなのだ。上五中七の世界は源平の世。中七下五は元禄の世。兜がタイムマシンのようにはたらいている。

八幡大菩薩とかかげ兜や青葉の中　實

巣烏襲ふ兜拝みに来しわれを

（二〇〇三・〇九）

山中や菊はたをらぬ湯の匂

芭蕉

行脚のたのしび爰にあり

元禄二（一六八九）年、『おくのほそ道』の旅の途次、芭蕉は小松から山中へと入る。ここは行基発見とされる歴史ある温泉。芭蕉も「その効有馬に次ぐといふ」と讃える。意味は「温泉の効能は有馬に続くということだ」。曾良と金沢の俳人、北枝が同行していた。旧暦七月二十七日午後四時半、到着。発つのは八月五日昼。滞在は九日に及ぶ。ゆっくり旅の疲れを癒したが、湯に浸かっていただけではない。この地での芭蕉からの聞き書きを北枝は『山中問答』（嘉永三年・一八五〇年刊）という俳論書にまとめた。体調を損ねたとして、曾良は先に行くことを決める。はなむけとして、芭蕉と北枝、曾良とで三吟歌仙を巻く。後に芭蕉は多くの添削を加えた。連句研究に有意義な「翁直しの一巻」である。

掲出句は紀行文『おくのほそ道』所載。句意は「山中であるなあ、菊は長寿の花と言われているが、ここでは菊を折ることもない、効能あらたかな湯の匂が漂っている」。

北陸本線大聖寺駅下車。バスに乗り換えて三十分ほど乗車、大聖寺川に近いバスターミナルで降りる。すぐ下に黒谷橋が掛かっている。現在は昭和初期建設のコンクリート製だが、かつてこの橋を芭蕉も渡っていると曾良の『随行日記』に見える。金沢の俳人句空の『俳諧草庵集』（元禄十三年・一七〇〇年刊）にも出てくる。

その部分の文章を記すと、「この川にかかる黒谷橋は風景のすばらしい地だ。ここで芭蕉翁が平らな石に座って手をたたきながら『行脚のたのしび爰にあり』と一節を吟詠されたこともあったと自笑が語った」。この芭蕉の姿は楽しそうだ。

自笑は芭蕉が山中で世話になった宿、泉屋の主、久米之助の伯父であった。『おくのほそ道』には「泊った宿の主人は、久米之助といって、まだ少年である」という意味のことが書かれている。当時まだ十四歳。自笑はおそらく久米之助の補佐役であったろう。芭蕉はこの少年に「桃妖」と俳号を与えている。「桃青」という自分の号から一字取っているところからも、愛情を注いでいることが知られる。命名の際、「桃の木の其葉ちらすな秋の風」という句も残している。意味は「桃の木についているその葉は散らすな、秋の風よ」。桃妖を思いやっていることはよくわかる。芭蕉のこの橋への吟行には、自笑とともに久米之助も同行していたろう。

橋の近くには芭蕉堂が建てられていた。明治四十三（一九一〇）年の建立。久米之助の句碑もあった。「紙鳶きれて白根が嶽を行方かな　桃妖」。意味は「凧の糸が切れて白根が嶽、白山の方を行方とすることだ」。なかなか大きな句だ。ここから上流のこおろぎ橋までの一・三キロは「鶴仙渓」と名付けられている。深い緑と奇岩をめぐる流れを楽しみながら歩いていくと、芭蕉が訪れた道明ケ淵に掲出句の句碑があった。文久三（一八六三）年建立のものだ。

美少年の面影

菊は長寿の花である。中国古代、周の穆王の寵童、慈童は酈県に流されたが、王よりたまわった偈（仏の教えの言葉）を菊の葉に書きつけたところ、露が谷川に流れ入って霊水となり、八百歳まで生きたという。謡曲『菊慈童』となる故事による。掲出句に実際の菊は描かれない。山道に見た菊の花が湯気にかき消されるような不思議な味わいがある。菊慈童、美少年の面影も浮かんでは消える。久米之助が菊慈童と重なる。久米之助は、桃妖という俳号からして美貌だったのではないか。勢いよく流れる大聖寺川が酈県の谷川に重なる。

句碑の句型は中七が違う。「きくはたおらじ」、これが初案であった。濁音は「じ」一つ、ちょっと強く響きすぎる。「や」と「じ」両方が切字でもあった。『おくのほそ道』では掲出句の形に変えられている。ここの湯は透明で強い匂いはない。改作は句を柔らかな湯質にふさわしくする試みでもあった。

翌朝、芭蕉の館に行く。明治時代の湯宿の建物に芭蕉関係の資料が収められている。館長は芭蕉が参拝した医王寺の住職。よく響く声で説明いただいた。かつては湯ざや（共浴場）を十二軒の湯宿が囲んでいた。それは薬師如来と十二神将に重ねられていて、館長は湯に入る際、湯を拝してから入るとのことだ。温泉と仏教との古い関連を思う。湯本十二軒は温泉を再興した長谷部信連（のぶつら）の家臣の末裔で、その中に久米之助の泉屋もあったとのこと。久米之助の出自には、どこか高貴さをまとっている。

展示品の中に泉屋伝来の芭蕉より伝わったとされる仏像四点と舎利塔一点があった。すべてを芭蕉がもたらしたとは考えにくいが、どれか一つならばありうる。携帯用の厨子に収められた、簡素な木彫の地蔵菩薩像があった。金銅製は旅には重い。これではなかろうか。地蔵ならば芭蕉の分身にもなりうる。別れの日、芭蕉が少年桃妖の掌に置いていている様を想像した。

北國銀行とみのわ呉服店の間に立つ「芭蕉逗留泉屋の趾」を確かめ、共浴場へと向かう。行基ゆかりの天平風建築の「菊の湯」が、芭蕉の入った共浴場の現在である。名も芭蕉の掲出句から取られたものだ。

新秋のみどり差す温泉（ゆ）や掌（て）をひらく　實
一岩（いちがん）に苔と秋草流れを出

（二〇〇五・一〇）

庭掃て出ばや寺に散柳

芭蕉

『おくのほそ道』二本の柳

『おくのほそ道』の旅の同行者、曾良は体調を損ねたとして、芭蕉に先行し、伊勢へと向かう。以後、芭蕉の正確な旅程はわからなくなる。記録者曾良と別行動になったためである。元禄二（一六八九）年旧暦八月五日、曾良は一人山中温泉を発って、加賀大聖寺にある、曹洞宗の寺、全昌寺へと向かうのである。そこで二泊して、七日には発っている。『おくのほそ道』には、「曾良も前の夜この寺に泊まりて」と書いている。これを信じれば、芭蕉は八月七日の夜、この寺に滞在したことになる。二人ともに訪れているのは、ここが山中温泉で世話になった宿、泉屋の菩提寺で、主、久米之助の紹介があったからだろう。当時の和尚が久米之助の伯父であったという説もあるようだ。ただ、『おくのほそ道』の「大聖寺の城外、全昌寺といふ寺に泊まる」という書き振りは、どこか心細げである。同行しているはずの北枝も、文中に姿を見せない。ここは同行者だった曾良との別れを、反芻し確かめる箇所になっているのである。今日はこの全昌寺を訪れてみたい。

掲出句は紀行文『おくのほそ道』所載。句意は「庭を掃いて出たいなあ、寺中に柳が散っている」。

北陸本線大聖寺駅下車。駅前の観光案内板の地図を見て歩き出す。商店街はしだいにまばらとなり、十分ほどで全昌寺に着く。山門脇に「はせを塚」という古い句碑がある。大聖寺の俳人二宮木圭が建てたもの。中七が「いづるや」となっているが、これは版本を基にしたための誤りであるようだ。正しい句形の句碑も『おくのほそ道』のこの寺の項全体を引用したかたちで建てられている。柳の木も植えられていた。それほど太くない。何代目かのものであろう。ぼくが訪れたのは、八月の末であったが、すでに葉は枯れ始めていた。

掲出句はこの寺を去ろうとしている場面で詠まれている。「今日は越前の国へと、心早卒にして堂下に下るを、若き僧ども紙硯をかかへ、階の下まで追ひ来る。をりふし庭中の柳散れば」と書かれてある。意味は「今日は越前の国（現在の福井県東部）へ向おうと、心あわただしく堂の下へと降りるのを、若い僧たちが紙と硯とをかかえて追って来る。ちょうど庭の柳が散っていたので」。そして掲出句が置かれる。即興的に詠まれた句として扱われている。寺に一宿して去る際には、庭を掃き清めるのが、礼儀である。しかし、急ぎの旅のため、それがかなわない。思いを残しつつ去ろうというわけだ。掲出句を置いた後、芭蕉は「とりあへぬさまして、草鞋ながら書き捨つ」と書く。意味は「さしあたっての様子で、草鞋をはいたまま書き捨てた」。「書き捨つ」とあるところからも、それほどの句ではないと思っていた。ところが、『おくのほそ道』の前半に次の句があったことを想い出した。「田一枚植て立去る柳かな」。遊行柳の句である。田植のころの緑の濃い柳である。紀行文の前半と後半とに一本ずつ柳の木が置かれて、その木の様子の違いによって、夏から秋への容赦のない時間の経過が示されていたのである。

曾良の秀吟を引き立てる

この寺では、曾良も句を作り、いずれ来る芭蕉のために残していった。「よもすがら秋風聞くや裏の山」。句意は「一晩中、秋風を聞いていることだよ。裏の山を吹きわたる秋風を」。曾良は芭蕉と別れた後のさみしさの深さに眠れなかったのだ。『おくのほそ道』には曾良の句も多く引かれているが、この句が最後となる。曾良の句は理屈っぽいものが多い。たとえば、松島では次の句を残している。「松島や鶴に身を借れほととぎす」。句にはみごとな景色への素直な感動は示されない。それよりも、松島という最高の名所にふさわしい姿を、頭で判断している体の句である。

そういう句を作っていた曾良が、別れた後、ここまで率直な句を残しているのである。別れの前に作られた「行き行きて倒れ伏すとも萩の原」とともに、曾良の成長ぶりを示した句であると言っていい。「行き行きて」の句意は「行くところまで行って倒れ伏すようなことがあったとしても、萩の咲く原だとしたら本望だ」。『おくのほそ道』には「夜もすがら」の句を引用したあと、次のように記す。「一夜の隔て、千里に同じ。われも秋風を聞きて衆寮に臥せば（以下略）」。意味は「わずか一里の隔てだが、さながら千里を隔てる思いである。わたしも同じく秋風を聞いて、修行僧の寮舎に横になると」。曾良の句を読んだ芭蕉は、俗謡の歌詞を思わせるまでに、曾良を激しく恋う。そして、曾良の句の世界に従うように、秋風を聞くのだった。この寺での曾良の句と芭蕉の句の高下を言ったら、真情あふれる曾良の句のほうがずっと上ではないか。芭蕉はあえて「書き捨」てた即興句を置いて、曾良の秀吟を引き立てているのである。上達ぶりをしかと示して、永かった同行への感謝の意を表しているわけである。ただ芭蕉の句の「散る柳」は夜通しの秋風が散らせたもの。曾良が聴覚で捉えた秋風の名残りを見せてくれているのだ。

全昌寺は墓山を背に建っていた。つまり、曾良と芭蕉と別々に秋風を聞いた、裏山がそのままに残っているのだった。本堂に祀られている杉風作の芭蕉像を拝した後、堂の裏手に出ると、山裾の部分には、ぎっしりと秋海棠が咲き満ちていた。かなへびが這い出て花陰に姿を消した。秋海棠の上には竹が密生している。全山、蟬が鳴きしきっていた。みんみん蟬、油蟬、つくつくほうしも聞こえる。

燦燦と蟬鳴くばかり裏の山　實

裏の山数へえて蟬三種まで

（二〇〇五・一一）

名月の見所問ん旅寝せむ

芭蕉

一夜に十五もの月の句

元禄二（一六八九）年の旧暦の七月から八月、芭蕉は、越後、越中、加賀、越前（現代の福井県）と日本海側を西へと向かっている。『おくのほそ道』の旅である。紀行文『おくのほそ道』によれば、芭蕉は八月中旬福井に二日滞在している。『おくのほそ道』の旅に同行し旅の詳細な記録を残していた曾良が体調をくずし、加賀の山中から芭蕉より先行して大垣へと向かっている。そのため芭蕉の正確な動向はわからなくなってしまう。金沢から同行していた弟子北枝も、越前の松岡で引き返した。そのため芭蕉は単身で福井に入っている。

掲出句は『おくのほそ道』に未収録。大垣の蕉門俳人荊口が残した『荊口句帳』なる一冊には「芭蕉翁月一夜十五句」という芭蕉の発句が綴じ込まれている。芭蕉は福井の名所にちなんだ月の句を、一晩になんと十五句も詠んだ。掲出句は、その第一句、序にあたる作品である。前書に「福井洞栽子をさそふ」とある。洞栽は福井在住の俳人で、「子」は敬称である。『おくのほそ道』の中で芭蕉は彼のことを「等栽」と記しているが、「洞哉」と自書した資料が残っているので、以後「洞哉」と記しておく。『おくのほそ道』によれば、洞哉は芭蕉の古い知り合いだった。洞哉は江戸に来て、芭蕉を訪ねたこともあったのだ。

句意は「仲秋の名月を見るのにふさわしい場所がどこか、これからあなたにたずねましょう。そして、二人で出かけて旅寝をしましょう」。「問ん」と「旅寝せむ」、「ん」と「む」と表記を違えるが、ともに意志を意味する助動詞「む」である。これを二つ重ねたことで、名月の季節に久しぶりに旧友と再会した、強い喜びを感じていることがわかる。

ＪＲ北陸本線福井駅に下車。駅前から福井鉄道福武線で越前武生行き電車に乗って、十分ほどで足羽山公園口駅に到着した。近くに左内公園がある。左内とは橋本左内。幕末に活躍した福井藩の志士である。公園の中央に巨大な左内の銅像が立っていた。

その公園の南西部に「芭蕉宿泊地洞哉宅跡」という碑と掲出句の句碑が立てられていた。いくつかの掲示板もあって、洞哉について教えられた。洞哉宅には枕がなかった。そのため芭蕉来訪時に枕代わりにと木片を借りようとした。その場所がこの公園の南側にある顕本寺の番神堂だったという。よって、このあたりに洞哉宅があったと、定められたというのだ。旧友芭蕉のために、枕になる木片を探す男というのは、たとえ伝説であったとしても魅力的だ。

須賀川の可伸と福井の洞哉

『おくのほそ道』の中に描かれている洞哉の家は雰囲気がある。粗末な家に夕顔やへちまが伸びてからまっている。さらに鶏頭や箒草が背高く生えていて、戸が見えないほどであった。これでは植物の中に隠れ住んでいるといってもいい。植物を偏愛する隠者であったわけだ。

ここで、ぼくは『おくのほそ道』の旅の太平洋側、福島県須賀川の門前に栗の木を植えて隠れ住んでいた僧、可伸を思い出さないわけにはいかない。『おくのほそ道』では、太平洋側と日本海側とを対にしているという構成意識がしばしば話題になる。代表的なものは歌枕で、太平洋側の松島と、日本海側の象潟である。芭蕉自身、象潟において、「松島は笑ふがごとく、象潟は憾むがごとし」と対称的に述べている。それから、女性も対になっている。太平洋側の那須野（栃木県）で出会うかさねという少女と日本海側の市振（新潟県）で会う遊女である。

それに加えて、太平洋側の須賀川の僧可伸と日本海側の福井の隠者洞哉とが、いい対になっていることに気づいた。可伸と洞哉とはともに植物にうもれるように暮らしている。ただ、少女と遊女がだいぶ違うように、彼らも違っている。可伸は栗という木を愛し、洞哉は夕顔、へちま、鶏頭、箒草など草を愛している。このような好対称の一対を芭蕉はひそかに楽しんでいたのではないか。

芭蕉は洞哉の家に二泊した後、歌枕である敦賀の港で名月を見ようと、出立する。敦賀を選んだのは洞哉だろう。掲出句は『おくのほそ道』に収録されなかったが、掲出句の心躍りは紀行文に伝えられていると思う。さらに同行する洞哉の姿は次のように描かれている。「裾を妙な格好にからげて、いざ道案内にはしゃぎたった」。芭蕉の風狂心への共振を、裾のからげ方で示している。芭蕉は洞哉の共振にさらに応えるように、福井の名所にちなんだ月の句をつぎつぎ十五句まで詠んでいくのである。

(二〇一六・〇八)

橋本左内像の足元水遊び　實

水遊びの子ら洞哉の裔(すえ)なるか

月清し遊行のもてる砂の上

芭蕉

遊行上人のお砂持ち

元禄二（一六八九）年旧暦八月、紀行文『おくのほそ道』によれば芭蕉は加賀（石川県南部）から越前（福井県東部）に入る。福井の町で、旧知の俳人洞哉（『おくのほそ道』では等栽と表記）と再会、その家に二泊した後、彼とともに八月十五日の名月を見ようと敦賀に赴く。

掲出句は紀行文『おくのほそ道』に所載。福井の名所の月を詠んだ「月一夜十五句」にも含まれる。さらに芭蕉たちのグループの代表的な俳諧撰集『猿蓑』にも掲載されている。句意は「月の光りが清らかである。遊行上人が持ち運んだ砂を照らしている」。芭蕉の月の名句である。

『おくのほそ道』の中で、芭蕉は敦賀の気比神宮に伝わる不思議な故事を記録している。掲出句に直接関わるので、まず紹介しておきたい。鎌倉時代の時宗の僧、一遍の高弟である遊行二世の上人が気比神宮に参詣したとき、参道がぬかるんで歩きにくかった。それを改善するため、自身から葦を刈って、土や石を担い運び、泥を乾かした。それに信者が従った。以後、ひとびとの参詣は楽になったのである。そして、遊行上人を継ぐものは代々、二世上人にならって、境内に白砂を担い込むという神事を行うこととなった。「お砂持ち」である。それは芭蕉在世当時も行われていた。『おくのほそ道』によれば、芭蕉は宿の主から酒を注がれつつ聞いた遊行上人の縁起に感動して、名月の前夜、待宵の光の中、気比神宮に参詣して、掲出句を遺している。

神と仏とが一つ

今日は掲出句が詠まれた気比神宮を訪ねてみたい。東海道新幹線京都駅下車、富山行き特急サンダーバードに乗り換えて、五十分ほどで敦賀駅である。立秋近い日の午後、暑さが厳しい。駅から十五分ほど歩くと、神宮に着く。鳥居と道を隔てた場所に、土を運ぶ遊行二世の上人とそれを手伝う時宗の人二人の銅像が立っている。芭蕉の感動した縁起が形にされているのである。

道路に面して立つ堂々たる大鳥居は、正保二（一六四五）年建造。『おくのほそ道』の際、芭蕉がくぐった鳥居がそのまま残っている。心してくぐりたい。現在、重要文化財に指定されている。

本殿に参る。芭蕉が参った江戸初期に建造された本殿は、太平洋戦争における米軍の空襲で失われている。現在の建物は戦後再建されたものである。

巫女さんにお話を聞いた。「お砂持ちという儀式は現在も続いているのですか」。傍らにある黒電話をかけて、神職の方に聞いてくださる。「続いております」。「最近行われたのはいつですか」。また電話をかけて聞いて、「平成十七年にとり行われたということです」。「この境内のどのあたりで、具体的にどういうことをするのですか」と聞くと、「時宗のお寺さんがいらしてなさるので、詳しくはわからないのです」と申し訳なさそうに答えてくださった。

現代にも、お砂持ちの儀式は伝えられていたことはわかった。芭蕉の感動を引き起こしたのは、まさにそこにあった。芭蕉が『おくのほそ道』の旅に出た目的の一つは、東北・北陸に遺されている古い時代のものに出合うことだった。たとえば、宮城県の多賀城で壺の碑（つぼのいしぶみ）と呼ばれていた天平時代の碑を見て深く感動したのは、その一つの表れ。敦賀では鎌倉時代の遊行二世から受け継がれてきた儀式があることを知り、その名残の白砂に月光が差しているのを見て、感動しているわけだ。遊行上人が僧であるのに、神社の参道の整備に力を尽くしたこと、すなわち、神と仏とが、敦賀の神前において一つになっていることにも、芭蕉は、感動しているのだろう。

掲出句の初案は次のとおり。

なみだしくや遊行のもてる砂の露　「真蹟短冊」

句意は「上人の持ってこられた砂に露が降り、わたしは感激の涙を流している」。お砂持ちへの感動をストレートに詠んでいる。ただ、「なみだ」と「露」とが重なってウエットに過ぎる。芭蕉は「なみだ」と「露」とを消して、待宵の月光に替える。この改作により、あたかも芭蕉は月光の中で、遊行二世の上人の幻を見ているがごときとなるのだ。上人の撒く白砂も、そのまま月光になっているように感じられる。みごとな改作である。

ところで、『おくのほそ道』で「酒」を飲んでいる場面が登場するのは、この福井の敦賀と種(いろ)の浜、二箇所しかない。芭蕉は仏道修行として『おくのほそ道』を歩いてきた。そのため、好きな「酒」もなかなか登場させなかったのだ。旅もようよう終わりに近づいてきたことを「酒」の登場で示しているとも言える。

幻想的な句の世界から現実に戻ると、晩夏の日光は強く、蟬が鳴きしきっていた。ユーカリの木の夏落葉がしろじろと乾いている。ぼくも敦賀の酒を楽しもう。

気比の宮なる蟬のこゑ浴びに来し　實

幹離れ飛ぶ蟬枝にぶつかりぬ

（二〇一二・一〇）

浪の間や小貝にまじる萩の塵

芭蕉

ますほの小貝を求めて

『おくのほそ道』の記述によれば、元禄二（一六八九）年の旧暦八月十六日、芭蕉は敦賀から海路で種の浜を訪ねている。同船したのは、福井で久闊を叙した隠士洞哉（『おくのほそ道』には等栽と記されている）、敦賀の回船問屋で俳諧を嗜んだ、玄流天屋五郎右衛門とその僕たちであった。『おくのほそ道』には「十六日、空霽れたれば、ますほの小貝拾はんと、種の浜に舟を走す。海上七里あり」とある。意味は「十六日、空が晴れたので、ますほの小貝を拾おうと、種の浜に舟を走らせる。浜までは海上七里ある」。「ますほ」とは「まそほ」、赤い土のこと。「ますほの小貝」とは紫紅色の小さな二枚貝。芭蕉が「ますほの小貝」を拾おうとしたのは「種の浜」が歌枕で、西行に次の歌があったからだ。「潮染むるますほの小貝拾ふとて色の浜とは言ふにやあるらん」（『山家集』）。歌意は「海水を赤く染めるますほの小貝を拾うというわけで、色の浜と言うのであろうよ」。「種（色）の浜」という地名の由来を想像して詠っている。

掲出句は紀行文『おくのほそ道』所載。句意は「打ち寄せる波と波との間に見ると、ますほの小貝に萩の花屑がまじっている」。

現在では敦賀から陸路が整備されている。敦賀原発建設時に工事用の道路が通されたのである。北陸本線敦賀駅から車で二十五分程度で色ヶ浜（種の浜）に立つことができる。途中パトカーと擦れ違った。タクシーの運転手さんによれば、原発へのテロ攻撃を防ぐための巡視で、ニューヨークの世界貿易センタービルの事件が起こって以来行われているとのことだ。芭蕉ゆかりの土地も現代の荒々しい世界に通じているのである。

芭蕉は「浜はわづかなる海士(あま)の小家(こいへ)にて、侘しき法華寺(ほっけでら)あり」と書いている。意味は「浜には漁師の小家が数軒で、寂しい日蓮宗の寺がある」。現在は小道に民宿が立ち並んでいる。かなり大きな旅館もある。

西行は貝、芭蕉は萩

芭蕉たちはここの寺、本隆寺で宴を催した。「ここに茶を飲み、酒を温めて、夕暮れの寂しさ、感に堪(た)へたり」と紀行に書くとおりである。意味は「寺で茶を飲み、酒を暖めたりして、秋の夕暮れの寂しさに深く感動し、それを表に出さないではいられない」。『おくのほそ道』で「酒」が出てくるのは最初が敦賀でここが二度目。旅も終わりに近づいた安堵も意味している。「天屋何某(てんやなにがし)といふ者、破籠(わりご)・小竹筒(ささえ)などこまやかにしたためさせ」という記述もある。「破籠」は「檜の薄い白木で折箱のように作った弁当箱」、肴がぎっしりと詰められている。「小竹筒」は「酒を入れて携帯する竹の筒」、美酒が満ちて重い。意味は「天屋なにがしという者が、破籠や小竹筒などをこまごまと気をつかって用意させ」。さらにあまたの僕がいるのであるから、「夕暮れの寂しさ、感に堪へたり」という感じとは違うのではないか。

それが証拠に当日作った芭蕉の句ははしゃいでいる。境内の句碑に刻まれている次の句である。

小萩ちれますほの小貝小盃(こさかづき)

句意は「小萩も散れよ、ますほの小貝を拾い、小盃で酒を酌むことだ」。

『おくのほそ道』のこの項の最後に「その日のあらまし、等栽に筆をとらせて寺に残す」とある。意味は「その日の概略は等栽に筆記させて寺に残す」。芭蕉がここに遊んだ際、同行した洞哉が記録の筆を執った。その「洞哉筆懐紙」がこの寺には伝えられているが、その句の部分を拡大したものであるとのことだ。洞哉は当日のことを次のように書いている。口語訳で記そう。「このたび、江戸の芭蕉が諸国を巡り歩くついでに、この浜に参上した。同じ舟に誘われて、小貝を拾い、袂に包み、また盃に入れてみたりして、かの西行上人来訪の昔を回顧することとした」。洞哉、芭蕉、玄流たちはかく楽しんだ。貝を盃に入れて飲むのは俳諧がうまくなる〝まじない〟だったのかもしれない。「小萩」「小貝」「小盃」と「小」が付いたものを三つ並べている。「小萩」も咲いていたのだろうが、酔いがまわって、調子が出ているのを感じるのである。

掲出句はその句の再案とは言えないが、まったくの別の句とも言えない。調子をだいぶ抑えている。波の間の濡れた砂の上の景に絞られる。音が工夫されている。母音のａ音とｉ音の連続が四回連ねられている。「なみ」「がい」「まじ」「はぎ」である。これが響いて、近くに繰り返し波が打ち寄せるさまを感じさせる。「小貝」は西行が見いだした。西行の存在そのものであると言っていい。それに混じる「萩の塵」は萩の散りしおれた花屑（はなくず）。芭蕉が見いだしたもの、芭蕉自身である。小貝と並べると西行への謙譲の思いも出る。その二つが分かれるでもなくまじりあっているのが安らかである。

浜に出ると海水が澄んでいる。大粒の浜砂にさまざまな貝殻が打ち寄せられているのだが、ますほの小貝は見当たらない。小さな桟橋の周りで遊んでいる青年たちに聞いても、わからない。京都から車に乗って遊びに来た青年たちであるそうだ。いつまでも繰り返し桟橋から飛び込んでいる。後で土地の人に聞くと、よほど運がよくないと拾うことができないということだった。

日盛（ひざかり）や引きゆく波の透きとほる　實

桟橋から蜻蛉返りや泳ぎそむ

（二〇〇二・〇九）

其（その）まゝよ月もたのまじ伊吹山（いぶきやま）

芭蕉

市内から伊吹山は見えるか

『おくのほそ道』の旅は大垣で終わる。元禄二（一六八九）年旧暦八月末、芭蕉は敦賀から伊吹山の麓を通って、この地に入っている。「蛤のふたみに別れ行く秋ぞ」で、紀行は巻を閉じるのであるが、この時、大垣で残しているのは、蛤の句だけではなかった。掲出句を始めとする秀句があるのだ。

紀行文『おくのほそ道』未掲載。句意は「伊吹山はそのままでいい、月の風情を頼ることもあるまい」。掲出句は「真蹟詠草（しんせきえいそう）」に残されているかたち。切れが上五の後と中七の後とにあるが、「其まゝよ」の後の方で強く切れる。二つ切れがあることを非難することはない。支考編の『笈日記』（元禄八年・一六九五年刊）では上五が「其まゝに」になっている。こうすれば切れは一つになってまとまるが、句の格が小さくなってしまうような気がする。掲出句のかたちで読んでおきたい。

梅雨晴の一日、東海道本線大垣駅に降り立ち、駅前の大通りを南下する。水門川を渡った。この川沿いには『おくのほそ道』の旅程で芭蕉が詠んだ句が碑に建て並べられている。数年前の訪問の際にはなかったものだ。大垣の人々がここで『おくのほそ道』が終わったことを、誇っているのは喜ばしい。道の辺の名水大手いこ井の泉の水を柄杓で汲むと、甘い。

掲出句の句碑は美濃路大垣宿本陣跡である竹島会館の庭にあった。庭には稲荷の社があり、祠にはウイスキーの瓶に榊が生けてあった。そのほとりに説明板もなく、ひっそりと立っている。会館の中を覗くと、かつては旅館だったようだ。俳文学者久富哲雄（ひさとみてつお）の『奥の細道の旅ハンドブック　改訂版』によれば、ここは芭蕉が泊まった、竹嶋六郎兵衛宅跡であるとのこと。伊吹山を見たくて周りを見わたしても、どこにも見えない。

牛屋川沿いを歩いて、大垣観光案内所・観光ボランティアガイドセンターを訪ねる。大垣市内から伊吹山が見える場所があるかを聞いてみた。市内には建物がかなり建て込んできている。なかばあきらめていたのだが、一カ所あると教えてもらった。大垣城の天守閣からも見えないのだが、奥の細道むすびの地記念館の前、水門川に掛かる「虹の橋」からは見えると言う。案内してもらって橋の上に立つと、はるか北西の方向に、伊吹山が見えた。うっすらとではあるが、たしかに見えたのが、感激であった。

生の世界と死の世界の境界

「真蹟詠草」には前書がある。「戸を開けばにしに山有（あり）、いぶきといふ。花にもよらず、雪にもよらず、只（ただ）これ孤山の徳あり」。意味は「戸を開くと西に山があり、伊吹という。その山の魅力は花に頼らない。雪にも頼らない、孤立して毅然と立つ山の偉容がある」。伊吹山の魅力を絶賛している。ただ、芭蕉らにとって、雪月花は特別な存在であった。唐の詩人白楽天の詩句、「雪月花の時最も君を憶ふ」。意味は「雪月花が美しい時、最も旧友である君のことを思う」。この詩句が、平安期のアンソロジー『和漢朗詠集』に収められて、日本の詩歌に大きな影響を及ぼしているのだ。ぼくは俳句に季語を詠み込むことにも、この詩句が関わっていると考えているものだ。連句にはかならず月の句、花の句が詠まれる定座が用意されている。芭蕉は数々の雪、月、花を詠った名句を残している。その芭蕉が伊吹山を讃えるのに、花も雪も、そして、月の力も頼りにしなくていい、と詠っている。これはちょっと山を褒めすぎではないか。というより、あまりにも異様であると感じないわけにはいかない。

文考編の『笈日記』には前書の前に「斜嶺亭（しゃれいてい）」と置いている。この句は大垣の蕉門俳人、高岡斜嶺の屋敷で作られたことがわかる。伊吹山を褒めることで、それが見える地に住む主（あるじ）のことも褒めていることになるのだ。前書の「孤山」とは、中国の西湖のほとりにある山で、主、斜嶺をその麓に住む隠士林和靖（りんわせい）にたとえて、挨拶としているという説もある。

『おくのほそ道』の「大垣」において印象的なのは、次の部分。「前川子（ぜんせんし）・荊口父子、その外親（した）しき人々、日夜訪（とぶら）ひて、蘇生の者に会ふがごとく、かつ喜びかついたはる」。意味は「前川子と荊口の父子をはじめ、その外の親しい人々が昼夜を問わず訪れて、蘇生した者に会うかのように、無事を喜び疲れた身をいたわってくれる」。芭蕉は自分自身を「蘇生の者」、死の世界からよみがえったものと感じているのだ。旅してきた奥州、北陸全体を死の世界と感じているのであろう。今、旅を終えて、眼前にあるのは伊吹山である。その孤山を生の世界と死の世界の境界と感じているのではないか。雪月花の荘厳しえない山とは、生の世界には属するものではあるまい。この山は漂泊の詩人の先駆たる、日本武尊を死に至らしめた山でもあった。古代からの修験道の霊地かつ薬草の産地というのも、彼の世との境界にふさわしい。

　久富哲雄によれば、斜嶺亭趾は市役所の西、水門川にかかる竹橋をわたり、そのまま西に進んだあたり、「西外側町二丁目西の隅」とのこと。そのあたりに行ったら、ふたたび伊吹山が姿を現した。ぼんやりと薄青く、大きくて、この世のものではない感じである。別世界からはるかに人の世を眺めているという印象がたしかにあった。長旅を終えた芭蕉が見ていた伊吹山はこれである、そう確信した。

青嵐（せいらん）に伊吹うごかずあはけれど　實

泉噴き湧きふくらめるもりあがる

（二〇〇六・〇九）

蛤（はまぐり）のふたみにわかれ行（ゆく）秋ぞ

芭蕉

水門川に沿って

芭蕉は元禄二（一六八九）年、八月二十八日ごろ、大垣に着いた。それが東北・北陸を巡った『おくのほそ道』の旅の終わりであった。芭蕉はこの年このあとも、伊勢、伊賀、奈良、京、近江湖南と旅を続ける。それなのになぜ、『おくのほそ道』はこの地を終章としているのか。近畿の土地には深い文学の伝統がある。その土地について書いてしまうと、東北北陸の印象を削ぐ。そして、大垣自体、弟子も多く、生涯四度も訪れている地であった。芭蕉にとって落ち着ける場所だったからだ。今回はその土地、大垣を歩いてみたい。

掲出句は紀行文『おくのほそ道』所載。句意は「離れがたい蛤の蓋と身とが別れるように、親しい者たちと別れて二見が浦へと行こうとしている。折から秋という季節も去り行こうとしている」。

名古屋で新幹線から東海道本線に乗り換え、四十分程度で大垣に着いた。大垣は城下町。小高い場所に城が聳える。ここの城主戸田公の政策の一つ文教奨励が、大垣俳壇を生みだした遠因の一つ。城は旧国宝であったが昭和二十年、戦火で焼失してしまい、戦後再建された。城をめぐって水門川が流れる。かつてこの川は城の外堀の役を果たしていた。現在は川沿いに「四季の路」と名付けられた遊歩道がしつらえてある。川の水量は多く、丈のある水草がうねるように靡（なび）き、そのなかに大きな鯉がほとんど全身を埋めて泳いでいた。

『おくのほそ道』の「大垣」を読もう。「露通もこの港まで出で迎ひて、美濃の国へと伴ふ。駒に助けられて大垣の庄に入れば、曾良も伊勢より来り合ひ、越人も馬を飛ばせて、如行（じよこう）が家に入り集まる」。意味は「露通

（路通）もこの敦賀の港まで出て、美濃の国（現在の岐阜県）に同行する。馬に助けられて、大垣の庄に入ると、曾良も伊勢（現在の三重県）から来合せ、越人も馬を飛ばして、大垣の如行の家に入り集まった」。大垣以外の弟子では、露通（路通）、曾良、越人が集う。路通は元々この旅に同行させようとした弟子であった。大垣の弟子は如行、そしてこの文の後、前川、荊口が出てくる。華やぎつつ大団円を迎えるのである。この文のあと、弟子が師を見る目が「蘇生の者に会ふがごとく」と描かれているのにも注目される。あの世から帰ってきたものを見るように見ている。

木因との交遊

駅から歩いて三十分ほどで、奥の細道むすびの地記念館に着いた。展示の柱になっているのは谷木因と芭蕉との交遊である。木因は大垣俳壇の中心人物。水運業を営みながら芭蕉と同じ北村季吟（きたむらきぎん）門で俳諧を楽しんだ。延宝八（一六八〇）年ごろから書簡などを通して緊密な交流があり、芭蕉の理解者の一人であった。

芭蕉が大垣を訪れたのは、貞享元（一六八四）年『野ざらし紀行』の旅の途次、木因を訪ねたのが始まりだった。文中、「大垣に泊りける夜は、木因が家をあるじとす」とある。「木因俳句道標」も記念館の中に保存されていた。木因が芭蕉のために立てたとされている道標である。「南いせ（伊勢）くわな（桑名）へ十り（里）ざいがうみち（在郷道）」。季は入っていないが定型、俳句の形になっている。

木因は大垣での蕉門の基を作った人であるのに、先の『おくのほそ道』の記述には名前が出てこない。「その他親しき人々」の中に入ってしまっている。この時、芭蕉は木因にご馳走してもらったり、舟で長島まで送ってもらい舟の中でともに付句を楽しんだりしている。それなのにである。芭蕉の俳諧の変化に木因がついていけなかったのか。それとも木因に純粋な蕉門ではないものを感じとったのか。芭蕉の胸中にはたしかにひやりとするものがある。

記念館を出て、水門川の川下に歩くと、木造の住吉燈台と舫ってある川舟が見えてくる。船町湊である。かつては船便が盛んで桑名、三河から青果、海産物などが陸揚げされた。木因は江戸船二艘、川舟七艘を所有するこの湊の船問屋だったのだ。芭蕉もここから舟で伊勢に発った。昭和初期まで続いた木因の子孫・谷家は当時の大恐慌に抗しきれず、没落。木因の屋敷跡は現在大きなパチンコ屋になっていた。

川岸には芭蕉の像と「蛤のふたみにわかれ行秋ぞ」の句碑である蛤塚が建てられている。『おくのほそ道』の本文にはこの句の前に次のようにある。「旅のものうさもいまだやまざるに、長月六日になれば、伊勢の遷宮拝まんと、また舟に乗て」。意味は「長旅のつらい思いもまだ癒えないのに、九月六日になったので、伊勢の遷宮を拝もうとして、また舟に乗って」。新たな舟での旅立で文は閉じられる。紀行が江戸深川より舟に乗ったところから始まったこととの照応も思われる。

掲出句に戻ろう。「蛤」は蛤の産地「ふたみ」を導きだす枕詞のようにはたらく。「ふたみ」は掛詞。歌枕の「二見」と蛤の「蓋と身」とが重ねられている。同時に「別れ行く」も友との別れと秋という季節との別れとが重ねられる。解説すると理屈っぽくなるが、句は流れるようだ。芭蕉の思いの深さが技巧を目立たせない。『おくのほそ道』の旅はここで終わるが、二見への新たな旅が読後の余韻を広げる。あたかも伊勢二見の神々しい海光が芭蕉の歩ききた東北・北陸の山河をはるかに祝福しているようだ。

秋日和みづくさ水の意に添ひぬ　實

みづくさに埋もるる鯉や秋日和

秋の水はせをのために標（しるべ）立て

川の港木の燈台や鳥渡る

（二〇〇一・〇九）

第六章／上方漂泊の頃

元禄二年から元禄七年
（一六八九年から一六九四年）

元禄二年秋から約二年にわたり関西で暮らした芭蕉。
京都、大津、そして郷里の伊賀上野などを
漂うように移り住みながら、新境地を切り開いていく。
老いを自覚するようになったのもこの頃である。

【解説七】「かるみ」へと旅立つ

元禄二年旧暦九月、『おくのほそ道』の旅を終えた芭蕉は、伊勢に行き、式年遷宮を拝した後、故郷伊賀に帰る。その後、郷里伊賀と琵琶湖の南の大津・膳所、そして、京都の三カ所を、短い時は数日間、長い時は数カ月間の滞在で、移動していった。『おくのほそ道』の旅のエネルギーが、いまだ芭蕉を突き動かしているようだ。

　その中で、大津の国分山の幻住庵に入って、三カ月半、生活して、俳文の名作「幻住庵記」を残している。この文章の最後に記されていたのが、次の句であった。

　　先（まず）たのむ椎の木も有（あり）夏木立

『おくのほそ道』の旅中、須賀川の可伸、福井の洞哉という植物とともに生きる俳人が二人登場していた。その二人の生き方のエッセンスともいうべき句になっている。人間というか弱い存在は、植物とともにないと生き抜けないというわけだ。『おくのほそ道』の旅中、気付いたことをここで深めているのだ。

　この時期から、芭蕉は「かるみ」を主張するようになった。芭蕉が「かるみ」ということばを最初に使っているのは、次の句に関してであった。

　　木（こ）のもとに汁も膾（なます）も桜哉　『ひさご』

　土芳の『三冊子』によれば、芭蕉はこの句について、「花見の句のかかりを少し心得て、軽みをしたり」と言っている。意味は「花見の句の風情を理解して、軽みをした」。「かるみ」とは日常の世界を日常のことばを用いて、詠むことだった。そう言われると、たしかに「木のもとに汁も膾も」は、調子がよく、当時の日常のことばらしさと感じることができる。

「木のもとに」の句はもともと、伊賀の風麦邸の花見の句として作り、連句も巻いていたのだが、のちに膳所に出てきた後、珍碩（洒堂）曲水とともに改めて巻き直している。その際、芭蕉は「四方より花吹入て鳰（にお）の海」という新作も作ったのに、あえて「木のもとに」の句を転用している。「四方より」の句は、古歌の世界を思い出させる分、重かった。もはやこの時期古歌との交響は古びつつあった。

　この「かるみ」、子規以降の近代俳句に直結する先鋭性があった。かるみが近代俳句を用意したと言ってもいい。

うきわれをさびしがらせよ秋の寺　芭蕉

芭蕉三泊の寺

芭蕉について詳しい方は、掲出句を読んで、変だとお思いになったのではないか。芭蕉が京都嵯峨に滞在中に記した『嵯峨日記』（宝暦三年・一七五三年刊）にこの句は「うき我をさびしがらせよかんこどり」の形で掲載されており、そちらの形の方が有名だからである。句は四月二十二日のくだりに置かれ、「ある寺に独居て云し句なり」、意味は「ある寺に独りで居る際に述べた句だ」ということばが添えられている。

「ある寺」とは、揖斐川・長良川・木曾川の中州として浮かぶ長島の大智院であった。芭蕉は元禄二（一六八九）年九月、『おくのほそ道』の旅を大垣で終えた後、弟子、曾良・路通らと揖斐川を舟で下って、大智院を訪れた。寺に遺された色紙には、掲出句の形で記されている。つまり、芭蕉は長島で初案を得た句を、そののち嵯峨で改作して、日記中に記していることになる。

掲出句初案のかたちは「真蹟色紙」に残されている。句意は「つらいわれをさびしがらせてくれよ、秋の寺よ」。句意については後で詳述する。

今日は長島の大智院を訪ねてみたい。東海道新幹線名古屋駅で関西本線に乗り換え、三十分で長島駅着。車中で驟雨に遭ったが、下車したときには上がっていた。長良川に出て、堤の上の道を下流に向かって歩くと、川端に大智院はあった。徒歩約二十分。門を入ると、草木の緑が美しい。石の径が、濡れている。

ご住職が芭蕉の真蹟色紙の軸を出してきて掛けてくださる。墨色が鮮やかである。前書は「伊勢の国長島大智院に信宿す」と、ぼくにも読める。ご住職に教えていただいたのは、次のこと。前書の「信宿」とは二泊の意味、しかし、雨のために出発が延び、実際は三泊した。芭蕉自身が染筆した場所に真蹟がそのまま伝えられていることはほとんどない。それゆえ、この色紙は貴重である。大智院は伊勢湾台風などの災害に遭って改築はしているが、建物の梁は芭蕉が訪れたころのものが今も使われている。当時の住職は曾良の伯父、良成。諏訪に生まれた曾良は、伯父を頼って長島に来て、この地で育った。俳号の曾良は木曾川の曾、長良川の良から取ったという説もある。

光が、庭の緑を通って、堂内に入ってくる。気持ちのいい時間を過ごした。

「秋の寺」から「かんこどり」へ

『嵯峨日記』には「うき我をさびしがらせよかんこどり」の句に先だって、西行『山家集』所載、次の歌の一部が置かれている。「とふ人も思ひ絶えたる山里のさびしさなくば住み憂からまし」。意味は「訪ねて来る人もないと断念した山里の暮らしだが、さびしさがなかったら、さぞ住みにくいだろう。さびしさがあるので生きていける」。西行は「さびし」という感情を、こころの張りを得るものとして肯定している。芭蕉の句は、西行の歌の「さびし」と「憂し」という語を再構成して、「うき我をさびしがらせよ」という一節を生み出した形になっている。「うき我をさびしがらせよ」の意は「つらいわれをさびしがらせてください」である。「うきわれ」とは「長旅の疲れの出てつらく、長旅の緊張が解けゆるんでしまったわれ」である。この「われ」にさびしさの張りを与えてください、というのだ。

長島では、下五に「秋の寺」という場所の季語を置いた。これで、住職への挨拶とした。しかし、「秋」という季節も「寺」という場所も、ともにさびしさを感じさせるもの。意味が近すぎる。また、「さびしがらせよ」と呼びかける対象に、「秋の寺」という建造物を置くのには、すこし違和感がある。

芭蕉は、嵯峨で季語を「かんこどり」に変更した。「かっこう」と艶のある声で鳴く郭公のことである。夏、いのちの盛りの季節に鳴く鳥である。秋から夏へと季節まで変えているが、結果として上の十二文字の内容から距離を置くことに成功している。呼びかける対象に鳥を置くことも自然である。『嵯峨日記』のこの部分にはもう一首、西行の歌が引用されている。「山里にこは又誰をよぶこ鳥独すまむとおもひしものを」。歌意は「山里にいったい誰を呼ぼうというのだろう。盛んに人を呼ぶように鳴いているよぶこ鳥は。この山里にただ独りで住もうと思っているのに」。「よぶこ鳥」は歌語。何かわからない鳥とされている。芭蕉は「かんこどり」を置いたことによって、読者にこの西行の歌も思い出させようとしているのかもしれない。

「うき我を」の句は、感情語を二つも使って、繊細な心理を詠っている。これは芭蕉発句の中でも異例。この試みによって、西行の和歌の世界を受け継ぎ、さらに乗り越えようとしているのではないか。

冒頭に記した『嵯峨日記』のことば、「ある寺に独居て云し句なり」は芭蕉の嘘言。実際は住職がいたし、門弟の路通と曾良もいた。大垣から旧友木因もついてきている上に、来客も相次いでいる。だが、そんな時、ふと一人になりたいと感じた芭蕉がいても、おかしくない。

堂の前で靴を履いていると、草の中から大きな蟷螂が現れた。帰ろうとするぼくに怒っているかのようだ。

驟雨過ぐ草の庭なる石の径　實
かまきりのわれに怒るや石の上

（二〇〇九・一〇）

たふとさにみなおしあひぬ御遷宮（ごせんぐう）

芭蕉

「御遷宮」が新季語

元禄二（一六八九）年旧暦九月、『おくのほそ道』の旅を大垣で終えた芭蕉は、伊勢へと向かった。このとき、伊勢神宮は、ちょうど遷宮を迎えていた。

伊勢神宮は、内宮と外宮の社殿を定期的に造り替えてきた。そのたびに、神には新たな社殿にお遷りいただくこととなる。ほぼ二十年に一度行われるこの遷宮という行事は、千三百年以上にわたって続けられてきた。遷宮を拝するために、芭蕉は伊勢に来たのだ。

掲出句は、芭蕉の遺した句文を収録した書『泊船集（はくせんしゅう）』（元禄十一年・一六九八年刊）所載。前書には、次のように書かれている。「内宮はすでに遷宮を終えていましたので、外宮の遷宮を拝しまして」。芭蕉は九月十三日の夜、外宮の遷宮式を拝して、掲出句を残した。

句意は以下のとおり。「御遷宮をまさに拝しています。尊い遷宮を眼前にして、みなで押し合っていることです」。遷宮を拝するひとびとの熱狂を「押し合い」と捉えている。群衆の中の一人として、身体で感じ取っているのである。

伊藤正雄著『伊勢の文学』（神宮庁教導部・昭和二十九年・一九五四年刊）によれば、遷宮とは、夜の闇の中を松明の光を頼りに、古殿から新殿に向かって、ご神体をお守りしながら多くの神官が練って行くものであるという。

参道の傍らの杉の木立の間を埋め尽くした群衆の中からは、かしわ手の音がしきりに起こるというが、芭蕉もまたこの群衆の中にいたわけである。しかし、掲出句の中では、ただ群衆が「押し合」っている描写しかされていない。神官のことにも、周囲の闇や木立のことにも、かしわ手のことにも触れられていない。そこにかえって、遷宮への深い敬意が感じられる。

掲出句の季語は「御遷宮」である。秋季。ただ、「伊勢の御遷宮」という季語が初めて歳時記に掲載されるのは、芭蕉死後の『通俗志』（享保二年・一七一七年刊）になる。芭蕉の時代には、まだ季語として認められてはいなかった。歳時記には、掲出句以前の例句が見あたらない。掲出句が作られたからこそ、「御遷宮」は季語となったと考えられる。「御遷宮」は芭蕉が見出した新季語の一つとしていいだろう。芭蕉の新季語発見に向けての意欲は、二十年に一回の行事まで取り上げているのだ。

『おくのほそ道』の目的地は

遷宮には、用材を切り出す山の神を祭る山口祭をはじめ、多くの行事がある。幸いなことに、その中の一つ、「御白石持行事」に参加することができた。七月末のよく晴れた朝、参宮線伊勢市駅下車。出で立ちは、背に「伊勢」の文字が入った白い法被に、白い帽子に白い鉢巻、ズボンも靴も白である。特別神領民となるためには、色のあるものを着てはならないのだ。

宮川の河原から拾い集めた白い石、「御白石」を詰めた桶を積んだ奉曳車を、長い綱の両脇についた特別神領民が曳いていく。おはらい町を、内宮の大鳥居まで、「エンヤ、エンヤ」と声をかけながら力を入れて曳く。ぼくの右前で綱を曳くのは、元・薬師寺管主の山田法胤さんであった。前で綱を引くのは、句友の熱田神宮宮司（当時）小串和夫さん。山田さんが、「これが本当の神仏習合ですわ」とおっしゃった。綱を曳く手や身体がぶつかり、ぼくも「たふとさにみなおしあひぬ」を経験することとなる。

内宮に入ると、御白石を渡していただいた。ぼくがいただいたものは大きく、赤子の頭ほどの白く輝く石である。布でたいせつに包み、いくつかの門をくぐり、新たな御正殿へと進んだ。輝くばかりの白木の堂の傍らの白い石の上に、運んで来た石を据えると、一つ仕事を成し遂げたという気持ちになった。右手奥には、古い御正殿が並び立っている。ここは風がよく通る気持ちのいい場所だ。

御正殿の建物は、素木（しらき）の柱を直接土に突き刺して建てている。土中の柱は腐りやすく、忠実に復元しつつ頻繁に建て替えることが必要となった。そのため、古代の建物をそのまま眼前にすることができるわけだ。建築にたずさわる工人は古代のままの工法で建てている。遷宮の行事を執り行う神官たちも古代の姿のままである。遷宮においては、古代がそのままに現代に生きているのだ。

『おくのほそ道』の最後「大垣」の末尾には、次のような意味のことばが書かれている。「長旅の辛さもまだ癒えないというのに、九月六日ともなったので、伊勢の遷宮を拝もうとして、また舟に乗って旅立つ」。『おくのほそ道』の旅の最終的な目的地は、実は遷宮の伊勢神宮ではなかったのだろうか。

白石持の鉢巻巻くや帽子の上　實
わが白石置くやかがやく白石に

（二〇一三・一〇）

硯かと拾ふやくぼき石の露

芭蕉

縄文人の聖地、夫婦岩

元禄二（一六八九）年旧暦九月、『おくのほそ道』の旅は、大垣で終わる。しかし、芭蕉の旅はその後も続いていた。大垣から揖斐川下りの舟を経て、ご遷宮の伊勢神宮を訪ねているのだ。

掲出句は伊勢の二見浦での作。元禄二年九月二十二日付の、江戸の弟子杉風に宛てたと推定される書簡に掲載されている。句意は「硯であるかと拾った、窪みある石に露が降りていることだ」。

二見は西行が草庵を結んだ場所でもあるのだが、西行の弟子蓮阿が聞き書きした『西行上人談抄』に、その草庵を結んだ折の描写があり、愛用の硯について触れられている。西行の硯は石を細工したものではなくて、水を入れる部分が窪んだ自然石だった。芭蕉はこの硯を念頭に置いて句を発想する。表面が窪んだ石を拾いあげて、西行遺愛の硯かもしれないと考えているわけだ。一個の石を通して、芭蕉が敬愛する西行と一つに重なる。

六月も終わりの梅雨晴間の一日、参宮線二見浦駅に下車。徒歩十五分ほどで二見興玉神社に着いた。海に臨む本殿からは、海中にある夫婦岩を近くに拝することができる。岸には写真パネルが掲げてあり、写真は夏至の太陽が夫婦岩の間から昇ってくるところである。夏至の日には、毎年、多くの参拝者が集まるという。

岩の間から昇る夏至の太陽というと、思い出すものがある。青森県・三内丸山遺跡の縄文時代のモニュメントである巨大な六本柱だ。考古学者小林達雄によれば、三本ずつ向き合って並ぶ巨柱の示す方位は夏至の日の出および冬至の日の入りと一致しているという。そして、その時刻には柱列の間に放射状のダイヤモンドビームが現れるというのだ（『縄文の思考』筑摩書房・平成二十年・二〇〇八年刊）。夏至の日に夫婦岩でも似たようなことがおこるはずだ。三内丸山の六本柱と二見の夫婦岩はともに、縄文人にとって、夏至の朝日を美しく仰ぐための装置であった。

晴れた日には、夫婦岩の間から遥か富士山を望むこともできるという。富士山は日本最高峰で、山岳信仰の聖地である。富士と重なることによって、夏至の太陽にはさらなる価値が加わった。ここに、夫婦岩、二見浦が、聖地として選ばれた理由があったのだ。

伊勢とみちのく

先に述べたように『おくのほそ道』の最後の地は美濃の大垣であった。しかし、大垣の部分の最後の文章の大意は、「九月六日になると、伊勢の遷宮を拝もうとして、また、舟に乗りて」である。末尾の芭蕉の句は、「蛤のふたみにわかれ行秋ぞ」。句意は「伊勢の二見へと向かって発つにあたり、大垣で会った弟子たちとは、蛤の蓋と身のように別れて行く。時は晩秋であることだよ」。文と句ともに次の目的地が示され、紀行文に広がりが生まれた。加えて、『おくのほそ道』の旅の最終目的地は伊勢、二見だったことが明らかにされたのである。

そもそも『おくのほそ道』の旅の目的とは何か。みちのくは古来、和歌に詠まれた地名、歌枕の多い土地である。遠方の歌枕を実際に訪ねてみることが、目的の第一であった。歌人西行は、みちのくの歌枕を訪ねた先輩でもあったのだ。

その結果、紀行文『おくのほそ道』は、歌枕訪問記の性格を備えている。ことに仙台郊外の多賀城で見た歌枕壺の碑（多賀城碑）から受けた感動は大きかった。時が経つにつれて、多くの歌枕が変質していたのに対して、多賀城碑は天平時代の姿のまま変化することなく存在していた。そこで芭蕉は、古代の人のこころをそのままに偲べたことに感動した。ただ、古代のままの風景と向き合った際の感動は、『おくのほそ道』の旅に行く前から親しんできた伊勢神宮や二見浦でも、経験していたものではなかったか。伊勢での経験と同質のものをみちのくでも味わえたから、芭蕉は感動を深くしたのかもしれない。伊勢、そして二見浦もまた、歌枕である。今回の伊勢訪問は、みちのくの歌枕を見てきた目に、伊勢の歌枕があらためてどう映るのかを試しているような気がする。

ところで、西行は二見のどこに滞在していたのか。伊藤正雄著『伊勢の文学』によれば、安養山の南麓である。停留所「二見浦表参道」からバスに乗って五分ほど、停留所「光の街西」で降りると、「西行と伊勢二見とのかかわり」という掲示板が立っている。このあたりが、西行が滞在した安養寺跡らしい。一面草原で、小判草、萩が風に吹かれていた。

寺失せてあとかたもなき花野かな　實
花野の端大掲示板立ててあり

（二〇一五・〇九）

初(はつ)しぐれ猿も小蓑(こみの)を欲しげなり　芭蕉

芭蕉自信の一句

芭蕉は自分自身の句集などの著作を生前はほとんど刊行していない。版本の『おくのほそ道』も死後の刊行となる。そのかわり弟子たちには作品集を出版させている。芭蕉のグループ、蕉門最高の俳諧撰集として名高いのは、去来と凡兆(ぼんちょう)とが編集した『猿蓑』である。当然、去来らの背後に芭蕉がいて指導している。この俳諧撰集の題名の二文字「猿」と「蓑」は、掲出句から取られているのだ。

『古今和歌集』以来、ほとんどの歌集において季節を詠んだ和歌は、春夏秋冬の順に編纂されてきた。しかし、『猿蓑』は和歌の伝統に挑戦するかのように、冬・夏・秋・春の順に発句が並べられた。冬の部の最初には時雨の句が十三句、ずらりと並ぶ。その先頭に置かれているのが掲出句。芭蕉が自信をもって、世に問うた句である。

句意は「山道を歩いていると、初時雨が降ってきた。さっそく用意の蓑を身につけると、その姿を見て濡れている猿が、いかにも小蓑を欲しそうな様子である」。表の意味はわかるが、これがどうして芭蕉の自信の句なのか、そこまではわかりかねる。

元禄二（一六八九）年秋、『おくのほそ道』の旅を終えた芭蕉は、伊勢を経て故郷の伊賀へと向かった。その途次、津と伊賀上野を結ぶ長野峠で掲出句を詠んでいる。ぜひ句碑の立つ上野側の峠口を訪ねてみたい。

伊賀鉄道伊賀線上野市駅下車。上野産業会館（現ハイトピア伊賀）から汁付(しるつけ)行きバスに乗る。よく晴れて、すでに稲田はみのっている。うとうとしつつ小一時間で終点、汁付に着いた。山里である。杉山が近い。歩いて長野峠に向かう。二十分ほどで峠のトンネルの入口に着いたが、句碑は見当たらない。こちらは近年できたばかりの新長野トンネルであった。トンネルの手前に旧長野トンネルへと向かう旧道があり、入ってゆくと、道の脇少し高い場所に二基の句碑が見えた。右側は平成の句碑、左側が江戸時代中期、天明八（一七八八）年の句碑である。天明の碑は分厚く丈の低い花崗岩。芭蕉自身の書が彫り付けてある。多くの車は新トンネルを通るので、句碑は静寂の中にある。

高弟其角の大絶賛

『猿蓑』の序文は、高弟其角が書いてこの句を大絶賛している。「我翁行脚のころ、伊賀越しける山中にて、猿に小蓑を着せて、俳諧の神を入たまひければ、たちまち断腸のおもひを叫びけむ、あたに懼るべき幻術なり」。きわめてむつかしいが、この文章によって同時代人の評価が知られる。読み解いていきたい。あえて意訳をすれば次のようになろうか。「わが師、芭蕉先生が『おくのほそ道』の行脚を終えた後、伊賀へと越える峠の中で、掲出句を詠んだ。発句の猿にあえて小蓑を着せたことで俳諧の神髄を注ぎ込んだので、たちまち句の猿が命を得て現実の猿と化して、腸が断たれるほどの悲しみの叫び声をあげたそうだ。まことに恐ろしい魔術である」。

この序は掲出句の前に置かれている。ということは、前書のはたらきも担っている。刊行時の読者はこの序文によって、掲出句が伊賀へと向かう山中での詠であることを知った。

ただ、掲出句と其角の序には、ずれがある。掲出句は「小蓑を欲しげなり」であったが、其角はさらに踏み込んで、「小蓑を着せて」とまで言ってしまっている。それはどういうことか。

芭蕉は掲出句において、現実の猿をただ外面から見ていたのでは生まれえない「小蓑を欲しげなり」という表現を得ている。芭蕉は猿を見ての興の動き、機知のはたらきをたいせつに一句とした。其角はあえてその点を強調しているのではないか。

芭蕉の興の動きが、猿をまるで人間のような意識があるかのように感じさせている。猿の内面まで感じさせている。それこそが幻術。そう其角は言いたいのだろう。

日本人は初物（はつもの）を愛で、今年初めて会った時雨、初時雨もいとおしむ対象としてきた。その出会いの喜びは、掲出句のどこに示されているのか。

芭蕉は折からの初時雨に、用意の蓑をまとった。すると、近くにいた猿までもが、初時雨に、そして、蓑の姿の芭蕉に反応しているかのように、感じられた。この感じにこそ、芭蕉のかすかな喜びが示されているように思われる。

芭蕉の蓑をまとう動作が、人ならぬ鳥獣、猿までも動かしえているのだ。このあたりに其角は、『おくのほそ道』の行脚を経て深まった、芭蕉の新境地を感じているのかもしれない。

句碑の奥は深い杉山。近くの杉の幹にみんみん蟬が鳴いている。はるかかなたの木では、法師蟬が鳴き出した。林の中を流れる沢に目を凝らしても一匹の猿の姿も見えないが、沢水は実によく澄んでいる。

杉山の杉密々と水澄める　實

秋風や倒木の橋猿渡る

（二〇〇九・一一）

初雪やいつ大仏の柱立(はしらたて)

芭蕉

二度焼けた大仏殿

元禄二（一六八九）年秋、『おくのほそ道』の旅を終えた芭蕉は、伊勢を経て、故郷の伊賀に滞在、旧暦十一月末、奈良へと赴く。春日若宮御祭(かすがわかみやおんまつり)を見物するためであった。敦賀以降、同行していた路通が同行していた。その際、東大寺を拝し、掲出句を残したのだった。掲出句は支考編の句文集『笈日記』所載。句意は「初雪が大仏に降りかかっている、大仏殿再建の柱立はいつなされるのだろう」。

ＪＲ奈良線奈良駅下車。雲一つない散歩日和である。東方へと、三笠山の麓にある東大寺へと、歩き始める。天平時代、聖武天皇は全国に国分寺・国分尼寺を設けた。東大寺の前身、金鐘山寺(きんしょうせんじ)は大和国の国分寺となる。さらに聖武天皇の発願によって、この寺において盧舎那仏(るしゃな)の造像がなされることとなる。東大寺は、奈良のみならず、日本の寺々を代表する寺となったのである。

大仏殿がしだいに大きくなって来る。大仏殿の鴟尾(しび)がきらめくのを見るのは心躍る。南大門をくぐる。運慶・快慶作の金剛力士像を拝す。鹿が門内に入り込んで、観光客から餌をもらっている。足元は鹿の糞だらけであった。秋の季語になっている鹿の角切(つのきり)も済んでいて、牡鹿の角の切断面がはや少し膨らんでいた。

大仏殿は二度、焼けている。治承四（一一八〇）年、平清盛の子、重衡が焼討を行った。この時は重源が復興に当った。西行が奥州平泉に藤原秀衡を訪れたのは、再建の勧進のためであった。次に焼けたのは、永禄十（一五六七）年、松永久秀が東大寺に立て籠った三好三人衆を攻めた際である。この時は岩掛城主、山田道安が私財を投じて修理に当った。ただ、大仏の顔を銅板で補修するという雑なものであり、大仏殿再建には手を付けることもできなかった。

芭蕉はこの状態の「露座の大仏」を見ている。本稿を書くに際して、大安隆著『芭蕉　大和路』（和泉書院・平成六年・一九九四年刊）を参照した。この書には『奈良名所八重桜』（延宝六年・一六七八年刊）所載の菱川師宣筆の大仏図が掲載されている。露座の大仏の膝近くを二人の旅人が歩いている図だ。

大仏を慈しみ、杜国を懐しむ

芭蕉は、以前にも大仏を拝している。『笈の小文』の旅の際、貞享五（一六八八）年旧暦四月八日のことである。芭蕉自身は紀行に「灌仏の日は、奈良にて爰かしこ詣侍る」と書いている。意味は「灌仏会、誕生仏に香水を掛ける行事の日には、奈良でここやあそこをお参りします」。その八日は大仏殿再建の起工式「釿始」の法要、結願の日でもあった。芭蕉は猿雖ら伊賀の門人と奈良で落ち合い、大仏法事に参加した。四月二十五日付の惣七（猿雖）宛の芭蕉書簡には、次のようにある。「此度南都之再会、大望生々の楽ことばにあまり、離別の恨み筆に尽くされず候」。意味は「このたびの奈良での再会、大望がかない、生涯の楽しみをことばにすることができず、離別の悲しみは筆に尽くせません」。この旅には愛弟子、杜国が、万菊丸と名乗って、同行していた。杜国とともに露座の大仏を仰いでいたのだ。

掲出句の初案は元禄三（一六九〇）年正月十七日付の杜国宛芭蕉書簡に見える次のかたちである。「雪悲しいつ大仏の瓦ふき」。句意は「雪が大仏に直接降りかかって、さみしい。一昨年大仏殿再建の起工式を君とともに見た。しかし、いま、君はいないし、再建も進んでいない。それが悲しいのだ」。本来、「雪」はうれしいものである。それがここでは、恋しい人の不在を際立てているのである。

この句が引かれている芭蕉書簡には、次のようにある。「いかにしてか便も御座無く候。若は渡海の船や打破れけむ、病変や降涌きけんなど、方寸を砕くのみに候」。意味は「どうしたわけか、あなたからの手紙がございません。もしや渡海の船が難破したのだろうか、病気になったのだろうかなどと心を砕くばかりです」。手紙をよこさないことをなじり、その原因を想像して心を痛めている。そして、芭蕉の想像は不幸にも当たってしまった。愛する杜国は、まもなく病没するのである。

『笈日記』における掲出句の形への変更は、この句から杜国への思いを消し去ることであった。「悲し」というあからさまな感情語を消す。奈良で「初雪」に会えた喜びと、それが露座の大仏を濡らしてしまっていることに気付いた寂しさ、その二つに揺れる思いとして表現されている。「瓦ふき」は普請の仕上げに近い工程であったが、ここでは最初に行うべき「柱立」になされた。

回廊を離れ、大仏殿へと行く。現在の大仏の頭部は元禄三年旧暦八月に完成している。開眼供養は元禄五年であった。芭蕉は元禄七（一六九四）年、死の直前に奈良を訪れている。この時、見たとすれば、大仏は現在ぼくらが拝しているものと同じである。しかし、芭蕉にとっては、杜国と共に見たものとは姿が違ってしまっている。それが、また、寂しさを掻き立てたのではないか。大仏殿の柱立は芭蕉の死の翌年、元禄八年に行われた。さらに大仏殿の落慶供養は宝永六（一七〇九）年であった。

大仏殿を出て仰ぐと、鴉が飛び回っている。見ていると、鴟尾にとまった。雪ならぬ、修学旅行の学生達の白シャツが眩しい。

角切に断てる角の根もりあがる　實
鴟尾領し一烏あり秋の天

（二〇〇五・一二）

長嘯の墓もめぐるかはち敲

芭蕉

たどりつけない墓

元禄二（一六八九）年冬、芭蕉は『おくのほそ道』の旅の後、京都に滞在していた。そこでの詠。

掲出句は其角編俳諧撰集『いつを昔』（元禄三年・一六九〇年刊）所載。句意は「長嘯の墓も巡ってきただろうか、鉢叩は」。ふしぎな句である。つい口ずさんでしまうような調子のよさがある。でも、「長嘯」とは何か。「長嘯」とは近世初期の歌人、木下長嘯子らしい。この長嘯の墓に詣でてみたい。

東海道新幹線京都駅下車。駅ビルの観光案内所で、墓について尋ねると、東山の高台寺にあると教えられた。高台寺は豊臣秀吉の没後、その菩提を弔うため、北政所ねねが開創した寺である。長嘯子はねねの兄、木下家定の嫡男である。この寺に葬られているのは自然だ。拝観料を支払う際に聞くと、「詳しいことはなかで」とのこと。霊屋の厨子の高台寺蒔絵を拝す。秀吉像と北政所像が祀られている。傍らにいた女性に墓のことを聞いたがよくわからない。境内では白人男性と日本人女性の結婚式が執り行われていた。通りがかった男性にあらためて尋ねると、「近くの圓徳院にあると聞いている」と言われた。

階段を降りて、圓徳院へ向かう。ここはねねが余生を送り、終焉を迎えた場所。高台寺の塔頭である。木下家の菩提寺でもあるという。建物の裏手に墓が見えたので、行ってみた。大きな五輪塔が立ち並んでいる。これが家定以来の墓であろう。ただ、長嘯子の墓は確認できなかった。襖絵の説明をしている女性に長嘯子の墓の所在を聞いてみると、こんどは「高台寺にある」と言われた。高台寺ではこちらにあると聞いてきたと言うと、和尚さん夫妻に聞いてきましょう、と奥に入った。北庭に面した部屋で待っていたが、留守で結局はわからなかった。たしかにここには長嘯子を祀った歌仙堂はあるのだが、墓ではないのだ。観光客がますます増えてきている。高台寺を再訪することはあきらめた。

長嘯子が亡くなったのは洛西、小塩山(おしおやま)の花の寺、勝持寺(しょうじ)である。ここにも塚があると聞いていたので訪ねた。ここは西行が出家した寺である。長嘯子が晩年小塩山に草庵を結んだのは西行に関心があったからかもしれない。入場券を売っている女性に聞いてみると、駐車場の下のほうにあるが、もはや人は行かないので、けもの道のようになっていると言われた。行ける感じではない。断念した。ただただ冬紅葉がうつくしかった。

後日改めて高台寺に尋ねると、境内の墓地に墓石があるという。いつか訪ねたい。

長嘯子への敬意

芭蕉はなぜ長嘯子に関心をもったのか。長嘯子は武士であったが、武勇で名を馳せるといった男ではなかった。ある事件をきっかけに退隠、東山に隠棲した。芭蕉はその歌文を愛していたのだ。当時流行の二条家流歌学に縛られない自由なもので、俳諧味さえも含んだものであった。「はちたゝきあかつきかたの一こゑは冬の夜さへもなくほとゝぎす」(『挙白集(きょはくしゅう)』慶安二年・一六四九年刊)。歌意は「鉢叩が夜明ごろに放つ一つの声は、冬の夜までも鳴くほととぎすの声のようだ」。和歌において「鉢敲」を詠むということ自体が破格なことであったのだろう。それも「鉢敲」の声をことさら珍重すべき「ほとゝぎす」の声に例えている。「鉢敲」の声を寒夜の美の一つとして取り上げているのである。芭蕉の貞享元(一六八四)年桑名での詠「冬牡丹千鳥よ雪のほとゝぎす」、句意は「冬牡丹の咲く庭に千鳥を聞くのは、ほととぎすを雪に聞く趣だ」。この「冬牡丹」の句はこの歌の発想を受けているとすでに古注の指摘があった。

さて、「鉢敲」とは十一月十三日の空也忌から大晦日まで、空也堂の僧が洛中洛外を念仏和讃を唱えながら巡り歩くこと。現在は残念だが、往時の様子は見られない。僧の姿は半僧半俗有髪、竹杖で瓢を打ち、米銭の喜捨をそれで受けたそうだ。長嘯子の歌の前書には古い瓢が出てくる。茶の湯の水差しにも花生けにも果物を盛るにも重宝して、蓋の裏には「空也の遺弟」の人形が記してあるという。これはもとは「鉢敲」が用いたものではなかったか。

許六編の俳文集『本朝文選』（宝永三年・一七〇六年刊）所収の去来筆「鉢扣ノ辞」にこの句の成立事情が記録されている。「師走も二十四日、冬もかぎりなれば、鉢たゝき聞むと、例の翁のわたりましける」。意味は「十二月も二十四日、冬も最後なので、鉢叩の声を聞こうと例の翁、芭蕉がやって来られた」。まるで夏の夜にほととぎすを聞きに行くかのように、芭蕉は聞きに来ている。「こよひは風はげしく、雨そぼふりて、とみにも来ねば、いかに待佗び給ひなむ」、意味は「今夜の風が激しく、雨もしめやかに降り、鉢叩がすぐに来ないので、どんなにか待ちわびなさったでしょう」。そんな夜の「あかつき」に掲出句は生まれた。その場所が、去来の本宅の「中長者町堀川東へ入る」であるか、別荘である嵯峨の落柿舎であるか、論の分かれるところである。今回、本宅のあたりも歩いてきたが、現在も静かな住宅地であった。京都の地理にうとく、「鉢敲」がどういうコースでどのような速度で進んだのかもわからないぼくにはどちらであるか判断がつかない。ただ、芭蕉の長嘯子への敬意だけはよくわかる。季語「鉢敲」は長嘯子が発見したものであるということを芭蕉はこの句で確認している。芭蕉は鉢敲を待ち、待ち得てその声を聞いたことで長嘯子と心を交わしている。

長嘯の墓はいづこや冬紅葉　實

鉢敲のこゑを聞くべし盃置いて

（二〇〇五・〇二）

少将のあまの咄（はなし）や志賀の雪　芭蕉

女性俳人に女性歌人を重ねる

元禄二（一六八九）年、『おくのほそ道』の旅を終えた年の歳末、芭蕉は、近江の膳所（ぜぜ）（現在の滋賀県大津市）に滞在していた。そこで女性の弟子、智月（ちげつ）の庵を訪ねての一句である。

俳諧撰集『奉納集』（宝永元年・一七〇四年刊）所載。さらに芭蕉が書いた前書と掲出句とを智月自身が記録している懐紙の写しが残されている。前書には次のような意味のことが、書かれている。「大津で智月という老尼の住まいを訪ねました。『をのが音（ね）の少将』と呼ばれている歌人が、老後、大津のあたり近くに隠れ住んでいたということを聞いて詠みました」。掲出句の意味は、「志賀の里に雪が降っている。少将の尼（をのが音の少将）といういにしえの歌人の話をしていることだよ」。

智月は蕉門の女性俳人。芭蕉より十数歳上であった。智月の家業は、運送問屋である。夫の死後は、弟である乙州（おとくに）を養子にして家業を継がせていた。掲出句をつくったときが、芭蕉と智月の初めての出会いであったようだ。

「をのが音の少将」「少将の尼」と呼ばれている歌人は、鎌倉初期の女性歌人、藻壁門院少将（そうへきもんいんのしょうしょう）のこと。「をのが音の少将」の名は、次の和歌からつけられた。「己（おの）が音につらき別れはありとだに思ひも知らで鶏（とり）や啼（な）くらん」（『新勅撰集』）。歌意は「鶏は自分の鳴き声のために恋人たちのつらい朝の別れがあるということをすこしも思い知らないで、鳴いているのでしょうか」。晴れ晴れとした朝の鶏の鳴き声と恋人たちのしめっぽい別れとが対比されている、ちょっとおかしみも含んだ和歌だ。この和歌についても、芭蕉と智月とは語り合ったことだろう。

芭蕉の発句の中に歌人の名前がそのまま詠み込まれているのは、珍しい。智月と大津ゆかりの歌人藻壁門院少将について語りつつ、智月と歌人とを重ね合わせているのである。それはそのまま智月への挨拶となっている。

女性にやさしい芭蕉

掲出句の「志賀」は琵琶湖南西岸、大津近辺の古い呼称である。今日は大津に智月の庵を訪ねたい。ただ、はっきりした場所はわからなくなってしまっている。俳文学者、岡田利兵衛はその著『芭蕉の風土』（白川書院・昭和四十一年・一九六六年刊）で、次のように記している。「（智月亭は）家業から考えて海道筋に面した松本にあったと思われる。安養寺（あんようじ）という寺が、石場町にあるが、門前の角に明治のころまで智月餅をひさいだ家があったという。今はそれさえ無くなっている」。大津市の石場、松本を歩いて、智月の面影を探るしかないようだ。

京阪電鉄石山坂本線（いしやまさかもと）石場駅下車。忙しそうに一人で立ち働いている駅員の方に、安養寺の場所を聞くと、壁に貼ってある地図を見て丁寧に教えてくださった。琵琶湖の反対、山手側にある安養寺へ行ってみるが、秋の夕暮れ、門は固く閉ざされている。近くの電器店に入って、販売の女性に「芭蕉の弟子の智月という方はご存じですか、その方ゆかりの智月餅というものをこのあたりで販売していたようなのですが、ご存じですか」と聞いてみた。「智月さんも、智月餅も聞いたことがありません」という答えなのだが、当たりがやわらかい。

掲出句は音の響きもうつくしい。一句全体にＳ音がたくさん散らばっている。そのため、一句を読みおろすと、背景に雪が降り積もる音が、聞こえてくるような気がする。

芭蕉というひとは、男性上位の江戸時代にあっても、女性にも深いやさしさをもって、向き合うことができたひとではなかったか、とこの一句から想像することができる。おそらく智月の方が、土地ゆかりの「少将の尼」の話題を出したのであろう。それを当日の雪とともに、さっと一句にまとめてみせた芭蕉に、智月は驚いたことだろう。

掲出句に智月は脇句を付けている。「あなたは真砂爰(ここ)はこがらし」。句意は「いいえ、あちらの『少将の尼』は清らかな真砂のようなお方です。それに対して、こちらの尼は吹きすさぶ木枯しのようなものです」。智月は、芭蕉の挨拶に対して、卑下して応えているわけだ。同時に和歌の優美を代表するものとして真砂を出し、俳諧の卑俗を代表するものとして、木枯しを出しているとも言える。木枯しではかつて芭蕉が、「狂句(きょうく)木枯(こがらし)の身は竹斎(ちくさい)に似たる哉(かな)」という発句を詠んでいる。句意は「狂ったような句を詠み、木枯しに吹かれて歩くこの身は物語の主人公に似ていることだなあ」。木枯しは芭蕉の分身とも言うべき季語であった。この季語を用いたことで、智月は芭蕉の同志であると宣言しているのである。

以後、智月は大津滞在中の芭蕉の衣食の面倒をみるようになる。芭蕉が死んで、大津の義仲寺に葬られたときも、衣服はすべて智月が世話をしている。

秋惜しむ湖の辺(へ)に火を焚いて　實

暮秋なる蝙蝠(こうもり)飛ぶや湖の上

（二〇一三・〇一）

薦（こも）を着て誰人（たれびと）いますす花のはる

芭蕉

理想は乞食姿の聖人

元禄二（一六八九）年、『おくのほそ道』の長旅を終えた芭蕉は、伊勢、故郷の伊賀、京都を経て、近江膳所の義仲寺の草庵で越年する。掲出句は元禄三年の新年詠。門弟去来らが出版した「歳旦帖（さいたんちょう）」の発句の巻頭に据えられたものである。歳旦帖は、俳人の正月の配り物で、新年の挨拶を込めたもの。残念ながら歳旦帖そのものは残ってはいないが、歳旦帖の筆遣いを想像させる芭蕉自身の筆蹟が残っている。俳諧撰集『其袋（そのふくろ）』（元禄三年・一六九〇年刊）所載。

前書には「元禄三元旦　みやこちかきあたりにとしをむかへて」とある。意味は「都に近い周辺の地で新年を迎えて」。俳諧の中心地の一つ京を意識しつつ、大津のことをあえてぼんやりと表現しているわけだ。

上五「薦を着て」の「薦」は「まこもや藁（わら）で粗く織ったむしろ」の意。乞食の衣である。下五「花の春」は新年の季語、華やかな春の意。極端な対比になっている。句の大意は、「華やかな新春、薦をかぶってどなたがいらっしゃるのでしょうか」。

この句は芭蕉の自信作だったようで、何人かの弟子へと書き送っている。名古屋の弟子、荷兮（かけい）への書簡では掲出句に次のような自解を加えている。「『撰集抄』に描かれた昔を思い出すままに、このように作ってみました」。『撰集抄』は芭蕉の愛読した仏教説話集で、当時は西行が執筆したと信じられていた。そのなかには、薦を着て乞食をしている聖人が、少なからず登場している。芭蕉は過去の乞食姿の聖人をこころに置いて新年を迎えたのだ。京の他派の俳人からは、歳旦帖に乞食の句を掲載するとは何事かと非難されたこともわかっているが、芭蕉にはまったくこたえていない。乞食姿の聖人こそが、当時の芭蕉の生き方の理想であった。

動物や植物に近づく

今日は大津にある大津市歴史博物館を訪ねてみたい。湖西線大津京駅下車。京阪電鉄石山坂本線皇子山駅（現在は京阪大津京駅）まで歩き、石山寺行き電車に乗車。これに乗っていけば義仲寺のある京阪膳所駅に行けるが、一駅目の別所駅（現在は大津市役所前駅）下車。冬晴の日で、紅葉が美しい。博物館までなだらかな上りで、博物館の玄関前からは琵琶湖が望める。きらめく湖面に大きな遊覧船が浮かんでいて、ぼくの方へと進んでくるようだ。

この博物館に、芭蕉の書簡が展示されている。元禄三年九月二十八日付の、膳所の弟子正秀宛のものだ。屏風に色紙短冊などが貼ってあるなかに、書簡も貼られている。芭蕉の正秀への礼状である。薄墨の続け字の中に「偏に偏に貴境旧里のごとく存ぜられ候」ということばを読みとることができた。意味は「ただただあなたがお住まいの地をわが故郷のように思っております」。芭蕉の近江への愛着を端的に表現したことばだ。芭蕉にとって、大津は伊賀に次ぐ、第二の故郷であった。

膳所には、母のような存在の女弟子智月もいた。彼女は芭蕉のために防寒用の紙子を作ったり、洗濯をしてくれたり、芭蕉の葬儀の際には、浄衣まで着せかけたと伝えられている。衣類に関して恵まれた環境にあったからこそ、芭蕉は薦について思いを馳せることができたのかもしれない。

掲出句について、人類学者の中沢新一氏に教えられたことがある。ぼくとの対談「なぜ今、俳句か」（『俳句』平成二十六年・二〇一四年一月号）のなかで、氏はこの句について次のような発言をされている。「芭蕉には自分が菰を着たり乞食に近づいていったりするという句がいくつもありますね。人間の条件をどんどん薄くしていくことと、動物、植物の目に意識が入っていくというのが、芭蕉の俳句の思想的な構造みたいになったような気がするのですが、どうでしょうか」。この対談は中沢氏との共著『俳句の海に潜る』（角川学芸出版・平成二十八年・二〇一六年刊）に収録されている。

賛成というより、目から鱗が落ちるという陳腐な表現を使いたくなるほどの驚きがあった。ぼくは掲出句を中世の聖人への憧れの句と読んでいたが、中沢氏の読みはもっとずっと深い。薦を着るということは、ふつうの衣を着るよりも、人間としての条件を薄めることである。動物や植物に近づくことになる。動植物に近づいて、自然の中に入っていくという方向性が、掲出句において示されているというわけだ。

芭蕉は『おくのほそ道』の旅をはじめ、旅に生きた。旅もまた、人間としての条件を薄めて、より自然の中へと入り込んで行く試みではなかったか。芭蕉はわび・さびという中世の美意識をたいせつに生きた。わびは不自由、不足を肯定する姿勢であり、さびはさびしさを肯定する姿勢だった。これも人間の条件を薄めて、自然へと入り込もうとする態度であるといっていい。そして、俳句という短く、思いを伝えるのに不便な詩型こそ、その意識にぴったりだったのではないか。俳句という詩の本質を示された思いであった。

（二〇一四・〇二）

湖（うみ）の船吾（あ）に向かひ来ぬ冬紅葉　實

きらめいて湖（みづうみ）ありぬ冬紅葉

獺(かわうそ)の祭見て来よ瀬田のおく

芭蕉

獺の祭は当時の新季語

芭蕉は元禄三（一六九〇）年の正月、近江（現在の滋賀県）膳所から故郷の伊賀に帰った。

掲出句は其角編の俳諧撰集『花摘』（元禄三年・一六九〇年刊）所載。「膳所へゆく人に」という前書が付いている。伊賀滞在中の芭蕉とともに過ごしていた誰かが膳所に行く際に送っている句である。風国編の俳諧撰集『泊船集』にも収められていてそこに加えられた許六の書入れに「洒堂餞別」とあるところから、この句を与えられたのは膳所の医師洒堂（珍碩）であったとする説もある。句意は「獺の祭を見て来なさい、瀬田川の奥に」。

「獺の祭」とは、正式には「獺魚を祭る」という季語である。獺は魚を捕らえてもすぐには食べずに岸に並べておくという。それを先祖を祀るために並べていると解釈しているわけだ。中国の暦、七十二候の一つ。二十四節気での雨水の初候に当たる。今の暦では二月十九日から二十三日ごろである。正岡子規はこの季語を愛し、自分が本を出して並べかたづけないことから、みずからを「獺祭書屋主人(だっさいしょおくしゅじん)」と号したのは有名である。

この季語は芭蕉の用いていた歳時記『増山井(ぞうやまのい)』（寛文七年・一六六七年刊）に収録されている。そこで眼にしているのだろうが、何と大胆な季語の使い方だろう。この季語の本邦初の秀句であったろう。ちょうど暦はその時期、瀬田の奥、つまりは「瀬田川の下流では獺が魚を並べているのが見られるでしょう。見に行ってご覧なさい」、そう呼びかけているわけだ。

今日はこの句の縁から、膳所、瀬田のあたりを歩いてみたい。「ぜぜ」という地名は不思議な音である。日本語ではないような響きがある。古代に近江大津宮の御厨（みくりや）が置かれていたところから名付けられたという。御厨と獺の祭とは規模はぜんぜん違うが、ともに食料を用意するもの。どこか通ずるところがあるのにほほえみたくなる。芭蕉はおそらくその二つのことばの照応を意識しているのではないか。膳所には瀬田川は流れていない。少し距離があるのだ。

東海道本線膳所駅下車。ここには芭蕉の墓所、義仲寺がある。まずは墓参りをする。「義仲寺」というバス停がショッピングセンターの前にあり、そこから石山へと向かう。車中からときどき琵琶湖が見える。

石山駅前の観光案内所で、掲出句の句碑について尋ねる。なかなかわかりにくいところにありそうだ。係の女性は何本も電話をかけて確かめてくれた。親切な人に会うとそれだけでうれしくなる。

田上車庫行きのバスに乗る。瀬田唐橋（せたのからはし）を渡り、瀬田川を遡っていく。江戸時代、伊賀から膳所への近道、「御斎越え（おとぎごえ）」という道があったというが、このバスの道もその方面に続いているようだ。「枝（えだ）」という名の停留所で降りる。単純で、いい名前である。

バス停留所の向かい、天神川橋のたもとに句碑は建てられていた。花崗岩を加工した石に草書体で句が記されていた。

なぜ、この場所に句碑が建てられたのかはわからない。天神川が清流でいかにも獺が住みそうであったからかもしれない。石山に戻るバスが来るまで、あと一時間ほど時間がある。

弟子に氷魚を馳走

さて、芭蕉は膳所、瀬田のあたりによく馴染んでいた。膳所に滞在していた際、時には門弟たちが庵に訪ねてきた。その人たちに氷魚（ひお）、つまり、鮎の透明な幼魚を煮てご馳走したこともあった。「ぜゝ草庵を人々とひ

けるに　あられせば網代の氷魚を煮て出さん」という句を、前年の冬に作っている。意味は「膳所の草庵を人々が訪ねた際に　霰が降ってきたので、網代でとった氷魚を煮てだしましょう」。霰と氷魚、いかにも冬らしいものが揃うことに芭蕉は興を発している。色も質感もちょっと似ている。網代は『万葉集』にも見える漁法である。宇治川の網代漁は弘安七（一二八四）年に廃止されたという。瀬田川にその古い漁法が残っていたというより、芭蕉の弾む心が「網代の氷魚」と詠ませたと考えたい。

掲出句を与えられた男は、この氷魚の宴にも同席していたのではないか。獺の祭とは、その楽しかった宴も思い出しているのではないだろうか。

石山の観光案内所で見せてもらった地図では、伊賀上野から甲賀を越える行程をとれば瀬田はそれほど遠くない。山国、伊賀にいて芭蕉は湖に空が開ける近江の地を恋しがっているのである。この句を与えた男にできたら同行して湖南の地に赴き、湖や川の幸をたっぷりと楽しみたいという気持ちもあるような気がする。

田上公園周辺を歩いてみよう。公園では小学生がサッカーの試合をしていた。農家の軒には柿が干され、冬の日に輝いている。閉じられているようだったが田上鉱物博物館もあった。近くの木に止まった鵙が鳴くと同時に糞をして飛び去って行った。澄んだ川から鴨が飛び立った。句碑がなかったら、この地に導かれることはなかった。これもまた芭蕉ゆかりの風景であると思うと、いとおしく眺められた。

鵙の眼の下の藍佳し鳴きにける　實
かはうその発たしし鴨か低く飛ぶ

（二〇〇四・〇二）

四方（しほう）より花吹入（ふきいれ）て鳰（にお）の海

芭蕉

琵琶湖周辺名所尽くし

元禄三（一六九〇）年の晩春、芭蕉は、しばらく過ごした故郷の伊賀から琵琶湖のほとり、湖南に出て来た。弟子、洒堂の家、洒落堂（しゃらくどう）を訪れて、この挨拶詠を遺している。

掲出句は北枝編の俳諧撰集『卯辰集（うたつしゅう）』（元禄四年・一六九一年刊）所載。句意は「四方向から花を吹き入れて、鳰の海、琵琶湖はある」。みごとな花の句、景が大きい。

春隣の昼である。東海道本線石山駅で、京阪石山坂本線に乗り換え、瓦ケ浜（かわらがはま）駅に降り立った。静かな町並を琵琶湖へ向かって歩く。洒堂の旧居、洒落堂跡と言われている戒琳庵（かいりんあん）という尼寺に入る。庵の中では幾人かの女性が筆を執っているのが見えた。仏画教室が開かれているのだ。

この庵は曹洞宗、三河国幡豆（はず）郡貝吹（かいふく）村（現在の愛知県西尾市）の長円寺の末派。万治年間（一六五八～六一年）の開基、享保二十一（一七三六）年、当地に移って来た。かつて、この場所に洒落堂があり、その後は、本多隠岐守の別邸となっていたとのことである。

掲出句は「洒落堂記」を前書のように置く。意味を記すと「そもそも、膳所の古名である、おものの浦は、勢多と唐崎とを左右の袖のように伸ばし、湖を抱いて、対岸の三上山に向き合っている。湖は楽器の琵琶の形に似ているので、岸の松は風に響き、波を奏でる。比叡の山、比良の高嶺を斜に見上げて、音羽や石山を人間としたら肩のあたりに置いており、長柄に咲く花を髪にかざして、鏡山は月を飾っている。薄化粧と濃い化粧が日によって変わるようなものだ」。琵琶湖周辺の名所尽くしと言っていい。調子良く、湖とその周辺の光景を描き出している。琵琶湖の形容「薄化粧と濃い化粧」即ち「淡粧濃抹」は蘇東坡の漢詩から引用している。西湖の美しさを越の美女西施に例えて詠った詩である。『おくのほそ道』の「象潟」でも引用した芭蕉のお気に入りの詩であった。晴雨の湖を淡と濃との化粧の女性の顔に例えて、両方ともに美しいとしているのだ。琵琶湖を女性として捉えているわけだ。

掲出句の「四方より」とは「琵琶湖」の四方から、ということになる。四方向から桜の花びらが吹き込んでいる。洒堂・正秀編の俳諧撰集『白馬』（元禄十五年・一七〇二年刊）では下五が「鳰の波」になっている。かいつぶりの遊んでいる波ということになる。これでは上五中七の俯瞰的な風景に対して、景が小さすぎないだろうか。また、前文がなければ句意も理解しがたい。先に述べたように『卯辰集』では、下五は「鳰の海」。掲出句の形になっている。「鳰の海」は琵琶湖の別称である。これならば、前文がなくてもいい。この句だけで理解可能。大景が現出する。ぼくはこちらの形を取りたい。

なぜ歌仙の発句に用いなかったか

琵琶湖へと桜が吹き込む景は、すでに和歌において詠まれている。「さくら咲く比良の山風吹くまゝに花になり行く志賀の浦浪　良経」（『千載集』）。歌意は「桜が咲いている比良の山から風が吹くにつれて、花におわれていく琵琶湖の波よ」。和歌に詠まれていた一方向からの花吹雪を、掲出句では四方向からのものにしている。ここに俳意が現れている。湖上一面の落花。豪華絢爛たる世界が生まれた。

現実に帰ると、境内の山茶花の葉に乗った雪が氷になって輝いている。自然石の句碑が太陽にぬくもっていた。ただし、彫られているのは芭蕉の句ではあるが、掲出句ではない。「木のもとに汁もなますも桜かな」である。花見の御馳走の落花まみれとなったところを詠んでいる。

この句を発句とした歌仙が『芭蕉七部集』の一つ珍碩（洒堂）編の『ひさご』に収められている。脇句は「西日のどかによき天気なり　珍碩」であった。句意では「西から差す陽光ものどかでいい天気だ」。「西日」は現在、夏の季語になっているが、当時は季語として意識されていなかった。前句の落花の量に時間の経過を感じ取って、夕方の太陽、「西日」を出しているのである。作者珍碩は洒堂の別号である。「客発句、亭主脇」と言われる。この歌仙は洒落堂で巻かれたと考えるのが自然だろう。ただ、この発句は初めて、ここで出されたのではない。元禄三年旧暦三月二日、伊賀の風麦（ふうばく）邸で作られ、その場で、連句の興行もなされているものである。それを悪く言えば、使い廻している。

それにしても、「四方より」という名句がありながら、なぜ、発句に用いなかったのだろう。すでに伊賀で作っていた句をどうして転用しなければいけなかったのか。掲出句はあまりにも大きく完璧な美しさを持っている。歌仙の発句にはなしえないほどの完成度がある。この句では洒堂は脇を付けられなかったのではないか。そのために以前に作ってあった、親しみやすい、脇を付けやすい発句を持ち出してきたとも考えられる。

現在、庵から琵琶湖は見えないが、大正年間までは湖に臨んでいたという。その後、埋め立てられてしまったのだ。といっても、歩けばたちまち、湖に出られる。なぎさ公園である。湖水の上にはたくさんの鴨が浮かんでいた。鳰もまじっているようだ。まさに「鳰の海」である。眼前を近江大橋が横切ってはいるが、対岸には三角形の美しい三上山が見えている。ぼくは今「洒落堂記」の文章の中にいるのである。

水仙や向う岸なる三上山（みかみ）に日　實
鴨の群岸へ近づくわれ去れば

（二〇〇六・〇四）

中にもせいの高き山伏

芭蕉

温泉を詠んだ付合

今回は発句ではない。連句の付句を読んでみたい。連句は五・七・五の長句、七・七の短句を交互に付けていくが、掲出句は短句。意味は「客の中でもことに目立つのは背の高い山伏である」。

元禄三（一六九〇）年旧暦三月二日、芭蕉は故郷の伊賀で花見をして、発句を得ている。「木のもとに汁も鱠も桜かな」。「鱠」は「薄く細く切った魚肉を酢に浸した料理」、花見の馳走である。句意は「桜の木の下に置いた汁椀にも鱠の小鉢にも、桜の花が散りこんでいるなあ」。「汁」「鱠」といった和歌には使えない俗語を用いた桜の句に、芭蕉は自負があった。伊賀の弟子土芳に「かるみをしたり」（『三冊子』）と述べている。俗語を用いて、日常の生活をたんたんと詠んでいく、芭蕉晩年のかるみの句の原点である。

この句を発句に伊賀の門弟たちと連句を巻くが飽き足らず、三月下旬、近江膳所に出て再度手だれの門弟二人と連句を巻いている。一人は珍碩、後の洒堂。膳所の医者である。大坂へ出て、地元の門弟之道と対立して、芭蕉を悩ませ死に追いやることになる者だ。もう一人は曲水、後の曲翠。膳所藩士で、その後家老の不正を憎んで切り捨て、自刃する男だ。その三十六句にわたる連句、歌仙は、珍碩編の俳諧撰集『ひさご』（元禄三年・一六九〇年刊）に収録されている。

掲出句の前の句が「入込に諏訪の涌湯の夕ま暮　曲水」である。曲水の句は先頭の発句から数えて九句目。「入込」は浴場に男女貴賤などの別なく入る混浴を意味する。句意は「混浴である諏訪の温泉の夕暮時である」。

夕暮時は温泉の混む時間、薄暗い湯船に多くのひとが浸かっている。

大摑み(おおづか)に浴場の雰囲気を描いた曲水の句に対して、芭蕉は浴場の客一人だけを描いた。山伏は鍛えぬいた体と総髪、そして鋭い眼光で、一見すればわかった。長身の山伏は湯のなかでも姿勢正しくしているのだろう。山伏の周囲の薄闇に沈んでいる人間のさまざまな姿も想像されてくるのだ。

綿の湯は神の湯

この付合(つけあい)の舞台になっている下諏訪温泉を訪ねたい。中央本線下諏訪駅下車。駅前を北上、旧中山道に出て東に進むと、諏訪大社下社秋宮に着く。今年行われる御柱祭(おんばしらさい)の日程が大きく掲示されていた。近くに綿の湯(わたゆ)源泉跡がある。ここは甲州街道と中山道とが合流する交通の要衝であり、古くから浴場が設けられていた。掲示板にその歴史が示されている。要旨は以下のとおり。諏訪上社の地に住んでいた女神が、化粧用の湯を綿に湿(しめ)し、湯玉として下社の地へ持って来た。その湯玉を置いたところから湧いたのが、この温泉である。神聖な湯で、やましい者が入ると、神の怒りに触れて濁ってしまったという。下諏訪の温泉は神代以来のもので、温泉自体が神話的存在なのだ。曲水と芭蕉のこの付合も、歴史のひとこまとして掲出されている。

歴史民俗資料館には、江戸時代後期文化年間（一八〇四～一八年）の綿の湯の建物の模型が展示してあった。そこでは浴槽は三つ用意されていて、上湯は男性用、中湯は女性用、下湯は露天風呂と分かれている。資料館の男性に、「江戸時代なのに混浴ではなかったのですか」と聞いてみると、「江戸時代、他の温泉では混浴でした。しかし、綿の湯は秋宮前の温泉です。混浴はありません」と解説してくださった。しかし、芭蕉の付句には「入込」とある。江戸時代もさらにさかのぼれば混浴であった可能性がある。

近くにある青塚(あおつか)古墳は前方後円墳。温泉をもたらした女神の神話にも諏訪大社下社秋宮の創建にも関わりがある墳墓だろう。横穴式石室があらわになっているが、誰の墓であるのか明らかではない。欅が春隣の空へとそびえている。

綿の湯の建物はなくなってしまっているが、綿の湯の源泉は「みなとや旅館」はじめいくつかの旅館に引かれていて、入ることができる。「みなとや旅館」の湯は庭にしつらえられた露天風呂である。底に白い玉砂利が敷き詰められている。外気と湯の温度は四十度以上の差があるが、湯に浸かって出ると不思議に寒さは感じない。そして、すがすがしい。女将の「うちの湯はご神湯（しんとう）だから」ということばにうなずく。

さて、芭蕉は綿の湯に実際に入っただろうか。芭蕉が諏訪を訪れた可能性があるのは、貞享二（一六八五）年の『野ざらし紀行』の旅の名古屋からの帰途である。芭蕉が名古屋から中山道と甲州街道とを通って江戸に帰っているとすれば、二つの街道の接点にある下諏訪宿の綿の湯で旅の疲れを癒しているはずであるが、どうだろう。この付合に詠まれた山伏の存在感が、そのまま傍証の一つになるのではないか。

古墳なる蓋石（ふたいし）名残雪厚し　實
欅の太き幹に冬日や後円部

（二〇一六・〇四）

行春(ゆくはる)を近江の人とをしみける　芭蕉

なぜ行く春か、なぜ近江か

掲出句は元禄三（一六九〇）年旧暦三月末ごろ近江（現在の滋賀県）の膳所で作られた。この年芭蕉は、新年早々膳所から故郷伊賀に帰って、三月末にふたたび膳所に戻って来ている。膳所は芭蕉にとって愛着ある土地であった。

掲出句は、俳諧撰集『猿蓑』所載。春の発句を集めた巻四の巻尾に置かれている。編者は芭蕉の弟子、去来と凡兆である。が、芭蕉は表に出ないかたちで、その二人の編集を指導していた。掲出句の位置には芭蕉の意思が反映しているだろう。つまり、発句の末尾という句の位置から、芭蕉のこの句に抱いていた並々ならぬ自信がうかがわれるのである。

前書には「湖水ヲ望ミテ春ヲ惜シム」とある。意味は「湖水を眺めて春という季節を惜しんでいる」。湖水とは、琵琶湖のことである。句意は、「去り行こうとしている春という佳き季節を、近江の人々とともに惜しんでいることだなあ」。

去来が残した俳論『去来抄』にこの句に関するエピソードが掲載されている。尚白という弟子が、「近江」は「丹波」にしてもいいし、「行春」は「行歳(ゆくとし)」にしてもいいと批判をした。芭蕉から尚白の批判を聞かされた去来は、敢然と反論する。「近江の琵琶湖が朦朧(もうろう)として霞んでいる景色こそが、春を惜しむのにふさわしいのです」。芭蕉は去来の発言を肯定した上で、「近江の地には惜春の詩歌が多く詠まれてきたという伝統がありました」という意味のことを言っている。ぼく自身も、掲出句の中で「行春」と「近江」という二つのことばが、動かしようもなく悠然と存在していることを感じる。

今日は掲出句が詠まれたとされている膳所の義仲寺のあたりを歩いてみたい。この寺には芭蕉の墓所もある。立春の数日前の午後、東海道本線（琵琶湖線）膳所駅下車。京阪電車の踏切を渡って北上する。道が二つに分かれて悩むが、古い道標を見つけた。「右　義仲寺　はせを（芭蕉）翁の墳（はか）　是より二丁」と彫られている。古くから義仲寺を訪ねるひとが多かったことを示す遺跡だ。現在はピザを売る店の前に立っているが、いまだに道標として生きている。丁（町）は約百九メートル、もう少しだ。最初の交差点を左折すれば義仲寺の門前に出る。

近江への愛

義仲寺は、名前のとおり、この付近で戦死した源平時代の武将、木曾義仲をまつっている。義仲の墓は、鎌倉時代に建てられた石造のもの。義仲の墓の右手には、芭蕉の墓がある。芭蕉は自分をこの寺に葬るよう言い残したのだ。先の尖った自然石に「芭蕉翁」と三字のみが彫られている。芭蕉の弟子、丈草（じょうそう）の書であるという。峻厳な書である。俳諧師らしい簡素な墓であるのがうれしい。手を合わせる。ぼくが墓から離れると、二羽のめじろが墓の水を飲みに来た。

墓のうしろに建物がある。昔この寺には、芭蕉が滞在するために、膳所の門弟たちが建てた無名庵（むみょうあん）という草庵があったが、その名を冠している。立派な建物で、句会場としても使われているようだ。だれでも使えるのか受付の女性にうかがってみると、「ぜひ句会にお使いください」と熱心に勧めてくださった。

展示されている資料の中に江戸時代の義仲寺周辺の絵地図があった。それによれば、門前を通っている東海道のところまで琵琶湖の波は打ち寄せている。芭蕉の時代、寺は岸辺にあり、湖を見渡すことができたのである。現在は埋め立てが進み、家が建て込んでしまって、寺からはまったく琵琶湖は見えない。受付の女性に琵琶湖の位置を聞くと、「北へ向かって進んでください」と指で示してくれた。十分ほど歩くと湖が現れた。かなりの風が吹いていて、波が高い。湖の西側の比叡山は雪雲に覆われている。風花も飛んでいる。

掲出句には初案のかたちがあった。「志賀辛崎(しがからさき)に舟を浮かべて人々が春を惜しんだ際に」という意味の前書があって、「行春やあふみの人とをしみける」と芭蕉自身が書き残したものが伝えられている。これによって、もともとは膳所より北の辛崎(唐崎)で舟遊びをしていて発想したことがわかる。初案の場合、「近江の人」とはともに舟遊びをした人に限られていた。それが、『猿蓑』になると、前書が大きく変更された。「湖水ヲ望ミテ」というのだから、もはや舟には乗っていない。陸にいる。「近江の人」は、同船した人という限定が解き放たれ、ずっと広がっている。句形も「行く春や」と見えを切るような上五から「行く春を」というゆるやかに中七に掛かっていくかたちに変わり、深みを増している。

芭蕉は、近江が好きだった。琵琶湖の風景も、乙州や智月ら近江の弟子たちも、愛していた。墓の地に選ぶまでに魅せられていた、この土地への愛情告白の句である。

叡山を吹きくだり來し風花か　實

かざはなや湖(うみ)荒れ湖に入る川も

(二〇一三・〇四)

先たのむ椎の木も有夏木立　　芭蕉

俳文の最高峰

『おくのほそ道』の旅の翌年、元禄三（一六九〇）年、芭蕉は疲れた体を癒すように、伊賀、近江、京で過ごしている。近江では門人、菅沼曲水（のちに曲翠と改号）の勧めで、膳所国分山上の幻住庵に籠っている。この庵は曲水の伯父、幻住老人、菅沼定知が隠栖していたところ。四月六日から七月二十三日まで、滞在している。ここでの記録は『幻住庵記』にまとめられた。この俳文は蕉門を代表する俳諧撰集『猿蓑』に掲載される。自分の俳文を代表するものという意識があった。俳文学者堀切実は「質量ともに芭蕉俳文中の最高峰を示すもの」『芭蕉俳文集　上』（岩波書店・平成十八年・二〇〇六年刊）と高く評価している。掲出句はこの俳文の末尾に置かれている。

東海道本線石山駅前からタクシーで国分山へと赴く。駐車場から石の階段を上っていく。木々が茂っていて、薄暗い。道の両脇に小学生の作った俳句の短冊が木の枝に吊るされていて、心安らぐ。

途中に「とくとくの清水」と立看板があった。『幻住庵記』に「たま〳〵心まめなる時は、谷の清水を汲てみずから炊ぐ。とく〳〵の雫を侘て一炉の備へいとかろし」と描かれている清水である。意味は「たまたま気分のいい時は、谷の清水を汲みあげて飯を炊く。とくとくと湧く雫の閑寂味を愛で、一つの炉だけがある用意が軽やかである」。濁ってはいるが、手を入れると、かすかに冷たい。湧いていることが確かめられる。「とくとくの清水」は本来、吉野の西行庵のほとりに湧き出しているもの。「とく〳〵と落つる岩間の苔清水汲みほすほどもなき住居かな」。歌意は「とくとくと音を立てて落ちる岩の間の苔におおわれた中を流れる清水を汲みつくすほどもない暮らしをしている住居であるなあ」。当時この歌は西行作と誤伝されていた。芭蕉は吉野山と国分山と、さらに西行と自分とを重ねている。

石段を上りきると、小さな広場がある。すぐ隣が近津尾神社である。『幻住庵記』には次のようにある。「麓に細き流を渡りて、翠微に登る事三曲二百歩にして、八幡宮たゝせたまふ」。意味は「麓で細い流れを渡って、緑の山に登ることを、道でいうと三回曲がり、歩数でいうと二百歩で、八幡宮がお立ちになっている」。この「八幡宮」が近津尾神社にあたる。「日比は人の詣ざりければ、いとゞ神さび物しづかなる傍に、住捨し草の戸有」。意味はふだんは人が参詣しないので、たいそう神々しく静かな神社の傍に、住み捨てた草の戸がある。この「草の戸」が幻住庵、神社の傍らに、かつての幻住庵はあったのだ。

石碑などが立っている。「幻住庵旧址」の石柱は、江戸中期の俳人、蝶夢が立てたもの。経塚は芭蕉の冥福を祈るため、近くの三田川で小石を拾い、一石一石に法華経一字一字を記して納めたもの。江戸中期の建立である。掲出句の句碑は江戸後期の俳人、梅室の書によるもの。幻住庵記碑は現代のもの。『猿蓑』の版本の全文をそのままに陶板に起している。あたり一面、常磐木落葉である。赤褐色で、つやつやと輝いている。

椎の木を頼りにできるか

現在の幻住庵は、さらに数十メートル上ったところに、再建されている。平成三（一九九一）年の建造である。管理人の方が掃除をしながら守っている。どれが椎の木であるかを尋ねると、「この山の至るところに生えています。見てごらんなさい。実生のものもたくさんあります」と応えてくれた。指差すところを見ると、小さな椎が至るところに芽を出している。この国分山は照葉樹の原生林であり、幻住庵はその中に建てられているのだ。さきほどの落葉も椎のものだったのだ。木々の生命力が籠っているような気がした。幻住庵に来て、

「庵」とは、町中、つまりは人間界から出て、自然のまっただなかに身を置くための装置であるということを、実感することができた。芭蕉はそのために旅をしつづけ、幻住庵に入ったのではないか。

　掲出句は、「先たのむ椎の木も有」と詠う。頼みにするのは、人ではないのだ。庵を世話してくれた曲水をはじめ、ここで芭蕉が世話になっている人は少なくない。『幻住庵記』の「真蹟草稿断簡」には「ともにこもれる人一人、心ざしひとしうして、水雲の狂僧なり」とある。「水雲」とは「雲水」のこと。意味は「庵にともに籠る人が一人いた、わたしと志を同じくする雲水の風狂の僧である」。この僧は「薪をひろひ水をくみて」芭蕉の生活を助けている支考という弟子であった。国分新田の旧家、初田徳右エ門宅へは風呂をもらいに行ったと伝えられている。その道は現在でも「風呂垣内」と呼ばれているそうだ。これらの人々を挙げることでなく、木を出すところに俳諧味が生まれる。夏の日差をさえぎってくれる椎の木を頼りとしているところに、自然とともに生きようとしている姿勢も示されている。芭蕉は、現代のぼくらに問い掛けてくる。人間中心ではない、真に椎の木を頼りにするという生き方ができるかどうかを。

『幻住庵記』には、たくさんの近江の名所が見わたすように描かれていた。「日枝の山」「比良の高根」「辛崎の松」「三上山」「田上山」など。しかし、現在の庵からは茂りのため、遠方を見わたすことができない。管理人の方に分けてもらった丸山弘著『幻住庵の記を歩く』（幻住庵保勝会・平成六年・一九九四年刊）を、帰宅後読んでみると、近津尾神社の北に太子堂があり、そこからは、比良、比叡も望めると言う。

一面の椎落葉なりかがやける　實

聞き澄ませ地に椎落葉あたる音

（二〇〇六・〇八）

川かぜや薄がききたる夕すゞみ

芭蕉

元禄時代の夕涼み

元禄三（一六九〇）年旧暦四月六日から七月二十三日まで芭蕉は、近江国の国分山の山中、幻住庵に滞在していた。時おり、人恋しくなると、京や大津へと遊びに出かけた。右に掲出した句は、六月ごろ、京の四条河原で夕涼みを楽しんだ際の句である。

「薄がき」が耳慣れない語だが、明るい赤褐色の衣の意。麻か生絹製のかたびら、裏地を付けていないものだろう。句意は「川風の吹く中、赤褐色の衣を着て夕涼みをしていると、とりわけ涼しく感じられる」。

車庸編の俳諧撰集『をのが光』（元禄五年・一六九二年刊）に所載。長い前書がついている。口語訳を記しておこう。「京都四条の河原涼みということで、夕方から夜明け過ぎまで、川の中に桟敷をしつらえて、夜通し酒を飲んだり、ものを食べたりして遊ぶのだ。女は帯の結び目をぎょうぎょうしく、男は羽織をことさらに長く着ている。その中には僧侶や老人も交じっている。桶屋や鍛冶屋の弟子までもが、ひまそうな表情で、歌いさわいでいる。さすがに都の景色というべきである」。ここに出てくる男と女はおしゃれをして、出会いのきっかけを求めているものたちであろう。芭蕉の文章としては珍しく、元禄時代の享楽的で刹那的な風俗をそのままに描いている。僧侶や老人というところに、芭蕉の姿を重ね合わせることもできる。

江戸時代の初期、鴨川の河原は物売りや見せ物でにぎわった。そこで河原に茶店が生まれ、席が設けられるようになったのだ。これが涼み床の原点。当時は河原の中にじかに床几を並べ、時には川の水に直接足を浸して飲食を楽しむこともできた。芭蕉の句文は、元禄年間、川床の実態を記録した貴重な資料ということになる。

現代も夏になると、鴨川には夕涼みの床が並ぶという。訪ねてみたい。東海道新幹線京都駅下車。四条大橋へ赴き、西側から河原に降りる。まだ日は高いが、瞬間、涼気を感じた。四条通の路上と比べると、河原の気温はすこし下がる。流水に近づくと、涼しくなるのだ、ここに川床の魅力の原点を感じた。鉄骨や木材を高く組んで河原につき出した桟敷が、鴨川の西岸のみにぎっしりと並んでいる。すでに桟敷の上で飲食を楽しんでいる人もいる。和服をしっかり着てお酌をしている女性の姿も見える。

「薄がき」を着ているのは誰か

元禄三年旧暦八月十八日付で芭蕉が京都の門弟凡兆に出した書簡には、掲出句とともに次のように書かれている。「あなたの家で、できかかった句ですが、結局完成できず捨ててしまったものを、また取り出してみました。ご覧になってみてください」。芭蕉は京四条の夕涼みを、凡兆の肝いりで味わった後、凡兆の家に滞在している。そこで作ってみたのだが、完成したという感じを持つことができなかった。二カ月ほど経った後、芭蕉は手控えの掲出句を見直して、その句が実感を備えているのに驚いたのだ。

たしかに、鴨川の夕涼みの句に「川風」を取合せるのは、一見芸がなく思われる。しかし、二カ月という時間が流れて、「川風」の語が鴨川の夕涼みの本質をたしかに捉えていることに、芭蕉はあらためて気付いたのだ。川風こそが、鴨川の水の含んでいる涼気を人へと分かちくれているものであった。京都人は積極的に自然に寄り添うことで涼を得ようとしている。これはまさに京都人の知恵と言えよう。川風を実感をもって体に受け止めるものとして、衣の「薄がき」もはたらいている。

俳論『三冊子』のなかで門弟土芳は、掲出句に関して述べた芭蕉のことばを記録している。「すゞみのいひやう少し心得て仕たり」、「夕涼みをどう表現するか、思慮をめぐらして作った」というのだ。芭蕉の中で、完成した気がしなかった句が、いつか自信の句に変わっているのが、おもしろい。
　掲出句の「薄がき」を着ているのは誰かという点で、解釈は大きく二つに分かれる。一つはこの「薄がき」を着た人物を趣味のいい京都人男性と解釈する説。もう一つは芭蕉自身と解釈する説である。京都人男性の衣については、『をのが光』の前書に「羽織をことさらに長く着ている」という描写があった。それとは別に句の中で京都人の衣装に触れるというのは過剰である。「薄がき」とはどのような年代、職業のものが着る衣であるのか、ぼくには知識がない。しかし、俳句には、主格が示されていない場合、作者に重なる登場人物を主人公として読むという習慣がある。それに従っていいのではないか。この句の登場人物は、作者芭蕉と重なる存在と読んだほうが、句の魅力は深まると思う。
　現代の川床には、日本料理以外にも、フレンチ、イタリアンをはじめ各国の料理を出す店がある。どの店に入ろうか。川の上で、二羽の燕がひるがえった。

燕二羽ひらめき飛ぶや川の上　實
五位鷺の立ち動かずよ川床直下

（ゆか・ちょっか）

（二〇一一・〇八）

魚の骨しはぶる迄の老を見て　芭蕉

西行、見仏邂逅の地

今回の句は発句ではない。連句の付句である。『おくのほそ道』の旅のあと、元禄三（一六九〇）年夏、京で興行されている「市中は物のにほひや夏の月　凡兆」を発句とする歌仙の中の一句「市中は」の句意は「町の中には生活の匂いが漂っているなあ。そこに夏の月の光が差している」。俳諧撰集『猿蓑』所収。三十六句の初折の裏の五句目、発句から数えて十一句目になる。掲出句の意味は「魚の骨をしゃぶるまでの老いぶりを見て」。すでに歯を失っているわけだ。

この句の前の句が「能登の七尾の冬は住うき　凡兆」であった。この句意は「能登の七尾の冬は住みにくい」。この前句と芭蕉の付句との間に一つの世界が生まれているのだ。ただ、注意しなければいけないのは、俳諧の発句の登場人物はほぼ、作者と等身大、重ねて読んでいいのであるが、付句に詠まれる人物は作者自身とは関わりのない人物が自由に詠まれる。凡兆は金沢出身であるが、この句は凡兆自身とは直接関わりがない。芭蕉も愛読して西行伝と信じていた『撰集抄』の説話から発想されている。

この書の中で、西行は能登国いなやつの郡の荒磯で見仏上人に会っている。「月まつしまの聖」とも呼ばれるこの上人は、月の内、十日は能登で断食しつつ過ごし、後は松島で過ごしている。この挿話を、芭蕉が松島を『おくのほそ道』の目的地の一つとした理由であると説いている人もいる。上人は次のような和歌を残した。「なにはがたむらたつ松も見えぬうらをここすみよしとたれかおもはむ」。歌意は「難波江のように群がり生える松も見えない浦を一体誰が住吉と、住みよいところと思いますでしょうか」。上人が和歌のなかで「こゝすみよしとたれかおもはむ」と詠っているのを受けて凡兆は「住みうき」と読んでいるのだ。

今日は芭蕉の憧れたであろう地を訪う。まず、このいなやつの郡を訪ねたい。昨年七月開港した能登空港に降り立つと時雨めいた天候だった。乗り合いタクシーで輪島に向かう。さらにタクシーに乗り継いで、郊外の稲屋町（とやまち）を訪ねる。鳳至川（ふげしがわ）下流右岸である。畑が多いこのあたりがいなやつの郡であるとの説が地名辞書に紹介されていた。稲屋津（いなやつ）神社に詣でる。賽銭箱もないが、楓紅葉、銀杏黄葉が散って、神々しい。近くの農家の女性に西行、見仏上人について聞いたが、手を振って「わからない」とのことだった。ただし、ここから海は遠く、見えない。

輪島の北の岬に向かう。鴨ヶ浦（かもがうら）には外海の怒濤が寄せていた。潮に抉（えぐ）られた大きな岩に波が打ち当たって、飛沫が高く上がる。雨にも潮が混じっているようだ。西行と見仏はこういう場所で会ったのだろう。そのように信じられていたのだ。

付句にのぞく本音

一夜明けても、晴れない。輪島からバスで穴水（あなみず）へ向かう。のと鉄道に乗り換え七尾へ。鉄道は静かな湾に沿って走る。穴水駅を出てすぐ、鯔（ぼら）待ち櫓（やぐら）が見えた。網に鯔の群が入るまで待つ原始的な漁法である。さすがに現在は使われていないようだが、能登人と魚との古い付き合いが知られる。七尾では港に新たに作られた道の駅 能登食祭市場へ行った。ナメラ、ハチメ、フクラギなど耳慣れぬ多彩な地の魚が売られている。魚や烏賊を炭火でそれぞれ炙（あぶ）って、食べさせる浜焼きの店も出ていた。

西鶴の浮世草子『名残の友』によれば、能登の鯖は当時、名産として名高かった。芭蕉は前句に老残の雰囲気を読み取り、そこに能登名物の魚を加えてまとめている。「老」の顔を「魚の骨しはぶる迄」という動作にる。芭蕉の自画像のような気もする。フィクションというより、本音をぶつぶつつぶやいているような感じがある。発句では見せない芭蕉のふだんの顔がこの句にはのぞいているような気がする。

ぼくは芭蕉に対して一つ疑問があった。『撰集抄』の見仏、西行の挿話をたいせつに考えているのだったら、どうして芭蕉は松島は訪ねて能登は訪ねなかったのだろうということだ。前句に「能登」と「住うき」ということばを出したということは、凡兆は当然、『撰集抄』のエピソードを思い出していたはずだ。芭蕉一座の席でその句を出すということ自体が、能登へ赴かなかった疑問を投げかけることではなかったのか。

それに対して芭蕉はその付句、掲出句に魚の骨をしゃぶる老人の姿を描いたことで凡兆の問いに応えているのではないか。「私も長旅に疲れ果てて、おいぼれて能登まで北上する力がなかったのだよ」と、フィクションも許される付句の中であるからこそ本音が出たのではあるまいか。

『おくのほそ道』の日本海側の旅は旱天(かんてん)が続いて辛い旅であった。加賀は門弟も多い地でもあったが、さすがに能登にはいまい。それゆえ能登まで廻るのは気が重かったからなのではないだろうか。

輪島のうどん屋のテレビで見た天気予報では輪島の気温は金沢よりも八度低い。近いがまったく別の風土である。七尾の市場の人にこの土地の冬について聞くと、現在は雪も少なく過ごしやすいです、と答えてくれた。ただ、なかなか青空を見せない空に「冬は住うき」ということばを噛みしめた。

手拭を覆面巻(ふくめんまき)や能登時雨　實

能登の冬怒濤の飛沫(しぶき)浴びに来し

(二〇〇四・〇一)

こちら向け我（われ）もさびしき秋の暮（くれ）

芭蕉

絵の中の僧に声をかける

元禄三（一六九〇）年の旧暦四月から七月にかけて、芭蕉は琵琶湖南岸の国分山の中腹にあった幻住庵に滞在していた。この庵は、芭蕉の門弟曲水（曲翠）が伯父の使っていた旧庵を修理して提供したもの。滞在中の模様は芭蕉自身が『幻住庵記』に記している。幻住庵での生活も終わりに近づいた秋になったころ、京都に住んでいた芭蕉の友人で、僧にして書家だった北向雲竹（きたむきうんちく）が、自画像を送ってきて句を求めた。掲出句は、その求めに応じて、画賛として加えた句である。

芭蕉の弟子の支考が芭蕉の句文を収集、それを中心に編んだ撰集『笈日記』に収録。この書の前書によって、幻住庵に滞在していたときの句であるとわかる。

また、芭蕉の弟子土芳編の、芭蕉の作品集『蕉翁句集（しょうおうくしゅう）』（宝永六年・一七〇九年成立）にも収められていて、前書から雲竹に画賛を求められた句であることがわかる。ちなみに雲竹から送られてきた自画像は、「向こうの方に顔を向けた法師の像」であったという。

句意は「画の中の僧よ、こちらを向きなされよ、わたしもさみしいのだ、こちらを向いて、秋の夕暮れ時に語り合おうではないか」。描かれた僧に対して、「こちら向け」と命令している。そこにおかしみがある。あえて命令形を選んだところに、ほぼ独居であった幻住庵での暮らしの寂しさが滲（にじ）み出ている。親しい友の顔を見て話したいという強い思いが、感じられる。『蕉翁句集』の掲出句の前書には、次のような意味の雲竹への思いも書かれてあった。「君の年齢は六十以上になる。私ももはや五十歳に近い。ともに夢中になって、君は書において、私は俳諧において、心象を作品の形にしてきた」。同時代を生き抜いてきた、他ジャンルで活躍している友人をしみじみと思っている。芭蕉がここまで敬い、思っている雲竹というひとに興味をいだいた。

雲竹については国文学者野間光辰のエッセイ「冥土にて起きて働く」（『洛中独歩抄』淡交新社・昭和四十二年・一九六七年刊に所載）が詳しい。野間氏によれば、雲竹は芭蕉と去来の書道の師であった。芭蕉らの俳諧撰集『猿蓑』に其角が寄せた「序」は、雲竹が浄書しているという。また、書だけでなく、水墨で竹の絵を描くのも得意としていた。芭蕉が幻住庵で受け取った僧の図は、俳画のように省略を効かせたものだったろう。雲竹は芭蕉より年上だったが、芭蕉が亡くなってからさらに九年生きて、元禄十六年に七十二歳で亡くなっている。雲竹の墓は京都の鴨川の東岸、檀王法林寺にあるという。今日は雲竹の墓に詣でてみたい。

雲竹の墓にぬかづく

七月末のことに暑い日、京阪電鉄京阪本線三条駅下車。地上に出ると、「浄土宗　だん王」と彫られた石柱が立っている。ここが檀王法林寺の入口である。奥の墓地へと進み、雲竹の墓を探す。野間氏は、「墓地の北端、開山袋中上人廟の前、南北に並びたる墓列の北より第二基目、西面して立てる卵塔なり」と示してくれている。袋中上人廟はすぐ見つかった。袋中上人は当山の開祖。新たな仏法を求め明国（中国）に渡ろうと琉球（現在の沖縄県）で機をうかがっていたが、大陸へと渡航する船がなく断念、帰国してこの寺を創建した。江戸初期に日本の枠を超えて活躍しようとした僧だったのだ。

墓列の北より第二基目、西に向いて立つ墓石は見つかった。しかし、その墓を隅々まで見たが、どこにも「雲竹」の文字は見つからない。あきらめて、庫裏に案内を乞うことにした。寺の男性がすぐに墓地まで案内してくれた。示されたのは、先ほどの墓石の隣、北より二基目ではなく、三基目の白い花崗岩の墓石である。

野間氏が記録した後、墓石が一つ加えられたのだ。男性は「ここに雲竹の文字が見えるでしょう」と指差して、教えてくれた。たしかに「良宛林観明誉了海雲竹法師（りょうえんりんかんみょうよりょうかいうんちくほうし）」と刻まれた戒名を読むことができた。ここに芭蕉の心友の墓に詣でることがかなったのである。

　檀王法林寺の墓地には、鮮やかな赤色の花がたくさん咲いていた。ハイビスカスである。墓にハイビスカスはすこし違和感があったが、この花は沖縄の花として有名である。琉球にしばらく滞在した袋中上人の縁で植えられているのだろう。

　今まで京都に来ては、檀王法林寺の前をいったい何度通ったことか。しかし、この寺に芭蕉の友が眠っていたことは知らなかった。ぼくにとって、京都でのだいじな場所が一つ増えた。

袋中様日焼くろぐろ首里（しゅり）帰り　實

鴨川のきらめくばかり昼寝覚（ひるねざめ）

（二〇一七・一〇）

病鴈(びょうがん)の夜さむに落(おち)て旅ね哉(かな)

芭蕉

千那の寺　本福寺

芭蕉は元禄三（一六九〇）年旧暦八月、大津の国分山の中腹にあった幻住庵を出て、のちに自身が葬られることとなる義仲寺に移る。ここから舟で琵琶湖を北上し堅田(かたた)を訪ねているのである。この町に蕉門俳人、千那が住職をしていた寺があった。本福寺である。芭蕉はここで引きこんだ風邪の養生をしていた。「病鴈の」の句はここで作られたのだ。

掲出句は俳諧撰集『猿蓑』所載。句意は「晩秋、しみじみと寒い夜、病んだ一羽の鴈が群れから離れ地上に落ちる。そこで旅寝をするなあ」というのだ。病んだ鴈と老いて旅を重ねる芭蕉自身とが重ねられている。孤独感もまさに極まっていると読まれることが多い句である。

京都駅で東海道新幹線から湖西線に乗り換え、約三十分で堅田駅である。駅から町内循環バスに乗って、堅田出町下車。「本願寺旧址」と石柱が立っている山門を入る。かつて、応仁の乱の際、蓮如は京からここに本願寺を移した。浄土真宗の大寺なのである。

門内にクレーン車が入って、松手入をしている。枝から落した松の葉の緑が清々しい。「松手入(まつていれ)」は秋の季語となっている。

事前に芭蕉・千那の資料を見せてもらえるようお願いしてあった。寺内にある幼稚園の事務室を訪ねて、本堂の二階の展示室に案内してもらう。掛け軸の千那の肖像の眼に強い意思を感じた。芭蕉と対立してもみずからを翻さなかった人だった。千那の書、芭蕉の書簡、千那が芭蕉をもてなした茶釜も展示してある。本堂の裏手に「病鴈の」の句碑があった。涸れた池に入って眺める。自然石に芭蕉の真筆が彫られている。芭蕉が療養していた部屋はこの碑のごく近くにあったそうだ。

寺を出て、近くの「湖族の郷資料館」を訪ねる。堅田は琵琶湖最隘部の西岸に位置する。中世にはその地形を利用して琵琶湖の水運、漁業の権益を掌握していた。その人々を湖族と呼ぶ。彼らによって、堅田千軒と言われる自治都市が築かれていた。芭蕉ら堅田を訪ねた文人、そして、近江八景についても説明を受ける。

堅田漁港へ

掲出句が最初に書きとめられたのは、元禄三年旧暦九月二十六日付茶屋与次兵衛宛の書簡である。与次兵衛は膳所の茶商、磯田氏、俳号昌房であった。「昨夜堅田より帰帆致し候。（中略）拙者散々風引き候ふて、蜑の苫屋に旅寝を侘て、風流さまざまの事共に御座候」という記述がある。意味は「昨夜堅田から帆を張った舟で帰りました。わたしは容赦ない風邪を引きまして、漁師のそまつな小屋で旅寝のわびしさを楽しみまして、風流もさまざまなことでございます」。その後、句が記されている。

芭蕉は堅田で風邪を引いて大寺、本福寺で療養していたのであるが、それを「蜑の苫屋に旅寝を侘て」と書いている。これはあえて風狂ぶりを興じているわけだ。この書簡の中では義仲寺に帰ることを「帰帆」ということばで表現している。これは「近江八景」の「矢橋の帰帆」が意識されているのだろう。「近江八景」は中国湖南省の洞庭湖の名勝「瀟湘八景」を踏まえて選ばれたもの。その一つに「堅田の落雁」があった。そのことばにみずからの病いと季節の夜寒とを加えて一句としている。自分自身を落雁に重ねるのには孤絶の思いよりも境涯を興ずる思いのほうが強い。ここには「大寺」を「蜑の苫屋」と言いなすようなおかしみがある。

『去来抄』に次のような記述がある。『猿蓑』の選の際、芭蕉は去来と凡兆とに掲出句と後述の「海士の屋は小海老にまじるいとゞ哉」との内のどちらか一句に絞れと問いかけた。去来が掲出句を選び、凡兆は「海士の屋」の句を選んだ。結果的には両句ともに入選したのだが、芭蕉は「『病鴈を小海老などと、同じもののように論じたことよ』と笑った」と去来は回想している。『猿蓑』に収録されるまでは笑いの絶えない句であった。

湖族の郷資料館で雁は九月から十月ごろ琵琶湖に渡ってくると聞いた。姿か声を確かめたい。漁港まで歩いていくこととする。途中、湖の内海にたくさんの杭が立っているのが見えた。淡水真珠の養殖をしているそうだ。その杭に鷺がたくさん群れていた。

漁港入口には「海士の屋」の句碑が立つ。港には小さな漁船がたくさん繋留されている。明日の朝の漁の準備をしている人もいる。大きな犬が何艘もの船の上を走り回っている。船のかなたに芭蕉が愛した湖上の千体阿弥陀堂、浮御堂（うきみどう）が見える。はや日暮れ。比叡山の方に日は落ちようとしている。蝙蝠（こうもり）がいくつか狂ったように飛んでいたが、鴈の姿は見えない。

灯がともる時間である。漁港近くの店で湖から取れたばかりという小さな鮎と手長蝦とをたくさん揚げてもらった。この湖の幸を肴にゆっくり飲んでいれば鴈の声が聞こえてくるかもしれない。

老松にふたりがかりや松手入　　實
松手入落せる松や踏み入れる
秋風や湖（うみ）の港の舟に犬
秋風や漁港のかなた浮御堂

（二〇〇一・一一）

海士(あま)の屋(や)は小海老にまじるいとゞ哉(かな)

芭蕉

琵琶湖の海老漁は今も

元禄二（一六八九）年に『おくのほそ道』の旅を行った芭蕉は、翌々年江戸に戻るまで、故郷の伊賀と京と近江の三カ所を交互に訪れて過ごしていた。元禄三年の九月には琵琶湖の西岸、堅田に滞在していて、掲出句を詠んだ。

蕉門を代表する俳諧撰集『猿蓑』に所載されている。「いとゞ」は、カマドウマである。翅(はね)がないために鳴かない虫で、後脚が長く、跳ねる。体が湾曲して海老に似ているところから、芭蕉はこの虫を取り上げたのだろう。ただ、この時代「いとゞ」は蟋蟀(こおろぎ)と混同されていて、鳴くと考えられていたらしい。

句意は、「漁夫の家では、獲ってきたばかりの小海老に、カマドウマが跳んで来て混じっていることだよ」。海老は湖から揚げられて、笊(ざる)などに入れられ、すでに死んでいる。対して、一匹のいとどはしっかりと生きている。死と生とが対比されているのではないか。和歌の世界では、わびしく閑寂な場所として詠まれてきた「蜑の苫屋」（漁夫の住む粗末な小屋）を、芭蕉は自分の眼でくっきりと描き取った。

東海道新幹線京都駅下車、湖西線に乗り換えて新快速で二十分ほどで堅田駅に着いた。駅前の観光案内所を訪ねて、琵琶湖の海老漁について尋ねてみた。案内所の女性が親切に答えてくれた。「網やエビタツベと呼ばれる仕掛けで獲る漁はまだまだ盛んです。ただ、スジエビなどの水揚げはかなり減ってはいますが」。芭蕉のころから変わらずに現在も海老漁が続けられているということに驚かされた。江戸時代の漁師の家を偲ぶには、どのあたりに行ったらいいかと聞くと、「琵琶湖の岸を出島灯台から南下してみたらどうでしょう」と提案してくれた。

バスもあるが、時間が合わないためタクシーで向かう。運転手さんに琵琶湖の海老を食べるかどうかをうかがうと、「親戚に漁師がいて、よく生の海老をもらいます。大豆と炊いて食べるとおいしいですよ」とのことだった。堅田に住む人にとって、海老は現在においてもたいせつな食べものでありつづけている。

出島灯台は、明治時代に琵琶湖の最狭部に築かれたもの。近くに琵琶湖大橋が渡されていて、このあたりが最狭部であることを証明しているようだ。この地形が、堅田を琵琶湖舟運の中心地にしたのだ。南へ行くと堅田漁港に出る。繋留されている漁船の中には、今日海老を水揚げしたものもあることだろう。

「病雁」か「いとゞ」か

浮御堂の近くの湖岸で、湖風に当たって話をしている二人の老人に出会った。ちょうど岸辺近くで大きな音をたてて作業している船がいる。この船はどんな作業をしているのかと聞くと、「藻を刈っているんです。昔の藻は畑の肥料になりましたが、今刈っている藻は肥料になりません」とのこと。岸の岩に桃色の卵らしきものがところどころに付いている。これは何かと質問すると、「外国産の巻貝が岩に上ってきて、産卵しているようです」と教えてくださった。琵琶湖も芭蕉の時代から比べると、変わってきている。ただし、お二人とも海老と大豆とを炊いたものはお好きだそうだ。

浮御堂近くの川魚屋の店頭で、琵琶湖の海老の佃煮を見た。思っていたより海老が小さく、細い。漁師の家で芭蕉が見たのは、この海老なのだ。この細やかな海老ならば、カマドウマは際立って大きく見えたにちがいない。

　芭蕉の高弟去来が残した俳論『去来抄』の中に、掲出句が登場している。『猿蓑』編集にあたって、芭蕉が自作二句、掲出句と「病雁の夜さむに落て旅ね哉」（病んだ雁が晩秋の寒い夜に地上に落ちた。その声を聞きながら独り旅寝をすることだ）とを挙げて、どちらか一句だけを収録したいと言ったときのことが書いてある。『猿蓑』の編者凡兆と去来とが二句を巡って対立することになった。凡兆は、「いとゞ」の句を支持し、句の自由なはたらきと素材の新しさを評価した。対する去来は「病雁の」の句を支持し、句の品格の高さと情趣の幽遠さを評価した。芭蕉も交えての論議の結果、二句ともに収録されることとなる。編者二人の方向性の大きな違いが、『猿蓑』収録作品を奥深く豊かなものにしている。

　どちらの句を選ぶかで、読者の指向、好みも明らかとなる。今日のぼくは「病雁の」の句の雁と芭蕉自身とを重ねる境涯詠に魅かれつつも、それ以上に「いとゞ」の句の描写の明断さと強い生命感とに惹きつけられている。

炎熱の湖ながめをり爺(じじ)二人　實
肥料にはならぬ藻なれど機械刈り

（二〇一四・一〇）

半日は神を友にや年忘

芭蕉

神仏習合の世

元禄三（一六九〇）年旧暦十二月、芭蕉は京に滞在していた。ある日、去来、凡兆ら門弟と上御霊神社（現在の御霊神社）を訪ね、宮司、小栗栖祐玄（俳号は示右、当時の役職名は別当法印）らと歌仙を巻く。掲出句はその発句である。示右編の俳諧撰集『俳諧八重桜集』（元禄五年・一六九二年ごろ成立）所載。

句意は、「この半日を神社で歌仙を巻いて、年忘れを楽しみます、その間は神様を友にするかのようです」。従来、この句はあまり評価されていない。しかし、ぼくは「神を友にや」という大胆な表現に魅かれてきた。人のみならず、神までも友とするというのである。すばらしいではないか。

京都市営地下鉄烏丸線鞍馬口駅下車、降り出しそうで降らない空の下を歩く。上御霊神社の大きな石の鳥居の脇に「応仁の乱勃発地」の石碑が立っている。京を焼き尽くした大乱は、この神社のあった「御霊の森」に畠山の軍勢がたてこもることから、始まったのだ。この神社の起源は平安京への遷都とも関わっている。以前の都、長岡京では、天災、疫病が流行していた。それは暗殺事件の首謀者として逮捕、淡路島配流の途中に薨去した早良親王（崇道天皇）の怨霊のたたりと考えられていた。そのため桓武天皇は平安京に都を移し、怨霊を鎮めるための神社を建てた。それが上御霊神社なのである。

社務所にて宮司にお目にかかる。現宮司はなんと三十七代。先祖は芭蕉と俳諧の席を共にしたという。幕末のころ、鹿児島から養子を取ったことがあるので直接は血はつながらないというが、高貴な、ものやわらかな方である。

　江戸時代の境内を描いた絵図（『花洛細見図』元禄十七年・一七〇四年刊所載）を見せていただく。観音堂、護摩堂があるのが、現在と違う。小栗栖示右も別当法印という仏教色の強い役職であった。当時は神仏習合の世なのだ。かつて観音堂には、聖徳太子作と伝えられる出雲路観音が祀られていた。廃仏毀釈のため、寺町の念仏寺に移されたという。芭蕉は、神と仏とを祀っている神社に詣でているのである。

少年俳人景桃丸

　さらに宮司は驚くべきことを教えてくださった。この神社の前身は寺だというのだ。上出雲寺という、出雲氏の氏寺であったそうだ。平安時代には荒廃した様子になっていたと、『今昔物語』にも描かれているという。境内からは上出雲寺の古瓦が今でも出土するとの由。瓦のかけらも見せていただいたが、平城京以前の都、藤原京の瓦と同じ型から作られたものもあるとのこと。衰退した上出雲寺を吸収するような形で上御霊神社は生まれ、仏は神へと主導権を譲りつつも、共存してきた。

　芭蕉は『野ざらし紀行』の旅で伊勢神宮に参ったとき、髪がなく、頭陀袋と数珠を持つという僧の姿であった。そのため、神前に入ることを許されなかった。かかる存在であるものが「神を友にや」と思っているところにもおもしろみがあったのではないか。芭蕉は、一身をもって神仏習合を体現する。

　掲出句、「半日は神を友にや」には典拠があると、評論家山本健吉は説く。芭蕉が愛読した木下長嘯子の「山家記」（『挙白集』所載）を踏まえていると言う。「半日、客が静かさを得ると、主は静かさを失う」という意味のことが『山家記』には書かれている。これを踏まえて「半日、客である私がゆったりと過ごすと、主である別当示右は静かさを失います。あわただしい年の暮に申し訳ないことです」、と挨拶しているのである。

　掲出句に示右が付けた脇句は、「雪に土民の供物納む」。「降る雪の中を土地の氏子が歳末の供物を納めに来てくれます。ありがたい神様のおかげで年を越すこともできるし、芭蕉様にもお参りいただくことができました」という意だろう。

注目されるのは、本歌仙に、示右の息子、元規（俳号は景桃丸）が参加していることだ。当時十二歳前後だったが、連句で大切にされる月の句も花の句も彼が付けている。月の句は「なまらずに物いふ月の都人（みやこびと）」。「なまりなく話すのは、月の都から来た人である」という句意。少年が見た芭蕉一行の印象だったかもしれない。また、想像をたくましくすれば、芭蕉がこの神社を訪れたのは、この天才少年の噂を聞いて、興味を持ったからではなかろうか。景桃丸という俳号からすれば、美少年であったろうことも想像できる。掲出句の「神」とこの少年とが重なると考えてもいいかもしれない。ただ、この少年と芭蕉との遭遇はこの時ただ一回のみに終わったらしい。少年は後に父を継いで、この神社の別当法印となった。

いつの間にか二時間ほどが過ぎている。静かに秋の雨が降り出していた。境内に据えられている掲出句の句碑が、雨に濡れていい色である。

三十七代継ぎきたること草の露　實
萩散るや御霊の森も境内のみ

（二〇〇八・一二）

から鮭も空也の痩も寒の内

芭蕉

数日腸をしぼる

元禄三（一六九〇）年冬、芭蕉は京都に滞在していた。『おくのほそ道』の旅を前年秋に終えた芭蕉は、江戸には戻らず、故郷の伊賀と大津と京都の三地域に代わる代わる逗留していた。この句を詠じたときには、十一月に伊賀から京都に出てきていたのだ。

芭蕉たち仲間の代表的俳諧撰集『猿蓑』に所載。『猿蓑』掲載の句には前書はないが、「真蹟懐紙」には次のような前書が付けられている。「都に旅寝して鉢叩のあはれなるつとめを夜ごとに聞侍りて」。「鉢叩」とは平安時代中期の僧空也上人が始めたとされる踊り念仏をしながら歩く僧のことである。陰暦十一月十三日から大晦日まで鉢や瓢簞を叩きながら、念仏を唱えて、京をめぐり歩いていた。前書の意味は「都に旅寝をして、鉢叩のしみじみと趣きあるお勤めを毎夜聞きまして」。芭蕉がこの時期京都のどこにいたかは明らかではないが、毎晩鉢叩が通る場所の近くで過ごしていたことになる。夜もふけてつのる寒さの中でも、けっして勤めを怠らない鉢叩に感動して、掲出句を残しているのだ。

「から鮭」は鮭のはらわたを取り除いて塩を使わずに干物にしたものであるが、現在では目にすることはなくなってしまった、失われてしまった季語である。「空也」は鉢叩の僧のこと。これも京の町を歩くものは滅びてしまった。「寒」とは、立春前のおよそ三十日間である。句意は「から鮭と空也僧の痩せた姿とがともに寒の厳しさの中にある」。

伊賀の門人土芳が残した俳論書『三冊子』の中に、掲出句について、芭蕉が残したことばが記録されている。「心の味をいひとらんと数日腸（はらわた）をしぼる」である。「心の味」とは鉢叩の修業から受けた感銘である。それを発句の形に表現しようとして、数日の間苦労した、と述べているわけだ。「腸をしぼる」という形容に凄みがある。芭蕉自身がこれほどまでに苦心したと告白している句は他に多くない。

空也上人立像のおもかげか

今日は京都市東山区の六波羅蜜寺（ろくはらみつじ）を訪れてみたい。ここは鉢叩の祖である僧空也の活動拠点であり、没した地でもある。空也の彫像も残されている。江戸時代の鉢叩の本拠地は中京区の空也堂であるが、こちらの寺は改めて訪ねたい。芭蕉の「鉢叩」の句はもう一句残されている。なお、六波羅蜜寺も空也堂も、芭蕉が訪ねたという直接の記録は残っていない。

京都駅から近鉄奈良線に乗って東福寺駅下車。京阪電鉄京阪本線に乗り換え、清水五条駅下車。秋も終わりの晴れた日、五条通を東に進み、大和大路通を北上すると、六波羅蜜寺の近くに出る。

本堂を拝した後、本堂裏手の宝物館に向かう。ここに、鎌倉時代につくられた有名な空也上人立像がある。左手は鹿の角のついた杖をつき、右手に撞木（しゅもく）を持って、胸にかけた鉦（かね）を打って歩く姿である。口から六体の阿弥陀仏が出ているのが目を引く。これは念仏で唱える「南無阿弥陀仏」の六音を見えるかたちで表現したものである。念仏を唱えつつ、民衆を教化しようとした空也の姿がまさに捉えられているのだ。そして、頬がそげているところ、胸が薄いところも目を引く。「空也の瘦（やせ）」とは鉢叩の僧の瘦せ細った姿を表現したことばであるのだが、芭蕉の句がこの寺の空也上人立像を見たことによって生まれた可能性を夢想したくなる。

宝物館のビデオは、毎年年末に当寺本堂内陣で行われる空也踊躍念仏（ゆやくねんぶつ）を映していた。鉦を打ち鳴らしながら念仏を唱え堂内を巡る姿は、芭蕉が見たはずの鉢叩の姿を彷彿（ほうふつ）とさせる。

さて、「から鮭」も「空也の痩」も「寒の内」もそれぞれ冬季の季語となる。「空也の痩」は「鉢叩」の派生季語である。三つの季語の季重なりの句でありながら、ゆるみを一切感じさせないのは不思議だ。「寒の内」が主季語となって、二つの従季語「から鮭」「空也の痩」を包むような構造になっているからだろう。「から鮭」は魚に由来するたべものであり、「空也の痩」は痩せている僧である。まったく異なったものと見えながら、実はともに生き物であり、しかし死と生の状態に分かたれ、それでもどこか形状が似ている。それがことばとことばの間に緊張関係を生み、詩的なスパークを生じさせているのだ。この二つ「から鮭」「空也の痩」を見つけ出すのに、芭蕉は腸をしぼる苦労をしたのだろう。上五中七下五すべて語頭はK音で、よく響き合っている。鉢叩のたたく鉢の音を想起させるのだ。

口を出て南無阿弥陀仏(なむあみだぶ)の仏冷ゆ　實

痩胸の空也が鉦や小春空

(二〇一八・〇一)

かくれけり師走の海のかいつぶり

芭蕉

可憐な鳥の命を詠む

『おくのほそ道』の旅を終えた後、芭蕉はしばらく故郷の伊賀と京都と近江とを行き来して過ごしていた。元禄三（一六九〇）年の旧暦十二月半ばに、芭蕉は京都から大津に来て、越年している。琵琶湖南岸に近い、門弟乙州の新築した家や、義仲寺で過ごしているのだ。掲出句はそのころ、詠まれている。

金沢の俳人友琴（ゆうきん）編の俳諧撰集『色杉原（いろすぎはら）』（元禄四年・一六九一年刊）に所載。「海」という表記になっているが、これは湖のこと、琵琶湖のことである。かいつぶりは水鳥。大きさは鳩よりもすこし小さい。かいつぶりの古名は「鳰」、「鳰の海」は琵琶湖の別称である。琵琶湖に棲む水鳥を代表する鳥ということになる。かいつぶりは明治以降現在に至るまで、冬の季語となっているが、芭蕉のころはまだ季語として扱われていなかった。それゆえ、掲出句の季語は「師走」一つである。

句意は、「水の中に隠れてしまった、師走の琵琶湖のかいつぶりは」。大胆な倒置はなされているのだが、平易なことばだけで、可憐な鳥の命を詠みえている。

この句に詠まれた風景を訪ねて、かねてから琵琶湖南岸を歩いてみたいと思っていた。ただ、乙州の住まいのあったといわれる大津の松本や義仲寺から湖岸に出て歩いたことはすでに何度かある。しかし、波の上にかいつぶりを見たという経験はいまだなかった。

そのような時、琵琶湖東岸の烏丸（からすま）半島にある滋賀県立琵琶湖博物館で、かいつぶりの餌やりが行われていることを知った。ぜひ芭蕉が詠んだかいつぶりをつぶさに見てみようではないか。

東海道新幹線京都駅下車、東海道本線（琵琶湖線）に乗り換え、新快速で約二十分走ると、草津駅である。西口発の近江鉄道バス「からすま半島」行きに乗って二十五分で、博物館に到着する。

琵琶湖博物館には、琵琶湖の歴史や人々の暮らしに関する展示とともに、琵琶湖に棲息する生物が飼育展示されている。水族館が併設されているのだ。

かいつぶりと芭蕉は一つ

「水辺の鳥」という水槽の前に立って、餌やりの開始を待っていると、小さな一羽の鳥が、葭(あし)の枯葉を嘴に挟んで活発に潜水している。水槽なので、鳥の水中での動きもよくわかるのだ。

飼育員の方が登場、まず水槽内の四種の鳥の名を教えてくれた。ヒドリガモ、カルガモ、ユリカモメ、そして、カイツブリである。潜水していた小さな鳥が、やはりカイツブリだった。生きた小さな魚が入った容器の中を見せ、「この魚を放ちます。カイツブリがどうやって魚をつかまえるか、よく観察してください」とのこと。遠足の小学生がぞくぞくと集まってくる。

銀色の魚が放たれると、カイツブリは勢いよく潜水して魚を追って捕らえる。カイツブリより先にユリカモメが首を入れて、すばやく魚を獲ってしまうこともある。しかし、三十センチ以上の深さにはカイツブリしか潜れない。数分ですべての魚をカイツブリは獲ってしまった。

飼育員の方と話をすることができた。カイツブリは琵琶湖では通年見られる鳥で、時間としては二十秒から三十秒、水深は二メートルぐらいまで潜る。餌の魚はカワムツの稚魚であったこと。博物館のカイツブリの子は夏に孵(かえ)って、着実に育っているが、十月に、また産卵がなされたこと。葭の葉をくわえていたのは、巣をつくる気持ちがあったこと。湖岸の葭が減って、カイツブリも減ってしまっていること。カイツブリについてだいぶ詳しくなった。

芭蕉の句に戻ろう。上五「かくれけり」だが、K音を三つ含み、きびきびした印象があるのも、小さく機敏なこの鳥にふさわしい。下五になってようやく「かいつぶり」が現れるのも、潜水後思わぬ場所に浮上する性格を思わせて、巧みだ。ただ、この鳥は実際には水中で小魚を獲っているのだ。「かくれ」という動詞を選んだことには、師走のあわただしい巷（ちまた）を厭う芭蕉自身を反映しているのではないか。かいつぶりと芭蕉はこの句において、一つだ。

かいつぶりといえば、人類学者の中沢新一氏の著書『アースダイバー』（講談社・平成十七年・二〇〇五年刊）に記されていたアメリカインディアンの神話を思い出す。神話の中でかいつぶりは、大洪水の後に水底の泥を取ってきて、その泥から新しい世界を生み出したという。師走の琵琶湖のかいつぶりも、その勇敢さを受け継いでいるのかもしれない。また、芭蕉自身の印象もこの鳥に重なる。深く潜行して真実を摑（つか）もうとしているのだ。

かいつぶり水に顔入れすすむなり　實

かいつぶりの嘴（はし）に稚魚消ゆきらめいて

（二〇一四・一二）

比良（ひら）みかみ雪指しわたせ鷺の橋

芭蕉

山の名が二つも

元禄二（一六八九）年『おくのほそ道』の旅を終えた芭蕉は、上方にとどまっていた。翌三年旧暦十二月、芭蕉は京から大津に移り、門弟乙州の新居で過ごしている。掲出句はこの冬、詠まれたと考えられている。初出は里圃（りほ）編『翁草（おきなぐさ）』（元禄八年・一六九五年刊）、芭蕉一周忌追善集である。

大きな句である。一句に山の名が二つも出てくるのは、珍しい。一つは比良山（ひらさん）。琵琶湖の西岸、比叡山の北に位置する名山である。万葉集以来、和歌に詠まれた地名、歌枕であった。室町時代に定められた近江八景にも「比良暮雪」は選ばれている。もう一つは三上山（みかみやま）。琵琶湖の東岸にそびえる円錐形の山である。その形にちなんで、近江富士と呼ばれている。近江八景には選ばれてはいないが、こちらも重要な歌枕であった。

比良山にも三上山にも、雪が降り積もった。芭蕉は雪を見て浮き立ったこころで、湖上に幻想の橋をかける。「湖上を飛ぶ白鷺よ、比良から三上へと飛びつつ羽を交し、鷺の橋を渡してくれよ」というのだ。伝統的な和歌の世界で二つ以上の歌枕を同時に使うことはある。しかし、琵琶湖東岸と西岸の歌枕を一度に並べて用いてしまうことは、ありえないことだった。約束にこだわらない自在さが魅力である。

鷺の橋は鵲（かささぎ）の橋（七夕の夜、鵲が翼を並べて天の川を渡すという想像上の橋）から連想しているようだ。琵琶湖に天の川が重ねられて、風景に奥行きが感じられることにもなった。そこには牽牛、織女の恋の雰囲気も加わっている。

この句に「湖水之眺望」という前書を置く書もあるが、説明が過ぎるように思う。両山を出したことで、琵琶湖の広がりを感じさせたところに、この句の味がある。

比良八荒の悲恋

今日は、琵琶湖の周りに、この両山を眺めてみたい。秋も終わりの晴れた午後、湖西線西大津駅（現・大津京駅）を降り、三井寺（みいでら）の隣にある、大津市歴史博物館を訪ねる。琵琶湖の文化に詳しい学芸員の方に話を聞いた。「浮世絵などでも、比良山、三上山を一画面で描いたものはあまりありません。比良を中心に描いたものはありますが、三上は瀬田唐橋（せたのからはし）の背景に置かれるにすぎないのです」。それだけ、芭蕉の句の構図が斬新ということになる。また、「芭蕉はこの句以前に琵琶湖上に舟を出して遊んでいます。湖上での眺めも影響しているのではないでしょうか」。たしかに地上からだけでは発想できないかもしれない。「琵琶湖には内湖とよばれる入江の部分が多くあります。そこには蘆が繁茂しています。鷺などもたくさんいたんですね」とも、教えていただいた。博物館のホールからは、正面に湖を越えて三上山がよく見えた。

琵琶湖の南へ行ってみる。京阪電鉄石山坂本線別所駅（現大津市役所前駅）から乗り、石場駅下車。滋賀県立芸術劇場びわ湖ホールが岸辺に建つあたりが、最南部。岸に立つと、たしかに右手に三上山が見え、左手には比良山が見える。雪はまだない。晩秋だが、蒸し暑い陽気で、湖上には秋霞が出ている。乙州の家があった月見山は、滋賀県庁の南側あたりなので、ある冬の朝、芭蕉が見た両山の風景は、ここに近いものだったろう。寄せ来る波が柔らかである。エンジン音がして、ボートが来た。ブラックバス釣りの若者のようだ。

明治時代以降、この句の評価はあまり高くない。「鷺の橋」などを出し、実景の写生に徹していないところが、評判が悪いようだ。しかし、評価している人もいる。山本健吉である。『芭蕉全発句』の中で、こんなことを書いている。「比良と三上のあいだは湖水のもっともくびれた部分で、ここに橋をかけることを、人は昔から空想したとみえる。その空想は現在実現されている」。昭和三十九（一九六四）年開通の琵琶湖大橋は、芭蕉の幻想がかたちを成したものと考えられているのだ。ぜひ、渡ってみたい。

タクシーで琵琶湖東岸を北上、橋へ向かう。内湖の蘆も、湖上に群れている鴨も、見ることができた。三上山が大きい。

運転手さんに、掲出句のことを話すと、比良八講（ひらはっこう）のことを話してくれた。昔、近江の比良明神で、陰暦二月二十四日、法華経の読誦（どくじゅ）供養の会が開かれていた。参加の僧の中に対岸の村娘を恋しているものがいて、抜け出して舟を出した。ところが、仏罰か、湖が大荒れ、舟は沈んでしまった。以来、この日は必ず大風。今でも吹くそうだ。いつか比良八荒（ひらはっこう）と呼ばれるようになった。この悲恋の伝説が、この句に関わっているのではと言うのだ。対岸の娘が出した舟が沈むという説もあるようだが、背景にこの伝説を置くと、芭蕉がなぜ橋をイメージしたかが、わかったような気がした。

橋の長さは千四百メートル。車だと渡りはじめると、すぐに渡り終えてしまう。

あきがすみ湖の波角もなし　實

鴨あまた渡り来たるよ比良みかみ

（二〇〇七・〇一）

石山の石にたばしるあられ哉

芭蕉

巨石に跳ね飛ぶ霰

『おくのほそ道』の長旅を終えた芭蕉は、元禄二（一六八九）年から三年にかけて、郷里伊賀と近江国大津、そして京都の三地区を代わる代わる訪れては、弟子たちと交流しつつ旅の疲れを癒やしていた。掲出句は、このころ近江の石山寺を訪れた際に作られている。

京都の俳人范孚が編んだ俳諧撰集『あさふ』（元禄十七年・一七〇四年刊）所載。范孚が記した前書には、「この句は『何がし岩本坊』というところに、芭蕉が残し置いた短冊の句である」という意味のことが記されている。岩本坊とは石山寺の僧坊（寺院に付属する家屋）か、僧の名と考えられている。

句意は、「石山寺の石に、おりから降り出した霰が激しく跳ね飛んでいることだなあ」。硬い石の上に霰が跳ね飛ぶさまがみごとに描きとられている。白々とした石の上に、さらに白い霰が飛び回っているのが、すがすがしい。

芭蕉や『おくのほそ道』に関心をお持ちの方は、掲出句を読んだ際、次の句を思い出すことだろう。冒頭七音が共通する「石山の石より白し秋の風」である。加賀の山中温泉近くの那谷寺の石山を詠んだ句で、こちらの句意は「この那谷寺の石山の石よりも、秋の風はさらに白い感じがする」。那谷寺の石山の句と掲出句とが関わりがあるかどうか、ということも考えてみる必要があろう。

晩秋の曇日、東海道本線石山駅下車。京阪バス石山団地行きに乗って十分ほどで、石山寺山門前の停留所に着く。

山門に入って進むと、脇にくぐり岩がある。大きな岩には穴が空いていて、中を人がくぐり抜けることができる。ここからすでに石山の名のとおりである。石段を上がっていくと、正面に岩が見えた。巨大な硅灰石(けいかいせき)の岩である。硅灰石とは、石灰岩にマグマが接触したときにできる石だという。天然記念物にも指定されている。うねりそびえる岩が、太古の時代に磐座(いわくら)とされ、この地は聖地になったのだ、と直感した。

本堂では、秘仏である本尊如意輪観世音菩薩の特別拝観が行われていた。巨大な厨子(ずし)のなかを覗き込むと、木彫の本尊は硅灰石の上に据えた木製の台の上に座しておられた。周辺には石の断片も見えた。自然石の上に据えられた仏像は珍しい。この仏像の据え方も、石山寺の信仰の始まりの姿を伝えていると思った。

アニミズムが生きている句

人類学者中沢新一によれば、アメリカ・インディアンは世界を次のように捉えていたという。宇宙全域に充満して、動き続けている力（スピリット）の流れがある。その動いているスピリットが立ち止まると、「存在」が現れる。何千年の単位で立ち止まっているものは石と呼ばれ、二百年ぐらいの単位で立ち止まったものは木になる。インディアンはりっぱな木や石に出会うと、その背後に流れている大いなる動いているものに祈りを捧げるという（「俳句のアニミズム」〈『俳句』角川文化振興財団・平成二十八年・二〇一六年三月号〉）。

芭蕉もインディアン同様にこのアニミズムの思考に通じるものによって、行動してきたのではないだろうか。『おくのほそ道』の旅において彼は、石や木の前で立ち止まり、句を残し深い敬意を表してきた。そして、ここ石山では、石に跳ね飛ぶ霰に、数千年の間とどまっている巨石のスピリットと、ほんの数時間の間とどまっているにすぎない霰のスピリットとが、たがいに交歓しているのを感じとっているように思える。この句をアニミズムが生きている俳句と読むことができる。

芭蕉は「石山の石」のかなたに、『おくのほそ道』で訪れた加賀の那谷寺の荒々しい石の山を思い出していよう。『おくのほそ道』の旅には、東北・北陸地方にさまざまな石を訪ねるという面があった。そして、今、近江の石山寺の巨石を前にして、旅で見て来たさまざまな石を思い出し、熱い感慨にひたっているのではないか。

さて、掲出句の「たばしる」という動詞には、次の和歌が出典として掲げられている。

もののふの矢並つくろふ籠手(こて)のうへに霰たばしる那須の篠原　『金槐(きんかい)和歌集』

歌意は「武士が矢を入れる容器である箙(えびら)の矢の並びをととのえている。その肩先から腕をおおう鎧(よろい)の付属具籠手の上に、おりから降り出した霰が飛び回って、音を立てている」。

芭蕉は石の上に飛び回る霰を見て、実朝の歌を思い出した。その歌に詠み込まれていた那須の篠原、『おくのほそ道』の旅で通った広大な野原の光景も思い出しているのではないか。

石山の石にどんぐりははねにけり　實

岩に生え実生(みしょう)の楓(かえで)紅葉(もみじ)なす

（二〇一七・〇一）

大津絵の筆のはじめは何仏　　芭蕉

乙州邸での越年

芭蕉は『おくのほそ道』の旅のあと、近江で過ごすことが多かった。元禄三（一六九〇）年の年の暮れは門弟、乙州の家で過ごしている。乙州は大津の荷問屋であり、重要なパトロンであった。芭蕉はそこで、「乙州が新宅にて」という前書のある「人に家をかはせて我は年忘（としわすれ）」（『猿蓑』）という句を残している。句意は「人に家を買わせて、わたしは年忘れをしていることだよ」。たまたま弟子が新居を建てたところに招かれて迎え入れられたわけであるが、それを自分のために新しい家を買ってもらってそこに入ったかのように作っている。そこにユーモアが生まれているのであるが、芭蕉が乙州に対してかかる句を作るまで心を開いていたということも確かである。

掲出句は路通編の俳諧撰集『俳諧勧進牒（はいかいかんじんちょう）』（元禄四年・一六九一年刊）所載。同書に引用の、元禄四年正月五日付、膳所の蕉門俳人である曲水に宛てた芭蕉書簡のなかに見える。「三日口を閉じて、題正月四日（しょうがつよっかをだいす）」とあって、この句が置かれている。意味は「年が改まって三日間、句を作らす、正月四日を題として」。かたくるしく書いているが、乙州に歓待されて句を作る機会がなかったのではないか。この句はその言い訳のようにも見える。句意は「大津絵の筆始めは、いったい何の仏を書くのでしょうか」。

大津絵は大津の追分、三井寺のあたりで道中土産として売られていた民衆の絵画。庶民が礼拝するための略筆の仏画から始まったらしいが、芭蕉のこの句はまさにその時期のものだろう。三井寺の近くに今でも大津絵の店が開かれているとのこと。今日はそこを訪ねてみたい。

京都駅で東海道新幹線から東海道本線（琵琶湖線）に乗り換え、約二十分で大津駅である。駅前から京阪バスに乗り換え、三井寺で降りる。

この寺も芭蕉にゆかりの寺である。元禄四年の秋の月見の際、「三井寺の門たゝかばやけふの月」という句を残している。句意は「三井寺の門を叩きたいなあ、今宵の名月の折には」。門弟と琵琶湖に舟を浮かべて月を楽しみ、さらに謡曲『三井寺』に月の名所として見える、この寺の門を敲（たた）こうというのである。徳川家康が寄進した仁王門をくぐって金堂の方面にあがり、寺内をひと回りする。「三井寺の」の句を案じた際、芭蕉が想ったのはこの仁王門だろうか。弁慶の引き摺り鐘や、閼伽井屋（あかいや）の左甚五郎作の龍の彫刻など、説話のもとになっているような事物も多い。庶民に愛されてきた大寺である。このたびは拝観することはできなかったが、開祖円珍が感得したと伝えられる黄不動尊の絵や円珍の肖像彫刻など貴重な文化財を蔵している。この寺を歩いていると、そのように権威のある重宝を詠うのではなく、あらたに興った庶民のための大津絵を詠っていることの意味を考えたくなる。大津絵を取り上げているところに芭蕉の俳諧の志向性も現れているように感じられてくる。

大津絵の店へ

西国三十三所第十四番札所観音堂からの眺めがいい。そこからはよく晴れた琵琶湖が見えた。観音堂の前を降りていくと、長等（ながら）神社がある。その前に大津絵の店があった。

店の中には大小の絵がぎっしりと掛かっていた。お土産の土鈴から本格的な作品までさまざまある。なかでも一番多かったのは「鬼の念仏」である。右手に撞木、左手には奉加帳（ほうがちょう）、胸には鉦をかけている。布施を求めて歩く姿であるようだ。

この絵に芭蕉の掲出句の賛が付けられている。現代の大津絵の画工にとっても芭蕉の句は誇りにされているのだ。画工は店の奥に出て筆を揮っている。筆を動かす速度が速い。ちょっと気むずかしそうだ。仕事の邪魔はしまい。しばらくじっと見ていよう。

近くにあるもう一軒の店を訪ねると画工はいなかった。机の上にたくさんの筆が入った筆筒と、墨汁を満たした陶製の片口、赤、黄、緑の顔料をそれぞれに入れた乳鉢が置かれていた。すぐにも仕事を始められそうである。

さまざまな画題の絵がある。十三仏もある。十三の小さな仏が並んでいる絵である。顔の輪郭と目鼻の部分が版になっている。それを捺した上に筆を入れている。掲出句の「筆のはじめは何仏」は十三仏のどの仏から書くのかと詠んでいるのかもしれないと思った。江戸期のものは無銘だったが現代のものは署名が入っている。

柳宗悦の『初期大津絵』(工政會出版社・昭和四年・一九二九年刊)によれば、大津絵の仏画には十三仏の他に阿弥陀如来、三尊仏、青面金剛(しょうめんこんごう)、愛染明王、涅槃像などがあるということだ。掲出句では、そのうちのどの画題を描くのだろうと思いやっているとも解せられる。

季語は「書初」の句であるのだが、「筆のはじめは」として、しなやかに動くだろう絵筆の先を見せているのがうまい。大津絵は土産の絵としてたくさん描かれ、安価で売られた。まさにそれによって作為や個性のこわばりを超えた、しなやかな表現を得ている。かるみの傾向に進もうとしている芭蕉が大津絵から得ているものはたしかにあるだろう。

「大津絵」ということばが文献上に見えるのは、この句が最初であるという。芭蕉はまだ誰も気付いていなかったうつくしいものを見逃さなかった。

料金受取人払郵便

神田局承認

7164

差出有効期間
2024年10月
31日まで
（切手不要）

郵便はがき

101-8791

513

東京都千代田区神田小川町
一丁目3番1号
NBF小川町
ビルディング3階

株式会社ウェッジ
書籍編集室　行

愛読者カード	今後の出版企画の参考にいたしたく存じます。ご記入 ご投函くださいますようお願いいたします。

ご住所

お名前　　年齢（　　）歳　性別 男

電話番号

メールアドレス

ご記入いただいた個人情報は、お問い合わせへのお返事、新刊・企画などのご案内 目的には使用いたしません。

本の書名をお書きください（　　　　　　　　　　　　　　　　　　　　　）

い上げの書店（　　　　　　　　　　　　　　　　　　　）

の本をどこでお知りになりましたか？
店で実物を見て　２広告を見て　３友人・知人から　４プレゼント
評・紹介記事を見て（媒体名　　　　　　　　　　　　　　　　　　　）
社ウェブサイト「ウェッジブックス」で見て　７ＳＮＳで
dge・ひとときの広告で　９その他（　　　　　　　　　　　　　）
の本をお求めになったきっかけは？
名　2表紙　3内容　４帯のコピー　５著者のファン
の他（　　　　　　　　　　　　　　　　　　　　）
の本の価格について　1安い　2適当　3高い
の本についてお気づきの点、ご感想などをお書きください。

入いただいたご感想を、書籍のＰＲ等に使用させていただいてよろしいでしょうか？
れかに○をつけてください（YES　NO　匿名ならYES）。

ご協力ありがとうございました。
株式会社ウェッジホームページ　https://www.wedge.co.jp/

秋風や大津絵画工藍づくめ　實
草の実や筆筒の筆みな乾く
顔料の赤黄緑やさはやかに
おさへたる鯰より猿小さかりし

（二〇〇二・〇一）

梅若菜まりこの宿のとろゝ汁

芭蕉

東海道の名物

俳諧撰集『猿蓑』に四吟歌仙の発句として所収。前書には「餞乙州東武行」とある。元禄四（一六九一）年の越年は、大津の門弟、乙州の新しい家で過ごした。世話になった乙州が仕事の関係であるのか、新年早々、江戸に向かうということで、芭蕉が贈った挨拶詠である。句意は「梅の花や若菜が美しいころである、まりこの宿のとろろ汁を楽しんできたまえ」。もの三つを並べただけだが、明るく、奥行きある名句だ。

乙州は、家に滞在する芭蕉との別れを寂しがって、「お別れして、江戸になど行きたくない」と、甘えて訴えたことがあったのかもしれない。対して、芭蕉は東海道の旅の楽しさを示しているわけだ。「梅若菜」は乙州邸にあったのか、それとも街道筋の景を想像してか、という論議があるようだが、両方にあったほうが、めでたい句になる。これは大津での詠である。しかし、「まりこの宿」が出てくる。東海道の宿駅である。芭蕉も、何度も通っている。掲出句を詠んだ際、芭蕉の脳裏にもこの宿場の風景が浮かんでいただろう。今日は丸子に、とろろ汁を啜りに行きたい。

よく晴れた歳晩の午前、静岡駅に降り立った。タクシーで丸子へと向かう。駿河大橋で安倍川を渡る。江戸時代は橋は架けられず、人の背に渡った難所であった。現在、河原は広いが、流れは細い。簡単に渡れそうである。運転手さんによれば、ここ数年、水量が減っているとのことだ。丸子の先には宇津ノ谷峠を控えている。難所二つに挟まれた、宿駅丸子。とろろ汁が供されるようになったのは、旅人に元気を付けてもらおうという意味もあったろう。
丸子の「体験工房　駿府匠宿」で下車、東海道歴史体験ホールを見学する。丸子の歴史と江戸時代の旅と街道の知識が得られるようになっている。東海道の各宿場の名物が表で示されていた。「丸子　とろろ汁」とある。当地ととろろ汁の関わりは、室町時代、この地に草庵を結んだ連歌師宗長が「山の芋」の和歌を詠んだあたりから始まるらしい。

芭蕉の好物、とろろ汁

広重の浮世絵『東海道五十三次』の「丸子」には、茅葺の小さな茶店が描かれ、門前に「名物とろろ汁」の看板が出ている。浮世絵のモデルと目されているのが、「丁子屋」である。現在も旧東海道前に藁葺の店で営業している。背景には浮世絵と同じ形の富士に似た山が見える。店の人に聞くと、横田山と呼ぶそうだ。創業は慶長元（一五九六）年。店の前には、掲出句の句碑も建てられている。文化十一（一八一四）年の銘がある由緒あるものである。

店の中の畳敷の入れ込みの大きな部屋に通された。昼時でもあり、なかなか混んでいる。広重の浮世絵の中の人物は、店先でとろろ汁一杯を楽しんでいたが、現在はお櫃に入った麦飯と味噌汁、お新香が付く。白味噌で味を付けた自然薯のとろろはやさしい味わいであった。芭蕉の名句を偲びながら、ぬる燗一本を楽しんだ。

芭蕉はとろろ汁が好物だった。意専（猿雖）宛元禄五年旧暦十二月三日付書簡に「卓袋が赤味噌のとろゝ汁もなつかしく罷成候」と見える。意味は「弟子卓袋がつくってくれた赤味噌のとろろ汁もなつかしくなりました」。故郷の弟子が馳走してくれたものを恋しがっているのである。掲出句が発句として出された座にあった乙州らは、芭蕉の好物であることを知っていたのではないか。それがユーモアを醸し出し、座をなごませる。「乙州君と同行して、とろろ汁を共に味わいたかったものだ」という思いも感じられて来る。

「梅」と「若菜」とはいずれも和歌以来、春を感じさせる語として意識されてきた。ただし、その二語を続けて用いることは和歌では行われなかった。「梅の花」は視覚嗅覚を刺激し、「若菜」は視覚味覚を刺激する。五文字から春があふれ出るようだ。そこに「まりこの宿のとろゝ汁」を取り合わせる。ふんわりとした食感に春という季節を捉えている。現在の歳時記では「とろろ汁」は秋の季語となっているが、芭蕉のころは季語とは意識されていなかった。和歌では詠われなかった地名、庶民の愛する食物を出して、まさに俳諧としているのである。

この発句に対して、乙州が脇句を付けている。「笠新しき春の曙(あけぼの)　乙州」。句意は「街道沿いの春を見いだすために、旅笠を新調し新たな気分で、春の曙に旅に出ることにしましょう」。乙州は芭蕉の呼びかけにたしかに応えているのだ。

丸子にはこの店以外に何軒もとろろ汁を食べさせる店がある。国道一号の向かいには梅園もあった。一月後半ごろより、花も見ごろとなるようだ。これらも芭蕉の掲出句に由来するところがあろう。

店を出ても、午後まだ早い時間である。横田山を仰ぐと、麓の茶畑の畝々も、その上の蜜柑畑の色づいている蜜柑も、冬の日によく輝いていた。

とろろ汁のための昼酒許したまへ　實

沢筋に蜜柑かがやく中腹まで

（二〇〇六・〇二）

山吹(やまぶき)や宇治の焙炉(ほいろ)の匂ふ時

芭蕉

宇治は茶どころ

元禄四（一六九一）年春の作。俳諧撰集『猿蓑』所載の句である。掲出句には「画賛(がさん)」と前書が置かれている。芭蕉はこの新春を近江で迎え、故郷の伊賀に赴いて過ごした。この時期、宇治に行った記録はない。掲出句は絵に添えた句であって、実景を直接、描写した句ではなかった。

実にみごとな取り合わせの句である。山吹が咲いて鮮やかな黄色がうつくしい。「焙炉」とは中に炭を入れて、葉茶を揉みながら乾燥させる炉である。ちょうど新茶の季節、茶の葉が入れられてよく香っている。句意は「山吹が咲いている、宇治茶の乾燥炉の香るとき」。山吹の花という視覚に訴えるものと、宇治茶の乾燥炉の匂いという嗅覚に訴えるものとが、取り合わされているのだ。異なった感覚でありながら、二物がよく響きあっているように感じられる。

今日は宇治を訪ねてみたい。寒中、よく晴れている。ＪＲ奈良線宇治駅下車。駅前に設置された郵便ポストは、大きな茶壺の形になっている。この地は日本を代表する茶の産地。宇治茶を商う店が多い。宇治駅前から宇治川方面に向かう宇治橋通り商店街にも、宇治橋の袂から平等院へと向かう表参道にも、茶の専門店が多く見られた。ことに平等院表参道は、環境省選定の「かおり風景１００選」に入っていると駅前の観光案内所の女性に教えられた。たしかに店頭から茶を焙じる、いい香りが漂ってくる。宇治は京都と奈良との中間、比較的行きやすい場所である。寺社好きの芭蕉は、おそらく平等院に参詣しているだろう。

表参道の三休庵宇治茶資料室に入ってみた。たまたま当代十六代目上林三入(かんばやしさんにゅう)氏に話をうかがうことができた。桃山時代天正年間の創業で、初代三入はなんと千利休の友人であったという。明治時代の版画「製茶一覧」が展示されていた。そこに「焙爐場の図」が描かれている。当時の「焙爐」は四方を木で深く囲んで作ったもの。炭火を入れて、女性がその上で、茶揉みをしている。この作業によって、主に煎茶や玉露が作られたということだ。

煎茶の誕生については諸説あるが、芭蕉の時代、元禄のころより飲まれるようになったとぼくは考えている。ただ、店頭に焙炉が置かれることはなかったという。それではどうして芭蕉は、このような製茶に関する専門用語を知っていたのか。茶について深い関心があったから、製茶の手作業の道具に対して貪欲な好奇心を持っていたから、ということなのだろう。

山吹を求めて

取り合わせの句が成功するための重要な条件に、取り合わせた二つの要素の間に重複がないということがある。そうすることによって、より大きな詩の世界を生み出したいのだ。この句は上五に「山吹」という植物が出てきている。そのため、中七以後に茶という植物そのものは巧みに隠され、焙じた際の芳香だけにしている。その点にも注目しておきたい。

さて、季語、山吹である。芭蕉発句の注釈書『笈の底』(寛成七年・一七九五年成立)に、「宇治は名所であり、山吹は宇治という名所につきものの花である。宇治橋のすこし下流に山吹の瀬という地もある」という意味のことが書かれている。宇治の山吹は古歌にも多く詠まれてきた。駅前の観光案内所の女性に「山吹の瀬」のことを聞いたが、知らないとのことだった。ただ、「山吹の花」は「宇治市の花」に指定されていることを教えられた。掲出句があることもその理由の一つであるという。ちなみに、「宇治市の宝木」という存在もあり、それは「茶の木」。芭蕉は宇治の名物二つを取り合わせて一句としているのだ。

宇治川にかかる宇治橋から下流を眺めるが、寒中、山吹は見出しがたい。返り咲きの花も見られなかった。宇治川の流れは今でもかなり早い。かなりの数の都鳥が飛びめぐるばかりであった。

さて、この句を画賛とした作品は現存している。伊丹の柿衞(かきもり)文庫蔵。絵も芭蕉自身が描いている。山吹の一枝、花と葉とを丁寧に描いて、掲出句を添えている。芭蕉が『猿蓑』の句に「画賛」と前書を残したということは、芭蕉はこの自画賛がちょっと自慢だったのではないか。同時に、五七五音しかない発句の限界を認識した上で、新たな可能性を探しているのではないか。たしかに山吹の花は絵に描けるが、焙炉の匂いを描くことはできない。絵と句とで新たな世界を作り出しているのである。

宇治に来たら、平等院を訪ねないわけにはいかない。国宝中の国宝。平安時代の寝殿造、そのままの姿を見せている。鳳凰堂の堂内で、定朝(じょうちょう)作の大きな金色の阿弥陀如来を拝した。山吹の花の色は、平等院の如来の肌の金色も思い出させる。掲出句の背後に、平等院が、そして、阿弥陀像が、浮かび上がるような気もしてきた。

鳳凰堂万物すべて枯れ尽くす　實
丈六(じょうろく)の阿弥陀座しをる枯野かな

（二〇一〇・〇三）

衰(おとろい)や歯に喰(くい)あてし海苔(のり)の砂

芭蕉

衰弱を隠さない芭蕉

元禄四（一六九一）年新年を大津で迎えた芭蕉は、一月上旬に故郷伊賀へと向かい、春の間は伊賀で過ごしていた。芭蕉は当時四十八歳。このころ門弟に書いた書簡の中で、繰り返し持病の痛みを訴えている。芭蕉の持病は疝気(せんき)（下腹部の痛む病）と痔であった。持病の痛みは老いを自覚させることとなった。

掲出句は、この年に伊賀で作られたもの。大坂の門弟車庸が編んだ俳諧撰集『をのが光(ひ)』に収録されている。

句意は、「われながら衰えたものだなあ。海苔に付いた砂を歯で噛み当てた際にしみじみと感じていることだよ」。

幼いころぼくは、海苔に付いていた砂を噛んだことがある。その瞬間、激しい違和感と強い痛みとを覚えたことを、掲出句を読んで思いだした。そして、忘れられない句となった。

「衰」に感動のニュアンスを含む切字「や」を付けてしまっていることに、まず驚く。老いによる衰弱という身体の変化を知って、おそらくつらく寂しく思っているのだろうが、それを隠そうともしない。そのままに句に表現していく芭蕉に感動する。自然の変化と対するように自分自身の衰えにも向きあっているのだ。

「おとろえ」ではなく「おとろい」と読むのは、当時の慣用であるそうだが、「おとろえ」よりももっと力が入らない感じがいい。「ろい」の部分の母音は「ｏｉ」、「のり」の母音とも重なって繰り返しの効果も生まれている。

「海苔」は春の季語。故郷に帰って来て、まるで生命そのもののような海藻を食べていて、砂を噛み当ててしまった。だからこそ芭蕉にとって、衝撃であった。海苔に付いていた砂は、まるで小さな死のようにも感じられる。

海苔の砂はもう体験できない

今日は、海苔が収穫される場所を見に行きたい。東京近郊の海苔漁は環境悪化と埋め立てによって漁場を減らしているが、神奈川県の野島では今も漁が行われているという。京急本線金沢八景駅で下車、シーサイドラインに乗り換えて一駅、冬晴れの野島公園駅に降り立った。今回は芭蕉の人生とは直接の関係のない場所である。

駅近くの野島橋を渡ると、そこは野島である。北側の磯でごみを集めている男性がいたので、岸近くの海中に整然と立て並べられている竹が何であるか聞いてみる。これが「海苔ひび」で、海苔の胞子を育てているとのことだった。ひびよりも沖側の、ブイが浮かんでいるあたりに沈められているロープでは、胞子から海苔へと育て、収穫しているという。「ここで収穫した海苔を夕照橋(せきしょうばし)のあたりで販売しています。行ってごらんなさい」とも。男性はこの海で十分遊んできたので、恩返しにごみ集めをしているという。野島の海を深く愛しているのだ。

磯には、海藻を採集している人もいた。「食用ですか」と聞くと、釣りの餌にするためであるとのこと。野島の斜面には縄文時代の貝塚が点在している。磯で採集する暮らしは縄文時代以来、現在まで続いてきているわけだ。

夕照橋のたもとの海苔の直売所に行ってみると、海苔干機が稼働して、ご夫婦が仕事をしていた。ご主人が朝五時半に海に出て採って来た海苔をよく洗い、機械にかけ乾燥させると、二時間半で板海苔になるという。

穴や破れや異物が付着した海苔は、はねられて別の口から出て来た。現代のぼくらは芭蕉のように海苔に付いた砂を噛むという体験をすることはまずできない。それは果たして幸せなのか、不幸なのか。
海苔屋のおかみさんが、今できたばかりの海苔を手渡してくれた。できたての板海苔は黒々と輝いておいしそうだ。
掲出句の初案は次のようなかたちであった。

嚙当る（かみあつ）身のおとろひや苔（のり）の砂　『西の雲』

下五に「苔の砂」が出てくるのだが、上五の「嚙当る」とは離れているために、何を嚙み当てているのかはっきりとわからない。最終のかたちでは「歯に喰あてし海苔の砂」というひとつらなりのフレーズとして明快に処理している。同時に初案にはなかった「歯」を加え、それにともなって「嚙当る」を「歯」と意味が重複しないように「喰あてし」に変えている。その上で「衰や」を分け、大胆な上五として冠しているのだ。まことにこまやかな改作であった。

春待つや磯の海藻剥ぎとって　實
海苔干機はね出す海苔や穴ありぬ

（二〇一五・〇三）

うきふしや竹の子となる人の果(はて)

芭蕉

薄幸の美女、小督

元禄四（一六九一）年初夏、芭蕉は京都、嵯峨野の門弟、去来の別荘落柿舎に滞在していた。芭蕉自身が『嵯峨日記』に書き残しているところによると、滞在は、旧暦四月十八日から五月五日にまで及んだ。掲出句は『嵯峨日記』所載。滞在二日目、四月十九日に作られている。句意は「憂き節の多い人の世であるなあ、ついには竹の子となる人の最後とは」。

この竹の子になる人とは、『平家物語』の中の悲劇の女性、小督(こごう)である。彼女はもともと、高倉帝の皇后、建礼門院に仕えた女房で、「禁中一の美人、双(ふたつ)なき琴の上手」（『平家物語』）として高名。意味は「宮中一の美女で、並びなき琴の名手」。建礼門院は小督の琴の腕を恃(たの)んで天皇に仕えさせるが、天皇は小督を愛してしまう。時の権力者、平清盛は、建礼門院と小督の最初の恋人冷泉隆房の妻の父であった。清盛の怒りは小督に向けられる。それを知った小督は内裏を抜け出し、姿を消した。さみしさに耐えられない天皇は側近、源仲国に命じて、小督を探させる。琴の音をたよりに仲国は小督を見つけ出し、宮中に連れ戻す。天皇の寵愛はさらに深まり、ついに娘まで生まれる。ところが、怒った清盛によって、小督は捕らえられ、無理に尼の姿にされてしまった。後の小督は嵯峨に隠れ住んだが、天皇は小督に焦がれつつみまかる。清盛の無理強いが小督の薄幸を際立たせている。

今日は、芭蕉も訪れた小督の遺跡を訪ねてみたい。桜の開きそうな、うららかな午後、京福電鉄嵐山本線嵐山駅に降り立った。南下すると、すぐ桂川にかかる渡月橋に出る。まだ、花の盛りではないが、かなり人が出ている。川に面した日本料理店の庭の枝垂桜はすぐにも蕾がほころびそうだ。

弟子、丈草との交響

『嵯峨日記』を開いてみよう。口語訳を記してみる。「松尾の竹林に小督屋敷という場所がある。上下の嵯峨に小督の屋敷跡と伝えられている場所は計三つもある、その内どこがたしかであろうか」。幾つもある小督屋敷跡、その真正な場所を芭蕉はつきとめようとしている。

「あの源仲国が駒をとめたと伝えられている駒留の橋というところが、このあたりにあるので、しばらくの間その近くの所を小督の屋敷跡と考えておこう」とひとつに絞る考察を進める。

荻原井泉水（せいせんすい）は「駒留の橋」を「今渡月橋につゞく小橋」と解説している。実際には残っていない。渡月橋のたもとに、「琴き丶橋跡」という石柱が立っていた。「琴き丶橋」とは小督ゆかりの橋らしい名だ。とすれば、「駒留の橋」と「琴き丶橋」は同じものである可能性がある。「琴聴き橋」は渡月橋の少し上流、車折（くるまざき）神社嵐山頓宮（とんぐう）前にあった。小さな石の橋で「琴聴き橋」と彫られた欄干があった。芭蕉が訪ねたころ、この欄干があったかどうかは不明だが、小督伝説の貴重な遺跡であろう。

「小督の墓は三間屋の隣の藪の内にある。小督の墓の目印として桜の木を植えた」。「三間屋」は渡月橋の上流西岸にあった茶屋である。さらに上流に向かって進み、右に曲がりしばらく行くと、「謡曲『小督』の旧跡」という木の立て札があった。「小督」は謡曲にも仕立てられている。この地が小督の仮住まいであったと記されていた。石の柵を廻らした中に一石五輪塔が祀られてある。鎌倉後期のものだろう。芭蕉はここを墓であると理解している。目印として、桜が植えられていると書かれていたが、残念ながら、今、桜は見えなかった。

「おそれおおくも錦のぬいとり、あやぎぬ、うちぎぬの上で生活して、しまいには藪の中の塵あくたとなった」。天皇に愛された立場から、尼としてひそかに生き、ついには死ぬという立場への変化を言っている。「王昭君の出身地の村の柳、巫女を祀った廟の花の昔のことも自然と思い出される」。王昭君は前漢の元帝の後宮にあったが、匈奴に嫁した美女。巫女は楚の懐王が夢の中で会った神女。この二人ともに帝の愛のはかなさを示していよう。

　そして、掲出句が置かれる。「うきふし」は「憂き節」、小督の辛い境涯である。「節」は「竹」の縁語となっている。『平家物語』にも小督の最期は示されない。死後は竹林に埋められて、竹の子となったというのだ。不思議なイメージだ。嵯峨の竹林の奥深さも感じさせる。

『嵯峨日記』によれば、この後、四月二十五日、門弟丈草が落柿舎を尋ねてきて、「尋小督墳」という七言絶句を残している。芭蕉の句に対して、漢詩で和しているのが、興味深い。ただ、内容は『平家物語』における小督伝をなぞっただけに過ぎない。それより、興味深いことは、丈草に「大はらや蝶のでゝ舞ふ朧月」（『北の山』〈元禄五年・一六九二年刊〉）という代表句があることだ。元禄四年春、大原での句。大原は後白河法皇が建礼門院を訪ね、安徳帝の最期について語る、謡曲「大原御幸」ゆかりの地。この蝶は建礼門院の精霊とも生まれ変わりとも読める。芭蕉が大原の句を評価したという記録も残っている。芭蕉は丈草の大原の句に呼応するように「うきふし」の句を作っているのではないか。建礼門院もあわれであったが、小督はさらにあわれだったと。

小督塚一石五輪塔あたたか　實

つぶつぶのつぼみのしだれざくらかな

（二〇〇六・〇六）

ほとゝぎす大竹藪をもる月夜

芭蕉

聴覚と視覚の句

元禄四（一六九一）年の旧暦四月から五月にかけて、芭蕉は京都嵯峨野の門弟去来の別荘落柿舎に滞在している。去来の庇護を受けての暮らしぶりは、芭蕉自身による『嵯峨日記』に記録されている。去来のほかに凡兆ら弟子たちとの交流も書き残されて、魅力がある。掲出句は『嵯峨日記』の四月二十日の項に記されている。

句意は「ほととぎすの鳴き声が響いている。大きな竹藪から月の光が漏れる夜であるなあ」。「月夜」も秋季の季語であるが、この句の場合には季語としてははたらいていない。掲出句の季節を決める季語としてはたらいているのは、「ほととぎす」。夏が来ると南方から渡ってくる鳥である。「ほととぎす」は鳴き声を賞する鳥、聴覚で捉える語であり、「大竹藪をもる月夜」の視覚的表現と共に、二つの異なった感覚が刺激される句なのだ。

今日は嵯峨野を歩いてみたい。京都駅下車。駅の観光案内所で、「嵯峨野の竹藪を見に行きたいのですが、どのあたりに行けばいいですか」と尋ねてみる。案内員の男性が「野宮神社のあたりがいいでしょう。嵯峨野線に乗って約十五分、嵯峨嵐山駅で降りてください」と教えてくれた。そのことばに従って、嵯峨嵐山駅で下車、南口へ。二月後半、日は差しているが、まだかなり寒い。西の方へと歩いていけば、いつしか竹林の中の道に入っている。なるほど竹藪が大きい。「大竹藪」ということばが、たしかに嵯峨野を感じさせる。芭蕉が訪れたころ、竹藪はもっと広かっただろう。

風でたえず竹が揺れ、葉と葉とが擦れて音をたてる。日が翳ったかと思うと、風に乗って、風花が飛んできた。額に当たると、つめたい。

野宮神社に着いた。入り口の鳥居は、黒木の鳥居。古い形式で、樹皮がついたくぬぎの原木を組んで建てられているという。しかし、現在は修理中のため、覆いがあって見ることがかなわない。かつてこのあたりは天皇家ゆかりの地であった。天皇が即位するごとに天皇の未婚の娘が選ばれて、伊勢神宮に赴いて奉仕をした。伊勢に行く前に心身を清める場所が、ここ野宮であったのだ。

門前も境内も混み合っていた。それも和服を着た女性ばかりである。ただ、聞こえてくることばは日本語ではない。遠く韓国や中国から来た観光客が多いようだ。レンタルした華やかな和服を、みな楽しんでいるようにみえる。

冥界から飛び来る鳥

現在嵯峨野で訪れることのできる落柿舎は、野宮神社よりかなり北、畑に面した地に建てられている。竹藪の中ではない。江戸後期に再建されたもので、以前とは場所も変わってしまっている。芭蕉自身が書き残した『落柿舎記』によれば、彼が滞在した落柿舎は、もっと南にくだった嵐山のふもと、大井川の流れに近い、竹藪の中にあった。芭蕉は、夜中に落柿舎から歩き出て、ほととぎすの声を聞いたのではない。落柿舎で深夜まで眠れずにいて、掲出句の光景を味わっているのである。

芭蕉の弟子、史邦が編んだ俳諧撰集『芭蕉庵小文庫』（元禄九年・一六九六年刊）によれば、掲出句の下五は「もる月ぞ」という形になっていて、これが初案の可能性がある。こちらでは藪から漏れている月光が強調されている。これはこれで悪くはないが、「月」が強調されすぎて、「ほととぎす」の力が弱まるような気がする。決定稿である「もる月夜」は、若干の矛盾をはらんでいる。竹の間から月光が漏れることは自然であるが、月夜が漏れるとなると、ちょっと違和感を覚えないだろうか。しかし、繰り返し読んでいると、大竹籔を包み込む月夜というさらに大きな存在が感じられてきて、いつしか納得させられているのである。逆に強い魅力にもなる。

「ほととぎす」は古来詩歌に詠まれてきた。代表するのが次の和歌である。「いくばくの田を作ればか時鳥（ほととぎす）しでの田長（たおさ）を朝（あさ）な朝（さ）な呼ぶ　藤原敏行」（『古今集』）。歌意は「どれだけの田を作っているというのか、ほととぎすは、『しでのたおさ』と鳴いて、農夫のかしらを毎朝毎朝呼んでいる」。もともとは、ほととぎすが鳴くのは田植を急がせるためであるという和歌であったらしい。「しでの田長」は元々はほととぎずの声の擬声表現だったが、いつからか意味は不明となり、「しで」という音に「死出」という字が当てられるようになった。ほととぎすは冥土（めいど）からこの世へと飛び来る鳥と考えられるようになってしまった。

『嵯峨日記』に掲出句が書かれた約一週間後の四月二十八日の項では、芭蕉は前年死んだ愛弟子杜国のことを夢に見て、泣きに泣く。掲出句はこの箇所の伏線となっている。ほととぎすの鳴き声によって、冥界とこの世とがつながってしまったような錯覚まで覚えるのだ。

きさらぎの竹の葉鳴（はなり）を聞きに来し　實

椿咲く大竹籔の端の端

（二〇一七・〇五）

五月雨(さみだれ)や色紙(しきし)へぎたる壁の跡

芭蕉

嵐山を遠望する

元禄四（一六九一）年旧暦四月、芭蕉は京都嵯峨にあった高弟、去来の別荘、落柿舎に滞在している。このときの模様は芭蕉自身が『嵯峨日記』という文章に残している。掲出句は『嵯峨日記』の末尾に置かれている。句意は「さみだれが降り続いている、色紙を剥がした跡が壁にそのままになっている」。

今日はその落柿舎とその周辺を歩いてみたい。山陰本線嵯峨嵐山駅下車。まさに薄暑である。まっすぐ桂川に向かう。駅前の道は観光地らしくはない。派手な土産物屋などがない。魚屋の店先には鰻の蒲焼の長いまま、穴子の八幡巻などが並んでいる。大鍋には鶏の皮煮が入っている。昔ながらの茅葺き屋根である。花屋の店先には西瓜の苗が勢いよい。立飲屋の木の看板は瓢箪のかたちで、味がある。

道が尽きて、視野が広がる。桂川である。明るい。芭蕉は『嵯峨日記』のなかで「大井川」と書いているが、それは桂川上流のこのあたりの名称である。河原には薹が立った菜の花がよく咲いている。

川沿いの道を行くと、『嵯峨日記』のなかで芭蕉が詣でている臨川寺がまさに川に面してある。残念ながら拝観中止の高札が立っている。門の隙間から覗くと山内も滴るばかりの緑である。

桂川に掛けられた名橋、渡月橋のたもとには女学生がスケッチしている。渡月橋は保津川下りの終着点。つぎつぎに棹を操って船が着く。水はよく澄んでいて、たくさんの稚魚が泳いでいる。稚魚が水面をつついて生まれる水輪がまるで雨のようだ。

対岸の嵐山の緑も濃い。木々の濃い緑のなかにやや淡く竹の緑が見える。そこを風が渡っていく。
人力車の車夫がたむろしていて、乗って嵯峨野巡りをしないかと言う。しかし、竹林の中を歩いて巡りたい。

芭蕉の念夢

しばらく歩いて、落柿舎に着いた。落柿舎の門をくぐると、壁に掛けられた蓑と笠とが眼に入ってくる。去来は在宅の折にはこれを掛け、不在の折には外していたとされる。つまり、俳諧奉行と呼ばれ、『猿蓑』の編にも当たり、俳論書『去来抄』も残した、芭蕉第一の弟子、去来先生在庵ということになるのだ。

残念ながら落柿舎は芭蕉の滞在した、そのものではない。再建している。場所も変わっていると説くひともいるが、そのままのところに再建されたという説もある。井上重厚という江戸中期の俳人が再建しているのであるが、重厚は芭蕉および蕉門に詳しい蝶夢の弟子であり、嵯峨地元の人であり、去来の姻戚であった。信ずべき遺跡であるという保田與重郎著『落柿舎のしるべ』（落柿舎保存会・昭和四十五年・一九七〇年刊）の説があることも記しておきたい。

去来在世のころ庭には柿の木が四十本あり、それが実ったとき、商人が来て買っていった。ところが、その夜、すべての柿が落ちた。それが落柿舎という名の由来である。その際、次の句が作られた。「柿ぬしや梢は近きあらし山　去来」（『猿蓑』）。句意は「われは柿の木の持ち主だが、柿の実が落ちた梢がにわかに嵐山に近く感じられる」。この句も井上重厚の書によって、句碑になって庭にある。

ここの第一の名物は柿の木なのだ。何本かある柿がみずみずしい若葉を付けていた。

『嵯峨日記』は痛切な作品である。その雰囲気のもっとも高まっているのは若くして死んだ弟子、杜国を悼んでいる部分である。「夢に杜国が事をいひ出して、涕泣して、覚ム。（中略）わが夢は聖人君子の夢にあらず。（中略）誠に此ものを夢見ること、所謂念夢也」。意味は、「夢の中で杜国の事を言い出して、涙を流して目覚めた。（中略）わたしの夢は聖人君子の夢ではない。まことにこの杜国のことを夢見るのは、いわゆるもの思いによって見る夢である」。

杜国は才能ある若い弟子だったが、罪を得て、謫居。前年に死んでいる。しかし、芭蕉のこの取り乱しようは、単なる弟子に対する思いの域を出ているのではないか。「念夢」とは「もの思いによってみる夢」と注にあるが、どこか性的な匂いまでする。芭蕉の同性愛的傾向について論じられる際、必ず引用されるところである。

庭から見る部屋は明るく日が差している。部屋の隅には貧乏徳利にこでまりの花がいけてあって、まぶしい。そういう場所で芭蕉の暗い情念を思いみるのはむつかしい。

『嵯峨日記』は掲出句で終わる。

梅雨で雨が降り続いている。芭蕉は落柿舎を出立する前の日、名残を惜しみつつ、部屋一つひとつを見て歩く。そこである壁に見入っているのだ。色紙が無残にも剥がされてしまって、何の手当もしてない壁面があった。それは突然愛弟子杜国を奪われてしまった芭蕉の内面そのものだったのかもしれない。

竹たふれ竹にもたれぬ夏のくれ　實

落柿舎の柿若葉なり心せよ

（二〇〇〇・〇七）

風かほる羽織は襟もつくろはず　　芭蕉

丈山と探幽

元禄四（一六九一）年旧暦六月一日、芭蕉は親しい弟子たちとともに京都の一乗寺村の石川丈山の旧居、詩仙堂を訪ねた。丈山は江戸前期を代表する漢詩人である。同行の曾良が詩仙堂訪問を日記に書き残している。

掲出句は史邦編の俳諧撰集『芭蕉庵小文庫』に所載。前書に「丈山之像に謁す」とある。「謁す」は目上の人に会うこと。「丈山之像」は石川丈山の肖像画である。「像」に対しても「謁す」という動詞を用いていることから、芭蕉の丈山への強い敬意が読みとれる。

季語は「風薫る」。夏の南風が木々の上や水の上を渡ってくると、爽快さを感じる。これを「薫る」と言ったのである。心地よい風を、丈山の肖像の無雑作な羽織の着方と取り合わせている。句意は「夏の爽快な風が吹いている。画の丈山は羽織の襟も整えることをしないで、超然とした姿を見せている」。

ちなみに元禄四年の夏には、芭蕉たちによる俳諧撰集『猿蓑』の編集が進められていた。編者は去来と凡兆の二人であるが、名前を出さない芭蕉も指導にあたっていた。『猿蓑』はこの秋に刊行されることとなる。とすると六月一日は『猿蓑』編集から解放されたころであろうか。

今日は詩仙堂を訪ねてみたい。東海道新幹線京都駅で奈良線に乗り換え、東福寺駅下車。東福寺駅から京阪電鉄京阪本線に乗り換え、出町柳駅下車。さらに出町柳駅から叡山電鉄叡山本線に乗り換えて、一乗寺駅に下車する。駅からうららかな晩春の商店街を東へ進むと、白川通に出る。さらに東へ進むと坂がちになり、緑も増えて詩仙堂に着く。木の門をくぐって、石段をのぼっていくと、大きな株のやまつつじが花盛りを迎えていた。

受付でパンフレットをもらうと、そこには丈山寿像（じゆぞう）が印刷してあった。寿像とは、生存中に描かれた肖像画である。丈山の姿を描いたのは江戸時代前期に活躍した画家、狩野探幽（かのうたんゆう）であった。画の中には、年をとっても鋭い目つきの丈山が座って、右手には杖のような竹如意（ちくによい）を握り、左手では自然木の脇息（きょうそく）である天造几（てんぞうき）によりかかっている。羽織が左側の肩からすべり落ちてしまっているが、それを直そうともしない。「羽織は襟もつくろはず」とは、まさにこの絵の羽織を詠んだものなのである。

モデル丈山と画家探幽とは交流があった。丈山は自分が選んだ中国の三十六人の詩人の肖像を探幽に描かせて、そこにみずから画賛を加えた。それを掲げた場所が、詩仙堂だった。丈山と探幽は、共同制作者であり、ジャンルは違っても志を同じうするものであった。探幽が丈山の愛用品「六物（ろくもつ）」に含まれる竹如意や天造几を描き込んでいるところにも丈山への愛がにじむ。だからこそ丈山の内面まで踏み込んだ画が遺せたのだ。芭蕉も丈山の像に見入ったはずだ。

『猿蓑』完成の報告

芭蕉が句作のきっかけとした肖像画の実物が見たくなってしまった。受付の方に、「丈山寿像は詩仙堂にありますか。今日拝見することはできないでしょうか」と尋ねてみる。その回答は「はい、詩仙堂にあります。しかし残念ながら、今日は公開していません。五月二十三日が丈山の亡くなられた日なんですが、その後の数日間遺宝展をします。近づきましたら電話でお問い合わせください」とのことだった。芭蕉が眺め入って、句まで作ったという画は他にはない。ぜひとも実物を見てみたいと思う。

庭に開けた部屋は明るく、主が庭を眺めるために設（しつら）えられた建物であることがわかる。芭蕉が訪ねた建物が、現在も残っているのは貴重である。庭に出ると藤棚に白藤が満開となっている。たくさんの熊蜂が蜜を吸いに来ていた。

芭蕉が関わった俳諧連句集『冬の日』（貞享元年・一六八四年奥書）の「狂句こがらしの巻」に、次のような付句がある。「日東（じっとう）の李白が坊に月を見て　重五（じゅうご）」。句意は「日本の李白と言われる人の庵に月を見ていて」。この「日本の李白」は石川丈山であり、「日東の李白が坊」とは詩仙堂であると解釈されてきた。丈山は朝鮮通信使と筆談したことがあり、その使節に、唐の大詩人李白と重ねて、「日東の李白」と高く評価されているのだ。これは名古屋の連衆（れんじゅ）（連句の席に列する仲間）重五の付句ではあるが、芭蕉らの丈山への憧れも託されているような気がする。芭蕉らの詩仙堂訪問は、詩歌の先達である丈山に、代表作となる俳諧撰集『猿蓑』の完成を報告する意味もあったのではないか。

浅池（あさいけ）の鯉に春日（はるひ）や詩仙堂　實

藤の一花（いっか）を熊蜂抱くや蜜吸へる

（二〇一七・〇七）

荻の穂や頭をつかむ羅生門

芭蕉

怪奇趣味の句

芭蕉の門弟土芳の書き残した俳諧句文集『蕉翁句集草稿』所載の句である。

前書には「辛未の秋、洛に遊びて九条羅生門を過るとて」とある。「元禄四（一六九一）年の秋、京都に遊ぶ際、九条の羅生門に通りかかったということで」という意味。ここから元禄四年秋の作であることがわかる。『おくのほそ道』の旅を終えていた芭蕉は、そのころ京都と大津との間を何度か行ったり来たりしていた。

句意は「背の高い荻が穂を垂れている。荻の穂が頭上に揺れて、わが頭をつかんでしまうかのようである。かつて荒れ果てた羅生門に住んでいた鬼が、渡辺綱の頭をつかんだ際、綱が即座に腕を切り落としたという話を思い出す」。「荻の穂」が「頭をつかむ」という部分はいささか舌足らずで、芭蕉発句の傑作とは言いがたいかもしれない。しかし、発句において、怪奇趣味まで導き入れているところに、芭蕉の剛腕を感じる。羅生門というさまざまな文学作品に描かれてきた不思議な場所が描かれているのも興味深い。

今日は京都、九条に羅生門跡を訪ねてみたい。七月も終わりの暑き日、東海道新幹線京都駅下車。駅の北側から市バスの二〇八号系統（反時計回り）に乗れば、乗り換えなしで羅生門に行ける。三十分ほど乗車後、停留所で降りる。日盛りの午後、すべてのものの影が小さく感じられる。

停留所の名は「羅城門」となっている。実はこれが正式な名称である。この門は平安京を南北に貫く朱雀大路の南端にかつて築かれたもので、洛中と洛外とを区切る重要な場所であった。平安京が造営された際、壮麗な重層門として建造されたのだ。この門を守るように門の東西に東寺、西寺も建てられた。しかし、羅城門は弘仁七（八一六）年、大風で倒壊。再建されるが、ふたたび天元三（九八〇）年、暴風雨で倒壊。以後、再建されることはなかった。

「羅城門」のバス停留所の西側、九条通に面して矢取地蔵がある。堂の中を覗くと、大きな石仏が祀られている。堂の脇を奥に進んでいくと、小さな公園になっている。公園には、「羅城門遺址」と彫られた石柱と、遺跡の解説を記した立看板とがあるが、そのほかには往時を偲ばせる礎石一つ残されていない。設置されたすべり台とシーソーには、人影がない。地面はすっかり乾き、句にある「荻」は一本も見あたらない。近くに普請中の家がある。そこから電気のこぎりや電気かんなの音がさかんに響いてくる。羅城門跡は現在住宅地になっているのだ。

渡辺綱はヒーロー

芥川龍之介の小説『羅生門』（『帝国文学』大正四年・一九一五年十一月号）には「門の上にある死人の肉を、啄みに来る」鴉が登場するが、羅城門跡にたたずんでいると、実際に大きな鴉が現れた。

地面を跳ねつつ鴉は近づいてくる。嘴は大きく、体は太っていて、羽が黒々としている。

小説『羅生門』の原典となる『今昔物語』の「羅城門の上層に登りて死人を見たる盗人の語」には、鴉についての記述はない。鴉を登場させたのは、不気味な雰囲気を盛り上げるための龍之介の脚色だったのだ。

「羅城門」が登場する文学作品を代表するもう一つのものは、謡曲『羅生門』。掲出句の原典となるものだ。この作品のあたりから「羅生門」という表記が用いられるようになったものか。あらすじは次のとおり。大江山の鬼退治を成功させた源頼光は、家来の四天王、渡辺綱や平井保昌らと酒宴を催している。羅生門に鬼が住むかどうかが話題になり、その噂を強く否定した綱が真偽を確かめに行くこととなる。羅生門に来た綱は、証拠の札を置いて去ろうとするが、その時、鬼神が現れて、綱の兜をつかんで引き留める。しかし、綱は鬼の腕を刀で切り落とし、勝利をおさめるのだ。

能といっても、これは幽玄な空間を作りあげるものとは違う。まさに冒険活劇。能の見者にとって、綱はヒーローだったのだ。

現代のぼくたちも、京都に遊ぶべく京都駅を降りる、それだけで、心躍りがする。京都とはそういう華やぎのある地なのである。芭蕉も羅城門跡を経て、洛中に入った瞬間、そんな心躍りを感じたのではないか。ぼくは掲出句に芭蕉の興奮を読み取るのである。

「荻」に「鬼」を重ねているのは単なることばあそびであり、いささか子どもっぽいとも言えるが、そこに芭蕉の興じているこころがのぞく。もし、この句が生まれたとき、親しい弟子が同行していたとしたら、芭蕉は鬼の真似や綱の真似をして見せたのではないか、そんな想像も誘うのである。

峰雲の昇龍の形(なり)羅城門　實

犬の糞(まり)しらじら灼(や)けぬ羅城門

（二〇一〇・一〇）

蕎麦もみてけなりがらせよ野良の萩　芭蕉

丈草の小さな墓

元禄四（一六九一）年の秋、芭蕉は近江に滞在していた。ある日、大津の長等山の麓である龍ケ岡に、山姿という俳人を訪ねている。掲出句はその際、芭蕉が贈った挨拶句である。

俳諧撰集『続寒菊』（安永九年・一七八〇年刊）所載。句の前書に「龍ヶ岡　山姿亭」とある。

「けなりがる」は耳慣れないことばだが、「うらやましがる」という意味の、当時の口語である。句意は「山姿よ、蕎麦の花もよく見て、野に咲いている萩の花をうらやましがらせなさい」。蕎麦の花と萩の花、二つの秋の花が同時に詠み込まれているところが注目される。

龍ケ岡という地には、龍ケ岡俳人墓地がある。芭蕉の門人丈草が庵を結んだ場所で、後に丈草の墓が建てられた。ゆかりの多くの俳人たちも葬られている。山姿亭もおそらくこの近くにあったのだろう。

七月の終わりのむし暑い日、琵琶湖線膳所駅に下車した。晴れてはいるのだが、傘を持ったひとが歩いている。雨が上がったばかりのようだ。跨線橋を渡り駅の南側の国道一号に出て、大津方面へ百メートルほど歩くと、小さな丘に着く。ここが龍ケ岡俳人墓地である。

「丈艸（草）仏幻庵址」という石の標柱が立っている。丈草は同じ膳所にある義仲寺の芭蕉の墓を守るために、ここに仏幻庵という名の庵を結んだのだ。「幻」の字は、芭蕉が大津で生前に結んでいた「幻住庵」の名から一字をもらっているのだろう。

丈草の墓は小さく、ただ「丈艸」とのみ彫られている。先ほどの雨で濡れている墓石がすがすがしい。小さな蜘蛛が巣をかけているが、その巣を払ってしまう気持ちにはなれない。

「経塚」と大きな二字が彫られた石が墓に並んでいる。「元禄十六　癸未年」と「沙門丈艸」という小さな文字もたしかに読みとれた。この石こそが、墓守僧である丈草が芭蕉追悼のために建てた経塚なのだ。小石一つひとつに法華経の一字一字を記して納めたという。「経塚」の文字も丈草自身が書いたものだろう。かつて武士だったという経歴を思わせる厳しい字である。すぐ脇を国道一号が通っている喧騒の場所でありながら、芭蕉を慕う丈草の精神の静謐さを強く感じた。丈草の芭蕉への思いに引き付けられるようにして、多くの俳人たちの墓も建てられたのではないか。

ただ、芭蕉が龍ケ岡に訪ねた山姿の墓は、ここにはない。

俳諧の花、蕎麦

さて、掲出句を読み直してみよう。

山姿亭の庭には、二種の花が咲いていた。萩は「野良の萩」というのだから、植えたものではなく、野生のものなのだろう。対して、蕎麦は山姿が栽培しているものである。山姿という人は農業にたずさわっていたらしい。芭蕉はこれら二種の花が咲いて、秋の野趣あふれる庭を、まずはほめているわけだ。

「蕎麦もみて」という表現がおもしろい。芭蕉は、山姿に蕎麦の花も美の対象として目を留めることを勧めていた。蕎麦の花も萩にならぶ美しさを秘めていることを示していると言っていい。萩は秋の七草の一つで、奈良時代の『万葉集』以来、和歌に詠まれてきた、秋の野の花を代表するものだ。それに対して、蕎麦の花は江戸時代の俳諧になって初めて取り上げられた、詩歌の歴史の中では軽い存在の花であった。だからといって、花の美しさに遜色があるわけではない。蕎麦の花は自然に近い農の生活とともにあり、実った後には美味をもたらしてくれる。ちなみに蕎麦は芭蕉の好物の一つであった。蕎麦の花を讃えることは、蕎麦を育てて暮らしている山姿を讃えることにもなっている。

「けなりがらせよ」は、「蕎麦の花」と同様、和歌の用語ではない。山姿も日常使っていたことばのはずだ。一句全体から野生の匂いが漂っており、自然とともに生きた山姿という人物が彷彿とよみがえるのである。

膳所駅に戻る途中、古書店があった。主人に「龍ケ岡俳人墓地に行ってきましたが、不思議な空間ですね」と言うと、「以前は山にかけての大きな墓地の一部だったのですが、国道一号ができて、小さく分断されてしまったのです」とのことだった。「地元の人が交代で掃除をしているので、ずいぶんきれいになりました」と教えてくださった。現在も地元の方々に誇りにされている場所であることが、うれしい。

参りたり丈艸と二字のみの墓　實

丈艸の墓にかけたり蜘蛛の糸

（二〇一五・一〇）

しばのとの月やそのまゝあみだ坊

芭蕉

芭蕉堂は誰が建てたか

掲出句は俳諧撰集『芭蕉庵小文庫』所載。句意は「柴の戸の上に月が出ている。西行が訪ねた阿弥陀坊の風景そのままである」。

掲出句を記した芭蕉の「真蹟」には、前書として西行の和歌がまず書かれている。「柴のいほときけばいやしきなゝれどもよにこのもしきものにぞ有ける」である。歌意は「『柴の庵』と耳で聞くと卑しい名に感じられたのでしたが、実際にあなたの庵を訪ねてみると、最高にすてきなところでした」。

この和歌を引用した後、芭蕉は次のようなことを書いている。「この和歌は、京都東山に住んでいた阿弥陀坊という僧を訪ねて西行上人がお詠みになったもの。歌集『山家集』に載せられている。西行にこのように詠まれた庵の主、阿弥陀坊はどのような人であったのかと、好もしく感じられた。西行が訪ねた庵と同じような草庵に住む僧に与えた句である」。ここまでが掲出句の前書になっている。

西行が訪ねた僧、阿弥陀坊と芭蕉が訪ねた僧とが重ねられている。つまりは、西行と芭蕉自身とが重ねられているわけだ。西行は平安時代末期の歌人であり、芭蕉が最も尊敬する先人だった。

掲出句と縁があると考えられてきた場所がある。京都市東山区の円山公園の南東にある芭蕉堂である。俳文学者岡田利兵衛は、その著『芭蕉の風土』の中で、次のように述べている。「西行の訪れた阿弥陀坊は、東山の双林寺(そうりんじ)に住んでいた。芭蕉は西行の古歌に倣って、元禄四(一六九一)年旧暦九月ある僧に掲出句を贈った。

その際芭蕉は双林寺も訪ねていた。その縁で双林寺内に俳人高桑闌更が芭蕉堂を結び、芭蕉の弟子許六作の芭蕉像を祀った」。

闌更は芭蕉の死の三十二年後に生まれた俳人。芭蕉に帰れという主張を掲げる蕉風復興運動の蕪村と並ぶ、その中心人物の一人だった。

東海道新幹線京都駅下車。タクシーに乗って、「円山公園近くの芭蕉堂に行ってください」と言うと、すぐに理解してもらえた。芭蕉堂は京都の観光地の一つとして、認知されている。「ただ、開扉はされていないでしょう」ということだった。ところが、車から降りると驚いたことに門が開いている。奥に新しい茶店ができていたのだ。

まずは芭蕉堂に詣でる。双林寺は寺域を狭めているため、芭蕉堂は寺の外になっている。茅葺きの小堂で中に入ることができる。正面に芭蕉の彩色木像が、本尊として祀られていた。ただ、許六作の芭蕉像は見あたらない。茶店の女性に聞くと、彩色木像は闌更が造らせ、胎内に許六作の芭蕉像を収めていたものだそうだ。現在、許六作の芭蕉像は外して別に保管しているとのことである。

西行と向き合う芭蕉

さて、西行の和歌と芭蕉の発句を比較してみよう。音数が十四少ない発句が和歌と向き合うための工夫を、芭蕉は行っている。西行の歌は「柴の庵」と聞いた際の印象の悪さが、実際訪ねた際に好印象に変わったことが詠まれている。最初に聞いたときと訪ねたときと、二つの時間が捉えられている。それに対して、芭蕉の句は、月の光の差す知人の庵を訪ねている一つの時間に絞っている。その時間は季語「月」によって、秋という季節、夜という時間であることが示されているのだ。季語「月」は「雪月花」の一つである。「雪月花の時最も君を憶ふ」という白楽天の詩句を連想する。西行と阿弥陀坊、芭蕉と僧との友情を感じさせる。「月」には仏教の真理という意味もある。阿弥陀坊と芭蕉の友人の僧の信心の深さも感じさせている。

さらに句には「あみだ坊」という西行の友人の僧の名が詠み込まれている。阿弥陀仏を信じ、一心に月光に念仏する僧の面影がくっきりと浮かぶ。「そのまゝあみだ坊」と西行が訪ねた阿弥陀坊をよく知っているかのような口ぶりも微笑を呼ぶ。芭蕉の句は西行の歌にただつき従うだけではない。西行の歌にはなかったイメージと奥深さとが加えられているのだ。

芭蕉堂の山側の隣には西行庵が建てられている。西行修行の地と考えられている場所である。芭蕉の名、西行の名を冠する建物が並んでいるのがうれしい。西行ゆかりの地の隣という縁で、芭蕉堂は建てられたのかもしれない。西行庵の門から歩いていった突き当たりには茅葺きの西行堂がある。地面には苔がびっしり生え、石でできた古い井戸が据えられている。芭蕉の弟子、支考の墓も残されており、「梅花仏」と彫ってある。東山の麓のこのあたりは真葛原（まくずがはら）と呼ばれていた。かつては墓原であった地である。空気が濃密だ。降りしきる蟬の声が激しい。大粒の雨が降り出したが、蟬の声は静まらない。

花木槿（はなむくげ）仏の胎内に仏　實
真葛原の蟬声止まず雨降るも

（二〇一一・一〇）

作りなす庭をいさむるしぐれかな

芭蕉

人間と自然との合作

芭蕉は元禄四（一六九一）年、京にて蕉門円熟期の俳諧撰集『猿蓑』を去来・凡兆によって完成させる。そして『おくのほそ道』の旅に出て以来久しぶりの江戸に下る。その折、美濃の国垂井（たるい）の本龍寺にしばらく滞在した。この句は本龍寺第八世住持玄潭（げんたん）（俳号規外）への挨拶吟であった。

掲出句は芭蕉の「真蹟懐紙（しんせきかいし）」に残されている。「庭興即事」と前書がある。

句意は「作庭は人間と自然との合作という面があるが、とくに作ったばかりの庭では人の技が勝っていておちつかない。作りあげた庭を時雨が降りだしてしっとりと濡らすと、庭師の作為を抑えるようにおちついて感じられた」。

今日は芭蕉が眺めた時雨の庭を見に行こう。

名古屋駅で新幹線から東海道本線に乗り換え、約四十分で垂井駅である。

駅の近くの自転車預かり所に荷物を預け、寺までの道を聞き、ゆっくり歩きはじめる。

垂井は濃尾平野が養老山地に近づくあたり。中山道の宿場町である。東海道へ通ずる美濃路の分岐点でもあった。揖斐川支流の相川の南に東西に一筋に広がっている。かつては美濃国一宮・南宮大社の門前町としても栄えた。

現在の町並みはしずかである。家具屋、たばこ屋、料理屋、酒屋などが間遠に並んでいる。日に焼けた古い看板を掲げている店が多い。営業していない店も多いようだ。歩いている人も見当たらないし、子どもも遊んでいない。郵便局のバイクが一戸一戸配達していくが、それだけが動くものである。

時雨庵から垂井の泉へ

本龍寺は町外れ近くにあった。門は江戸時代文化年間に建てられた脇本陣の門を移築した立派なもの。庭内に入ると建物も庭の木も時間を経て、しっくりとして落ち着いている。

庭に「時雨庵」が建てられている。獅子門（蕉門俳人支考を祖とする俳諧の流派）の化月坊が芭蕉を慕って安政二（一八五五）年に建立したもの。庵の裏手に芭蕉の句碑「作り木塚」を中心に句碑がたくさん建ててある。

句碑には「作り木の庭をいさめるしぐれ哉」と刻まれている。これが初案である。「作り木」は庭師が手を入れた木。このかたちであると、「いさめる」の主体が「作り木」なのか、「しぐれ」なのか、はっきりしない。「作り木」が庭の雰囲気をひき締めている。そこに時雨が降りだした。そのようにも読めるのだ。先に掲げた句に改めて、その誤読の可能性を断ち、句柄も大きくしている。みごとな改作である。

掲出句は風景論、俳句論とも読める。庭園など人間の作った風景も自然が力を加えることによって完成する。たとえば、借景。自然の力が加わった風景はやさしい。俳句に季語が詠み込まれるが、季語の多くは自然のもの。作者の工夫に加えて自然の力が句に流れこむことによって、一句が完成するとも言えるのではないか。

句碑の中に時雨庵を建てた化月坊のものがあった。「一二丁笠わすれたる清水哉」という句である。句意は「清水の水の涼しさに暑さを忘れて、笠をかぶりもせず、一、二丁歩いた」。ちょっと理屈っぽいが、清水を尊く思う気持ちがよく表れている。垂井の地名の元である「垂井の泉」へ行ってみよう。

駅に戻る道を南宮大社の石の大鳥居で右に曲がると清水である。幹回り八メートル、樹齢八百年の大欅の根元に置かれた陶製の蟇の口から勢いよく湧き出ている。古代から旅人の咽喉をうるおしてきた。芭蕉も含んだのだろう。

泉の南に「葱しろくあらひ上たる寒さかな　芭蕉」の句碑が立てられている。句意は「葱をしろじろと洗いあげた寒さであるなあ」。『韻塞』（元禄十年・一六九七年刊）には中七「洗ひたてたる」の形で載っている句である。かつては野菜の洗い物にも使われていて、芭蕉は畑から掘り上げられたばかりの葱がこの清水で洗われるのを見たのだろう。「寒さ」という眼に見えないものを葱の白さに捉えている。感覚の冴えた句だ。

泉の中に投句の掲示板が立てられている。硝子の嵌まった立派なものだ。「すきとおる垂井の泉きれいだな　府中小　藤井良侑」、「つかれたな泉にちょっとよろうかな　府中小　みえ」。小学生といえども化月坊の後裔である。素直な清水賛歌に心洗われる思いである。

池のなかには鯉そして石斑魚が勢いよく泳いでいた。よく見ると底には沢蟹も歩いている。水が心底きれいなのだ。

犬蓼や垂井銀座の店間遠　實

鯉およぐ泉に石斑魚はなちける

沢蟹の甲に沢蟹のしかかる

門内の草木も石も時雨待つ

（二〇〇一・一二）

夜着ひとつ祈出して旅寝かな　芭蕉

芭蕉の持病は

『おくのほそ道』の旅以後、京・近江で過ごしていた芭蕉は、久しぶりに江戸へと向かう。元禄四（一六九一）年旧暦十月のことである。途中、三河の新城の庄屋である太田白雪邸に逗留。白雪の長男、次男に俳号を与えている。「桃先」と「桃後」である。そして、白雪邸滞在中、鳳来寺参詣に赴いているのである。

掲出句は、芭蕉の真蹟が残されている。真蹟には、次のような意味の前書がある。「三河の国、鳳来寺に参詣する。道の途中から持病が起こって、麓の宿に一夜を明かすことになって」。芭蕉の持病は、激しい発作性の間欠的腹痛、そして、痔の出血が知られている。この場合は参詣を中止するほどであるから、前者か。

句意は「夜が更けて寒さが厳しくなってきた。夜着、着物のようなかたちで大形のものに厚く綿を入れたものを、祈祷によって出現させ、旅寝をすることだ」。実際には白雪が寺で夜着を借りてきて、芭蕉に与えたのであった。掲出句には、尽力してくれた白雪への感謝の思いが籠められている。さらには鳳来寺山の秘仏「峰の薬師」の霊験あらたかなことも匂わされている。

掲出句の収録されている、支考編『笈日記』には、掲出句の少し前に、芭蕉命名の桃先作の句が掲載されている。「しのぎかね夜着をかけたる火燵哉」。句意は「寒さをしのぎかねて、炬燵にあたってその上に夜着を身にかけて過ごしていることだ」。新人の句に応えて、芭蕉は「夜着」の句を残したのかもしれない。

東海道新幹線豊橋駅で飯田線に乗り換え、本長篠駅下車。豊鉄バスの鳳来寺行きに乗車、十分ほどで、門前町の入り口に到着する。今回は名古屋の句友三人が同行してくれた。さらに案内してくれるひとがいる。門前町の硯屋のご主人である。

伝説にいろどられた山

門前町を歩いていくと、芭蕉の銅像がある。変わっているのは、頭巾の上にフクロウのような鳥がとまっている点だ。「コノハズク、声のブッポウソウ」である。鳳来寺山の名物、自然の豊かさの象徴である。

持病が出た芭蕉が泊まったと伝えられる宿屋跡が向かいにある。屋号は「屋根屋」。屋根があることだけを自慢しているかのような名。さぞかし粗末な宿だったのではないか。芭蕉が訪れた当日は祭りで、この宿以外は満室だったのだ。宿の建物は、幕末の土石流で流されて無い。いま敷地内は枯芝になっている。裏手に、真蹟を彫った句碑が建っている。句碑の句の上を這っていた蔦を、硯屋さんがべりっと剥がした。

舗道が尽きて、石段が始まる。千四百二十五段あるという。自然石が並べてあり、その中に赤みを帯びたものがある。「八百年の間、人が踏み続けた石です。きれいでしょう」と硯屋さん。「この石段、源頼朝が寄進したという伝説があるんです。頼朝は伊豆に流されたと伝えられていますが、実はこの地に匿われていました。頼朝がそのお礼のために作ったと、伝えられているんです」。上りながら、話を聞いていると、硯屋さんのことばを信じたくなってくる。

仁王門は徳川三代将軍家光寄進のもの。芭蕉はこのあたりで引き返した。芭蕉が目にした門そのものである。正面の額「鳳来寺」の文字は光明皇后（こうみょうこうごう）の書とのことだ。聖武天皇（しょうむてんのう）の妃である。光明皇后にも伝説があって、この山の開山、利修仙人（りしゅうせんにん）の尿がかかった草を食べた鹿から生まれた方と、当地では伝えられているという。

杉の木の穴を硯屋さんが指さして、「あの穴からむささびが顔を出すこともあるんですよ」と言う。山中にはみごとな杉の木が多い。この杉から鳳来寺本堂の秘仏薬師如来も刻まれた。代表的なのが、傘杉。高さ、約六十メートル、樹齢八百年。樹高日本一の杉である。句友が突然叫んだ。「傘杉のてっぺんから、むささびが飛びました」。探すがもう見えない。

傘杉を過ぎると、藤本院跡。鳳来寺には、二十四の僧坊があったが、そのほとんどが、明治の廃仏毀釈で破壊されてしまった。藤本院はもっとも下に位置する僧坊で、ここから白雪は芭蕉のための夜着を借りたとのことだ。現在は建物はなく、石灯籠がただ一基残されている。

四十分ほど上って、本堂に着く。汗だくであるが、充実感がある。見下ろすと、登り口が小さく見えている。この寺は、徳川家康の母、於大（おだい）の方が参籠し、家康を授けられたという伝説があり、幕府の保護が篤かった。家康を祀る東照宮も設けられている。芭蕉は引き返したきり登らなかったと土地では伝えられているが、持病が治まった後、登って拝している可能性もあると思う。なんという伝説にいろどられた山であることか。それらの伝説が、芭蕉の句に深みを与えている。

昼くらき鳳来寺山むささび飛ぶ　實

鳳来寺山すべての菌（きのこ）知る男

（二〇一一・一二）

雁さはぐ鳥羽の田づらや寒の雨

芭蕉

題詠での作

元禄四（一六九一）年冬、芭蕉は、『おくのほそ道』発足以来空けていた江戸に久しぶりに戻る。日本橋橘町の貸家に長い旅の疲れを休めた。掲出句はそのころの作品と考えられている。ところが、鳥羽は京の南の地名である。支考編の俳諧撰集『西華集』（元禄十二年・一六九九年刊）所収の掲出句の前書には、「武江（江戸）にありし冬ならん、寒の雨といふ名の珍しければ、各々発句案じたるに」とある。意味は「江戸に滞在していた冬であろう、『寒の雨』という言葉が珍しいので、それぞれが発句を考えた際に」。芭蕉は題詠で作っているのだ。一般的に紀行文『おくのほそ道』などを読んで、芭蕉を当地に行って当地のことを詠む、現場主義の俳人と考えがちである。しかし、ここには「寒の雨」という新季語に興味を持って題として、想像の世界に遊んでいる芭蕉がいる。もちろん、大坂から京に赴く際通らねばならない鳥羽という地を芭蕉が実際に知らないはずはない。今日は芭蕉が詩想を馳せた鳥羽を歩きたい。近鉄京都線竹田駅下車。雨となった。ずっと芭蕉の雨の句を唱えていたせいだろうか。

鳥羽はかつて鴨川と桂川の合流点に位置した。淀川にも近い。陸は山陽道の通る、水陸交通の要衝。ここに平安中期、白河上皇は離宮の造営を開始した。孫である鳥羽上皇も増築を続け、敷地百八十万平方メートルの広大な規模とする。駅の西南にある安楽寿院は鳥羽上皇が建てたもの。このあたりが離宮の東の端である。本尊阿弥陀如来は、寺の方によると鳥羽上皇の念持仏と伝えられているとのこと。等身大の静かな座像であった。

鳥羽上皇に仕え北面の武士であった西行は、院の死後この像を拝したことがあったろう。
寺の西の法華堂は鳥羽天皇陵である。寺の南に近衛天皇陵、さらに西、油小路通りを越えると白河天皇陵がある。嬉しかったのはその脇に小さいながら、刈田があったこと。一面に撒いた藁が雨に濡れていた。

小祠のみの西行寺

この御陵の北に、西行寺址があった。西行が鳥羽上皇に仕えていたころの屋敷跡とされている。ここで西行は出家したのだ。近所の方に聞いて、ようやく見つかったが、「西行寺址」の石柱が立ち、「火消地蔵尊」の小さな祠があるのみ。江戸中期の『都名所図会』に描かれていた寺は消滅している。みずみずしい菊の花が上げられていたが、果して、西行のためのものであったか。
掲出句は『新古今集』の次の和歌が影響を与えていると説かれている。

　大江山かたぶく月の影さえて鳥羽田の面に落つる雁がね　慈円

歌意は「大江山に沈もうとしている月の光が冴え冴えとして、鳥羽の田面に落ちる雁よ」。この歌の下の句に「寒の雨」を加えて、掲出句はできている。「鳥羽田」では、出家前の西行にも次のような歌がある。

　なにとなく物悲しくぞ見えわたる鳥羽田の面の秋の夕暮　『山家集』

歌意は「何となくものがなしく全体が見えることだよ、鳥羽田の面の秋の夕暮は」。この青年西行の歌の悲調にも芭蕉の句は共鳴している。芭蕉が西行寺を訪ねた記録は残っていないが、「鳥羽」という歌枕に、敬愛する西行の匂いを感じ取っていただろうことは疑いようがない。
和歌では「鳥羽田の面」と詠まれてきた。そのまま取り入れても句になるところを「鳥羽の田づら」と「の」

の位置を動かして、俳諧にしている。和歌よりも芭蕉の表現のほうが、より自然に感じられる。

さらに西へ進み、城南宮に詣でる。離宮の守り神であり、京全体の鎮護の役目も担っていた神社である。白河、鳥羽、後白河、後鳥羽上皇らの熊野御幸はかなり頻繁であったが、いずれもこの宮から出立している。庭には『万葉集』に詠まれた植物の数々が植えられていた。

国道一号を渡って南西に向かうと、鳥羽離宮跡公園である。公園といっても、大きな空地という印象、ここが南殿にあたる。公園の北、木の茂った小山「秋の山」は離宮の築山の址だとされている。

掲出句の句碑は確認されていない。芭蕉が実際には鳥羽を訪ねないで作っていることを知って、立てないのか。わたしたち日本人は詩人芭蕉よりも、旅人芭蕉の方を好きなのかもしれない。

鳥羽の発句では、掲出句よりも蕪村の次の句のほうがずっと有名だ。

鳥羽殿へ五六騎いそぐ野分(のわき)かな　『自筆句帳』

句意は「鳥羽の離宮へ武者が五、六騎馬を急がせている、台風の中を」。この句では、歴史上の事件、保元の乱のことなどを想像している。体験よりも想像に重点を置くところが、掲出句の作り方と共通している。というより、もっと直接の影響があるかもしれない。芭蕉の句の騒ぐ雁に、蕪村は不穏な空気を感じ取ったか。雁が、騎馬武者に変ったような気もするのである。

半日歩くも離宮の中や菊に雨　實

刈田刈株水漬(づ)ける雨となりにけり

（二〇〇六・〇一）

鎌倉を生(いき)て出(いで)けむ初鰹(はつがつお)

芭蕉

腰越漁港に鰹は

初夏、食卓に鰹の刺身、たたきなどがのぼる。箸に取りながら、掲出句を口にしないわけにはいかない。詠じてみると、鰹の味も、酒の味も一味よくなってくるような気がする。そんな時、掲出句が現在も生きていることを確信するのである。

支考著の俳論書『葛の松原』（元禄五年・一六九二年刊）所載。句意は「海から上がった鎌倉から生きたままで出荷されたのだろう、この新鮮な初鰹は」。

当時、鰹は海路と陸路とで競うようにして、江戸に運ばれたという。「けむ」という過去推量の助動詞を用いているところからも明らかなように、この句は鎌倉の句ではない。江戸での句と考えるのが自然であろう。元禄五年の句。この年、芭蕉は杉風ら弟子に建て直してもらった芭蕉庵に入っている。この鰹は江戸城出入りを許されていた魚屋の大店の主、杉風がもたらしたものであったのかもしれない。

鎌倉の鰹は鎌倉時代以降名物として名高かった。『徒然草』にも「鎌倉の海にかつをと云ふ魚は、かのさかひにはさうなきものにて、このごろもてなすものなり」（第百十九段）と見える。意味は「鎌倉の海にいる鰹という魚は、あのあたりでは並ぶものがない存在で、近ごろ大切にするものなのだ」。

山口素堂にも「かまくらにて」と前書を置いた「目には青葉山郭公(やまほととぎす)はつ鰹」という季語を三つ含んだ異例の名句があった。延宝六（一六七八）年ごろの作。素堂は芭蕉の友人であり、ライバル。芭蕉が鰹の句に挑戦したのはこの句を乗り越えてやろうという思いもあったのではないか。

久しぶりに海の輝きと向き合ってみたい。港に上がったばかりの鰹を味わってもみたいものである。横須賀線鎌倉駅下車。江ノ島電鉄線に乗り換えて、腰越駅下車。駅から降りた時点で明るさが違うのを感じる。晴れに加えて、海からの反映も加わっているようだ。歩いて数分で腰越漁港に出る。十数隻の大小の漁船が海から引き上げられてある。鎌倉と藤沢のちょうど中間、眼前に江ノ島が大きく見える。若葉がみずみずしい。まるで洗った手拭いを干すかのように若布が干し並べられている。台の上にはしらすが真っ白に広げられてある。年配の女性が五本の竹を開いた指のかたちに束ねたへらでたえず引っ繰り返している。しらす干しの乾燥を均一にするためだろう。手にしている道具を何と呼ぶか訊くと、「知らない」と言われてしまった。重ねて「この港には鰹が上がりますか」と尋ねると、「秋、もどり鰹は上がる。春は上がらない」とのことだった。鎌倉の漁港で鰹をという夢は潰えた。

どうして「鎌倉」か

土芳が記録した芭蕉の俳論『三冊子』には掲出句について次のように見える。「『塩鯛の歯ぐきも寒し魚の棚』、此句、師のいはく、心遣はずと句になるもの自賛に足らずと也。『鎌倉を生て出けむ初鰹』といふこそ、心のほね折、人の知らぬ所也」。「塩鯛の」の句意は「塩鯛の剥きだしの歯ぐきも寒々しい、魚屋の店頭に」。芭蕉は「塩鯛の」の句と掲出句を比較して、掲出句を高く評価している。「塩鯛」の句は人は褒めてくれるが、思い出したものをことばにしただけで苦労はない。それに対して、「鎌倉」の句は作るのに骨を折っているというのだ。

では、その骨折とは何か。支考は「『生きて出る』という表現によって鎌倉という名所が他の所には変えられない」と感じた。それを芭蕉に告げたら喜ばれたと俳論『葛の松原』に記録している。それでは、なぜ変えられないのだろうか。『笈の底』という芭蕉発句の古注によれば、「鎌倉」は幕府が置かれた地、当時そこでは合戦が絶えることがなかった。この地の戦いの場から生きて脱出するということは、かなり難しかった。つまり、ここでは新鮮な鰹に勇猛かつ幸運な武者が重ねられている。「鰹は勝男（かつお）」といったことば遊びが意識されていたかもしれない。だからこそ、この地名は動かなかったのである。

腰越にある満福寺に詣でて行こう。門前を江ノ電が走っている。ここは源義経ゆかりの寺であった。平家を滅ぼして西国から帰ってきた義経は、兄頼朝の怒りに触れて、鎌倉に入ることができなかった。しばらくこの寺に滞在し、頼朝宛に許しをえるために、一通の嘆願文を書いた。「腰越状」である。現在展示されているそれは、銀色の巻紙に墨書されていた。頼朝と義経との不和を示す遺品である。もし義経贔屓の芭蕉が知ったら、必ずや拝見のために訪れたろう。

鎌倉駅へ戻り、近くの寿司屋に入って鰹について聞いてみた。「いま鰹が上がるのは三崎港あたりですかね。今日、鰹の入荷はありませんでした」とのことであった。残念ながら今回の旅、鰹には会えなかった。魚の数が減り、湾の奥までは来なくなってしまったということか。運も悪かった。まだ、季節が早過ぎたか。鎌倉の鰹を求めての旅、次回に期したい。

若布をば屛風干しなり影みどり　實

しろたへに干せるしらすやかへしつつ

（二〇〇五・〇六）

青くてもあるべき物を唐がらし　芭蕉

才能ある弟子に期待する芭蕉

元禄五（一六九二）年旧暦九月、江戸深川の芭蕉庵で過ごしていた芭蕉を、訪ねてきた男がいる。近江膳所の医師の洒堂である。彼は元禄二年、『おくのほそ道』の旅の後に膳所を訪れた芭蕉に入門し、その翌年早くも芭蕉たちの俳諧撰集『ひさご』を編集刊行した俊才であった。

さっそく近所に住む弟子も呼んで、洒堂歓迎の句会が開かれる。本来ならば、客である洒堂が発句を詠むべきところであるが、主の芭蕉が掲出句を詠んでいる。そこに、才能ある若い弟子を迎えて、うれしくてたまらない芭蕉の心境を想像することができる。

句意は「唐辛子は青くても趣があるものだから、そのままでもいいのに、こんなにも赤く色づいてしまった」。

唐辛子はどこに生えていたのか。芭蕉庵の庭の隅に栽培されていたのかもしれない。掲出句には「深川夜遊（やゆう）」という前書がついていた。俳文学者の阿部正美は、「夜遊」は「夜の遊宴」であり、室内の句会のことと解釈している。しかしぼくは、芭蕉が遠来の友に深川を見せたくて、夜であるのにもかかわらず近所を連れ歩いた、と解釈したい。その際に、畑に植えられて赤くなった唐辛子が、芭蕉らの提灯の明かりに反射することもあったのではないか。

唐辛子の色が、洒堂のたとえになっている。洒堂は入門してまだ三年の、唐辛子でいえば青い未熟の時期のはずだろう。それなのに、もう赤という完熟の色を感じさせていたというわけだ。唐辛子の色の変化に、洒堂の句の詠みぶりの成長の早さへの賛嘆が重ねられていると考えることができよう。

　掲出句は俳諧撰集『深川』（元禄六年・一六九三年刊）に所載。洒堂はこの後、翌年の正月まで芭蕉庵で芭蕉と生活をともにして、俳諧の個人指導を受けることとなる。芭蕉の弟子としては、別格の扱いであった。翌年近江に帰った後、洒堂が芭蕉庵での生活を懐かしんで編んだのが、この『深川』である。

芭蕉の期待に応える洒堂

　芭蕉庵があった深川あたりに唐辛子を探しに行ってみたい。東京メトロ東西線・都営地下鉄大江戸線門前仲町（もんぜんなかちょう）駅下車。梅雨はまだ明けていないが、暑さは厳しい。永代通りを歩いてみるが、びっしりと商店、飲食店が建ち並んで、農地は見えない。

　道沿いに一軒の青果店があったので、尋ねてみる。「並べている商品に深川産のものはありますか」。青果店の女性の方が答えてくれた。「ないです。野菜は江戸川区から来ています。深川のある江東区は地価が高くて、農地には無理。みなマンションになってしまいました」。「唐辛子はありますか」と聞いてみると、「青唐辛子はないけれど、干した赤い唐辛子はあります」とのことだった。唐辛子のビニール袋には「原産国中国」と表示があった。

　現在、新宿区では、江戸時代の食文化をささえた江戸野菜の一つ、内藤とうがらしが栽培されている。その歴史は、甲州街道第一の宿場町内藤新宿において、信州高遠藩（たかとおはん）が青物市場を開き、唐辛子を販売したことに始まるという。高遠藩内藤氏の下屋敷の一角に内藤新宿の宿場が開かれたのは、元禄十一年。掲出句はそれに先立っての唐辛子に関する資料でもある。

　さて、掲出句に添えられた脇句は、洒堂がつくっている。「提（さげ）ておもたき秋の新（あ）ラ鍬（くわ）」。句意は「秋の農耕のために、新しい鍬を提げて畑に向かうと、鍬が妙に重たく感じられる」。芭蕉の発句の場を唐辛子の熟した畑と読み取って、そこで働こうとする農夫の姿を加えている。

鍬の重たさに、芭蕉が発句で示した高い期待に果たして応えることができるだろうか、というおののきを感じる。また、鍬の新しさに、芭蕉が江戸で押し進めている新しい俳風についていけるだろうか、という不安も感じる。そのような心のゆらぎを感じつつも、芭蕉と向き合って指導を受けていきたいという志まで示した、こまやかな付句であった。この後、深夜までかかって、掲出句を発句とする三十六句を連ねた歌仙は完成した。連衆（れんじゅ）には芭蕉と洒堂の他、別の二人の弟子も加わっていた。

歌仙が巻かれてから二年後の元禄七年の秋、芭蕉は大坂まで赴き、近江から大坂へと進出していた洒堂と大坂の弟子之道との対立を収めようとして、体力を失って没する。おそらく芭蕉は、単に二人の弟子が対立していても大坂へは赴かなかったろうが、深く期待する洒堂が争っていたからこそ、赴いたのだ。そう思わせる発句と脇句なのである。

江戸川の夏大根（なつだいこ）売るべニヤ板　實
唐山（とうざん）の干（ほし）唐辛子赤暗き

（二〇一六・〇九）

川上とこの川しもや月の友（とも）　芭蕉

小名木川は運河

掲出句は芭蕉没後刊行された俳諧撰集『続猿蓑』に収録されている。『続猿蓑』掲載の句は、門弟支考の助力を得ながら、芭蕉自身が生前選句したと考えられている。「月」という季語は「雪月花」の内の一つ。季語の世界を代表する重い季語である「月」を用いた芭蕉の自信作であった。

前書には、「深川の末、五本松といふ所に船をさして」とある。元禄六年陰暦八月十五日、名月の夜、芭蕉は、芭蕉庵から小名木川（おなぎがわ）に船を出す。深川の外れ、五本松というところで、船を止めて、川の上で、月を楽しんだ。

「月の友」とは、月を楽しむ風雅の友の意。句意は「川上と川下に月の友がいる。二人は直接会ってはいないが、一筋の川に沿って、ともに名月を眺め、思い合うことで、会う以上に思いが通じ合っている」。

梅雨明け近い一日、東京メトロ半蔵門線・都営地下鉄新宿線住吉駅下車。地下鉄出口を出ると、梅雨の晴れ間で暑い。芭蕉の句を訪ねる旅を長く続けているが、このような繁華な場所を歩くのは珍しいことである。人通りも交通量もかなり多い。四ツ目通りを十分程、南下する。大きなスーパーマーケットがあって、ホームセンターがあって、小名木川に出る。

橋の名は小名木川橋。橋の側面には、「五本松」と打ち出した金属板と、広重筆の浮世絵「名所江戸百景」の「小奈木川五本まつ」の図をレリーフとしたものが、はめ込んである。広重が描いた「五本松」は川面へと張り出す立派な松である。芭蕉はこの松越しに、名月を楽しんだわけだ。

今日は深川在住の友人、S君に案内を頼んだ。彼によれば、小名木川は自然の川ではないそうだ。徳川家康が千葉県行徳産の塩を江戸に運ぶために、隅田川と旧中川とを結んで作った運河だと教えてもらう。運河なので、流れが激しくない。それで、芭蕉は月下の船遊びをゆっくり楽しむことができたのだ。橋の近くに木材を積んだ船が停泊していた。今でもこの川の運輸機能は生きている。現在は水位を調整する閘門(こうもん)が設けられているため、水が動いているようには見えない。

芭蕉は旧中川の方向を川上、自分の庵があった隅田川の方向を川下と考えているのだろう。あるいは、川上も川下もない運河において、「川上とこの川下や」と詠むことに、俳意、おもしろみがあったのかもしれない。

友二人を結ぶ光の線

掲出句の「この川下」の「月の友」とは芭蕉自身のことである。それでは、川上の友とは誰か。評論家山本健吉によれば、門弟の桐奚(とうけい)か利合(りごう)、あるいは葛飾に住んでいた友人、山口素堂かもしれないという。月の夜、船で友を訪ねるのは風雅なことだ。が、友だちをいたずらに騒がすことはせず、それぞれ静かに月を見て、酒を酌んで、友を思うというのはもっと風雅なことである。芭蕉はあえて友を訪ねないことを選んだ。友情のきわみが描かれていると言っていい。唐代の詩人、白楽天の詩句、「雪月花の時最も君を憶ふ」をまさに踏まえた一句なのだ。掲出句の景を天から見下ろすと、月の光を反射している一筋の川が見える。その光の線が二人の友人をつないでいることになる。

五本松は小名木川北岸、かつて丹波綾部(現在の京都府綾部市)藩の九鬼家の下屋敷の庭から生えていたという。明治になって、屋敷跡地にセメント工場ができ、工場の煤煙のために、名木は弱り、ついには枯れてしまった。橋のたもとに、失われた五本松を懐しんで、黒松が植えられている。まだ小さいが、これから名木に育っていくのだろう。木の肌に触れてみると、夏の日に照らされて、熱くなっていた。

河岸のコンクリートの上に、燃え残りの線香をたくさん見つけた。S君によれば、この川は関東大震災、東京大空襲の惨事の場所でもあったとのことだ。大火に追われてこの川に飛び込み、命を失った多くの方がいたのだ。線香は遺族の方が新暦の盆に手向けたものであった。

川の岸には蔦が茂っている。葦も青々と育っている。緑が豊かである。河辺を白鷺がゆっくりと歩いている。川を見ているかぎりでは、都会にいることを忘れてしまうほどだ。S君はこの川で釣りをすることもあるという。運がいいと、ハゼやスズキが釣れるとのことだ。

深川は芭蕉が庵を結んだ地ということで、小学生の俳句大会が開かれているそうだ。S君はPTAの副会長として、小学生を連れて芭蕉生誕地の伊賀上野を訪ねて交流会を行ったこともあるという。芭蕉は現在もひととひととを結びつけている。

黒松の木肌灼けたり小名木川　實
風に消え線香のこる夏の川

（二〇〇八・〇九）

けふばかり人も年よれ初時雨（はつしぐれ）

芭蕉

老いなければわからないもの

元禄五（一六九二）年秋、芭蕉は江戸で、多才な俳人と会う。森川許六（もりかわきょりく）である。近江彦根藩士で、狩野派の絵画、漢詩と親しみ、貞門・談林の俳諧を学んでいた。明暦二（一六五六）年生まれ、芭蕉より十二年、年下である。仕事で江戸に出てきた、三十六歳の許六は、はるかに憧れていた芭蕉に入門がかなったのである。同時に芭蕉は、許六を絵画の師として仰ぐこととなる。お互いに学び合う関係となるのだ。

李由（りゆう）・許六編の俳諧撰集『韻塞（いんふたぎ）』に所載の掲出句には、「元禄壬申（じんしん）（五年）冬十月三日許六亭興行（こうぎょう）」と前書がある。許六亭を訪れた芭蕉の挨拶詠である。ちょうど初時雨が降りかかっていた。歌人、連歌師、俳諧師にとって、「時雨」はただの雨ではない。さっと降りすぐにやむところに無常を感じるものとして、たいせつに受け止めてきた。ましてや初めての「時雨」である。そこには初めてという華やぎと、冬という季節の到来を確認する侘しさも加わる。微妙な明暗を感じさせる雨なのである。この雨の味わいを若者が解せるとは思えない。句意は「君の若さはすばらしいものだが、今日の初しぐればかりは味わいつくせないだろう。年老いたつもりで、味わってみたまえ」。

老いてみなければわからないものがある、ということを、芭蕉が自信を持って示しているところに、この句のおもしろみがある。現代、ぼくらの時代は老いるということをマイナスに考えがち。儒教的な長幼の序から自由になったことはいいとしても、老いを若さの退化とばかり、考えてしまうというのは、あまりに貧しいではないか。老いることが楽しみになる一句である。

掲出句を発句として、歌仙が巻かれている。脇句は許六が付けた。「野は仕付たる麦のあら土」。「仕付たる」は種を蒔いたということ。「あら土」はこなれていない土ということ。句意は「野に麦の種を蒔いたのだが、まだ、土はこなれていない。でも、初時雨に濡れている、すこしずつ馴染んでいくだろう」。芭蕉の挨拶に対する返答としては、「入門したばかりで、先生のおっしゃることを完全には理解できてはいません。でも、幸いなことに、すこしずつわかってきました」というような意味になろうか。

中屋敷跡から上屋敷跡へ

さて、許六亭はどこにあったか、二つの説がある。

俳文注釈書『風俗文選犬註解』(嘉永元年・一八四八年刊)によれば、江戸糀町喰違御門内井伊家中屋敷にあったと言う。この地は現在、ホテルニューオータニとなっている。東京メトロ銀座線・丸ノ内線赤坂見附駅下車。ホテルの庭には、築山がしつらえてあり、大きな滝が落ちていた。手入れされた木々の緑が濃い。ところどころに石灯籠が立っている。大きなものには十二支の動物が彫り付けてあったり、背の低いものには笠の部分に桃の実が彫り付けてあったりする。この庭はもともと加藤清正邸であり、井伊家中屋敷となり、明治以降、伏見宮邸となり、現在に至っている。灯籠はいつの時代のものか、わからないが、味がある。この庭の歴史を感じさせるものになっている。それにしても、江戸時代から整えられてきた庭のすぐ脇に高層のホテルが聳えているのには、めまいを覚える。ホテルの中に入ったら、迷ってしまった。

阿部喜三男他著『芭蕉と旅　上』では、許六亭は井伊家中屋敷ではなく、上屋敷にあったとする。三宅坂の「社会党本部の付近にあった」と書かれている。現在の「社会文化会館」(平成二十五〈二〇一三〉年に解体)である。

弁慶橋を渡り、国道二百四十六号を皇居方面に向かうことにする。右側には国会図書館が、左側には最高裁判所が見える。三宅坂は、皇居内濠に面して半蔵門から警視庁あたりまで続く緩やかな坂道であった。彦根藩上屋敷跡には、当時の面影はまったく残されていない。明治期以後、参謀本部、陸軍省となり、現在では憲政記念館が建てられている。館内には大勢の高校生があふれていた。修学旅行だろう。

許六が滞在していたのは、上屋敷か、中屋敷か、ぼくには判断できない。とにかく、今日歩いたどちらかの場所で、芭蕉と許六とは会い、掲出句が作られたのだ。

三宅坂交差点近くで、首都高速道路は地下へと入る。その上の空地は一面の秋草であった。やぶからしの花の上を雀蜂が歩いている。ときどき花を舐めているようにも見える。あおすじあげはも飛び交っている。濠の向こうの皇居の森から飛んでくるのかもしれない。にわかに風が吹きだして、雨も落ちはじめた。初時雨にはまだ早すぎるが、一日、初時雨の句を唱えていたぼくとしては、ちょっとうれしい。

やぶからし踏みつけに蜂あゆむなり　實

一滴はわがくちびるへ初時雨

（二〇〇六・一一）

口切(くちきり)に境の庭ぞなつかしき

芭蕉

口切は茶人のたいせつな行事

元禄五(一六九二)年旧暦十月、江戸深川の庵で過ごしていた芭蕉は、近所に住んでいた門弟支梁(しりょう)に茶事に誘われた。口切の茶事である。口切とは、文字どおりに茶壺の口を切る行事。初夏に摘み茶壺に保存しておいた茶の葉を、炉を使いはじめる炉開きの日に開封して、抹茶に碾(ひ)いて客に飲ませるものである。支梁がたてた茶を芭蕉も飲んだことだろう。

掲出句は、その際に支梁に与えた挨拶句である。洒堂編の俳諧撰集『深川』所載。「支梁亭口切」と前書がある。「境」とは堺のこと。和泉国(現在の大阪府南部)の堺であり、桃山時代に茶道を大成した千利休の屋敷があったことが、当時名高かった。句意は、「口切に招かれた支梁の茶室の庭の風情のよろしさに、堺の利休ゆかりの庭がなつかしく思われます」。

掲出句を発句として、あるじである支梁や近江から江戸に出て芭蕉庵に滞在していた洒堂ら全員八名で歌仙三十六句を巻いている。脇句は「筍(たけのこ)見たき藪(やぶ)のはつ霜(しも)　支梁」。句意は「珍しいたけのこ料理でもお出ししたいところですが、ご覧のとおり藪に初霜が降りている季節、何もございません」と、あるじが脇句で謙遜しているわけだ。

本連載の通例では、江戸深川のあたりを歩いて支梁亭のおもかげを探るところであるが、支梁という弟子についてはほとんど知られていない。住まいの場所も深川であったという以上には詳しくはわからない。そこで今日は、芭蕉が支梁亭の庭を見て思い出したという堺の千利休屋敷跡を訪ねてみたいと思う。

東海道・山陽新幹線新大阪駅下車、大阪市営地下鉄（現・大阪メトロ）御堂筋線に乗り換え天王寺駅まで行き、そこから阪堺電軌の天王寺駅前駅まで歩いて阪界上町駅に乗り換え、宿院駅下車。広い道路の中にある路面電車の駅である。残暑が厳しく、日差しが痛い。駅に近隣の名所の略地図が掲げてあって、そこに千利休屋敷跡も掲載されていた。

阪堺電車の通っている紀州街道の一本北側の小路に面して、千利休屋敷跡はあった。紀州街道沿いの損保ジャパンのビルの裏手にあたる。井戸と燈籠とが残されている。解説を読むと、この井戸は「椿の井」という名で、利休はここの水を産湯に使い、成人した後は日常茶をたてたとのことである。現在も湧いているとのことだが、残念ながら、水に触れたり飲んだりすることはできない。鉄柵が設けられていて、敷地に入ることはできないのだ。

利休のわび、芭蕉のわび

江戸時代中期の俳人である蓼太が遺した注釈書『芭蕉句解』（宝暦九年・一七五九年刊）の中で、利休の庭についての解説がなされている。おおよそを記すと「堺には、利休が指図して造った茶庭があります。この庭は海が見渡せるところを植込みで隠して、手水などを使う際に木と木の間から海をちらりと見せる工夫をしていました」。利休はひろびろとした海辺の景色を庭木によってひとたび見えなくして、ある地点だけから海が見えるようにした。訪れるものを驚かせたことだろう。芭蕉はこの庭のことを思い出していたのだ。

大阪湾は埋め立てが進んでしまっていて、現在の利休屋敷跡から海を望むことはできない。深川の支梁亭の庭も海が近くて、藪などで海を隠す工夫がしてあったかもしれない。そう思うと、掲出句がくっきりと情景を浮かばせて、海のきらめきまで感じられるようになる。

利休屋敷に関する芭蕉の知識は、実際に堺を訪れて見聞したものか、知人からの伝聞、あるいは書物で読んで得たものであるかは、ぼくにはわからない。

芭蕉は紀行文『笈の小文』の冒頭に、影響を受けた四人の芸術家を掲げている。歌人西行、連歌師宗祇（そうぎ）、画僧雪舟、茶人利休である。その中で利休は、わび茶を完成した存在と言われている。わび茶とは、禅の影響を受けた簡素な茶である。さらに「わび」とは不足や不自由にもそのまま美を見いだす発想、生き方であった。利休は二畳の茶室を愛したが、この狭さにわびがある。先の堺の利休の茶庭のエピソードも、みごとな海の景色をひとたび庭木で隠してしまったところにわびがある。

芭蕉にとっても「わび」ということばは重要である。句や文にも見られるが、なにより芭蕉の人生において、江戸市中の便利な生活を捨てて郊外の深川に隠棲したことも、平穏な定住の生活から不測の事態に多く遭遇する旅に出たことも、わびということばに突き動かされて行ったといっていい。あえて不自由や不足した状態を求めるように芭蕉は生きたのだ。利休のわびと芭蕉のわびとはだいぶ違うが、どこかつながる。そのわびが、利休から芭蕉にもたらされたということを証する一句である。

（二〇一三・一一）

灼（や）くる世に利休の井戸や今なほ湧く　實
熱風にばらばら飛べる雀かな

はつむまに狐のそりし頭哉（かな）

芭蕉

頭を剃ったのは誰か

元禄六（一六九三）年春、芭蕉は江戸にいた。芭蕉には桃印（とういん）という甥がいて、養子並みに面倒を見てきたのだが、結核にかかって、重病である。芭蕉は庵にひきとって、看病につとめたが、三月下旬、桃印は没してしまう。そのような時期に、この不思議な句を残している。

芭蕉の高弟である其角編の俳諧撰集『末若葉（うらわかば）』（元禄十年・一六九七年刊）所載。句の前書には「二月吉日とて是橘（ぜきつ）が剃髪、入医門（いもんにいる）を賀（が）す」とある。是橘は、其角の父東順（とうじゅん）と其角に仕えた下僕であった。医師であった東順には医術を、其角には俳諧を学んでいる。東順はこの年、八月に没する。優秀な下僕である是橘に、医業を継がせたのだ。

「はつむま」すなわち「初午」は稲荷神社の祭の日である。元禄六年の初午は二月八日であった。医師となるため剃髪した頭と稲荷神社の狐とを結びつけたのが、この句なのである。句意は「初午の日に狐が剃った頭であるなあ」。『末若葉』には其角によって後注も付けられている。「『浄土教』のあらましにも『狸奴白狐（りぬびゃっこ）後光ヲ放ツ』と候へば、まことのひかりかゞやかして、人にもばかされな、人をも妖（ばか）すな、と巫医（ふい）の心をせめられし也（なり）」。「巫医」とは「祈祷で治療する人」の意。意味は「経典『浄土教』のおおよそところでも「狸や白狐は後光を放つ」とあるので、真実の光を輝かせて、人にもだまされるな、人をだますなと、祈祷者の心を責められたのだ」。化かされたり化かしたりせず、まごころで医療にたずさわれという意が含まれている句だというのである。

この句の「狐のそりし頭」だが、解釈が二つある。一つは稲荷神社の狐が是橘の頭を剃ったという説。この助詞「の」は主格を表すこととなる。神様の狐に頭を剃ってもらってめでたいということになる。もう一つは是橘自身が狐であったと考え、自身の頭を剃ったという説。こちらでは助詞「の」は所有格となる。化かす狐が発心して頭を剃ったのだから、もう化かすまい。ごまかし治療はすまい、ということになる。後者は其角の注をより受けている。

ぼくはこれらに対して、新説を唱えてみたい。狐を其角であると考えることはできないのか。其角が剃った是橘の頭ということになる。この二年前、江戸に戻ってきた芭蕉を其角は訪ねて、「妖(ばけ)ながら狐貧しき師走(しわす)哉」(『をのが光』)という句を示している。「いろいろ化けても狐は狐、貧しさは変わらないまま今年も終わろうとしている」という自嘲の句である。この句を受けて、芭蕉はここで「狐」を出しているのではないか。君は自分を「狐」と詠んでいたが、初午の佳き日、是橘君の剃髪を行うのに、まことにふさわしかったじゃないか。

其角は延宝期からの古参の弟子、師とは異なる享楽的で技巧的な俳風を示したが、生涯、芭蕉から離れることはなかった。この句は師弟の細やかな交情を示す例となるのではないかと、ぼくは考える。

今も初午は盛ん

「初午」は諸国の稲荷で行われるが、もっとも有名なのは京都の伏見稲荷大社である。参詣して、狐についての話なども聞いてみたい。

JR奈良線稲荷駅を下車、冬の雨に傘を開く。朱の楼門をくぐり、本殿に参る。ちょうど七五三の季節である。晴着に、なんとブーツを履いた女の子が母親と歩いている。晴れたらよかったが、これもまた、いい想い出となろう。まさに祈祷を受けている一家族もあった。祈祷を終えた子どもたちのためのおもちゃを並べたコーナーも見える。男女別、七歳、五歳、三歳の年齢別に多量に並べられている。一つだけもらえるとのこと。ぼくが子どもだったら、どれをもらったらいいのか、迷ってしまうだろう。子ども好きのひとなつっこい神様であると思った。掲出句のちょっと昔話を思わせる世界とどこか通じる。神前には油揚が二枚重ねに上げられていた。

大社の方に質問してみる。「伏見に芭蕉は来ているのですが、ここにお参りしているというような記録は残っているのでしょうか」と聞くと、記録は残っていないし、伝えられていることもないとのことだ。といっても、神仏好きの芭蕉が訪れていないことの証明にはならない。「初午は今でもお祭りがあるのですか」と聞くと「もちろん、福詣ということで、たくさんの方が集まります。ただ、人の数は初詣の方が多いです」とのことだった。現代でも、初午は生きている。「狐が髪を剃るというような縁起は伝わっているのでしょうか」とたずねると、「そういうことは聞いたことがありません。狐の話は各地にありますが、稲荷の狐は福を授けてくれる霊狐として崇められ、神の使いであるのです」と教えてもらった。芭蕉は正式な稲荷神社の縁起からというより、民間の伝説から発想しているのだろう。

たくさんの鳥居が並べ立てられて、鳥居の回廊のようになっている千本鳥居を奥社奉拝所へ向かう。鳥居と鳥居の間から雨が激しく落ちている。それなのに参詣客はますます増えて来ている。

うすあげをかさね供物や冬の雨　　實
白磁の狐大中小や冷え並ぶ

（二〇〇七・〇二）

蒟蒻のさしみもすこし梅の花

芭蕉

味覚と嗅覚との交響

元禄六（一六九三）年旧暦二月二日、芭蕉は一人の弟子を失う。呂丸である。呂丸は、芭蕉の『おくのほそ道』の旅の途上、出羽三山（山形県）巡歴の案内を務めたのがきっかけで、元禄二年に入門。紀行文『おくのほそ道』にも「図司左吉」の名で登場している。もともとは出羽羽黒山の門前町手向に住んでいた、山伏の法衣を染める染物師であった。元禄五年、呂丸は江戸に上り、ふたたび芭蕉に会う。その後京都に赴き、中長者町の去来本宅に滞在中、急死してしまった。享年は四十前後である。江戸にいた芭蕉は手紙によってその死を知り、追悼句二句を作った。掲出句はその内の一つである。史邦編の俳諧撰集『芭蕉庵小文庫』所載。

句意は明らか。「こんにゃくのさしみをすこし食べて、梅の花を愛でる」。味覚と嗅覚という異なった感覚の静かな響き合いを楽しみたい。ただ、死者に捧げられた句であることを知ると、にわかに句に奥行きが生まれる。このこんにゃくは死者に捧げられたものなのだ。はるかな京で埋葬された死者にひとたび捧げたあと、口にしているものなのだ。

芭蕉はこの句の他にもこんにゃくの句を残している。恐らく好物だったろう。呂丸とともにこんにゃくの刺身に味噌を付けて酒を酌み交わした夜もあったかもしれない。このような句で追悼される呂丸のひととなりを思う。おそらくは、清らかな性質だったのではあるまいか。

旅に死する者への共感

東海道新幹線京都駅下車。京都市営地下鉄烏丸線に乗り換え、丸太町駅下車。丸太町通を徒歩で西へと向かい、小川通を北上、中長者町通を左折したあたりが、「中長者町堀川東入ル」である。ここが『誹諧京羽二重』（元禄四年・一六九一年刊）という当時の俳人人名録に記されている去来の住所になる。

御所の西に位置する静かな住宅地である。ぼくが歩き回っていると、玄関先に男性が出てきた。「芭蕉の足跡を訪ねているものです、このあたりに江戸時代、去来という芭蕉の高弟が住んでいたのですが、何かご存じですか」と言うと、「去来という人は知りません。中長者町通は堀川通には突き抜けていませんが、このあたりになるでしょう」と教えてくださった。

嵯峨野にある去来の別荘、落柿舎は有名な観光地になっているが、中長者町の本宅跡は知られていない。小川通と中長者町通の交わる角には地蔵堂があって、石の地蔵には新しい菊が上げられていた。この地蔵を芭蕉や去来や呂丸が拝したことはあっただろうか。ひいらぎが花をつけていて、花に日が差している。

江戸時代、去来が住んでいたころも静かな場所だったろう。去来の職業は医師であったから、呂丸は十分な治療をほどこしてもらえただろう。それでも旅先で死を迎えざるをえなかった呂丸の無念を思う。また、遠来の仲間の病を治すことができなかった去来の悔しさを思う。

芭蕉の呂丸追悼の句はもう一句ある。

　当帰よりあはれは塚のすみれ草

「当帰」はセリ科の薬用植物。聞きなれない草だが、「当ニ帰ルベシ」と訓読できるため、漢詩では望郷の思いを託して用いられることが多かった。句意は「呂丸の墓に植えられた菫のほうが当帰よりもより強く悲しみを感じさせる」。望郷の思いを抱いて亡くなった呂丸に「当帰」ではふさわしすぎる。なにげない菫の花のほうがよく似合っていると詠んでいるわけだ。支考編の俳諧追善・句文集『笈日記』所載。塚の菫が似合う人と言えば、そのひととなりは純粋であったろう。こんにゃくの句から連想される人柄とも重なる。
紀行文『おくのほそ道』の冒頭には「古人も多く旅に死せるあり」と書かれていた。芭蕉の敬愛する古の詩人たち、李白、杜甫、西行、宗祇らはみな旅の途上で死を迎えていたのである。年下の門弟が自分の尊敬する詩人達と同じ死に方をしたことに、芭蕉は悲しみながらも感銘を覚えているはずだ。呂丸への追悼句には、旅の途上での死への共感も含まれていよう。芭蕉の大坂の旅宿での死は、呂丸の死の翌年元禄七年のことである。
呂丸の代表句に次の句がある。

かなしさの胸に折レ込(こむ)枯野かな

俳諧撰集『すみだはら』(元禄七年・一六九四年刊)所載。「枯野を歩いていると、悲しさが胸の中に籠って来る」という句意。「かなしさ」という感情がまるで「もの」のように表現されていることに驚く。旅は人を人生と向き合わせる一面がある。それでも旅人は旅を止めることはできない。この句は芭蕉の辞世の句「旅に病(やん)で夢は枯野をかけ廻(めぐ)る」を思い起こさせる。死の床での芭蕉は、呂丸と呂丸の句を思い出していたのかもしれない。

地蔵堂生けて冬菊あたらしく　實
ひいらぎの花中長者町通

(二〇一二・〇二)

しら露もこぼさぬ萩のうねり哉

芭蕉

『おくのほそ道』の出発地

元禄六(一六九三)年秋、『おくのほそ道』の旅をその四年前に終えた芭蕉は、江戸に戻り、杉風の別荘採茶庵を再訪した。この地は『おくのほそ道』出立前、芭蕉庵を人に譲った後、しばし滞在していた場所であった。杉風は芭蕉最古参の弟子。幕府御用の魚屋を営む豪商、芭蕉のもっとも重要なパトロンでありつづけた。最初の芭蕉庵を用意したのも杉風であった。

俳諧撰集『芭蕉庵小文庫』所載。また、俳諧追善集『栞集』(文化九年・一八一二年刊)の中の「採茶庵什物」に記録している。前書には次のようにある。「予が閑居、採茶庵、それが垣根に秋萩を移し植ゑて、初秋の風ほのかに、露置きわたしたる夕べ」。「私、杉風の別荘である採茶庵、その垣根に萩を移植してあります。そこに初秋の風がわずかに吹き渡り、露を置いていった夕べのことでした」という意。おもむきある夕べに芭蕉先生が訪ねてこられ、わが垣根の風情を詠んでくださった、というわけである。

句自体の意味は次のとおり。「萩の葉や花に置いた白露をこぼすこともない、萩の枝のしなり、うねりよ」。初秋の優しい風を讃えている。いかにも涼しげである。

今日は東京の江東区深川に採茶庵跡を訪ねてみたい。梅雨最中、雨は上がっているが、湿度の高い日。東京メトロ半蔵門線都営地下鉄大江戸線の清澄白河駅を下車、清澄通りを門前仲町方面へ南下していく。商店街をしばらく歩くと、右手に清澄公園が見えてくる。緑が深く、油蟬がよく鳴いている。仙台堀川を渡る。河口近くに仙台藩の蔵屋敷が置かれたことから、「仙台堀」と呼ばれていたが、近年、仙台堀川と呼ばれるようになった。橋の名は海辺橋（うみべばし）、幕末に架けられているので、芭蕉は知らない。渡ると、橋のたもとに採茶庵跡がある。石の標柱と芝居の書き割りのような建造物とが建てられている。『おくのほそ道』の旅を終えて、ここを再訪した芭蕉は、奥州の旅を思い出して、この萩の句を作ったにちがいない。

宮城野の萩、深川の萩

『おくのほそ道』奥州の旅で、芭蕉は萩の名所を訪ねている。「宮城野」である。現在の仙台市東方一帯の野を指す。そこでは、芭蕉以前に数々の「萩」「露」「風」を詠んだ名歌が生まれてきた。

宮城野のもとあらの小萩（こはぎ）露を重み風を待つごと君をこそ待て　よみ人しらず『古今集』

歌意は「宮城野のまばらに生えている小萩にとって露も重いものです、それで露を吹き飛ばしてくれる風を待っているのです。そのように私もあなたを待っています」。

あはれいかに草葉の露のこぼるらむ秋風立ちぬ宮城野の原　西行『新古今集』

歌意は「どんなにかいい風情で草の葉の露がこぼれていることでしょう。秋風が吹きはじめた、宮城野の原には」。西行にとって、宮城野が萩の名所であるのは当然のこと。あえて歌の中に「萩」の語を入れていない。「宮城野」の古歌が、風が萩の露をこぼすところを詠んでいるのに対し、深川採茶庵での芭蕉は、「しら露もこぼさぬ」と詠んでいる。ここに芭蕉の表現の狙いがあったようだ。宮城野の風に比べて、江戸の風はやさしい。ことに杉風さんのお宅に吹く風はおだやかである。「しら露」は私、芭蕉。「萩」はあなた、杉風さん。永い間こぼれ落ちることもなく、お世話になってきました。ありがとう。描写の奥にこのような思いも託されているのではないか。

「宮城野」を思い出させた契機としては、垣根の「萩」と「露」はもちろんのこと、目の前を流れていた「仙台堀」の「仙台」という地名が関わっていたかもしれない。

ただ、芭蕉は、この句を杉風以外にも贈っている。江戸の俳人、専吟（せんぎん）という人と、名前はわかっていないが、郷里伊賀の俳人にも、画讃のかたちで贈っている。この句の句意から、贈った相手への親しさを示すものになっている。芭蕉のあつかましさを言うよりも、後の二人へは和歌とは違う俳諧の「萩」と「露」の発句を示しえたという自信が贈らせたものと考えるべきだろう。『芭蕉全図譜』（岩波書店・平成五年・一九九三年刊）によれば、現在この句の芭蕉自身による画讃が三点残っている。いずれも丈の低い萩を芭蕉は気持よく描いている。芭蕉にとって得意の画材だったことがわかる。句も絵もともに萩ではあるが、この句を添えたことによって、絵ににわかに動きが加わるように感じられてくる。

採茶庵は敷地が九百平方メートル以上あったというが、現在はすぐ裏手にビルが建っている。一階に居酒屋・もんじゃの店が入っている。店の人の話を聞きたかったが、日は高く人気はない。店の外に茄子や南瓜（かぼちゃ）の鉢植が置かれている。倒されている自転車は店の人のものだろうか。

茄子の鉢南瓜の鉢と飲屋裏　實
夏草に倒す自転車飲屋裏

（二〇〇七・〇九）

菊の花咲（さく）や石屋の石の間（あい）

芭蕉

埋め立てられた八町堀

元禄六（一六九三）年秋、芭蕉は江戸深川の芭蕉庵で過ごしていた。翌年旧暦五月、故郷の伊賀へとおもむき、十月大坂で逝去することとなる。つまり、芭蕉は生涯最後の江戸の秋を過ごしていたのだ。

句意は「石屋の積んである石と石との間、菊が咲いている」。平明である。

芭蕉の一周忌に編まれた俳諧追善集『翁草』に所載。「八町堀（はっちょうぼり）にて」と前書がついている。芭蕉はある秋の日、深川の庵を出て、八町堀を訪ねているのだ。

八町堀は、江戸時代初期慶長十七（一六一二）年ごろ開削された堀川。江戸湾、隅田川から江戸城への物資搬入の便を図るために計画された。「町」が距離の単位で、一町が約百九メートル。その八倍ほどの距離の堀ということで、八町堀と名付けられたようだ。その後、明治時代には桜川と改名され、昭和四十年ごろに埋め立てられてしまった。ただ、その堀の北側が八町堀と名付けられていたことで、現代にもその地名は残されている。「八町堀」と「八丁堀」二つの表記があるが、本稿では江戸期の地名としては前者を、現代の地名としては後者を用いている。

八町堀といえば、捕物帳などに「八町堀の旦那」が登場することが思い出される。このあたりには与力・同心の住む屋敷があったのだ。また、掲出句に詠まれているように石屋も多かった。江戸時代、江戸で用いられる石材は、房総や三浦半島、真鶴半島から舟で運ばれてきた。隅田川に通じていた八町堀は、石屋にとって都合のいい場所だったのだ。

台風が通り過ぎて、夏にしては涼しい午後、東京メトロ日比谷線八丁堀駅を下車。Ａ４の出口すぐのところに亀島橋がある。亀島川に架けられた橋である。「亀島」とはおもしろい地名だが、かつてこのあたりが埋め立てられてしまう前、海の中に亀の形の小島があったことから名付けられたようだ。亀島橋のたもとには掲出句の句碑が立てられていた。川面を小さな遊覧船がさかのぼって行く。

「かるみ」の代表句

さて、掲出句の表現だが、「菊の花」だけでも「咲いている」という意味は十分に含まれている。それなのに、なぜ「咲くや」まで芭蕉は記しているのだろうか。この表現によって、「菊の花」に出会った際の軽い驚きが示されているのではないか。石屋の庭、石置き場には石がたくさん置かれていて、表面に出ている土は少ない。そのわずかな土から芽生えて花を咲かせている一輪の菊に芭蕉は驚いているのである。さらに、「花」「咲く」と同義を示していることばを重ねて、一句の内容を淡く、軽くしているねらいがある。「石屋」と「石」と重複することばを重ねている部分にも、その傾向が見られる。この淡さ、軽さに、晩年の芭蕉が唱えていた理念「かるみ」の表れを見ることができる。「かるみ」とは、わかりやすい日常のことばを用いて、深い趣を表そうとする姿勢である。掲出句には、芭蕉の句に多く見られた和歌や漢詩や謡曲などからの引用は直接には何もない。ただ無心に菊の花と向き合っている芭蕉がいる。明治時代の正岡子規の写生俳句の先駆けと見ることもできよう。

俳文学者、山下一海（かずみ）は『俳句で歩く江戸東京　吟行八十八ヶ所巡り』（中央公論新社・平成十五年・二〇〇三年刊）の中で、掲出句が生まれた状況を次のように述べている。「芭蕉はこのとき、庵のある深川から、舟で来たのではないかと思われる」。舟の上からという視線を提案しているのが斬新である。小さな舟が揺れ、芭蕉の視野が揺れる。その視野の揺れを、「菊の花」の後にあえて「咲くや」と加えたところに感じる。「石屋」にさらに「石」を重ねているところにも味わう。

亀島川を下流の方向へ歩いていくと、右岸に切れ込みが見える。これが、亀島川へかつて八町堀が流れ込んでいた跡なのだ。八町堀はすべて埋め立てられてしまって、形跡はこれだけしか残っていない。コンクリートで固められた汀（みぎわ）には、鳩と雀とが水を飲みに来ていた。

かつての八町堀だった場所には、東京都下水道局桜橋第二ポンプ所という大きな建物が建てられている。その屋上は市民に開放されて、桜川屋上公園になっている。多くの木々が植えられていた。通り抜けて地上に降りると、桜川公園である。葉桜の幹が太い。川が埋め立てられてからの時間をものがたっている。川が流れていた場所と意識しつつ、ベンチの上に坐っているのは奇妙な気分だ。江戸の海や川を埋め立てて、現代の東京がある。それを思うと少しばかり息苦しい。芭蕉の生きていた江戸は、もっと水面に満ちた都市だったのだ。

汀に水飲める雀や夏の果（はて）　實

汀に波来れば鳩発つ秋隣

（二〇一一・〇九）

むかしきけちゝぶ殿さへすまふとり

芭蕉

嵐山の誇り、畠山重忠

いつどこで作られたのか、わかっていない。しかし、不思議な魅力のある句だ。「ちゝぶ殿」は、源平時代から鎌倉時代初期にかけて活躍した、武将畠山重忠のことである。句意は「昔話をお聞きなさい。あの忠勇をうたわれた秩父殿までもが、相撲を取っているのだ」。芭蕉が、「ちゝぶ殿」に対してどこか親愛感をもっていることが、伝わってくる。

季語は「すまふとり」で秋。陰暦七月に宮中で相撲節会が催されていたため、秋の季語と定められた。芭蕉の弟子史邦が編んだ俳諧撰集『芭蕉庵小文庫』に所載。

芭蕉は源義経に関心を寄せて、『おくのほそ道』の旅で、義経の戦死した平泉まで北上している。畠山重忠は、義経を追いつめ、ついには滅ぼした兄頼朝の重臣であった。重忠とはどんな男だったのか、ゆかりの地を歩いてみたい。

ただ、芭蕉が重忠の故郷秩父に来ているかどうかは明らかではない。

五月も終わりの晴れた日、東武東上線武蔵嵐山駅下車。西口から道なりに南西に向かってバイパスに出ると、木々の緑の濃い空間が広がっている。ここが菅谷館跡である。畠山重忠の居住した館跡と伝えられている場所なのだ。

道の脇に「畠山重忠公　嵐山町観光協会」と染めた幟が立っていて、その幟に従って、館跡の奥へと進むと、重忠のコンクリート像の前に出た。平服姿だが、威厳がある。像の前にテーブルを据えて、会の準備をしている方たちがいる。「重忠のことを調べに来たのですが、これから何が始まるのですか」と聞くと、「これから重忠公慰霊祭があるのです。ご臨席いただけませんか」と誘ってくださった。いただいた「次第」の紙を見ると、町長はじめ土地の名士が挨拶し、アトラクションも民謡、舞踊など充実している。嵐山の人々にとって重忠は、単なる歴史上の人物ではない、今も誇れる郷土の偉人であることを、幸運にも知ることができた。

並外れた大力

菅谷館跡の中に埼玉県立嵐山史跡の博物館がある。展示室に入ると、重忠ロボットが据えられていて、急に大きな声で話しだすので驚いた。赤糸威大鎧を着た重忠の姿のロボットが、その生涯を語ってくれるのだ。

重忠の大力を示した話が、鎌倉時代の説話集『古今著聞集』（建長六年・一二五四年成立）に入っている。関東八カ国随一と称する相撲取り長居が、頼朝の前で天下無敵を誇り、「重忠だけはわからないが、相撲をとっても簡単には動かされない」と大口をたたいた。それで勝負をさせてみると、重忠が長居を上から押し据えてしまった。その時長居は肩の骨が折れてしまい、二度と相撲をとることはなかったという。史実かどうかはわからないが、まさに並外れた大力ぶりである。

芭蕉はこのエピソードを記憶していて、掲出句を作っている。芭蕉が『古今著聞集』そのものを読んでいるか、別の書物、芸能などで知ったのかは、わかっていない。歴史の知識として常識的だったのかもしれない。

続いて深谷市畠山の畠山重忠公史跡公園へとタクシーで向かう。重忠が生まれた地であり、墓と伝えられている五輪塔も残されている。近くには麦畑が多く、黄金色に実っていた。

こちらには重忠の銅像があった。一ノ谷の戦いの有名なエピソードが、モチーフになっている。重忠は義経の軍勢に加わっていたが、ひよどりごえを下る際、愛馬三日月をころばせてはいけないと、馬をかついで降りたというのである。『畠山重忠』（吉川弘文館・昭和六十二年・一九八七年刊）の著者、貫達人（ぬきたつと）によれば、このエピソードは史実ではないとのことだ。重忠はひよどりごえの攻撃自体に参加していなかった。しかしながら、この挿話にも理想の武者重忠の上に人々が夢見てきた大力が、あざやかにかたちにされているのだ。

芭蕉の弟子支考による俳論『俳諧古今抄（はいかいここんしょう）』（享保十四年・一七二九年刊）の中に掲出句は取り上げられていて、「即興の体」に分類されている。即興的に作られたスタイルということである。「一座の談笑」の中で作られたことも記録されている。弟子との談話の中で、重忠が登場した際にさっと詠みあげて、笑いをよんだということなのだろう。「殿の字の慇懃（いんぎん）を崩す」という記述もみえる。「秩父殿」の「殿」という字の上品でていねいな感じを、「すまふとり」を出してくずしたところにおかしみが生まれているというわけだ。弟子たちを笑いさざめかせている芭蕉は、なんだか楽しそうだ。

えご咲いて菅谷館のおくぶかし　實

麦秋や五輪塔をば覆堂

（二〇一五・〇八）

補記　成立年次未詳の句であるが、加藤楸邨は『芭蕉全句』の中で次のように書いている。「『芭蕉庵小文庫』（元禄九年刊）・『翁草』（元禄八年序・九年奥書）等に初出の句なので、最晩年の作と見て、しばらく元禄六年に置く」。これに従って、元禄六年秋の句とした。

ふり売の雁ヶ哀なり夷講

芭蕉

和歌の「かり」俳諧の「がん」

元禄六（一六九三）年の冬を、芭蕉は江戸深川の芭蕉庵で過ごしていた。死の一年前の冬である。十月二十日には、江戸の門弟、野坡、孤屋、利牛が芭蕉庵を訪ねてくる。そこで掲出句を発句として、四人で歌仙を巻いている。

俳諧撰集『藤の実』（元禄七年・一六九四年刊）に、発句のみのかたちで所載。俳諧撰集『すみだはら』には、歌仙三十六句全体を収録。『すみだはら』掲載句の前書に「神無月二十日ふか川にて即興」とあり、芭蕉らの歌仙興行の日付が明らかになる。

「ふり売」は、売り物を手に提げたり、担ったりして、声を挙げながら売り歩くこと。

「雁ヶ」は、北方から日本へと渡って来るカモ科の大型の冬鳥。『万葉集』以来和歌の世界では「かり」と読んで、その鳴き声を愛で、詠みつづけてきた。が、芭蕉はたしかに「がん」と読ませている。和歌とは違う俳諧の「雁ヶ」を打ち出そうとしているのだ。

「夷講」は、十月二十日に商家で恵比寿神を祀る行事。商売繁盛を願って、酒宴が開かれたり、大売り出しが行われたりする。

路上で雁を売り歩いていたのは、酒宴をあてこんでのことだった。恵比寿神は、神無月に出雲に行かない留守神であるという。初冬の季語であり、この日に訪ねて来た門弟らと、掲出句を歌仙の発句にしたのは、まことに日にかなったことであった。さらに、訪ねて来た弟子三人が越後屋（三越百貨店の前身）に勤めた商人であったのも、芭蕉が「夷講」を季語として選んだことと関わっているだろう。

句意は「恵比寿講の日、担われた雁が、声を挙げながら売り歩かれているのは、なんともあわれであるなあ」。

松尾芭蕉命（まつおばしょうのみこと）を祀る社

掲出句の舞台になっているのは、深川のどのあたりと考えたらいいのだろうか。元禄時代において、ある程度の人通りがあって、商店も出ているというと、どのあたりになるだろうか。

江戸時代初期から隅田川河口近くの東岸は、深川村と名付けられ、開発が続けられて来た。深川の中心となったのは、寛永元（一六二四）年に創建された富岡八幡宮とその神仏習合の別当寺永代寺（えいだいじ）であった。神社と寺の周辺は門前町として、発展してゆくことになる。雁が売られていたのは、このあたりと考えることができるのではないか。

台風が抜け、残暑の戻ってきた日の午後、東京メトロ東西線・都営地下鉄大江戸線門前仲町駅に下車した。一番出口から地上に出ると、そこは深川不動堂の入り口である。永代寺は明治期の廃仏毀釈で廃寺となるが、その跡地でもあるのだ。

永代通りを東へ進むと、富岡八幡宮がある。江戸最大の八幡宮であるが、この神社で注目されるのは、芭蕉が神として祀られている点だ。境内右隅の末社、祖霊社に花本社（はなのもとしゃ）が合祀されているが、その花本社こそ松尾芭蕉命が祀られている社なのだ。神社の方に聞いてみると、「命日である十月十二日の例祭には、朝早くから数人でお祀りしております」と教えてくださった。深川の人が、芭蕉を誇りとしてきた証の一つに挙げることができるだろう。

永代通りに面して、陶器店、時計店、飲食店など華やかな店が建ち並んでいる。中には四階まである大きな居酒屋もある。この町並みの奥に元禄の町並みを想像してみる。そして、雁を振売する男を思いみてみる。

振売の雁は、すでに絶命していて、振売が歩き回ると、ぐったりと垂れた首まで揺れる。もはや食用のための肉でしかない。和歌の世界では、雲の上を飛んでいたり、月を横切ったりしていた神々しい鳥が、あまりといえばあまりに違う境涯となっている。これはどうしても「かり」ではなく、「がん」である。

この雁に、芭蕉は自分自身を重ねていただろうか。現在読むと、江戸の弟子たちとの半年後の別れも、一年後まで近付いている自分自身の死も、意識して書きとめているように感じとれる。しかし、芭蕉自身もまだ自分の運命に気付いてはいまい。日常性のなかに詩を求めた「かるみ」の代表作と評されているが、この句は重い。

脇句は野坡が付けた。「降りてはやすみ時雨する軒」。句意は「降ってはまた休む時雨の軒であることよ」。ごくあっさりと振売の男が雨宿りする町屋の軒を詠んだ。時雨には無常がつきものだが、野坡もまた、師との別れもその死も予感していない。

秋空や居酒屋に据ゑ卓三つ　實

居酒屋の夕べ満席秋深し

（二〇一五・一一）

初雪やかけかゝりたる橋の上

芭蕉

橋完成への祈り

元禄六（一六九三）年は、芭蕉にとってたいへんな年だった。甥桃印が結核で重体であったため、江戸深川の隅田川のほとりにあった芭蕉庵に引き取って看病するが、三月下旬に亡くなってしまう。その落胆と猛暑のため、盆過ぎから約一カ月、門を完全に閉ざして、人と会うことはなかった。そんな芭蕉のこころを慰めていたものがある。隅田川の橋の建設である。芭蕉庵のすぐ上流で、この年の七月から架橋工事が始まっていたのだ。隅田川に渡される橋としては、千住大橋、両国橋に続く三番目である。当時、両国橋が「大橋」と呼ばれていたので、それよりも新しいこの橋は「新大橋」と名付けられる。これより下流の橋は、その当時まだなかった。

掲出句は、俳諧撰集『其便（そのたより）』（元禄七年・一六九四年刊）所載。次のような意味の前書が付けられている。「深河大橋が半分程度架かったころ」。芭蕉は新大橋のことを「深河大橋」と記した。掲出句は元禄六年の冬の句ということになる。

句意は「今年、初めての雪が降った。架けつつある橋の上に降り積もっているのだ」。明快である。橋の材の削りあげたばかりの白木の表面に降り積もった初雪は神々しいばかりだ。「初雪」という季語には、喜びの思いがこもる。今年も生きていて、初雪を見ることができたという思いである。その喜びと架橋工事が順調である喜びとが重ねられているのだ。橋がぶじに完成してほしいという願いも、初雪という季語に託されている。

「雪」は天から地へ水をもたらす。その水によって、ぼくたちの命を保つことができ、稲をはじめ作物を育てることが可能になる。また、「橋」は此岸と彼岸とを結び、人と人とを会わせる。天と地とを結ぶ垂直性と此岸と彼岸とを結ぶ水平性とが、一句にこめられているのも魅力になっている。

元禄六年以来の新大橋

都営地下鉄新宿線・大江戸線森下駅下車。はや、冬の夕暮れ、曇天で、空気が冷えている。A２の出口から出ると、交通量の多い新大橋通りである。通りを百メートルほど西へ進むと、隅田川にかかる新大橋に出る。今まで何度となく、森下駅を降り、芭蕉庵跡と目される芭蕉稲荷や芭蕉記念館を訪ねてきた。訪ねるたびに新大橋通りを歩き、新大橋を目にしてきた。しかし、この新大橋という橋の名が、芭蕉の生きていた元禄時代以来使われてきたものであることを意識してはこなかった。今回初めて、ずっしりと歴史の重みが加わった新大橋であることに気付いた。

現在の新大橋は昭和五十二（一九七七）年竣工の鋼鉄製。車道脇の歩道を渡っていく。橋の上は風が強い。満ち潮なのだろう。下流から潮がみなぎってのぼってくる。潮の匂いも濃い。芭蕉庵の近くと考えられている小名木川の合流地点は、三百メートルほど下流、はっきりと見える。創建当時、新大橋は現在よりも二百メートルほど下流に架けられていたという。芭蕉庵からはさらに近かったわけだ。

橋の長さは約百七十メートル。浜町側にすぐ着く。この新大橋通りを進めば、日本橋、京橋、銀座方面に行き着く。新大橋が完成すれば、芭蕉は江戸の中心部に徒歩で行けるようになるのだ。そういう理由もあって、芭蕉は橋の完成を待っていたろう。曇天ながらビルの彼方には冬夕焼が見えている。

橋の上を森下方面に戻ると、ビルの間に完成間近の東京スカイツリーがのぞく。ぼくはすぐには俳句に詠めないが、新大橋を詠んだ芭蕉が今生きていたら、この新しい塔を詠むかもしれないと思った。掲出句に見られるように、芭蕉は、公共の建造物に関心を持つ一面がある。ぼくらの作る俳句はもっと個人的なものになってしまっている。

芭蕉庵跡近くの川べりから新大橋を見直してみようと、森下の道を歩いて行くと、路上に絵が描かれていた。さまざまな色のチョークを使って描いた塔である。作者の子はすでに去っていて聞けないが、この絵はまさにスカイツリーではないか。スカイツリーに憧れる思いが、多くの色によって巧みに表現されていた。ぼくの俳句よりこの路上の子どもの絵の方が芭蕉の句に近い。近くの釣餌屋には子どもたちが集まっていた。芭蕉庵のあったあたりは、不思議に子どもたちの気配が濃い。

新大橋の完成は元禄六年旧暦十二月七日であった。芭蕉は完成した新大橋も句にしている。「みな出(いで)て橋をいたゞく霜路かな」（『泊船集 許六書入(はくせんしゅうきょりくかきいれ)』）。句意は「深川の住民はみな家から出て来て橋をありがたくちょうだいし、霜の降りた橋を渡ることだ」。作ったのは十二月七日当日か。待望の橋が完成した喜びを「橋をいたゞく」とまっすぐに表現している。

みなぎる波は冬の波なり川上へ　實

釣餌屋にこどものこゑや帰り花

（二〇一二・〇二）

八九間空で雨ふる柳哉

芭蕉

句について語り合う師弟

元禄七（一六九四）年の春は、芭蕉の生涯最後となる春である。五月には江戸を発って故郷の伊賀へと赴くのだが、春の内は江戸深川の芭蕉庵で過ごしている。掲出句はそのころ江戸で詠まれた。芭蕉を追悼するための俳諧追善集『こがらし』（元禄八年・一六九五年刊）に収録されている。

「一間」は、約一・八メートル。句意は「十五メートルほど上の空で雨が降っている、柳であることだなあ」。柳は桜とともに春を代表する植物の季語である。柳が雨に濡れているのは、和歌・連歌以来の伝統的な情趣である。そこに「八九間空で」という空間を加えることで、新鮮な句としている。

芭蕉と芭蕉の弟子たちがこの句について、二回にわたって語り合っていることを、芭蕉の門人支考が書き残している。『梟日記』（元禄十二年・一六九九年刊）の「牡年亭夜話」である。

まず一回目は、大津の義仲寺での芭蕉と支考ともう一人との会話である。一人が掲出句の意味がわからないというのに対して、支考が句の解説をしている。「この柳の木は、白壁の土蔵の間か、神社の檜皮葺の反り返ったところから枝が差し出たもの。それが八九間も空に広がって、そこに春雨が降っているとも、降っていないともというような様子なんでしょう」。支考のこの解説を芭蕉は肯定して、「大仏のあたりで、この柳を見ました」と語る。

二回目は京都嵯峨野の去来の別荘、落柿舎での、芭蕉と去来ともう一人との会話である。去来が、「八九間の柳はどこかで見たような気がします」と言うと、もう一人が「大仏のあたりではないでしょうか」と言い、対して芭蕉が「大仏の柳です」と言って、笑っている。

死の年の芭蕉が、親しい弟子たちと自句について、楽しそうに語っている。ここで教えられるのは、二点。まず降っている雨の状態である。『梟日記』の原文では、「降ふるふらぬけしき」である。降っているともいないともとれるような雨というわけだ。雨粒が微細で、柳の葉に煙っているような状態で、地面まではは っきり濡れていない。これが「空で雨ふる」の真意なのである。もう一つは大仏のあたりに、有名な柳の木があったということ。去来も芭蕉も、この木のことをよく知っていて話している。

芭蕉の京への強い憧れ

評論家山本健吉の説によれば、この大仏は京都東山にかつて存在していたものだという。今日はその跡を訪ねてみたい。東海道新幹線京都駅で下車し、「銀閣寺」行きの市バスに乗って「博物館三十三間堂前」で下車。大和大路通を北へと向かうと現在の方広寺ほうこうじがある。そこに大仏はあったのだ。豊臣秀吉の時代には、現在の京都国立博物館も三十三間堂も方広寺の寺域に含まれていた。

鐘楼があり、巨大な鐘が吊られている。この鐘に彫られた「国家安康」「君臣豊楽」の文字が、徳川家康の批判を受け、大坂冬の陣を引き起こし、豊臣家滅亡の原因となった。

寺の僧に大仏殿の跡地の位置を聞いてみると、鐘楼の東側の奥であるという。東へ進んで行くと、「大仏殿跡緑地公園」として整備されている。訪れたのは寒中で、枯芝になっていた。

案内板によれば、まず豊臣秀吉によって、次には秀吉の子秀頼によって、大仏と大仏殿は建造されてきた。しかし、いずれも地震によって、破損してしまっている。芭蕉が見た大仏は、寛文二（一六六二）年の地震で秀頼の大仏が破損後、木造で造り直されたものだ。大仏の高さは六丈三尺（約十九メートル）で、奈良東大寺の大仏よりも大きかった。この大仏も、後に雷が落ち、燃え落ちてしまう。

掲出句を発句として芭蕉は江戸の弟子たちと連句を巻いている。『続猿蓑』所載。発句に添えられた脇句は「春のからすの畠ほる声　沾圃」。句意は「畑に来て春の烏が土をつついている音が聞こえている」。発句と脇句と合わせて、大きな柳の木が葉を垂らしている畑の土臭い景色が詠まれているわけだ。

ただ、発句で芭蕉が詠んでいたのは、京の柳であった。掲出句の背景には、大仏殿がそびえたはずである。これは、眼前のものを詠むという連衆への挨拶のこころからは外れている。江戸での滞在も三年に及び、芭蕉の心には江戸に倦み、西国ことに京都への憧れがきざしていたのではないか。京を恋うままに掲出句を作りながらも、江戸の門弟には発句を江戸の風景として脇句を付けさせているのだろう。脇句の作者沾圃には、去来や支考とのようにこの句の真実について語ることはなかったのではないか。

大仏殿跡の枯野を行くばかり　實

大仏のまぼろし顕ちぬ冬木の奥

（二〇一七・〇四）

花見にとさす船遅し柳原（やなぎはら）

芭蕉

芭蕉最後の花見の句

元禄七（一六九四）年春、芭蕉は桜の季節を江戸で過ごしていた。この年の初冬、芭蕉は大坂で世を去る。桜を愛した芭蕉の最後の花見の句である。

門弟土芳による芭蕉の伝記『芭蕉翁全伝』（享保十四年・一七二九年以前稿）に所載。伊賀の門弟玄虎（げんこ）と彼が滞在していた江戸の藩邸で会ったときの句だとの記録がある。掲出句を発句として表六句を巻いているが、その付句は残っていない。

「柳原」は、江戸の地名である。神田川の南側の土手で、現在近くを走る総武線の駅でいえば、浅草橋から秋葉原付近にあたる。玄虎が当時いたという藤堂藩上屋敷は、神田川の北側の向柳原（むこうやなぎはら）にあった。玄虎が芭蕉のために迎えの船を出したのかもしれない。芭蕉庵近くの隅田川から船に乗った芭蕉は、川をのぼって、隅田川に注いでいる神田川に入ってさらに上流へと進んでいるわけだ。

句意は「花見に行こうと竿をさして進んでいる船の進み方が、遅いなあ。岸の柳原を見て進んでいく」。船足の遅さが、桜の花を早く見たいという焦りを感じさせている。友人である玄虎に早く会いたいという思いも重ねられているだろう。

年明けのよく晴れて寒い日、浅草橋駅東口に下車、水戸街道、現在の国道六号を南下すると、神田川に架かる橋に出る。これが浅草橋である。川の両岸に屋形船が係留されていて、船宿が並んでいる。芭蕉が乗っていた舟はもっと小さいはずだが、芭蕉の句ゆかりの場所で、遊船が見られるのはうれしい。

神田川のもっとも下流、隅田川に流れ入る直前の橋が、柳橋(やなぎばし)。南詰の銅板には、橋の歴史が刻まれている。最初に橋が架かったのは、元禄十一(一六九八)年、芭蕉の死後となる。

芭蕉が用いた柳原という地名よりも、この橋の名と同じ柳橋という地名の方にぼくは親しみがあった。この橋の周辺は、明治時代に東京を代表する花街となった。現在の橋は、昭和四(一九二九)年に架けられたもの。深い緑色の小さな橋だ。

俳句はトリミングの詩

柳橋の名前の由来が記されている。一説には「柳原堤の末にあったことに由来する」とある。芭蕉の句に用いられていた地名「柳原」が確認できた。もう一説として、「橋のたもとに柳の樹があったことに由来する」とある。

芭蕉の句の「柳原」は地名であるが、単なる土地の名とだけ読んでしまっては、この句を味わうことにはならない。「柳原」には江戸初期の神田川開削時から、その名のとおり柳が植えられていた。その地名の原点に立ちかえって、柳の葉の緑をしかと感じとりたい。すると、柳の緑が、まだ見えていない桜をさらに恋しく感じさせるのだ。

柳と桜とを合わせて詠んでいる古歌が思い出されてくる。


見わたせば柳さくらをこきまぜて都ぞ春の錦なりける　素性法師(そせいほうし)『古今和歌集』

和歌の意味は「京の都を遠くから見渡してみると、柳の緑と桜の桃色とが混じり合って、都全体が錦の織物のようだなあ」。

「花」と「柳」を合わせ句に詠み込んだ芭蕉は、この古歌を意識しているに違いない。素性法師の古歌は、春の京の都の全景をみごとに描きとっている。それに対して、芭蕉の句は神田川の土手を描いているだけだ。画面の中にかろうじて柳は入っているが、桜の花は画面の外である。俳句とはトリミングの詩であることを教えてくれる。ただ、神田川は江戸時代、江戸城の外堀として機能していた。省略によって、江戸城を含む江戸全体を想像させているのだ。そして、結果的に新興都市江戸が歴史ある京の都並みの春の美しさを獲得していることを讃えているのではないだろうか。

柳原堤の西端には筋違橋（すじかいばし）という橋があったとされている。筋違橋は現在はないが、秋葉原駅近くの万世橋（まんせいばし）と昌平橋（しょうへいばし）の中間あたりであるという。そこまで歩いていってみたい。

万世橋近くの旧万世橋駅は、神田川に沿って建てられた煉瓦（れんが）造りの長細い建築である。現在は衣料や雑貨を扱う商店や飲食店が入った新しい空間になっている。神田川に面したデッキにも出て、歩けるようになっている。神田川をさかのぼってきたが、川べりに接して歩ける場所はここだけしかなかった。このあたりには船宿や屋形船はいっさいない。静かな川面を見ていると白い鳥が飛び交っている。都鳥らしい。

みやこどり川のぼる舟なかりけり　實

橋を今日いくつわたりしみやこどり

（二〇一六・〇三）

第七章／晩年の世界

元禄七年
（一六九四年）

体調不良をおして関西へ旅立ち、
結果として大坂で帰らぬ人となった芭蕉。
最期まで彼の頭の中にあったのは
俳諧と旅のことであった。

【解説八】芭蕉最後の旅

元禄七（一六九四）年旧暦五月十一日、五十一歳の芭蕉は、江戸を発ち、故郷伊賀をめざした。名古屋ではかるみが理解できなかった弟子荷兮を説得したが、荷兮が応えることはなかった。伊賀では俳諧撰集『続猿蓑』の編集を終え、伊賀の門人達の出資で建った新庵で月見の会を催した。その後求められて、対立する二人の弟子のいる大坂に行って、二人の弟子の調停に疲れ、結果、死に至ることとなる。

芭蕉は、当時「かるみ」の指導に情熱をかけていた。日常の世界を日常のことばで詠う、ということは、簡単のように見えて、それ以前の俳境にとどまっている者にとっては、きわめて難しい。『冬の日』歌仙の芝居がかった世界で活躍した荷兮が、淡々としたかるみの新境地についていけなかったのは、当然だった。

蕉門を分断してしまう可能性があっても、芭蕉は信じるかるみの道を進めた。荷兮の家まで訪問して、連句を巻き、説得を続けた。しかし、どんなにか疲れたことだろう。

芭蕉自身も、古歌、漢詩、謡曲との交響が、得意な作者だった。そのような作者が、それらすべてを捨ててしまった上で句作しなければならない、となった時、恐怖を感じることはなかっただろうか。あたらしみを求めて、かるみを志しつつも、不安定な場所で、つかまるもののないような不安を感じたことが無かったとは言えまい。

芭蕉は大坂に出て、対立する二人の弟子、洒堂と之道の調停に疲れるばかりだった。しかし、芭蕉は、二人の弟子と平等に対していたわけではない、と思う。句作の才能も、編集の才能も持ち合わせていた洒堂の役に立ちたくて、大坂に赴いたのではなかったか。だから、調停はうまくいかない。その結果、洒堂は病床の芭蕉から遠ざかることになる。これが病の急変を招いたことの原因ではなかったか。

元禄三年正月二日付荷兮宛芭蕉書簡は、以下のように書き納められる。「四国の山ふみ・つくしの船路、いまだこころさだめず候」。意味は「四国の山を踏破することや、九州へ船で旅することは、まだ心を決めていません」。芭蕉は「おくのほそ道」の旅の後、西国への大旅行を検討しはじめていたことがわかる文面である。もし、これが実行されていたら、どんなすばらしい句文が生まれていたことか。しかし、その夢は大坂で絶たれ、芭蕉は本州を出ることはかなわなかった。それが、ただただ無念なのである。

麦の穂を便(たより)につかむ別(わかれ)かな

芭蕉

六郷橋を渡る

芭蕉は元禄七（一六九四）年旧暦五月、江戸から故郷伊賀に向けて出発する。生涯最後となる旅である。江戸の弟子たちとの別れに際して芭蕉が残している句があった。掲出句である。俳諧撰集『有磯海(ありそうみ)』（元禄八年・一六九五年刊）所載。前書に人々が川崎まで送ってくれて、餞別の句を言ってくれた。その返しとして詠んだ、という意味のことが書かれている。句意は「麦の穂を頼みとするものとしてつかんで別れていくことだなあ」。

春も終わりのよく晴れた日の午後、京浜急行電鉄本線六郷土手駅に降り立った。多摩川の東京側の駅である。かつて、多摩川には徳川家康が架けた六郷橋があったのだが、それが元禄のはじめ洪水で流されると、江戸防衛のため橋は渡されなかった。以後、二百年、渡し舟の時代が続いた。渡し舟に乗った芭蕉に再度江戸の土を踏めないという思いはよぎらなかったか。

今は立派な六郷橋が架かっている。橋の欄干には渡し舟の銅製の模型がのせられていた。橋に上って、歩道をいく。国道十五号の交通量はわりと多いが、歩道はひろびろとして歩きやすい。

並行して渡されている京浜急行の鉄橋の上で上り下りの電車がすれ違う。それが霞んでみえる。多摩川の河原はゴルフ練習場になっている。たくさんのひとが小さな球を打っている。芝生の端のうすれかけたあたりに蒲公英(たんぽぽ)が咲いている。

ところどころに生えている柳の木がうつくしく輝いている。草のなかに白磁の大便器が割れもせずにある。多摩川はゆたかに流れているが、どこが渡しかわからない。河原に小さな小屋を作って住んでいるらしき人がいる。卓と椅子とが並べてある。

まぼろしの麦の秋

川崎まで見送ってきた弟子たちの句が俳諧撰集『すみだはら』に採録されている。

刈り込みし麦の匂ひや宿（しゆく）の内　利牛
麦畑や出ぬけても猶（なほ）麦の中　野坡

利牛の句は「刈り込んだ麦の匂いがするなあ、川崎宿の中は」。野坡の句は「麦畑を通り抜けたと思ってもまた麦の中にいる」。

なかなかいい句である。麦が熟れ、刈り取る時期を迎えるころを「麦の秋」と呼ぶが、まさにそのなかを芭蕉たちは進んでいった。川崎宿は当時、周りを麦の畑に囲まれていて、そこでは収穫が進められていた。刈った麦の香ばしい匂いが届いてくる。川崎宿はまるで金色の海流のなかに浮かぶ島のようだった。

多摩川の堤を下って、道に出ると、そこに「旧東海道」と彫られた石碑が立てられてある。この碑に従って歩いていこう。それは芭蕉と門人たちが歩いた別れの道なのである。

案内板が立てられていて、このあたりから東海道第二の宿駅、川崎宿がはじまっていたことが示されている。その名残はない。ぎっしりと建物が埋まっていて、麦どころか農耕地はまったく見えない。あまなっとう屋があり、大きな麦酒の倉庫がある。コンビニ、テレクラ、パブ、居酒屋がある。しだいに市の中心に進む。

ちょうど京急本線京急川崎駅を見上げる位置に、宗三寺（そうさんじ）がある。ここは中世以来の古刹。門前に「かつて宿の賑わいの中で働いた飯盛女を供養する石像物が今に残る」と掲示がある。墓の掃除をしていた女性に教えてもらって訪ねると、墓の奥の隅に石仏と碑があった。仏はやさしい顔をして頬杖をついている。碑文は「紅燈巷女萬霊供養塚」。碑には昭和の年号が彫ってあったが、石仏はもっと古いものであろう。古い時代から祀られて来たのかもしれない。芭蕉のころからすでにあって眼にしたら、きっと関心を示したろう。

芭蕉句碑へ

案内板によると、もともと川崎は砂浜の低地で、多摩川の氾濫の際には冠水の被害にみまわれる地域であった。そのために旧東海道は比較的高い土地が選ばれ、そこに盛土もなされているとのことだ。それが他の道路と交わっている部分ではっきりうかがわれる。ことに市役所通りとぶつかっている部分では旧東海道が通っている部分のみ、かなりふっくらとしている。すでにこの道は幹線としては生きていないが、ここにまぎれもなく、第一級であった道の誇りを感じた。

小土呂（ことろ）橋を過ぎてしばらくすると「川崎宿入口」の道案内があった。馬嶋病院前である。切石を積んだ土居があったと書かれているが面影はない。ここが宿場の西の入口。ここを出ても芭蕉は門人たちと別れることができなかったのである。

さらに一キロ弱歩くと、掲出句の句碑があった。文政十三（一八三〇）年、一種（いっしゅ）という俳人が建立したもの。句は当時の名家、桜井梅室（さくらいばいしつ）が染筆している。覆堂が付けられ、注連縄（しめなわ）が張ってある。三色菫がよく咲いている。京急本線八丁畷駅前の書店主に聞いたところでは、近所の方が毎朝掃除をしているとのこと。芭蕉の句に誇りをもって暮らしているこの方々に敬意を表したい。

句碑の案内板をみると、このあたりにあった腰掛茶屋で芭蕉たちはだんごを食べながら休憩して句を詠んだと、小塚光治の『川崎史話』（上中巻・昭和四十年・一九六五年　下巻・昭和四十五年・一九七〇年刊）から抜粋して掲げてある。そのような口碑が土地には伝えられていたのだろう。

芭蕉はこの句で弟子たちにこんな遠くまで送ってくれたこと、とても世話になったことを謝し、弟子のいないこれからは頼りにはならない麦の穂にすがるしかないと挨拶しているわけだ。この心細さに永別の予感を読み取ることもできる。それでも芭蕉は旅に出なければいけなかった。

熟麦のなか、芭蕉と同行者の少年、次郎兵衛(じろべえ)が消えていくのを思う。線路の向こうから残っていた桜の花びらが散りかかる。八丁畷駅前の民謡酒場から三味線の連れ引きが漏れてくる。日暮れである。

たんぽぽに芝生まばらとなりにけり　實
渡し守去りてかへらぬ柳かな
飯盛の塚の椿やぼつてりと
道老いて道にまぎれず春の暮
残花あり句碑につくりて覆堂

（二〇〇〇・〇六）

どむみりとあふちや雨の花曇（はなぐもり）　芭蕉

取り合わせの間ににじむ疲労

元禄七（一六九四）年の夏は、芭蕉にとって最後の夏となってしまう。旧暦五月十一日、江戸を発って、故郷の伊賀を目指した。同行したのは、身辺雑用の手助けのために芭蕉庵に同居させていた、少年次郎兵衛であった。

芭蕉の弟子の放浪僧路通（ろつう）が、芭蕉の冥福を祈って刊行した俳諧追善集『芭蕉翁行状記（ばしょうおうぎょうじょうき）』（元禄八年・一六九五年刊）には、芭蕉の生涯最後の東海道の旅について詳しく書かれている。掲出句は、箱根宿（神奈川県箱根町）と島田宿（静岡県島田市）との間に置かれている。つまり、その間に詠まれた句ということになるだろう。

路通が記した前書には「しどけなく道芝（みちしば）にやすらひて」とある。「しどけなく」は「だらしなく」の意。「道芝」は「道端に生えている芝草」。芭蕉は道端の芝草の上で、だらしない姿で休んで、「あふち」（楝（おうち））の花を仰いでいるのだ。「どむみりと」は色合いなどが重くうるんで見えるさま。この場合は下に続く楝の花の形容になっている。「あふち」は木であり、梅檀（せんだん）の古名である。初夏に薄紫色の花をつける。ちなみに「花曇」は現在、桜の花の咲くころの曇天を指す、短い期間の季語として固定的に用いられているが、ここで芭蕉はもっと自由に、楝の花が咲くころの曇り空として用いている。このことばの使い方の自由さが、芭蕉という作家の魅力だ。

句意は「どんよりと棟の花が咲いている。雨が降り出してきた、棟の花の咲くころの曇り空であることよ」。「どむみりとあふちや」という部分と「雨の花曇」という部分とが照応しあっている、取り合わせの句である。うるんでいる花の湿った命が引きだしたかのように、曇り空から雨が降り出してくる。徒歩の旅人にとって、雨は歩きにくくつらいもの。棟の花を見上げていた芭蕉が雨に気づいたときには、落胆の思いがきざしたことと思う。「どむみりと」咲いている棟の花と、雨が降り出す曇り空の取り合わせには、難所箱根を越えて旅の疲れのたまった身体を想起させるものがある。有名な句とは言えないが、芭蕉最晩年の取り合わせ俳句として重要な作品と、ぼくは考えている。

寺の歴史をものがたる巨樹

さて、今日はどこを歩くか。芭蕉が掲出句を残したのは箱根宿以西、島田宿以東のどこか、である。その間にぼくがまだ歩いていない東海道の宿場は多い。とりわけ理由もないが、今日は藤枝宿（静岡県藤枝市）を歩いてみようと思った。三月も終わろうとする日、東海道本線藤枝駅下車、北へ一キロほど歩くと、青木の交差点に出る。

ここから旧東海道に入り、北々東へと進む。瀬戸川の橋、勝草橋を渡ると、上流、下流ともに桜が満開を迎えていた。平日ではあるが、花見客が多く出ている。案内板によれば、江戸時代、この川に橋はなかった。川越による徒渡しがなされていた。川越は島田宿の大井川が有名だが、大井川だけではなかったのである。

橋を渡って進むと、大慶寺がある。境内の大きな松がみごとだ。鎌倉時代に日蓮上人が立ち寄って、手植えしたと伝えられている。静岡県の天然記念物に指定されている巨樹である。見上げると枝には鳥の巣が見えた。

芭蕉は日蓮に関心が深く、日蓮の忌日「御命講」を句に詠んでいる。「菊鶏頭きり尽しけり御命講」（『忘梅』安永六年・一七七七年刊）。句意は「日蓮の忌日に花を供えるために菊も鶏頭もみな切り尽くしてしまったよ」。

次に蓮生寺を訪れた。開山である蓮生は、『平家物語』の「敦盛最期」の段における平敦盛との一騎討ちで名高い熊谷直実が、仏門に入ってからの名である。藤枝の長者が、蓮生に帰依して、長者の屋敷を寺にしたのだ。この寺には藤枝市の天然記念物があった。イブキ（ヒノキ科ビャクシン属の常緑高木）の巨樹である。芭蕉はまた敦盛についても須磨で句を詠んでいる。「須磨寺やふかぬ笛きく木下やみ」（『笈の小文』）。句意は「須磨寺の木下闇にいると、吹かない笛の音が聞こえるような気がする」。

藤枝宿の東海道沿いの寺一つひとつに大きな木があり、歴史がある。芭蕉もこれらの木の下に休んで、寺の歴史について語りあったかもしれない。自然の中に入っていく旅人にとって、木は力を貸してくれるものだった。掲出句の楝の花もその一つだ。ただ、楝の花はあまりに物憂げで、特異である。今日見た常緑の松やイブキの生命力に比して、芭蕉の句の楝の花は、他にみない陰影の濃い表現の媒体となる植物だったのである。

棒投げて犬走らしむ花曇　實

日蓮上人手植の松の鳥の巣よ

（二〇一八・〇六）

さみだれの空吹(ふき)おとせ大井川

芭蕉

東海道の難所、大井川

元禄七（一六九四）年旧暦五月、芭蕉は江戸を発ち東海道を故郷の伊賀へと向かった。同行したのは、身の回りの雑用の手助けをさせていた次郎兵衛少年であった。これが、芭蕉最後の旅となる。五月十五日、雨の中、島田宿着。島田は大井川東岸の宿場町。大井川は古い馬子唄に「箱根八里は馬でも越すが、越すに越されぬ大井川」と歌われた、東海道最大の難所であった。雨なので旧知の俳人塚本如舟(じょしゅう)に止められて、泊まった。ところが、翌日は折りからの五月雨のために、大井川の水量が増して、川留め。渡ることがかなわない。渡しが再開するのは十九日まで待たなければならなかった。その間、芭蕉は如舟の家に世話になっている。

掲出句はその間に作られた。俳諧撰集『有磯海』に所載。

句意は、「梅雨のため増水した大井川に向かって、長雨を降らせるうっとうしい空を吹き落してくれ」と呼びかけているのである。勢いがあり、大きい。それほど有名ではないが、芭蕉の名句と言ってもいいだろう。

東海道本線島田駅下車。駅の北側に室町時代の連歌師宗長(そうちょう)の庵跡の碑が立っている。並んで掲出句の碑も立っているが、上部が破損している。いたいたしいのだが、自然の強大なエネルギーを詠んだ句に似合っているとも思える。川留めの間、芭蕉も宗長の庵跡を訪れている。

旧東海道に出て藤枝方面にすこし戻ると、静岡銀行島田支店がある。ここが如舟邸跡と伝えられている。小さな石碑に、如舟の出た塚本家が島田の名家であったこと、川留めのため芭蕉が四日間、滞在したことなどが刻んである。

川留めが生んだ文化

旧東海道を約二キロ西へと進むと、国の史跡、島田宿大井川川越遺跡がある。川会所(かわかいしょ)を中心に、番宿(ばんやど)が保存、復元されている。川会所は水深によって変わる料金を決めるなど、川越えを管理していた所。番宿は人足の集合場所。川会所では川越えについてのさまざまを教えてもらえた。

当時、人々は人足一人の背で越える「肩車」か、四人以上の人足が担ぐ輿(こし)のような連台に乗る「連台越し」で川を渡った。「連台」の実物も展示してあった。芭蕉は如舟に便宜をはかってもらって、次郎兵衛少年とともに、連台に二人で乗り、川を越えたのではないか。

川越えの管理責任者を川庄屋(かわしょうや)と呼んだが、その最初の一人が如舟であったこともここで教えられた。また、川留めについても厳密な規則があったことを知った。水深四尺五寸(約百三十六センチ)を脇通(わきどおし)と呼んでいる。人足の脇の下まで水が来る深さである。これを越えると、安全に川越えができなくなるため川留めとなった。芭蕉が島田にいた元禄のその日もこの深さを越えていたのだ。

川越遺跡の並びに建てられている島田市博物館にも川越えについての展示がある。解説に「旅人にとっては迷惑な川留めも、宿にとってはなくてはならぬことだった。川留めによって発展した島田の文化は川留め文化といえる」という意味のことが書かれていた。まさにその「川留め文化」の最良のものとして芭蕉の掲出句がある。川留めがなければこの句が生まれることもなかったのである。

博物館を出ると、すぐ目の前が大井川である。堤の満開の桜がうつくしい。江戸時代、大井川の架橋渡船は許されなかった。敵が江戸に侵攻するのを防ぐための自然の要害として利用していたのである。現在は大井川橋が架けられている。昭和三(一九二八)年竣工。車が通る橋に並行して人専用の橋がある。橋を歩きながら見渡すと、河原や中洲が大きい。川の流れはそれほど深くはないようだ。江戸時代の川越えの際の水深の名称を使えば、人足の股のあたりまで水の来る股通（またどおし）というところか。上流のダム建設が影響を与えているようだ。ただ、水は澄み、深みは青く見えている。そして、何より橋が長い。全長千二十六メートル。歩いても歩いても渡り終えない。この長大さに大井川の手ごわさを感じた。

　頭の中で、橋を消し、河原も中洲もすべて厚くおおう濁流を想像してみる。一転、芭蕉の句の世界となる。大井川を渡って故郷に帰るためには、水量が減って川留めがとけなければならない。そのためには雨を降らしつづける空が消滅してほしい。芭蕉の願いからこの句は発想されている。同時に芭蕉は眼前の水嵩（みずかさ）を増した大井川の迫力に圧倒されている。渡河のかなわぬことなど忘れて、雄大な自然に打たれている。芭蕉はこの川の激流と一つになっているのだ。それを、「五月雨の空吹き落せ」という部分の強い気息に感じる。

大井川けふ股通さくらさく　實

永き日の橋歩いてもあるいても

（二〇〇九・〇六）

涼しさを飛騨のたくみが指図(さしず)哉(かな)

芭蕉

豪商野水への挨拶

元禄七(一六九四)年旧暦五月、江戸を発った芭蕉は、東海道を西へ故郷伊賀を目指した。この年の冬に逝去する芭蕉にとって、最後の東海道である。二十二日に名古屋に着。掲出句は二十三日、門人野水(やすい)の家を訪れた際に残している。野水は、名古屋を代表する豪商。当地ではじめて現金売りを行った呉服商で、芭蕉が名古屋滞在の折には身元引受人にもなっていたという。

門人桃隣編の俳諧撰集『陸奥鵆(むつちどり)』に所載。「尾州(びしゆう)(現在の愛知県西部)野水新宅」と前書がある。また、江戸の弟子杉風に芭蕉が書き送った閏(うるう)五月二十一日付書簡のなかにも記録されている。そこには「野水隠居所支(し)度(たく)の折ふし」と前書がある。野水が建てていたのは隠居所で、当時普請中であった。

掲出句の「飛騨の工」は、奈良時代や平安時代に飛騨国(現在の岐阜県北部)から上京して、朝廷の建築工事にたずさわった名匠たちのこと。この伝統があるため、飛騨は名棟梁の出る国と考えられていた。「指図」は、家の設計図の意。

句意は、「涼しさを感じさせるような家を建てようと、飛騨の工がよく考えた設計図であるなあ」。眼前の設計図をしかと見て、そのみごとさを讃(たた)えている。

『徒然草』五十五段「家の作りやうは夏をむねとすべし」(意味は「家を建てる際には、暑い夏を過ごしやすくすることを中心に考えなさい」)という部分の影響を受けている句でもある。

今日は野水の旧居を訪ねてみたい。名古屋市営地下鉄鶴舞線・桜通線丸の内駅下車。阿部喜三男他著『芭蕉と旅　上』によれば、野水旧居跡は現在の中区丸の内二丁目七番の辺であったという。丸の内駅の一番出口を出て、京町通を東に進み、長島町通と長者町通にはさまれているあたりの南側が、当該地である。

新しいビルが建ち並んでいる。ゆかりの呉服屋などは、一軒もなかった。白い掲示板を見つけた。かけよってみると野水に関わるものではなく、「柳河春三（やながわしゅんさん）出生地」という掲示であった。春三は幕末の洋学者で、発行した「西洋雑誌」「中外新聞（ちゅうがいしんぶん）」は日本における雑誌・新聞の創始となる、とある。野水の一族が絶えて、この地に住んだものの中から、歴史に残る存在が出ているのだ。ただ、野水や芭蕉についての掲示を見いだすことはできなかった。すこし北へ歩くと、那古野（なごや）神社、名古屋東照宮の桜がまさに満開を迎えていた。

名古屋の俳人たちと芭蕉との距離

杉風宛の書簡には、野水に送った芭蕉の挨拶句がもう一句書き記されている。「すずしさの指図（さしず）にみゆる住居哉（すまいかな）」。句意は「涼しさがまず設計図から感じられてきます。近い将来きっとすばらしい住居ができあがるでしょう」。

芭蕉は野水に新しい家の設計図を見せられ、挨拶句を二句作った。杉風宛書簡から当日の事情が知られる。同行した名古屋の門人、越人に二句を見せてどちらがいいか相談している。すると、越人は「すずしさの指図にみゆる住居哉」の方が優れていると評価した。芭蕉の評価は違っていたが、その場では口にしなかった。ところが、杉風宛書簡のなかでは、掲出句の方が優れていると書いているのだ。

越人が評価した「すずしさの指図にみゆる住居哉」と掲出句はどう違うのか、考えたい。句の中心となるのは、切字「かな」が付けられている「住居」だが、「住居」は現実には完成していないものだ。実際には見えないものが、中心になっている。家が完成する未来が描かれているのだ。

芭蕉が評価する掲出句「涼しさを飛驒のたくみが指図哉」において中心となる「指図」は、実在のものであり、一枚の紙という確かな質感がある。飛驒という国名から、山の涼気と木の香とが流れこむような感じもする。こちらは、設計図を眼前にしている今と向き合っている。

野水、荷兮ら名古屋の俳人たちは、芭蕉とともに『冬の日』五歌仙を巻き上げ、蕉門を打ち立てたが、その後芭蕉は変わっていく。「かるみ」とは奇矯（ききょう）な発想を排し、ふだんのことばの質感をいつくしんで作る方向性だが、名古屋の連衆は「かるみ」の作風についていけなかった。「住居哉」の句を選んだ越人も、「かるみ」を理解できない名古屋俳人の一人だったのだ。芭蕉はその状況を改善しようと、名古屋を訪れた。その場で越人を否定しなかったところに、思いの切実さが表れている。それは名古屋の俳人たちが心を許せる友ではなくなっていることを確認することでもあった。芭蕉は孤独だ。

帽子もて落花受けたる少女あり　實

花盛烏（からす）低きを飛びゆける

（二〇一六・〇六）

世を旅にしろかく小田(おだ)の行(ゆき)戻り

芭蕉

「代掻き」という新季語

元禄七（一六九四）年旧暦五月、芭蕉は江戸を発ち東海道を西へ向かい、故郷の伊賀を目指した。芭蕉最後の東海道の旅である。二十二日に名古屋に着き、門人荷兮の家を訪れ、三泊した。その間に荷兮ほか八人の名古屋の俳人たちと歌仙を巻いている。掲出句はその際の発句である。

芭蕉の弟子支考が編んだ句文集『笈日記』に所載。支考が付けた前書には「尾張の国に入て、旧交の人々に対す」とある。荷兮らは、貞享元（一六八四）年に芭蕉とともに『冬の日』五歌仙を巻き、蕉門という新しい流派をともに打ち立てた仲間だったのだ。

句意は、「この世を旅に過ごしている私の生涯は、農夫が代掻き(しろかき)をして、田を行きつ戻りつしているのと、変わりません」。

「代掻き」が季語である。田植えの準備のために、水を張った田の面を人力や牛馬で掻きならし、苗の発育をよくすることである。東海道の路傍で芭蕉は目にすることがあったのだろう。稲作が機械化される以前は、重労働であった。大きな歳時記を見ても、「代掻き」の芭蕉の句以前の用例は見つからない。芭蕉が初めて季語として用いたことばである可能性がある。

名古屋市営地下鉄鶴舞線・桜通線丸の内駅下車。六番出口を出ると伏見通の東側である。曇天に外堀通の桜が見える。阿部喜三男他著『芭蕉と旅　上』によれば、荷兮旧居跡を、現在の中区丸の内二丁目一番、九番、一六番のあたりにあったと推定している。ちょうど今出てきた地下鉄の出口のあたりになる。このあたりはオフィス街で、ビルが建ち並んでいる。第二次世界大戦の空襲で焼き払われてしまって、古い建物はいっさい見あたらない。

『芭蕉と旅　上』によると、芭蕉の愛した弟子杜国の旧居跡は、伏見通の西側にあり、荷兮旧居跡の向かいあたりになる。杜国はすでに元禄三年に没してしまっていた。芭蕉は荷兮邸を訪れる際、かつて杜国の住んでいた家を見て、杜国の不在にあらためて胸を衝かれているはずだ。

反かるみ派とかるみ派

最晩年の芭蕉を苦しめたのは、大坂の二人の弟子洒堂と之道の対立であった。その二人の調停につとめるうちに芭蕉の命は尽きてしまった。ただ弟子たちが対立していたのは、大坂だけではなかった。名古屋でも対立が起こっていた。芭蕉が訪ねた荷兮は、『冬の日』の歌仙の中心的存在であったが、その後の芭蕉の作風の変化、平明軽妙洒脱をめざす「かるみ」の追求についていけなかった。「かるみ」の作風に逆行する作品集『曠野後集』（元禄六年・一六九三年刊）まで公刊してしまっていた。名古屋の門弟には近年芭蕉に入門した露川もいた。露川は「かるみ」を理解している。つまり、名古屋の蕉門は、荷兮を中心とする反「かるみ」派と、露川を中心とする「かるみ」派の、二つに分かれてしまっていたのだ。

芭蕉は自分から遠ざかろうとしている荷兮を切り捨ててしまわない。荷兮の誤解を解き、名古屋の蕉門の対立を解消しようと試みた。そのために荷兮宅を訪れ、歌仙を巻いたのだった。

あらためて掲出句を読んでみよう。旅の生涯を重労働の代掻きにたとえている句である。芭蕉の深い疲労を感じとることができる。苦労して旅をして、俳諧の新しみを切り開いてきたが、古くからの仲間は離れてしまい、新たな仲間と対立している。自分の生涯とはいったい何だったのか、無駄だったのではないか、と自分自身に問いかけている趣がある。これほどの自省を感じさせる芭蕉の句は、ほかにはない。

けれど同時にこの句は、荷兮への挨拶の思いも含んでいる。「東海道の行き戻りの折々には、名古屋の荷兮さんにお世話になってきました。今までありがとう。今後ともお願いします」という思いも読みとれる。

脇句は主荷兮が付けている。「水鶏の道にわたすこば板」。句意は「水鶏の歩く道に、屋根に葺く薄板を敷き渡してある」。「芭蕉先生、足場の悪いところをようこそお越しくださいました」という思いがこもる。発句と脇句には、思い合う気持ちが通じていると読めるが、全体を通してみるとどうか。

歌仙全体は雑でちぐはぐなもので、駄作に終わっている。十年を経て、芭蕉も荷兮も変化していた。荷兮らと融和を図ろうという芭蕉の思いつきが失敗に終わったことが、歌仙自体からわかる。芭蕉の疲労と失望とがさらに深まったことも想像がつく。芭蕉最後の夏である。

地下鉄の出口へ花の飛びきたる　實

高速路出口地上へ花の中

（二〇一五・〇六）

水鶏（くいな）なくと人のいへばやさや泊（どま）り　芭蕉

くいな最中と水鶏塚

元禄七（一六九四）年旧暦五月二十五日、芭蕉は名古屋を発ち、木曾川のほとりの町、佐屋（現在は愛知県愛西市）を訪れた。東海道を故郷伊賀へと向かう芭蕉最後の旅の途上である。

掲出句は俳諧撰集『有磯海』所載。「水鶏が鳴くと人が誘うので、その勧めのとおり佐屋に泊ってみたことだよ」という句意。まことに素直な句である。この句は、数十年前、大先輩の俳人、森澄雄さんから聞いたことがある。好きな芭蕉の句についてうかがったら、この句を挙げて、何度か暗誦してくださった。森さんは飄々とかろやかな口調で唱えられ、芭蕉発句のしなやかさ大きさについて説かれた。

名鉄名古屋駅から名鉄名古屋本線・津島線・尾西線に三十分程度乗車、佐屋駅下車。暮春のうららかな午後、駅前の通りを西へ行き、北上すると、商店街に出る。壁に「くいな最中」と大書した和菓子屋がある。掲出句ゆかりの最中である。買ってみると、最中の皮に水鶏の姿が浮彫になっていた。

水鶏は嘴の長い鴫（しぎ）のようなかたちの鳥である。沼など湿地を好み、繁殖期の夜、雄がキョッキョッキョッと戸を叩くような声で鳴く。そのため「水鶏たたく」と鳴き声を詠われてきた。平安時代以来、夏の題として和歌に詠まれている。和歌の夏の鳥といえば、まず時鳥（ほととぎす）を思うが、時鳥ほどの格はない。もっと親しみがある。だから、芭蕉もこの鳥の鳴き声に誘われて来たと詠んだのだろう。

さらに北に進むと、佐屋八幡社があり、その奥に掲出句の句碑「水鶏塚」が建てられている。紅白の躑躅（つつじ）の咲く句碑のほとりで、八幡社の氏子総代の話をうかがうことができた。江戸時代、東海道の宮（現熱田）から桑名までの間は海上を舟で行く「七里の渡し」であった。それとは別に脇街道「佐屋街道」も用意されていた。陸路、宮から佐屋まで行き、佐屋からは海路、桑名までの「三里の渡し」である。海路が短いため、旅人に愛用され、佐屋宿は栄えたそうだ。当時このあたりは沼地。明治期に埋め立てられた佐屋川の支流が流れていて、八幡社の鳥居まで舟で来ることができたという。水鶏も多くいただろう。

荷兮と露川の深刻な確執

当地に芭蕉を招いたのは、名古屋蕉門の新鋭、露川とその弟子、素覧（そらん）であった。泊まらせたのは山田庄右衛門。藩主らの休息所「佐屋御殿」を預かる御殿番で、句碑の立つ地に別邸があった。まさにこの地で、芭蕉と露川、素覧は半歌仙を巻いて、楽しんだのである。句碑は芭蕉没後四十一年の享保二十（一七三五）年、露川門の俳人たちが建てた。この時代の、芭蕉が句を詠じた地に建てられた句碑は貴重である。近所で育ったという総代は、子どものころ、この句碑に上って遊んだことをこっそり教えてくださった。隣の公園のぶらんこでは子どもたちが今も盛んに遊んでいる。

当時、名古屋蕉門ではベテラン荷兮らとルーキー露川らとの間に深刻な確執が生じていた。荷兮らは芭蕉の「かるみ」と呼ばれる作風すなわち知識を排し平明なことばで詠っていく新傾向について行けず、「かるみ」を理解し同調する露川らを攻撃していた。このたびの芭蕉の名古屋訪問には、この対立を融和させるという目的があった。芭蕉は荷兮宅に二泊して荷兮を喜ばせるが、その間、露川は顔を出さない。芭蕉が名古屋郊外で荷兮らと別れた後、ようやく露川らは現われ、佐屋へと案内した。『有磯海』の掲出句の前書には「露川が等（ともがら）、さや（佐屋）まで道おくりして、共にかりね（仮寝）す」とある。この事情を知ると、掲出句には「かるみ」まで理解し得ている同志への親愛の情にあふれているように思う。

ただ、芭蕉自身の掲出句への評価は低い。元禄七年閏五月二十一日付曾良宛書簡に、佐屋での句を「不埒（ふらち）なる云捨（いいすて）（ふとどきな詠み捨ての句）十句ばかり」と記している。水鶏が鳴いているという事実は句中の人のことばにたよっていて、鳴き声は書きとめられていない。現代の観点からすれば、芭蕉が実際に佐屋で水鶏を聞いたかどうか、わからないと批難することはできる。しかし、ぼくは水鶏の鳴き声そのものよりも露川らとの交情のほうをたいせつに詠む句作りに魅かれる。さらに、この句を繰り返し読んでいると、句の背景に水鶏の鳴き声をたしかに聞き取ることができる。芭蕉は作ったばかりの自句の判断を誤ったと、ぼくは思えてならない。これは秀句である。

露川が付けた脇句は「苗の雫を舟になげ込（こむ）」。この「舟」は田植舟。早苗を積んで運び水田に浮かべておく手押しのごく小さな舟のことだ。句意は「雫のついた早苗を田植舟に積み込んでいる」。このあたりの農夫までもが芭蕉を歓迎しているかのようだ。発句と合わせて読むと、水郷の田植の様子がよく浮かぶ。水鶏の声をせつに聞きたくなった。

紅白の躑躅密なり照らさるる　實

ぶらんこを漕ぎに漕ぎたりこども跳ぶ

（二〇〇九・〇七）

御前(おまえ)はしんと次の田楽(でんがく)

芭蕉

神の気配を感じさせる句

掲出句は五・七・五音の発句（俳句）ではない。七・七音の連句の付句である。芭蕉の死の年、元禄七（一六九四）年閏五月二十二日、京都嵯峨の去来の別荘である落柿舎で巻かれた連句の中にあるものだ。この連句は「柳小折片荷(やなぎこりかたに)は涼し初真瓜(はつまくわ)　芭蕉」を先頭の句、発句に置いた、三十六句よりなる歌仙。発句の句意は、「旅の荷を入れた柳行李と真桑瓜とを振り分けて肩にかついでいるが、その片方の今年初めての真桑瓜が涼しげである」。洒堂編の俳諧撰集『市の庵(いちのいおり)』（元禄七年・一六九四年刊）に所載されている。

発句から数えて二十三句、連句用語で言えば名残の表五句目の「薄雪の一遍(いっぺん)庭に降(ふり)渡り　支考」の句の後に、掲出句は付けられた。連句は前句と付句とで一つの世界をつくりあげる。二句まとめての句意は「薄雪が庭全体にひととおり降り広がっている。奈良、春日の神殿の前で、さまざまな芸能が奉納されているが、次の田楽の芸が披露されるのを期待して待ちつつ、しんと静まりかえっている」。支考が詠んだ、薄雪の覆った清浄無垢の景色に、芭蕉は「おん祭」の芸能奉納の様子を連想したのだ。神の気配さえも感じさせるみごとな付句である。

この連句が巻かれたときからさかのぼること五年。元禄二年の冬、郷里伊賀に滞在していた芭蕉は、「おん祭」を見るために奈良に出て来た。元禄三年旧暦一月十七日付の愛弟子杜国宛の書簡にはこう記録されている。「拙者も霜月末、南都祭礼見物して、膳所へ出(いで)、越年」。意味は「私も旧暦十一月末に、奈良で祭見物をしてから、近江の膳所へ出て、年を越しました」。芭蕉の時代、「おん祭」は旧暦十一月二十七日に行われていた。この書簡の「南都祭礼」は「おん祭」であると考えられる。「おん祭」で見た景色が、五年の時間を経て、芭蕉の付句に現れたのである。明治以降には、おん祭は十二月十七日に執り行われるようになった。現在もこの日に行われている。なおこの手紙を出した二カ月後、杜国は死に、芭蕉は慟哭する。

なぜ田楽か

この事実を知ってから、芭蕉が見たおん祭を自分の目で見たいと願うようになった。昨年、その願いがようやくかなった。十二月十六日が十七日に変わろうとする深夜、ぼくは奈良春日大社の南方約百メートルにある春日若宮の社前に待機していた。若宮神がこれから「お旅所」へ移る「遷幸の儀」が始まろうとしているのである。すべての明かりが消されている。暗いが眼も慣れてくる。雅楽が鳴りはじめ、榊の葉に厚く包まれた若宮のご神体が眼前を過ぎていった。榊の葉鳴りが続いて不思議な気配が濃い。ぼくも若宮の伴として、神を尊ぶための「警蹕」といわれるウォーという声をあげながら歩む。すがすがしい気分になってくる。音楽や宗教がまさに生まれている場に居合わせているような心持ちである。大社本殿の脇を通って西へ約一キロメートルほど進むと「お旅所」。若宮はこの「お旅所」という仮の神殿で丸一日をお過ごしになるのだ。午前一時、庭には火が灯されている。すでに神殿に入った若宮のために食事が上げられ、神楽が始まっている。そろそろホテルに帰ろう。

明けて昼ごろから、風流行列がある。芸能集団や大名行列らが奈良市内を巡り歩くのだ。さらに午後二時過ぎからお旅所祭が行われ、夕刻から夜十時過ぎまで、芸能が行われる。芭蕉の付句にはまさにこの場面が描かれていた。神楽、田楽、猿楽、舞楽と日本の芸能史そのものと言ってもいい出し物が続くのだが、その中でなぜ芭蕉は田楽を選んでいるのか。

田楽は平安時代から行われた芸能。もともと田植えなどの際、舞い踊ったりするところから出発している。田楽踊と曲芸を中心とする芸である。春日大社、元権宮司岡本彰夫によれば、江戸時代までは興福寺がおん祭を後援し、田楽の装束、道具の一切を担当したという（「『おん祭』と奈良人形」『ひととき』平成二十年・二〇〇八年十二月号）。田楽がおん祭を代表する芸能であると、芭蕉は直感的に感じていたのではないか。田楽の赤を基調とした華やかな衣装は目立つ。とりわけ笛を担当する二臈法師は頭に巨大な花笠をかぶっている。田楽が見物人の期待をそそる芸能であることは、江戸時代も今も変わらないのだろう。

芸能は、神楽、東遊、田楽と進んでゆく。いまは東遊が行われ、芝舞台に少年たちがりりしく舞っている。芝舞台の東に設けられた幄舎に、衣装を整えつつ、出を待つ田楽座の面々がいた。話しかけると、きさくに語ってくださった。「ほかの芸能に比べて、比較的アクロバティックな動きをするのが田楽の芸の特徴です。ただ、ふだんは普通の仕事をしているので、なかなか練習はできません。おん祭で、計四回行う奉納がたいせつになります」。静かにしっかりとお話しくださった。このような一人一人が、現代までおん祭を支えてきたのだ。

叫びつつ神の伴せりおん祭　實

若宮に飯うづたかしおん祭

（二〇一〇・一二）

六月や峰に雲置(おく)あらし山

芭蕉

芭蕉の自賛、其角の称賛

元禄七（一六九四）年旧暦六月、京都嵯峨野の門弟去来の別荘落柿舎に芭蕉は滞在していた。掲出句は落柿舎からの眺めを句にしたもの。この夏が、芭蕉にとって人生最後の夏となり、この滞在が、人生最後の京滞在となった。

掲出句は其角編の俳諧撰集『句兄弟』（元禄七年・一六九四年刊）所載。

句意は以下のとおり。「旧暦六月である、梅雨が明けた、嵐山の峰から入道雲が湧きだしている」。

珍しく、芭蕉自身が自賛している句である。弟子土芳が記録した俳論『三冊子』の中で、芭蕉は次のような意味のことばをもらしている。「掲出句の『雲置あらし山』という部分が、句作りで骨を折ったところだった」。芭蕉は「雲置あらし山」という表現に落ち着くまで迷い、ようやくこの表現を得た。そして、この表現に絶対の自信をもっていたのだ。

また、其角は、『句兄弟』の中で同時代の秀句をいくつかに分類しているが、掲出句は「豪句」というグループに入れている。「豪句」とは、豪快な句という意。其角は、名山嵐山の堂々たる姿を描き出している点を評価している。現代においても掲出句は、風景を雄壮に捉えた芭蕉の代表句と評価されている。

東海道新幹線京都駅下車。山陰本線に乗り換えて、嵯峨嵐山駅下車。落柿舎へと向かう。現在の落柿舎は、明和七（一七七〇）年に再建されたもので、芭蕉のころとは位置が変わっている可能性があるかもしれない。

落柿舎の受付の男性に、「ここから嵐山は見えますか」と尋ねてみた。南南西の方角に大きく見えている山を指差して「ええ、あの山がそうです」と答えてくれた。「落柿舎の主である去来に、『柿主や梢はちかきあらし山』という句があります。商人にこの庭の柿を売る契約をし、金を受け取った後、嵐で柿がぜんぶ落ちてしまったのです。その時去来は商人に金を返してやり、別荘に落柿舎と名付けることとしました。『梢はちかきあらし山』とあるとおり、嵐山は近くに見えます」。位置が少しずれたかもしれないが、今の落柿舎からも嵐山が近くに見える。ぼくが落柿舎から見ている風景は、芭蕉が見た風景とそれほど違うものではあるまい。

「嵐山の桜はいつごろ咲くのでしょう」と問うと、「市内の桜は咲き始めました。市内より気温が一、二度低いので、あと一週間くらいでしょうか」と。

京、そして去来への惜別

大堰川のほとりに出て、渡月橋を渡る。向こう岸の嵐山はほの赤らんでいるように見えた。山全体に植えられている桜の蕾がふくらんできているのだ。

嵐山は、古来より和歌に詠み込まれてきた地名、歌枕である。平安時代には紅葉の名所として知られ、紅葉の和歌が多く詠まれた。鎌倉時代以降には桜も植えられ、桜の和歌も詠まれるようになった。

芭蕉は桜も紅葉もない嵐山に対して、興味を失わない。それどころか、歌人たちが見向きもしなかった六月の嵐山に真摯に対している。俳諧独自の新たな世界を打ち立てようとしているのだ。

「六月や」という上五が大胆。「みなづき」ではなく、「ろくがつ」と読む。芭蕉が弟子杉風に送った書簡には掲出句が記されてあり、「六」の字には芭蕉自身が「ロク」と読みをつけている。どうしても「みなづき」と柔らかなやまとことばでは読まれたくなかったのだ。たしかに漢語で読むことで、強さが生れる。

現代のぼくらは「六月」というと梅雨を思ってしまうが、芭蕉にとっては旧暦の六月である。梅雨は明けている。江戸時代においては、梅雨明けの強い陽光を感じる季語であった。明治時代に新暦が用いられるようになって以来、季語におけるすべての月名は、旧暦と新暦との時差をもつ二重のイメージを喚起するものとなってしまっている。

「峰に雲置あらし山」は、「峰」と「山」という二つの地理のことばを含み、「雲」と「あらし」という二つの気象関係のことばを含んでいる。ふつう句中に併存したら、ぶつかりあってしまうところだが、「峰」は「山」の部分であり、「山」に従う存在。また「あらし」は地名の一部分ゆえに一句が成り立っているわけだ。嵐という強い風の名を含んでいる山なのに、峰には吹き飛ばすこともなく入道雲を置いている。この矛盾が、一句に自然のかぎりない力が籠っている印象を与えている。芭蕉は無意識のうちに、遠からざる自分の死を意識して、嵐山を透徹した眼で見ているのかもしれない。

嵐山を讃えることは、嵐山が見える地に建つ落柿舎の主、去来その人を褒めることにもなっている。花でも紅葉でもない、雲のそびえる嵐山は、実直な去来の人柄にふさわしい。掲出句は、芭蕉が愛した嵯峨野、さらに広く言えば、京という街、そして、芭蕉が信頼していた去来という男への惜別の句であったとも読めるのだ。

（二〇一一・〇六）

嵐山ほのあからむや花を待つ　實

花待つやひもろぎ朱きあらし山

瓜の皮むいたところや蓮台野

芭蕉

俳諧の世界の名所探し

元禄七（一六九四）年、芭蕉は生涯最後の夏を京と大津とで過ごしていた。掲出句は、同年六月に京都嵯峨野にあった門弟去来の別荘落柿舎で作られたと推定されている。

掲出句はこの年の七月から芭蕉に随行し、臨終までをみとることとなる支考の編んだ句文集『笈日記』に収録。前書が付されている。「門人の人々が芭蕉の周りに集まっていて、瓜の名所はどこだろうという話題になった。そこで、みながたくさんの地名を言い出した中に」という意味のものであった。

名所とは本来和歌の世界のものであった。桜の名所といえば吉野（奈良県南部）であり、紅葉の名所といえば竜田川（奈良県北西部）であった。和歌において桜が詠まれる際、吉野という名所が膨大に詠まれてきた。このような固定的な和歌の名所（歌枕）に対して、芭蕉たちは俳諧の世界の新たな名所（俳枕）を発見しようとしているわけだ。

瓜は真桑瓜のこと。甘くみずみずしいもので、芭蕉の好物である。和歌の世界において、瓜は題としてほとんど認められていなかった。室町時代になって初めて、連歌において使われた題である。その題にふさわしい名所を探しているのだ。

句意は「真桑瓜の皮をむきかぶりついて、喉の渇きを癒したところ、そこが蓮台野であった」。瓜の名所を探る座談のなかで、新たな名所の一つとして蓮台野を提案をしてみた、という句である。蓮台野は、洛北の船岡山の西麓あたりという。今日は蓮台野を歩いてみたい。

生と死のコントラスト

五月の連休明けの一日、東海道新幹線京都駅に降り立った。駅前から市バス五〇号系統に乗車、上七軒（かみしちけん）の停留所で下車した。このあたりから蓮台野なのであろう。京都はその三方を死者を葬る地に囲まれていた。東の鳥辺野（とりべの）、西の化野（あだしの）、そして、北のここ蓮台野である。死者を葬るためには寺が必要である。そのため多くの寺が建てられているのだ。

まず、大報恩寺（千本釈迦堂）に参る。鎌倉時代の本堂がそのままに残されている。洛中で最古の木造建築物で、国宝に指定されている。千本通に出て、引接寺（いんじょうじ）（千本ゑんま堂）に行く。寺の裏には供養池があり、池に面して小さな石仏がたくさん並べられている。古い墓地そのままの雰囲気が、ここに伝えられていると思った。千本通をさらに北に進むと、上品蓮台寺（じょうぼんれんだいじ）がある。この寺の前身である香隆寺（こうりゅうじ）の僧、定覚（じょうかく）がこの地を蓮台野と名付けたと伝えられている。

千本通と北大路通の交差点の北東の角には、後冷泉（ごれいぜい）天皇火葬塚がある。平安時代の天皇の火葬がここで行われたことを示している。これも蓮台野名残の遺跡である。囲いの奥の緑が涼しい。

近衛天皇火葬塚は千本通の交差点の南をすこし西に入ったところにある。近くに来ているはずだが、見つからない。たまたま家の前で庖丁を研いでいる男性がいたので尋ねると、塚への入口を教えてくださった。平安時代末期の天皇の火葬塚の周囲にも住宅がぎっしり建て込んでいた。「いつぐらいからこのあたりは住宅地になったのでしょう」とうかがってみると、「家が建ち並びだしたのは昭和のなかばぐらいでしょうか」とのことであった。

芭蕉が蓮台野を訪れたのは、親しい人の墓に詣でるためであったか。墓地の近くの茶店で出された真桑瓜が、渇いた喉にうれしかったのであろう。あるいは、知人の同様の体験を聞いたのかもしれない。そこで蓮台野と瓜とが、強く結びつくことになったのだ。

蓮台野は葬（ほうむり）の地、死の匂いの濃い地名である。芭蕉に近づいている死の運命が無意識のうちにこの地名を引き寄せているのかもしれない。それに対して、「瓜の皮むいた」という表現は、生の輝きに満ちている。芭蕉はこの時点でただただ生きようとしていた、そのことも想像できる。無意識の死と意識的な生とのあざやかなコントラストが読みとれるのだ。

蓮台とは、蓮華座（れんげざ）のこと。蓮の花のかたちに作った仏像の台座である。この地に葬られるものはかならず極楽に往生することを保証してくれるような地名である。半分に断ち切って、皮をむき終えた瓜の身は、蓮台に付属している蓮弁（蓮の花びら）にかたちが似ているような気がする。

「瓜の皮むいたところ」と芭蕉は口語を使っている。これは座談において、芭蕉が使ったことばに近いのではないか。芭蕉は興じているのだ。新しい名所を見出そうとする話題が、そして門弟たちと話すこと自体が、芭蕉にとってこころから楽しかったことを意味しよう。

近衛帝火葬塚（このえていかそうづか）新緑に一花（いっか）なし　實

新緑や堀水（ほりみず）澄める火葬塚

（二〇一四・〇七）

夏の夜や崩（くずれ）て明（あけ）しひやし物

芭蕉

芭蕉は死の予兆を感じたか

芭蕉最晩年の夏である元禄七（一六九四）年の旧暦五月、芭蕉は江戸を出て伊賀に帰郷した。半月ほど伊賀に滞在した後大津に出、さらに京都に来て、六月十五日ふたたび大津へと戻った。大津での主な滞在先は、義仲寺境内の無名（むみょう）庵であった。翌十六日には、門弟の曲翠邸で夜通しの宴が行われて、芭蕉も参加した。掲出句が詠まれたのは、その翌朝である。

芭蕉の弟子の支考が、芭蕉が訪れた地を訪ねて師の作品を収集して編んだ『笈日記』所載。芭蕉の弟子沾圃と芭蕉とが共に選にあたった俳諧撰集『続猿蓑』にも収録。こちらには、支考が書き残した当夜の記録「今（こ）宵賦（よいのふ）」と掲出句を発句として巻かれた連句の歌仙一巻が記録されている。「今宵賦」の末尾の一文は次のとおり、「そゞろに酔（よい）てねぶるものあらば、罰盃（ばっぱい）の数に水をのませんと、たはぶれあひぬ」。「罰盃」は中国の詩の会で詩ができないと飲まされる罰の酒。意味は「わけもなく酔って眠ってしまうものがいたとしたら、罰の酒と同じ量の水を飲ませようとふざけあった」。この提案はおそらく芭蕉が行ったのだろう。親しい友人が集まっての遠慮のない会であることが想像できる。

掲出句の「ひやし物」とは、「果物や野菜を冷やして盛ったもの」、「素麺などを冷やしたもの」と諸説あるが、『新日本古典文学大系　芭蕉七部集』（岩波書店・平成二年・一九九〇年刊）の上野洋三氏の説、羹（あつもの）を冷やした物、が自然だと思った。「羹」とは野菜や魚肉を煮た吸い物である。

句意は「夏の短い夜が明けて、もてなしの椀の羹を冷やした一品が崩れてしまっている」。夜通しの宴の後のさびしさを、崩れた「ひやし物」に託している秀句である。

「崩て」いるものは、「ひやし物」であり、「明し」ものは「夏の夜」である。これをわかりやすく改悪すれば、「夏の夜の明けて崩れしひやし物」となるだろう。主語と述語、修飾語と被修飾語を近づけると、句意が伝わりやすくなる。しかし、芭蕉はあえてそうしなかった。そのために「夏の夜」自体が崩れているような感じを受け、さらには掲出句自体までこわれてしまっているような印象を覚える。晩年の日常語を使った句境「かるみ」の代表作とする説もあるが、語順を変えて読みがたくしているところに、単なる「かるみ」とは違う感じを味わった。崩れているのは、実は芭蕉自身ではないのか。芭蕉が四カ月後に来る死の予兆を感じとっているような気までするのだ。

脇句は主(あるじ)の曲翠作

さて、今日は掲出句が詠まれた、曲翠邸址を訪ねてみたい。大津には芭蕉の弟子たちが多く住んでいたが、居宅跡がわかっている弟子は少ない。曲翠はその内の一人である。京阪電鉄石山坂本線の瓦ヶ浜(かわらがはま)駅下車。駅前の郵便局で、曲翠邸の位置を尋ねてみたが、わからないという。地元の人にあまり知られていない場所のようだ。駅から北へ百五十メートルほど歩くと、専光寺(せんこうじ)がある。寺の角を西へ入って進むと、道の左側、個人の住宅の前に「菅沼曲翠邸址」と彫られた石柱があった。書は文芸評論家保田與重郎によるもの。奥にアパートが建っていて、その名も「曲翠ハイツ」。ただ、人はもう住んでいないようであった。

曲翠は近江蕉門の中心となる俳人である。芭蕉の書簡は、曲翠宛のものがもっとも多く残っていて、借金の申込書まである。芭蕉によく尽くした曲翠は、自分の伯父である幻住老人が隠棲していた国分山(こくぶやま)の幻住庵を修復して、芭蕉に提供している。曲翠がいなければ、幻住庵で元禄三年の一夏を過ごすことはなく、芭蕉の俳文

『幻住庵記』は生まれなかった。曲翠は膳所藩の重臣であり、後の享保二（一七一七）年に藩内でひそかに悪事をはたらいていた曽我権太夫を討ち果たし、自身も切腹して終わった。

　掲出句に付けた曲翠の脇句は、「露はらりと蓮の縁先」。句意は「縁側の先に咲いている蓮の花の露がはらりと動いた」。蓮の花弁の上の露の動きを、みずみずしく捉えている。脇句には、発句と同じ季節が詠まれる決まりとなっている。発句には「夏の夜」「ひやし物」という二つの夏の季語が含まれていた。脇句の「蓮」は、夏の季語。しかし「露」は秋季。この場合、「蓮」の方が主季語として生きているのである。

　発句では宴席の明け方の空虚感が詠まれたのに対し、脇句では蓮の咲く庭のすがすがしい様子が詠まれている。発句のひやし物の崩れと脇句の露の動きとが呼応しているかのようだ。

義仲寺の芭蕉若葉に謝しにけり　實
子雀に曲翠の墓あたらしや

（二〇一八・〇七）

数ならぬ身となおもひそ玉祭り

芭蕉

亡くなった親しい女性への句

元禄七（一六九四）年旧暦六月、京都嵯峨野の落柿舎に滞在していた芭蕉は、江戸深川の芭蕉庵に留守の間住まわせていた寿貞（じゅてい）という女性の死を知り、大きな衝撃を受ける。江戸の知人である猪兵衛（いへえ）から書簡をもらったのである。

いつも盆に故郷の伊賀上野に帰るとは限らない芭蕉だが、兄半左衛門から今年は帰るように手紙で促されて帰郷することとした。兄を始めとする親戚とともに、松尾家の菩提寺の愛染院（あいぜんいん）で盆の行事を営んだ際、亡くなった寿貞のことを思い出したのだろう。掲出句が詠まれるのである。

俳諧撰集『有磯海』所載。「尼である寿貞が死んだと聞いて」という意味の前書がある。すでにこの世のものではない女性に呼び掛けている句なのである。寿貞がどういう女性であるかは、後述する。句意は「とるにたらぬご自身と思ってはなりません。この盆の折にあたって、あなたのご冥福を祈ります」。芭蕉が門弟以外の女性、それも亡くなった女性に贈った句というものは、これ以外に知らない。

関西本線伊賀上野駅で伊賀鉄道伊賀線に乗り換え、上野市駅下車。梅雨晴れで、ちょっと蒸す午後である。駅前の観光案内所の小さな建物がなくなってしまっている。駅員の方にうかがってみると、駅前に新しいビル「ハイトピア伊賀」ができて、その中に入ったとのことだ。新しい観光案内所の女性に、現在地から愛染院までの道筋を絵地図上に赤鉛筆でなぞってもらう。上野郵便局の前を通る大通りを東へと進むのだ。愛染院は芭蕉生家のごく近く、生家の一筋東を南に折れたところにある。

愛染院は真言宗豊山派の寺で、本尊に愛染明王を祀っていることから、この名がついた。この寺には芭蕉の遺跡、故郷塚（ふるさとづか）がある。芭蕉の遺骸は自身の遺言により大津の義仲寺に葬られているが、芭蕉の死の知らせを聞いて義仲寺に駆けつけた伊賀の弟子土芳と卓袋が形見として遺髪を持ち帰り、この寺の松尾家の墓所に納めた。これが故郷塚である。茅葺き屋根の小さな覆堂の下に、白々とした花崗岩の石碑が据えられてある。中央に「芭蕉桃青法師」、右に「元禄七甲戌（こうじゅつ）年」左に「十月十二日」と三行に刻まれている。芭蕉の名と、亡くなった年と忌日である。読みにくいが、たどれる。文字は芭蕉の高弟嵐雪の書。故郷伊賀の芭蕉の墓なのである。紅花が手向けてあった。芭蕉が『おくのほそ道』の旅の際、山形の尾花沢付近で見た花である。

芭蕉の妻か、甥の妻か

さて、寿貞とは誰か。風律（ふうりつ）という俳人が残した『小ばなし』（宝暦（一七五一～六四年）ごろ成立か）という書に、蕉門の野坡からの聞き書きとして、寿貞は芭蕉の若い時の妾、内縁の妻的存在であったという記述が見える。芭蕉が女性と暮らした時期があったということを思うと、芭蕉の人生に、にわかに彩りが加わるような気がする。ぼくが愛読する『芭蕉全発句』の著者、評論家の山本健吉も、寿貞が芭蕉の妻であったとして掲出句を鑑賞している。

寿貞に関して、俳文学者の今栄藏、田中善信の二人が論戦を繰り広げていた。今説は、寿貞は芭蕉の甥である桃印の妻であったというのである。寿貞は桃印と暮らし、子どもも残しているようなのだ（『芭蕉伝記の諸問題』新典社・平成四年・一九九二年刊）。

田中説は、驚異的である。寿貞はもともと芭蕉の妻だったが、桃印と駆け落ちをして、桃印の妻になったというのだ。それが、芭蕉の日本橋から深川への移住の原因になったとも書かれている（『芭蕉二つの顔』講談社・平成十年・一九九八年刊)。芭蕉の人生が、ドラマチックなものになってくる。

ただ、『おくのほそ道』の旅の後、江戸に戻ってきた芭蕉は、労咳(肺結核)をわずらった桃印を引き取り看病をして、結局その末期を看取ることになる。また、元禄七年、故郷に生涯最後の旅に出た後の芭蕉庵に芭蕉は寿貞を住まわせている。芭蕉を裏切って駆け落ちした二人だとしたら、芭蕉はこの二人をここまで愛することができただろうか。またひとたび芭蕉を裏切った二人だとしたら、ここまで芭蕉に甘えることができただろうか。

寿貞とはどういう人なのか。現段階ではわからない、というしかないだろう。

寿貞の死を知らせてくれた猪兵衛に返信する際、芭蕉は「寿貞は不幸な人でした。哀れさはことばでは言い尽くすことができません」と書いた。生前どういうかかわりがあったかはわからないが、感謝や敬愛や謝罪など深い思いが流れているのをこの句に感じないわけにはいかない。

ぼくが滞在している間、愛染院には誰も詣でる人がいなかった。墓の上を渡って揚羽が飛んできた。

故郷塚紅花の束生けてあり　實

あふられて揚羽高しよ墓の上

(二〇一三・〇八)

顔に似ぬほつ句も出(いで)よはつ桜

芭蕉

秋に作った桜の句

元禄七（一六九四）年の秋は、芭蕉の生涯最後の秋となる。江戸より故郷の伊賀に三年ぶりに戻ると、実家の庭には伊賀の門人たちが出資して建てた新しい草庵「無名庵」ができていた。八月十五日には、芭蕉は無名庵で月見の会を催し、多くの門人を招いている。出資してくれた門人たちに感謝の気持ちを表しているのだ。伊賀の弟子たちは、芭蕉にしばらく落ち着いてほしくて草庵まで建てたのだが、芭蕉は九月には伊賀を発ち大坂へと向かい、もはや二度と故郷に戻ることはなかった。

掲出句は芭蕉一門の最後をかざる俳諧撰集『続猿蓑』所載。「ほつ句」は俳句のこと。句意は、「今年初めての桜が咲きだした。老いた顔にも似ない、若やいだ俳句も生まれ出てくれよ」。

季語は「はつ桜」、今年初めて咲いた桜の意で、春の季語になるのだが、なんとこの句は秋の伊賀滞在中に作られている。伊賀の門人土芳が残した芭蕉の伝記『芭蕉翁全伝』によれば、当時芭蕉は無名庵で『続猿蓑』の選にあたっていた。その際、土芳と句の作り方や人の情について語り合っている際に、ふと思いついて書きつけられた句であるとのことである。

これも、土芳が残した俳論書『三冊子』のなかで、この句の成立事情に触れている。下五の季語をいろいろ置き変えていたところ、ふと「初桜」ということばにあたって、その初の字がもっともふさわしいとして、この季語に決定した、と記録している。

土芳と会話を交わしているなかで、「顔に似ぬほつ句も出よ」という一節が生まれたのだろう。芭蕉はその一節に季語を取り合わせて、俳句にしてみようと思って、さまざまな五文字の季語をこころみに置いてみた。老いた風貌に似ない若々しい句を切望する、という意味から、まず桜に当たりがつけられる。桜に関連することがらで、下五に据えることのできる五文字の季語には、芭蕉がそれまでの句に使っているだけでも、初桜はじめ姥桜、山桜、糸桜、児桜（ちござくら）などがあった。それらのなかで、もっともういういしくみずみずしい「初桜」が選ばれ、取り合わせた一節との適合が吟味され、決定しているのだ。ぼくら現代の俳人も、まず季語を含まずにできた一節に、季語を探して加えるという句作をよくやる。同じことを芭蕉はしているのだ。芭蕉がにわかに近づいてきたように感じた。

ここで、芭蕉が当季の秋の季語を使っていないことも、興味深い。「いま現在秋なので、秋季の句を作る」という挨拶の作法は、芭蕉のもっとも得意としてきたものだ。ところが、掲出句の場合、その作法からも芭蕉は自由になっている。亡くなるほんの少し前に底が抜けたような自在さを得ていることに、心から驚く。

談笑のなかで詠まれた句

今日は芭蕉翁生家の裏庭に無名庵跡を訪ねたい。関西本線伊賀上野駅から伊賀鉄道伊賀線に乗り、上野市駅下車。年末、空は澄み渡っている。伊賀鉄道の踏切を渡り、西へ向かう広い通りを十分ほど歩くと、芭蕉翁生家である。

裏庭には「無名庵跡」の碑がある。ここにかつて芭蕉の弟子たちが結んだ庵があったのだ。庭の芭蕉は枯れ果てているが、枇杷（びわ）の大木がちょうど花をつけている。冬椿もよく咲いていて、まったき一輪が苔の上に落ちていた。霜が降りた庭の地面には、たくさん穴が空いている。蟬の穴ですかと管理の女性に聞くと、「そうです、この夏よく鳴いていました」とのことだった。

「顔に似ぬほつ句も出よ」が誰に向けて詠まれたのか、二説ある。一説は自分に対して呼びかけたもので、もう一説は仲間に対して勧めたというものである。当季の季語を用いないこともあって、作られたその時は、芭蕉自身に対して呼びかけたのであろうと考えられる。

現在俳句作りには、高齢の作者が多い。ぼく自身もいつか歳は六十を超えた。今読んでいるぼくらにとっては、そんな自分たちへの呼びかけの句とも読みうる。句作りの前に「顔に似ぬほつ句も出よ」と唱えてみると、句の発想が自由に若々しくなるのではないか。

掲出句は、芭蕉と土芳とが二人で桜の季語を挙げ合う、明るい談笑のなかで作られたのであろう。最晩年の、死の数カ月前の芭蕉にこういう楽しい時間があったことがうれしい。

（二〇一八・〇三）

霜の土なほ蟬の穴くづれざる　實

落椿瑕疵(かし)なかりけり苔の上

びいと啼尻声かなし夜の鹿

芭蕉

鹿の鳴き声の句

元禄七（一六九四）年の秋は、芭蕉の生涯最後の秋となる。しばらく故郷の伊賀上野に滞在して、俳諧撰集『続猿蓑』の編集を行っていた。門弟支考の助力を得てそれを完成させた後、芭蕉は老いて弱っていた体調を押して、大坂へと向かう。対立を深めていた二人の弟子、洒堂と之道とを和解させなければならないと思ったのだ。その途中、奈良に寄っている。掲出句は奈良に入った九月八日夜の作である。

句意は、「『びい』という長くあとを引く声が悲しい、奈良の夜の牡鹿は」。芭蕉は「びい」と鹿の鳴き声を聞き取っている。この「びい」という音が、印象的であり、忘れがたい。音、鳴き声そのものが詠まれている句は珍しい。

掲出句は同行の弟子支考の著書『笈日記』所載。同書の中で、掲出句の成立事情を書きのこしている。「その夜は月も明るくて、複数の鹿の声が乱れて聞こえたのが、しみじみと趣深いので、夜の十二時前後に、宿を出て芭蕉先生は猿沢池のほとりを吟行しました」。

今日は芭蕉が歩いた猿沢池の周辺を歩いてみたい。奈良線奈良駅下車。九月も半ばであるが、残暑が厳しい。興福寺を目指し、南側の階段を下りれば、猿沢池である。

もともとこの池は興福寺の放生会（捕獲した魚などを放つ宗教的行事）のために造られた、人工の池であるという。覗きこむと、亀が泳いでいる。小さな島があって、そこにはたくさんの亀がぎっしりと甲羅を乾かしていた。亀について詳しくないのだが、外来種のミドリガメが大きくなったものが多いのではないか。現代においても個人的な放生がなされていると想像することができる。

池のほとりに鹿も見つけた。空き地で、草を食べている。すぐそばには弁当を広げている男女がいて、小さな犬を連れていた。犬は鹿に興奮して、さかんに吠えるのだが、鹿はまったく気にしない。勢いよく草を食べつづけている。吠えたてる小さな犬よりも、鹿は強い。

奈良の春日山は神山として、伐採が禁じられてきた。奈良の鹿は、そこにおわす春日明神の使いとして、たいせつに守られてきた。原始林からやってくる鹿は、自然そのものと言ってもいいだろう。

芭蕉、「末期の耳」

鹿は奈良のいたるところにいたが、今回鳴き声を聞くことはできなかった。鹿の声とは、発情期の牡鹿が牝鹿を求めて鳴く切実な声である。もっと秋が深まらないと聞くことはできないのだろう。ただ、現在インターネットの動画投稿サイトというものがあって、そこで鹿の声を聞くことができた。たしかにあとを引く声で鳴いている。「びい」と書き表すのもわからないでもない。芭蕉の耳はたしかであった。

鹿の声を聞くことで生まれる悲しさは、平安時代以降和歌で繰り返し詠われてきたテーマだ。その代表は「奥山に紅葉踏みわけ鳴く鹿の声聞くときぞ秋は悲しき」(『古今集』)。歌意は「奥山で紅葉を踏み分けて鳴いている鹿の声を聞いているときこそ、秋という季節は悲しく感じられる」。

芭蕉は「悲し」という語を用いて、和歌以来の伝統につらなりつつも、耳にした鹿の声そのものを描写しようとしている。まず、「びい」という音を聞き取り書きとめる。さらには「尻声」(長くあとを引く声)という歌語にはない日常語を用いて、鳴き声の特徴をつかむ。たしかにことばで音を具体的に捉えているのだ。これは芭蕉以外の誰もなしえなかったこと。老いて、衰えて、死を無意識のうちに感じていたかもしれない芭蕉の、

「末期（まつご）の目」ならぬ「末期の耳」が、鹿の声を捉えているのではないか。

支考が記録していた、芭蕉が深夜に鹿の声に誘われるように宿を出て「吟行」しているエピソードにも、感動する。「吟行」とは野外に出て俳句を作ること。ぼくら現代の俳人もさかんに吟行はするが、ぼくらが俳句のために出歩くのは、もののよく見える昼の間に限られる。ぼく自身は、もののかたちの見えにくくて、こころ細い夜には、行ったことはない。ぼくらの世界を捉える方法は、目に重心がかかりすぎている。

それは、明治時代に正岡子規の提唱した「写生」、見てデッサンするように書くという方法に強く影響を受けているからなのだろう。かかる芭蕉好きのぼくでさえ、子規の写生の呪縛にとらわれていたわけだ。そもそも吟行ということばは、子規が発明したものではなく、もっと以前からのものなのである。芭蕉らの吟行は奥深い。真に芭蕉の句に学ぶとしたら、夜の句、視覚以外の感覚を生かした句にも、挑戦してみないといけない。

島をこぼれ亀泳ぎだす秋旱（ひでり）　實

鹿の糞は小さき球体ばらまかれ

（二〇一二・一一）

菊の香や奈良には古き仏達

芭蕉

古代のものを心にかけて

元禄七（一六九四）年旧暦九月八日、芭蕉はしばらく滞在した郷里伊賀を発って大坂に赴く。これが芭蕉にとって最後の旅となった。出発がこの日になったのは、九日の重陽の節句を奈良で迎えようという気持ちからである。この節句には酒盃に菊を浮かべた酒を飲んで長寿を祈るという意味があった。体力の衰えを感じていた芭蕉は古都奈良で菊の酒を酌んで、衰老に傾きつつある体調を回復させたいと考えたのである。支考が残した『笈日記』によれば、奈良での宿は「猿沢の池のほとり」であった。体は衰えているが、月も美しく鹿の声も響いていたので、「かの池のほとりに吟行」した。奈良は芭蕉の愛した地であった。

掲出句は『笈日記』所載。句意は「菊の香が漂っている、奈良には古い仏像群が居並んでいる」。芭蕉は古き物、時代を背負ったものに関心が深かった。そのようなものを見ると深い感激を味わった。その感激は『おくのほそ道』の壺の碑や鹽竈神社の「宝燈」、そして平泉の中尊寺を見ての記述によって知ることができる。東北にも残されているが、そのようなものは奈良が本場である。奈良の古きものにどんな関心を持っていたのだろうか。

土芳の『三冊子』に次のような記述が見える。「一年大和の法隆寺に、太子の開帳有。そのころ、太子の冠見落し侍るとて、後の開帳に又赴かれし也。かゝる古代のものを心にかけて、旅立れし師の心のほど、思ひやるべし」。意味は「ある年、大和の法隆寺で聖徳太子像の開帳があった。芭蕉先生はその際、太子像の冠を見落としたということで、後年の開帳に再度向かわれた。このような古い時代のものに関心をもって、旅立たれた先生の心の有様を思いやるべきだ」。芭蕉は法隆寺の開帳で聖徳太子像を見るが、その冠を見落としたということで、次回の開帳を待って再訪する。大安隆の『芭蕉　大和路』によれば、この聖徳太子像（摂政像）は法隆寺聖霊院に伝えられている、壮年の姿を刻んだ藤原時代の像である。現在、国宝に指定されているこの像は、太子の忌日である旧暦二月二十二日の聖霊会に毎年開帳されてきた（現在では三月二十二日に行われている）。この像の冕冠は中国の天子が戴いていたもので、頭上に板を乗せ、その周囲に飾りの糸縄を垂らしている。まさにこの像の見どころであった。なんという粘り強い執着であることか。芭蕉は「古人の跡をもとめず、古人の求たる所をもとめよ」という空海のことばを愛した（「許六離別詞」〈俳諧撰集『韻塞』〉所載）。意味は「古人が残した形骸を追わず、古人が求めようとしたものを追い求めよ」。開帳に再度おもむく執着によって、「古人の求たる所」を見極めようとしているのだ。

興福寺曼荼羅の仏達

さて、掲出句はどんな場所がイメージされているのだろう。「仏達」ということばから堂に数多くの像が祀られているような印象を受けてきた。それは法隆寺でも、「若葉して御めの雫ぬぐはばや」を残している唐招提寺でもないような気がする。ぼくはこの句を誦するたびに東大寺法華堂（三月堂）の内陣を思い出していた。そこには不空羂索観音像を中心に天平の乾漆像、塑像が十数体立ち並んでいる。「二月堂に籠もりて　水とりや氷の僧の沓の音」という句を残している芭蕉が、二月堂に隣るこの堂を拝していないとは考えがたい。

ぼくが訪ねたのは八月なかば、蟬声が堂をつつんでいた。西の窓から夕暮れの光が差し込むと、乾漆像の表面に残っている金や朱や緑が映える。堂を守っている方もこの時間が一番見えやすいと言っていた。不空羂索観音が前に組んだ手に挟んでいる水晶の宝珠にライトを当てて見せてくれる。江戸時代にはどんなかたちで参拝がなされていたのか尋ねたが、わからないとのことだった。観音の前には菊や鶏頭など秋の花が生けてあった。

奈良に来て興福寺から春日大社のあたりを歩いていると、「春日宮曼荼羅」の中を歩いているような気分になる。この曼荼羅は天上から春日大社の社殿と周辺を眺めた図である。その絵のなかを歩いている自分をもう一人の自分が天から見下ろしているというような不思議な気分になるのだ。その垂迹曼荼羅のもっとも古い形式を持つものが「興福寺曼荼羅図」(京都国立博物館蔵)である。春日大社の社殿は上部にわずかに描かれていて、その下には興福寺の諸像が丁寧にぎっしりと描かれている。西金堂に当たる部分には釈迦如来を囲んで阿修羅像など八部衆像や釈迦十大弟子の姿も見える。「な良には古き仏達」とはまさにこの絵のイメージでもあるとも思う。今まで芭蕉が拝してきた奈良のさまざまな仏達を高いところから見下ろしているような雰囲気も感じられるのだ。

取り合わせている「菊の香」は懐かしく、古の世を思わせて、うごかない。「花」でなく「香」のみを出したのも、諸像のイメージを立たせるのに与(あずか)っている。芭蕉は遠くない死を意識している。そして、南都の仏像に与えられている永遠の命を思う。その命をみずからの句にも分かちたいと願っているような気がするのだ。

うつしみのわれ汗しつつ像の中　實

涼新た宮曼荼羅の内あゆむ

(二〇〇二・一〇)

升買て分別かはる月見かな　芭蕉

芭蕉最後の参詣

元禄七（一六九四）年秋、芭蕉は奈良から大坂に入る。大坂での俳諧師の地盤争いで対立していた、門人洒堂と之道とを仲介するためであった。芭蕉は二人の家に交代に泊まり、二人同席の俳諧を催し、関係の修復をはかっていた。そのうち体調をくずしてしまう。毎日、日暮れごろより、寒気と頭痛におそわれていたのである。芭蕉の死はこの年、十月に迫っている。

その九月十三日、芭蕉は住吉大社に詣で、宝の市を見物している。生涯、神仏をたいせつにしたが、これが最後の参詣となってしまった。住吉大社は神功皇后の新羅出兵の際、神助があったとして創建された神社、摂津国一の宮。仁徳天皇が開いた港、墨江の津とともに、大坂発展の礎となった。宝の市は神に新米を捧げる行事であった。境内で売る升を用いると、豊かな富を得られると伝えられていた。

掲出句は、その祭を詠んでいる。支考著『笈日記』所載。句意は「升を買って、俗な儲けごころが生まれてしまい、後の月見をするという雅なこころは失せてしまいました」。

芭蕉はこの日、月見の会を門弟畦止邸で行う予定であった。しかし、雨も降り、日頃の体調不良のため、宿としていた洒堂邸に帰ってしまった。翌日、改めて催された畦止邸での俳席で出された発句であった。昨日の欠席の理由を、自身の体調のことは伏せて、一見ユーモラスに詠っている。

亭主による脇句は「秋のあらしに魚荷つれだつ　畦止」。「秋のにわかな嵐で魚の荷を運ぶかたわら飛脚を兼ねた魚荷も、心細げに連れ立って行くような天気でした。私どもも先生同様、とても月など楽しめませんでした」と受けている。

今日はこの句の舞台、住吉大社を訪れたい。南海電鉄南海本線住吉大社駅を降りて、東に向かうと、路面電車が走っている。阪堺電気軌道（はんかいでんききどう）である。その道の向こうに神社の鳥居が見える。そこが住吉大社。鳥居の脚が円柱ではない。四角柱であるのが、独特である。暑い日となった。朱色の太鼓橋の欄干が熱くなっている。

宗因の句に導かれて

橋を渡ると、井原西鶴の小さな句碑がある。『好色一代男』（天和二年・一六八二年刊）などの浮世草子を書き出す前の西鶴は俳人であった。この社頭で西鶴は、一昼夜になんと二万三千五百句もの連句を詠み残している。いわゆる「矢数俳諧（やかずはいかい）」である。貞享元（一六八四）年のことであった。蕉門の俳人其角がこの場に後見人として、参加していたことも有名だ。ただ、芭蕉がここで西鶴を話題にしたかどうかはわからない。

芭蕉は住吉大社を訪ねるに当って、西鶴とともに芭蕉も師事していた西山宗因の句を思い出していた。同行していた支考筆『芭蕉翁追善之日記（ばしょうおうついぜんのにっき）』（元禄七年・一六九四年成立）には「住吉の市とは名のみ聞（きき）て、宗因の『さらば〱』となぐられし跡のなつかしくて詣（もうで）けるに」とある。「住吉の宝の市は名前ばかりを聞いておりましたが、宗因が『さらば〱』と発句を書きなぐられた跡がなつかしくて詣でました」という意である。宗因の発句は「九月十三日宝の市詣（もうで）て　住吉の市太夫（いちだゆう）殿へさらば〱」『宗因発句集』（成立年不詳）。残念ながら、ぼくには「住吉の市」から引き出されるように「市太夫殿」なる人名が出てくるという、調子のよさしか理解できない。芭蕉は愛誦（あいしょう）していた宗因の句に導かれて、この神社のこの市を訪ねたのだ。

本殿は住吉造（づくり）といわれる特殊な建物。四つの本宮が並ぶ。芭蕉も一つひとつ参っていった。祈るのは洒堂と之道の和解であったはずだ。掲出句の「分別かはる」という表現には、二人ともいいかげん「分別」を「替」

えて、仲よくしたらいいではないか、という芭蕉の苦い思いも感じとられる。しかし、二人の弟子は最後まで和解することなく終わった。この二人の弟子の対立が、芭蕉の死期を早めているのである。

授与所の巫女は髪に松をかたどった「かざし」を付けている。松には二羽の白鷺が遊び、太陽と月とが付いている。芭蕉の句を言って「宝の市ではいまでも升を売っていますか」と聞くと、「現在は扱っていません。升の販売はいつかすたれてしまいました」と言う。芭蕉ゆかりの升は、宝の市を訪ねても手に入れることはできない。残念である。境内に芭蕉の句碑を見つけられなかったことを言うと、住吉公園の入口にあると教えてくれた。

住吉公園は大社への参道である潮掛道(しおかけみち)を中心に設けられたもの。句碑は元治元（一八六四）年に建てられている。海岸の岩を使ったものだろう。上部に丸い穴が空いていて、月に見立てられていた。かつては潮掛道という文字の意味どおり、海辺であったが、現在は埋め立てが進んで、海は遠い。熊蝉がはげしく鳴きしきっている。

太鼓橋欄干も灼(や)けわが服も　實
緑蔭の潮掛道となりにけり

（二〇〇七・一〇）

床(とこ)に来て鼾(いびき)に入るやきり〴〵す

芭蕉

鼾に示される親愛感

元禄七（一六九四）年旧暦九月、芭蕉は奈良を経て大坂に来た。弟子之道と洒堂の不和を仲裁するためである。之道は地元大坂在住の俳人であり、洒堂は、俳諧撰集『ひさご』の編集を行った俳人である。芭蕉の仲裁は、結果的に不首尾に終わる。そして、大坂滞在中に芭蕉は体調を崩し、十月十二日に逝去している。

掲出句は、近江国膳所の門弟正秀(まさひで)に旧暦九月二十五日付で出した書簡に記されている。「洒堂が予が枕もとにていびきをかき候を」と前書がある。「洒堂宅の洒堂と同じ部屋に泊まっている。わたしの枕元で、洒堂がいびきをかいているのを次のように詠んだ」という意。大坂に来た芭蕉は、まずお気に入りの洒堂の家に泊まっていたのだ。句意は「こおろぎが寝床にやってきて鳴いている。鼾の合間にその声が聞こえる」。和歌俳諧において、「きりぎりす」は「こおろぎ」のことを意味した。

この句は中国古代の『詩経』の詩の次の部分を踏まえている。「七月　野に在(あ)り／八月　宇(のき)に在り／九月　戸(と)に在り／十月　蟋蟀(しつしゅつ)　我が牀下(しょうか)に入る」。こおろぎは、七月には野に棲み、八月には軒下に来て、九月には戸口におり、十月になると、寝床に入ってくる。秋から冬への季節の変化をこおろぎの位置によって示している。ものさびしさも深まってくる様子まで巧みに感じさせている詩である。

芭蕉の句には、秋が深まって「牀下に入」ってきたこおろぎのものさびしさだけでなく、鼾に出会って驚いているという滑稽味もある。もともと芭蕉には「いびきの図」という作がある。芭蕉が愛した弟子、杜国の鼾の音を墨で描きとった絵である。芭蕉は杜国の鼾を愛おしんだ。芭蕉は同じ鼾を詠むことを通して、洒堂への親愛感を表しているのである。九月二十五日の時点において、芭蕉は発熱していて、体調は悪化しているが、まだまだ楽観的だ。之道・洒堂とそれぞれの弟子を一堂に会した句会を指導することで、二人の対立を好転させうると信じていた。

元禄文学の聖地

大坂の文学遺跡について詳しい三善貞司の『大阪の芭蕉俳蹟』（松籟社・平成三年・一九九一年刊）によれば、洒堂の家は生玉町（現在の大阪市天王寺区）にあったとのことである。大阪市営地下鉄（現・大阪メトロ）谷町線・千日前線谷町九丁目駅下車。残暑が厳しい。まず、生國魂（いくくにたま）神社を訪ねる。この神社は、延宝八（一六八〇）年、西鶴が一昼夜に四千句を詠みあげた矢数俳諧を行ったことで知られている。近松門左衛門の代表作『曾根崎心中』（元禄十六年・一七〇三年初演）も、生國魂神社の境内を舞台としている。元禄文学における聖地の一つと言えよう。

残暑厳しいせいか、境内に人気はない。裏手の稲荷神社に回ると、女性が繰り返し繰り返し拝んでいた。百度参りをしているのだろう。神社を出ると、近くには巨大なラブホテルが聳えている。白亜の列柱が眩しく、屋上には巨大な竪琴が秋の日に輝いている。生玉は、聖と俗とが共存する不思議な場所なのだ。

芭蕉は掲出句を次のかたちに改作した。

猪（いのしし）の床（とこ）にも入るやきりぐ〳〵す

この改作は、土芳の俳論書『三冊子』に記録されている。句意は「猪が、萱や萩などを敷いて寝ている床に、こおろぎが入ってしきりに鳴いている」。大胆な改作である。「猪」は現代では秋の季語だが、当時は季語として認められていなかった。それゆえ季重なりの句ではない。「床」という語は残っているが、それは人間が横になる床ではない。猪のものなのだ。場所も室内から秋の野に変わってしまっている。すでに「鼾」という字もない。この改作によって、愛情を注いでいた洒堂の姿は消えた。洒堂は、あらあらしい猪に変身させられてしまったかのようだ。

結局、之道と洒堂とが一堂に会した句会と連句の会は行われたが、和解は成立しなかった。二十七日、芭蕉は之道宅へと移った。そこで、病状が急変。さらに、南御堂花屋仁左衛門方裏座敷へと移され、死を迎えることとなる。去来、丈草、乙州、正秀、其角ら高弟が集ってきて、必死に看病に当たった。しかし、そこに洒堂の姿はなかった。義仲寺での葬儀にも洒堂は現われなかった。それは、果たして洒堂の意思だったのか、洒堂を嫌っていた門人らの意思だったのか、あるいは芭蕉自身の意思だったのか、今はもうわからなくなってしまっている。

ただ、「床に来て鼾に入るやきり〴〵す」の句にあふれていた洒堂への愛情が、改作の「猪の床にも入るやきり〴〵す」になると、失せてしまっているのは確かだ。芭蕉が愛していた洒堂に絶望した瞬間があったことをこの改作が証明しているかもしれない。

芭蕉の句は、多くの場合、原句よりも改作の方がすぐれている。ただ、この句に関しては、愛情あふれる原句の方がぼくは好きだ。

秋風に百度参のをみなかな　實

秋天に巨大なる琴ラブホテル

（二〇一一・一二）

此(この)秋は何で年よる雲に鳥

芭蕉

洒堂と之道、その確執

芭蕉は元禄七（一六九四）年旧暦十月十二日大坂に没する。その寸前まで秀吟が生まれつづける。迫り来る死をつよく意識したということがあろう。名句が生まれつづけるということは意識がきわめてはっきりしていなければならない。澄みわたった意識でしだいに近づいてくる死を迎えるということは恐ろしいことだ。

芭蕉は滞在した郷里伊賀を発って大坂に赴く。そこには気が重い仕事が待っていた。弟子洒堂と之道との対立の調停である。この二人の対立と芭蕉の動静については金子晋著『芭蕉晩年の苦悩』（田工房・平成十三年・二〇〇一年刊）に詳しい。大坂には以前から之道がいたが、もともと談林系小西来山(らいざん)のもとで学んだ者。力量がなかった。そのため大都市大坂は蕉門の拠点とはなりえない。そこに近江から洒堂が進出する。彼はすでに俳諧撰集『ひさご』を編み、深川芭蕉庵の芭蕉のもとに五カ月も逗留し、俳諧撰集『深川』も世に出している。ともに「かるみ」へと進んでいく蕉門俳諧を代表する名高い撰集である。芭蕉の愛弟子とも言える存在だった。芭蕉は洒堂の大坂進出を黙認したのだろう。が、心配どおり二人は対立する。故郷の近江を出た洒堂に対して、膳所の俳人曲翠、怒誰(どすい)、正秀(まさひで)らは反発する。之道はそこに泣きついていく。洒堂は蕉門の名家(めいか)、去来、支考、丈草らと深い交流があった。そういう状況でこの対立が蕉門全体を二つに割る可能性もあったのだ。

俳諧とは人と人とをなごませ親しくさせるはずのものである。それが人と人とを背かせ、憎み合わせるものになることがつらい。芭蕉は大坂で調停のための会を三回催す。二人を連衆に入れて連句を巻いたのである。

しかし、その連衆に之道の門人が加えられないこともあって、永遠に和解はなかった。それでなくても神経を使う俳諧の席にいがみあう二人がいるということによって芭蕉がどんなに消耗したかは想像にかたくない。

「雲に鳥」を案じた場所

掲出句は支考編『芭蕉翁追善之日記』所載。句意は「この秋はどうしてこんなに年をとった感じがするのか、雲に鳥が入ってゆく」。

二人の調停が失敗に終わったあと、掲出句は九月二十六日に完成している。「此秋は何で年よる」、口語を用いてまるで独り言のようだ。この「何で」の何割かは、二人の対立に対する嘆きを含んでいよう。「わしが三回も会を持ったというのに、なぜいがみ合いを止めないのだ。それほどまでに根が深いのか」。そんな怒りと諦めとを含んでいる。その場から離れて今この句を読むとき、そこまで思うこともない。老いは急に深まる。生きることの苦しみを思えばいい。ここまではできていたのである。しかし、『芭蕉翁追善之日記』によれば下五ができない。「此句はその朝より心に籠て念じ申されしに、下の五文字、寸々の腸をさかれける也」。意味は「この句は朝から心に入れて完成を切望されていたのだが、未完の下五をどう置くかに悩み、ずたずたの腸をさらに裂かれる苦しみを味わった」。

金子晋によればこの下五を得たのが大阪市天王寺区夕陽丘の清水坂であるというのだ。今回はそこを訪ねる。大阪市営地下鉄（現・大阪メトロ）谷町線、四天王寺前夕陽ヶ丘駅に下車、夕陽丘町の愛染堂に参る。境内の脇の短い愛染坂を下る。凌霄花が美しい。爺運転のバイクの荷台に婆が乗っている。大阪らしいと思う。泰聖寺を右に見て南下すると清水坂の上り口である。金子氏はここで案じたのだと確信をもって説くが実感できない。坂は階段状に整備されていて、なかなか昔を偲べない。坂を少し上がって清水寺を拝す。玉出の滝は樋を設けてそこから水を落とし、その下に石造の不動明王を祀っている。町中の寺である。この寺からは西方が見渡せる。現在はビルまたビルだが、ここは下五を案じた場所の重要な候補地となる。

元禄七年旧暦九月二十六日、坂の上には江戸の俳人、泥足(でいそく)肝煎りの俳席が開かれる料亭、晴々亭があった。そこで「此道(このみち)や行人(ゆくひと)なしに秋の暮　芭蕉」を発句とした半歌仙が巻かれる。句意は「この道を行く人は誰ひとりとしていない、秋の夕暮である」。この半歌仙に連衆として洒堂と之道二人も参加していた。しかし、二人が和解することはなかった。芭蕉の生涯最後から二番目の連句の席である。

この地域には四天王寺はじめ大小の寺が多く、精進落としのためにこの料亭は繁盛したのだろう。酒が七合五勺も入る鮑(あわび)の貝殻がそこの名物で回し飲みを楽しむのが流行(はや)ったそうだ。その貝の名が浮瀬(うかむせ)で、料亭の別称ともなった。料亭浮瀬跡は現在大阪星光学院となっている。掲出句などの句碑も建てられている。

結局、どこで下五「雲に鳥」が案じられたかの確証はない。でもそれはどうでもいい。その視覚的な下五ができ、つぶやきのような上五中七と取り合わせられたところでこの句は名句となった。取り合わせの句は現在まで数多く作られつづけているが、その中の最高峰である。飛躍がみごとなのだ。この飛躍は芭蕉の死の先取りであった。芭蕉は早く面倒を済ませて大坂を去りたがっていた。しかし、それは死によってかなわぬものとなる。旅を志す詩人の魂、それは肉体を離れて鳥となる。雲を貫いていくのである。

作り滝樋出て落ちぬ三条に　實

凌霄花坂のぼるとき空を見ず

（二〇〇二・一一）

秋深き隣は何をする人ぞ　芭蕉

縄張り争いの仲裁

元禄七（一六九四）年旧暦九月、故郷伊賀を出た芭蕉は、奈良を経て大坂に入った。このころ、芭蕉が目をかけていた弟子洒堂が近江から大坂へと進出してきて、もともと大坂を地盤としていた弟子之道と縄張り争いをしていた。洒堂も之道も芭蕉に仲立ちを頼み込んだために、芭蕉は大坂を訪れたのである。芭蕉はまずは洒堂邸を旅宿として、洒堂と之道の仲裁のための句会を何回か催す。しかし、仲裁の成果のあがらぬまま、芭蕉は無力感を覚え、体力を消耗するばかりだった。芭蕉は両門弟に平等に対するために、旅宿を洒堂邸から之道邸へと移した。

掲出句は、九月二十八日、之道邸での詠。翌日には大坂の俳人芝柏（しはく）の家で句会が予定されていた。その句会のために前もって芝柏に送っておいた発句である。翌日二十九日、芭蕉は死病となる下痢を催して、臥床してしまう。この日以後、芭蕉が句座に列することはなかった。

門弟支考編の句文集『笈日記』所載。句意は「秋も深まった。隣に住む人はいったい何をしているのだろうか」。旅宿の隣に住んでいる人が、音でも立てたのだろうか。耳を澄ましていた芭蕉は、隣の住人へと思いをめぐらしているのだ。

さて、芭蕉が死病に倒れた之道邸はどこにあったのか。俳人瓢界（こかい）が大坂の俳人たちを歴訪した記録『難波（なにわ）巡礼（じゅんれい）』（元禄七年・一六九四年刊）に、「西横堀（にしよこぼり）をひがしへ入、本町（ほんまち）」という記述があると、俳文学者櫻井武次郎の著書『元禄の大坂俳壇』（前田書店・昭和五十四年・一九七九年刊）に書かれている。同時代の俳人の実訪記録なので信頼性は高いだろう。

別説もあって、芭蕉研究家臼人が蕉門俳人たちの伝記を記した『蕉門諸生全伝』（文政年間・一八一八〜三〇年成立）に残されている「道修町」である。こちらは後世の資料で、確実ではない。ただ前後に転居の可能性もあろうし、なにより之道の家の場所や職種を考えるためのヒントとなろう。

今日は、本町と道修町を歩いてみたい。

看病する之道、姿を消す洒堂

東海道・山陽新幹線新大阪駅下車、大阪市営地下鉄（現・大阪メトロ）御堂筋線に乗り換え、本町駅下車。二番出口を出ると、暑い。南北を貫く御堂筋に面して巨大な寺院がある。本願寺津村別院、いわゆる北御堂である。「西横堀をひがしへ入、本町」の「西横堀」とは、かつて大阪を南北に流れていた運河西横堀川である。御堂筋の西を平行に流れていた。現在は埋め立てられて、阪神高速一号環状線などになっている。そこから東へ進んだあたりの本町といえば、現在の地名で本町四丁目。住宅地ではない。北御堂の他にはビルばかりだが、かつてここに之道の家があったのだ。

次に御堂筋を北上して、『蕉門諸生全伝』で之道邸があったとする道修町へと向かう。道修町三丁目の交差点を右折すると道修町通、道の左右に製薬会社が立ち並んでいる。ここ道修町とは、くすりの町なのである。

くすりの町と言われるようになったきっかけは、寛永年間（一六二四〜四四年）に、堺の商人が道修町に薬種屋を開いたことからであった。くすりの町の中心は、堺筋近くの少彦名神社である。日本医薬の祖神少彦名命と中国医薬の祖神神農炎帝とが祀られている。

『蕉門諸生全伝』には、之道は商人であると記されているが、何を扱っていたかは明らかでない。前出の櫻井武次郎は、道修町に住んだという説があること、同門の許六が「同門評判」という文章の中で、之道について「長い間、草薬を舐めていた」という意味のことを書いていること、その二点から、之道の職業が薬種商ではなかったか、と推定している。その推定が正しければ、本町の家に芭蕉を迎えた之道は、売り物の薬も使って必死に治療に努めたことだろう。

それでは対立していた洒堂はどうしていたのか。九月二十八日の芭蕉出座の句会には、出席していた。しかし、その後は芭蕉の前から姿を消してしまった。芭蕉の葬送や追悼の催しにも、顔を見せることは一切なかった。

なぜこんな行動をとったのか。強く味方してくれると期待していた芭蕉が、平等に扱うばかりで力になってくれず、宿まで之道の家の方に移してしまったことを恨んだのかもしれない。

掲出句の世界は寂しいが、好奇心も微笑も含まれている。気持ちに余裕がある。芭蕉はこの句の時点では、洒堂が姿を消すことを知らないのだろう。愛弟子の洒堂が姿を消したことと、芭蕉の病状の悪化とは、おそらくは関係があるはずだ。

大阪の河なみだてる暑さかな　實

蟬の地に落ちし時鳴く鳴るごとし

（二〇一六・一〇）

旅に病で夢は枯野をかけ廻る

芭蕉

弟子のいさかいから

元禄七（一六九四）年冬、芭蕉は大坂で死の床にあった。その模様は同行していた弟子支考の残した『笈日記』ならびに駆けつけた古参の弟子其角が記した「芭蕉翁終焉記」（『枯尾華』元禄七年・一六九四年刊所載）によって知ることができる。

九月初め、芭蕉は故郷伊賀を出て、奈良を経て、大坂に入った。いさかいあっている弟子二人、洒堂と之道の仲裁に追われるうちに、寒気、熱と頭痛とにみまわれてしまう。体調をおして、二人が出席する歌仙などの会を繰り返し用意して、芭蕉は仲裁に努力するが、進展は見られなかった。やがて、ひどい下痢をもよおしはじめ、床から起き上がれなくなる。それまで芭蕉は洒堂と之道の家に交代に世話になっていたのだが、十月五日、南御堂（真宗大谷派難波別院）前の静かな家に移る。そこは南御堂に花を納める花屋の貸座敷であった。二人の弟子と関わりのない場所に芭蕉を移したのは、弟子の不和が芭蕉の健康を損なわせていたことを、周りの門弟たちも感じていたからだろう。

八日の夜、芭蕉は弟子、呑舟（どんしゅう）を呼んで墨を磨らせ、一句を書き取らせる。それが掲出句である。芭蕉の生涯最後の発句となった。十日、高熱が出て、容体急変。支考に遺書三通を代筆させ、兄には自筆で遺書を残した。十二日、申の刻（午後四時ごろ）、芭蕉は逝去する。なきがらは、舟で淀川を経て芭蕉の愛した湖南の地、膳所の義仲寺へと運ばれてゆく。

掲出句は俳諧追善集『枯尾華』所載。句意は「旅中に病み臥していると夢は枯野をかけ廻っている」。

今日は、大阪に芭蕉終焉の地を訪ねたい。大阪市営地下鉄（現・大阪メトロ）御堂筋線本町駅下車、駅の案内地図にも「芭蕉終焉の地」と「辞世の句碑」は掲載されている。

地図に従って、十二番の出口から出る。大通りは御堂筋、大阪を南北に貫く目抜き通りである。向かいに見える大きな建物が現在の南御堂。コンクリート造りの大寺である。対となる北御堂（浄土真宗本願寺派本願寺津村別院）とともに、御堂筋の名の由来となっている。

終焉の地の碑は緑地帯に建てられていた。タクシー、トラックなどがひっきりなしに脇を通りすぎてゆく。碑の一字一字を確認する。「此附近芭蕉翁終焉ノ地　昭和九年三月建之　大阪府」とある。芭蕉の遺跡を尋ねてきたものには、感慨が深い。昭和初期の御堂筋の拡張のために、芭蕉が亡くなった貸座敷跡は緑地帯の中に取り残されてしまった。当時の建物は一切残っていない。碑の近くのビルは、金の地金を扱う店で、ショーウインドウに見本をずらりと並べてあった。商都大阪の風景である。

南御堂に参る。解説板によれば、京都に東本願寺が建てられるまで、真宗大谷派の本山であったという。大坂という地名自体、この宗派の僧、蓮如が名づけたとのことだ。本堂南側の庭園に掲出句の句碑が建てられている。立入禁止のため、近寄って確かめられないのが残念だ。句の脇に植えられた芭蕉の木が育っている。足下の石に空蟬がすがっているのを見出した。

平生則ち辞世

弟子である荷兮宛の元禄三年旧暦一月二日付書簡に芭蕉は「四国の山踏み、筑紫の船路、いまだ心定めず候」と書いている。意味は「四国の山を踏破しようか、九州へ船旅をしようか、まだ心を決めていません」。芭蕉は『おくのほそ道』の旅で満足していたわけではない。未定ながら、四国、九州への旅を試みようと意識していた。病によってそれらの旅が断たれてしまう無念が、掲出句には渦巻いている。肉体は滅んだとしても、夢の中ではそのまま枯野という死の世界を進んでいく。最後ながら、芭蕉のエネルギッシュな命そのものを感じる句である。

掲出句には、同時に「なほかけめぐる夢ごころ」という中七下五の形もあったことを支考が記録していた。掲出句とこの形とどちらがいいか、芭蕉は支考に尋ねている。支考は掲出句がいいと答え、「なほかけめぐる夢ごころ」の季語については、体に障ることを気遣って、聞き損ねる。「枯草や」のように四文字の季語に切字の「や」を置こうとしたのか、想像を誘う。ただ、発句としては形がまとまりすぎで、掲出句の荒々しい句形のほうが上だろう。それにしても、死の三日前にして芭蕉の句への執念はものすごい。この後、芭蕉自身も支考に句への妄執を恥じることばを伝えている。そして、俳諧を忘れようとも言っている。

掲出句には「病中吟」と前書がある（『笈日記』）。芭蕉は辞世の句として、詠んだのではない。弟子、路通は『芭蕉翁行状記』の中で、「平生則ち辞世なり」という芭蕉のことばを記録している。「先生はふだんの句がそのまま辞世の句ですと言っていました。そういう方にどうして臨終の折に辞世の句がありましょうか」と路通は書いているのだ。「平生則ち辞世」という意識が、芭蕉に数々の名句を作らしめてきた。芭蕉のもっとも重要な遺語のひとつ。厳しいことばだ。ぼくにこの覚悟はあるかと、問いかけてくる。

芭蕉の葉破れに破れかつ黄ばみたり　實

空蟬の吹きとばされず石の上

（二〇〇八・一一）

清滝や波に散り込青松葉

芭蕉

生涯、最後の改作

元禄七（一六九四）年旧暦十月、芭蕉は大坂で死の床にあった。重い病にふせりながらも、俳諧のことを忘れられない。芭蕉は、折々に粘りづよく、多くの発句を改作して、よりよき句に変えてきた。掲出句にも改作の手が入っている。これが、芭蕉の生涯、最後の改作となる。

「清滝」は、京都、嵯峨野の奥の景勝地。清滝川という清流が流れている。『古今集』の和歌にも詠み込まれている歌枕でもあった。

掲出句は、支考編の句文集『笈日記』所載。句意は「清滝を流れる清滝川、その澄んだ川波に、青い松葉が散り込んでいく」。まことに、すがすがしく、涼しげな句である。

掲出句の第一案はこの年の夏、六月二十四日付の弟子、杉風に送った手紙の中に書かれていた。

清滝や波に塵なき夏の月

「夏の月の光が差して、清滝川の浪には塵もないのだ」という句意。ただ、地名ながら「清滝」の「清」と「塵なき」とは重複した印象がある。そのために次のように、改作が加えられる。

大井川浪に塵なし夏の月

これが、第二案となる。「清滝」が「大井川」と変えられて、重複が解消される。ただ、こちらは歌枕ではない。「大井川」は「大堰川」と表記することもある。清滝川が流れ込んでいる、嵐山のふもとを流れる、保津川の別称である。

弟子、支考の残した記録、『笈日記』（元禄八年・一六九五年刊）の十月九日の条に次のようにある。九日は芭蕉が「旅に病で夢は枯野をかけ廻る」を詠んだ翌日である。芭蕉は近くにいた支考に、「この夏、わたしが嵯峨で詠んだ、大井川の句を覚えていますか」と尋ねる。答えて、支考が吟じてみせたのが、第二案のかたちである。

芭蕉はその句を気に入らない。なぜなら、当時大坂に住んでいた、蕉門の女流俳人、園女（そのめ）に贈った、次の句に似た表現が含まれているからだ。「しら菊の目にたてゝ見る塵もなし」である。句意は「白菊に注意を払って、よく見ても、一塵もとどめていない」。白菊と園女その人とを重ねて、挨拶としている。この白菊と大井川の浪の描写とに重複があることになる。せっかくの園女への挨拶に用いた表現、「塵もなし」が、自分にとっては、すでに使い古した表現であったことを、芭蕉は気にしている。「塵もなし」は園女のためだけの表現にしたい。そのために、「大井川浪に塵なし夏の月」を、さらに改作することにしたのだ。

青松葉の発見

今日は、清滝を訪ねよう。梅雨の狭間のよく晴れた日の朝、東海道新幹線京都駅下車。京都バス清滝行きに乗車して、一時間弱である。狭い清滝隧道を抜けると、清滝だ。バスから降りると、涼しい。川音が高い。このあたりは紅葉の名所。若楓が眩しく、花を付けている木もある。

清滝川に渡された金鈴橋の下は流れが激しかった。梅雨のために水量が増えているのだろう。大石に生えた草が厚い水流の下にある。橋のたもとには、さまざまな掲示が立てられている。鮎解禁の日時を示した看板。

釣は六月三日午前五時解禁とある。「清滝源氏ほたるは天然記念物のため、捕獲すると、文化財保護法に触れ罰せられます」という太秦警察署の掲示。螢は清滝を詠んだ王朝和歌にも用いられているものだ。清滝川の生き物という掲示板もある。螢の他にカジカガエル、オオサンショウウオまで棲息しているらしい。川べりに弁当を開いている人の姿が見える。ハイキング姿の老若も少なくない。聞いてみると、この奥、高雄まで歩くのだという。清滝は芭蕉の時代と変わらず、今も豊かな自然と会える場所として生きているのだ。

さて、芭蕉の句に戻ろう。芭蕉は臨終の床で、第二案「大井川浪に塵なし夏の月」を第三案「清滝や波に散り込青松葉」に改作した。夜の景を昼の景にしている。たしかに月の光では、川波の塵の有無はしかと確認できまい。昼の光の下で、清流に散り込む青松葉を描いた第三案。たしかな清涼感が味わえることとなった。

新たに詠まれた「青松葉」は現代の歳時記にも、見えないものだ。夏の季語「常磐木落葉」の派生季語の「松落葉」、これは枯れた松葉だが、変化させて用いている。「常磐木落葉」は芭蕉愛用の季吟編の季寄『増山井』に掲載されているが、芭蕉は季寄・歳時記の類にはしばられていない。

「大井川」が歌枕「清滝」に戻されることとなった。王朝和歌では「清滝」の「月」が詠まれることが少なかった。芭蕉はその影響のもとに、「夏の月」を用いていたのだ。「夏の月」を消し、「青松葉」を書きとめることは、和歌には詠まれなかった俳諧独自の「清滝」の美を発見することだった。清らかな「清滝」の風景を思うことが、芭蕉の末期をしばしなぐさめるものであったと信じたい。

花楓清滝川のうすにごり　實
かはらぐさ靡き流れや梅雨晴間

（二〇〇七・〇八）

主要参考文献

尾形仂他編『定本芭蕉大成』三省堂　昭和37年・１９６２年刊

井本農一他編『校本芭蕉全集　全十巻　別巻』富士見書房　昭和63年・１９８８年〜平成3年・１９９１年刊

岩田九郎編『諸注評釈　芭蕉俳句大成』明治書院　昭和42年・１９６７年刊

堀切実他編『諸注評釈　新芭蕉俳句大成』明治書院　平成26年・２０１４年刊

潁原退蔵校注『日本古典全書　芭蕉句集』朝日新聞社　昭和33年・１９５８年刊

加藤楸邨著『芭蕉全句　上下』筑摩書房　昭和44年・１９６９年〜昭和50年・１９７５年刊

中村俊定校注『芭蕉俳句集』岩波文庫　昭和45年・１９７０年刊

山本健吉著『芭蕉全発句　上下』河出書房新社　昭和49年・１９７４年刊

雲英末雄他訳注『芭蕉全句集』角川ソフィア文庫　平成22年・２０１０年刊

阿部正美著『芭蕉連句抄　全十二篇　別巻』明治書院　昭和40年・１９６５年〜平成2年・１９９０年刊

島居清著『芭蕉連句全註解　全十冊　別冊』桜楓社　昭和54年・１９７９年〜昭和58年・１９８３年刊

白石悌三他校注『新日本古典文学大系　芭蕉七部集』岩波書店　平成2年・１９９０年刊

潁原退蔵他訳注『おくのほそ道』角川文庫　昭和42年・１９６７年刊

中村俊定校注『芭蕉紀行文集』岩波文庫　昭和46年・１９７１年刊

尾形仂著『野ざらし紀行評釈』角川書店　平成10年・１９９８年刊

尾形仂著『おくのほそ道評釈』角川書店　平成13年・２００１年刊

久富哲雄著『奥の細道の旅ハンドブック』三省堂　平成14年・２００２年刊

堀切実編『「おくのほそ道」解釈事典　諸説一覧』東京堂出版　平成15年・２００３年刊

楠本六男編『おくのほそ道大全』笠間書院　平成21年・２００９年刊

阿部正美著『新修芭蕉伝記考説　行実篇　作品篇』明治書院　昭和57年・１９８２年〜昭和59年・１９８４年刊

今榮藏著『芭蕉年譜大成　新装版』角川書店　平成17年・２００５年刊

田中善信注釈『全釈芭蕉書簡集』新典社　平成17年・２００５年刊

伊藤正雄著『伊勢の文学』神宮文庫　昭和29年・１９５４年刊

岡田利兵衛著『芭蕉の風土』白川書院　昭和41年・１９６６年刊

阿部喜三男他著『芭蕉の旅　上下』現代教養文庫　昭和48年・１９７３年刊

市橋鐸著『俳文学遺跡探求』泰文堂　昭和52年・１９７７年刊

三善貞司『大阪の芭蕉俳蹟』松籟社　平成3年・１９９１年刊

大安隆『芭蕉　大和路』和泉書院　平成6年・１９９４年刊

村松友次著『謎の旅人　曾良』大修館書店　平成14年・２００２年刊

光田和伸著『芭蕉めざめる』青草書房平成20年・２００８年刊

中沢新一・小澤實対談集『俳句の海に潜る』角川書店　平成28年・２０１６年刊

地図

各紀行の足跡

凡例

○地図内の「三島　上75」などの表示は、掲出句を訪ねて著者が実際に訪れた場所と、それについての文章が掲載されているページです（この場合、著者が訪れた場所は三島、掲載は上巻の75ページ）。

○掲出句が詠まれた場所が不明な場合、また芭蕉がそこを訪れてから句を詠むまでに時間がかかっている場合などがあるため、この地図中の記載と芭蕉の旅の行程が、ずれている場合があります。

地図制作／atalier PLAN

野ざらし紀行

貞享元（一六八四）年八月江戸出発、貞享二年四月江戸着

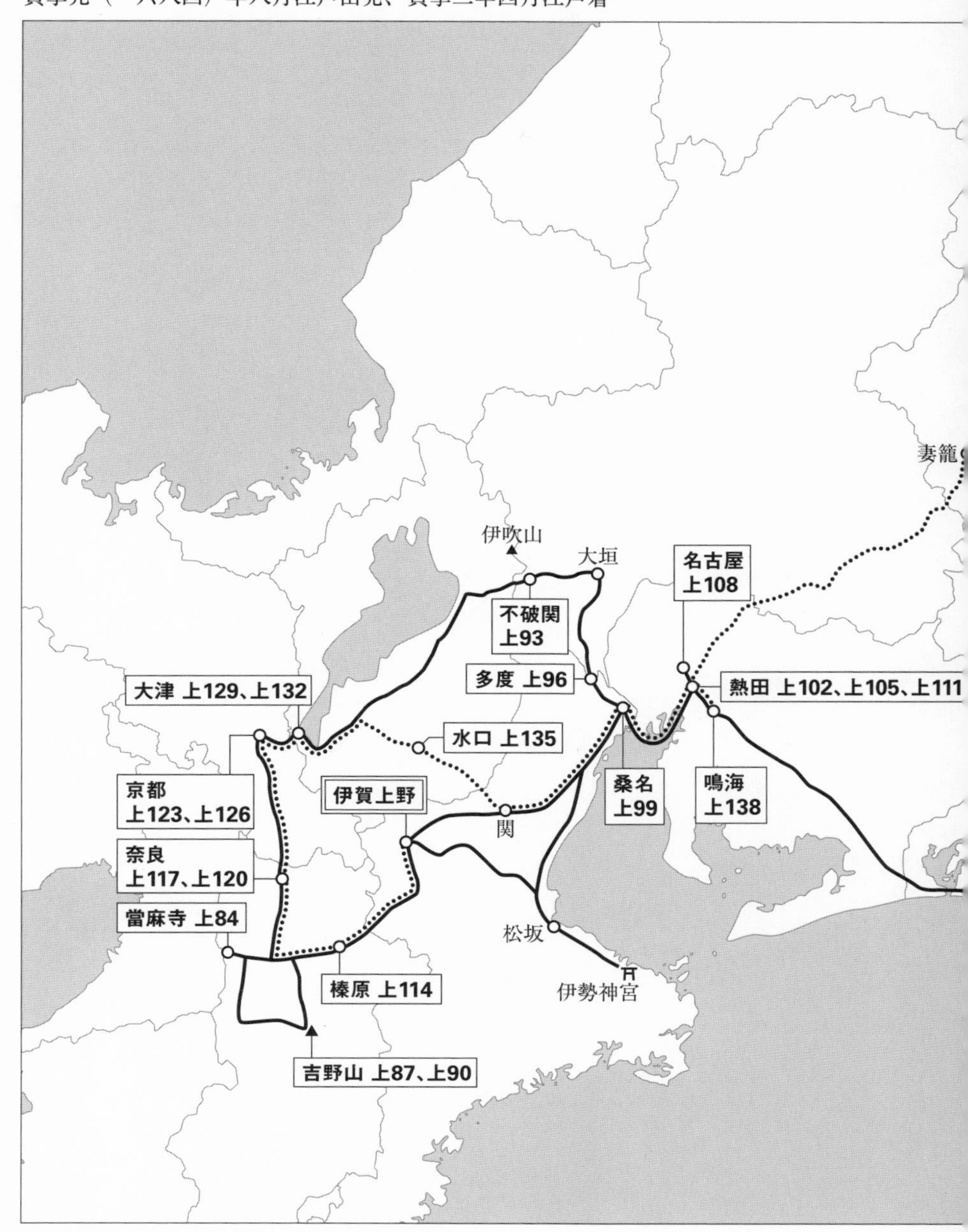

━ 貞享元年　…… 貞享二年

(注) 貞享二年、熱田からの帰路は中山道ではなく東海道とする説もある

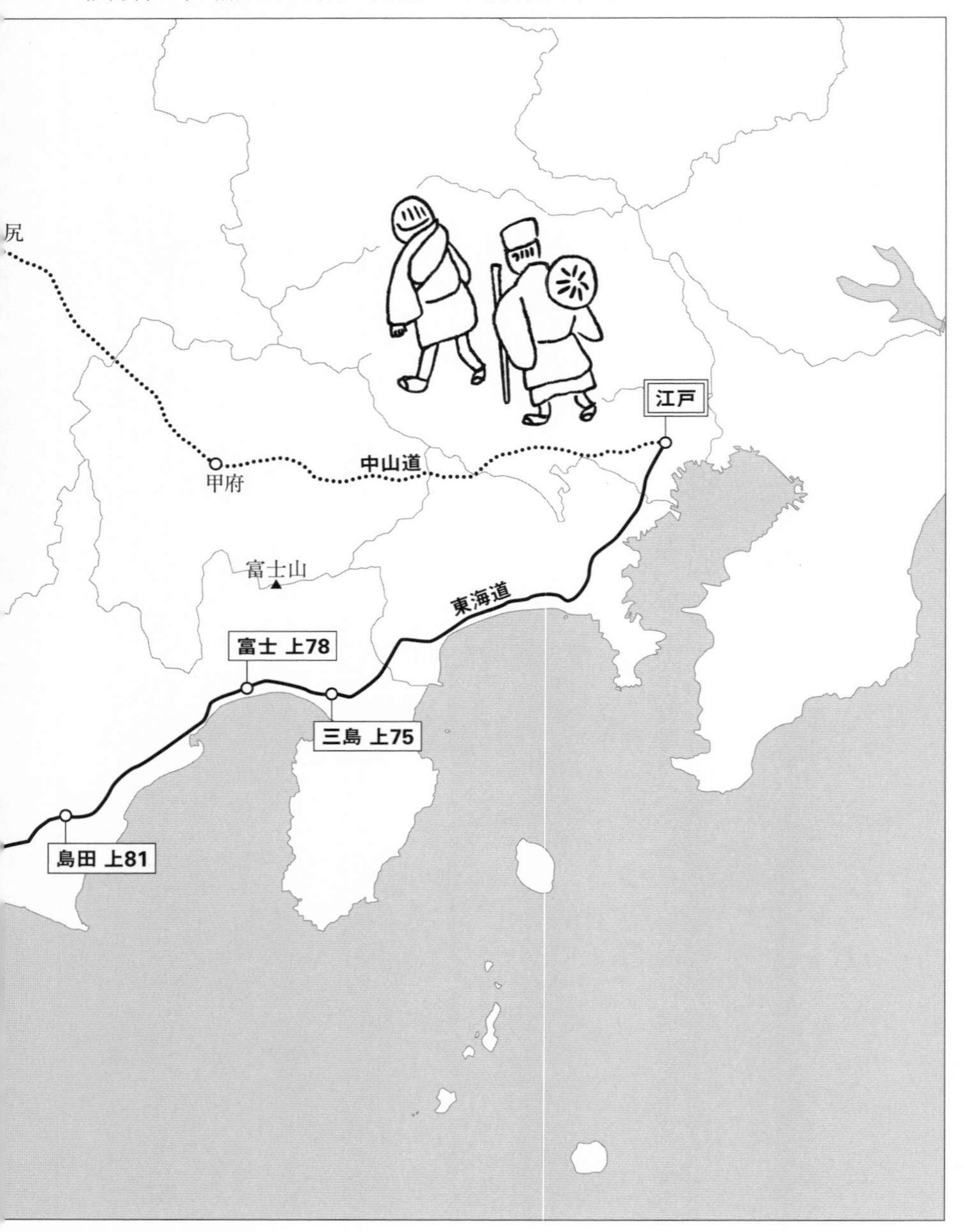

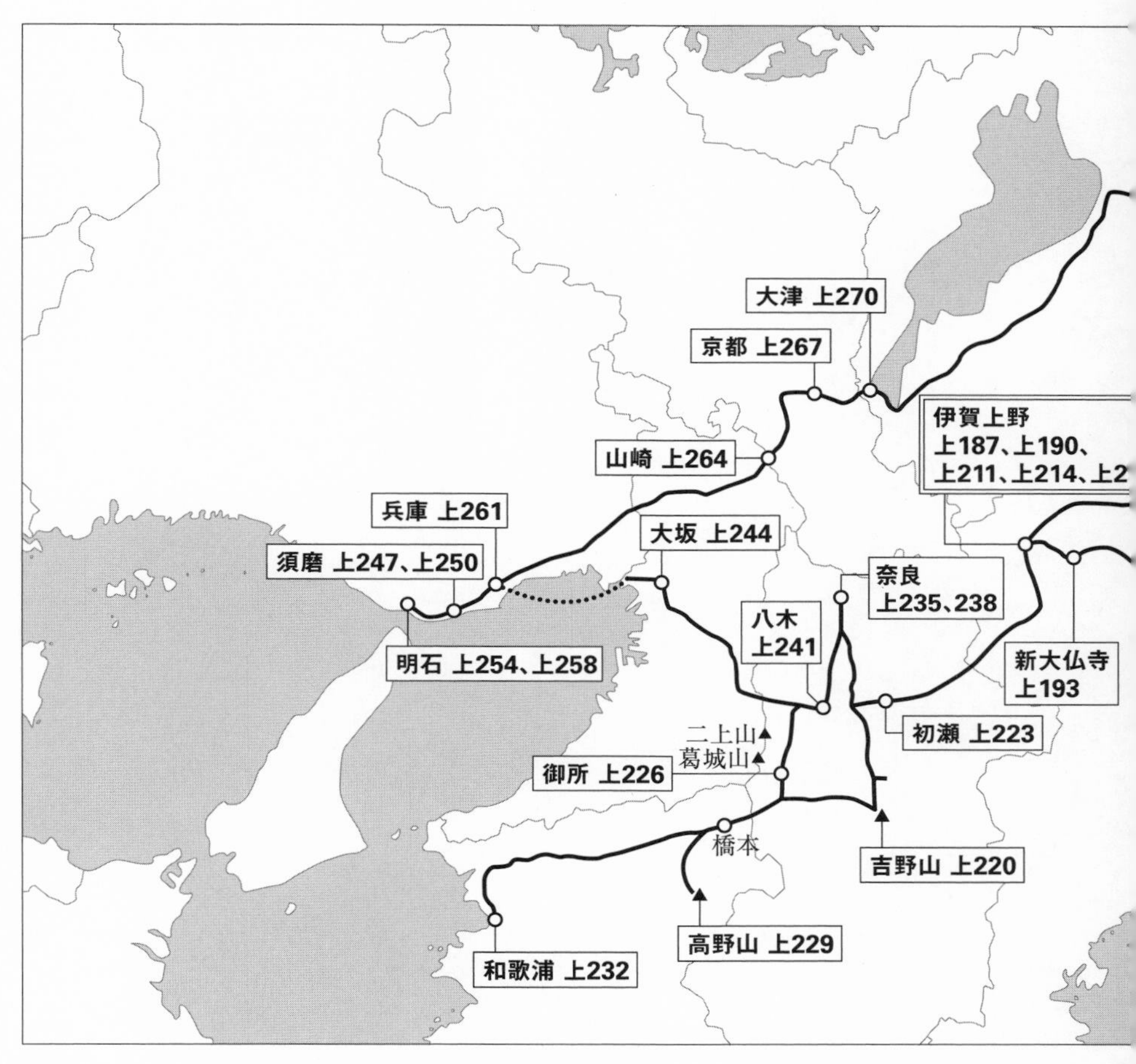

貞享四（一六八七）年十月江戸発、同年十一月鳴海着、
貞享五年四月明石着、六月頃岐阜着

更科紀行

貞享五（一六八八）年八月岐阜発、同月江戸着

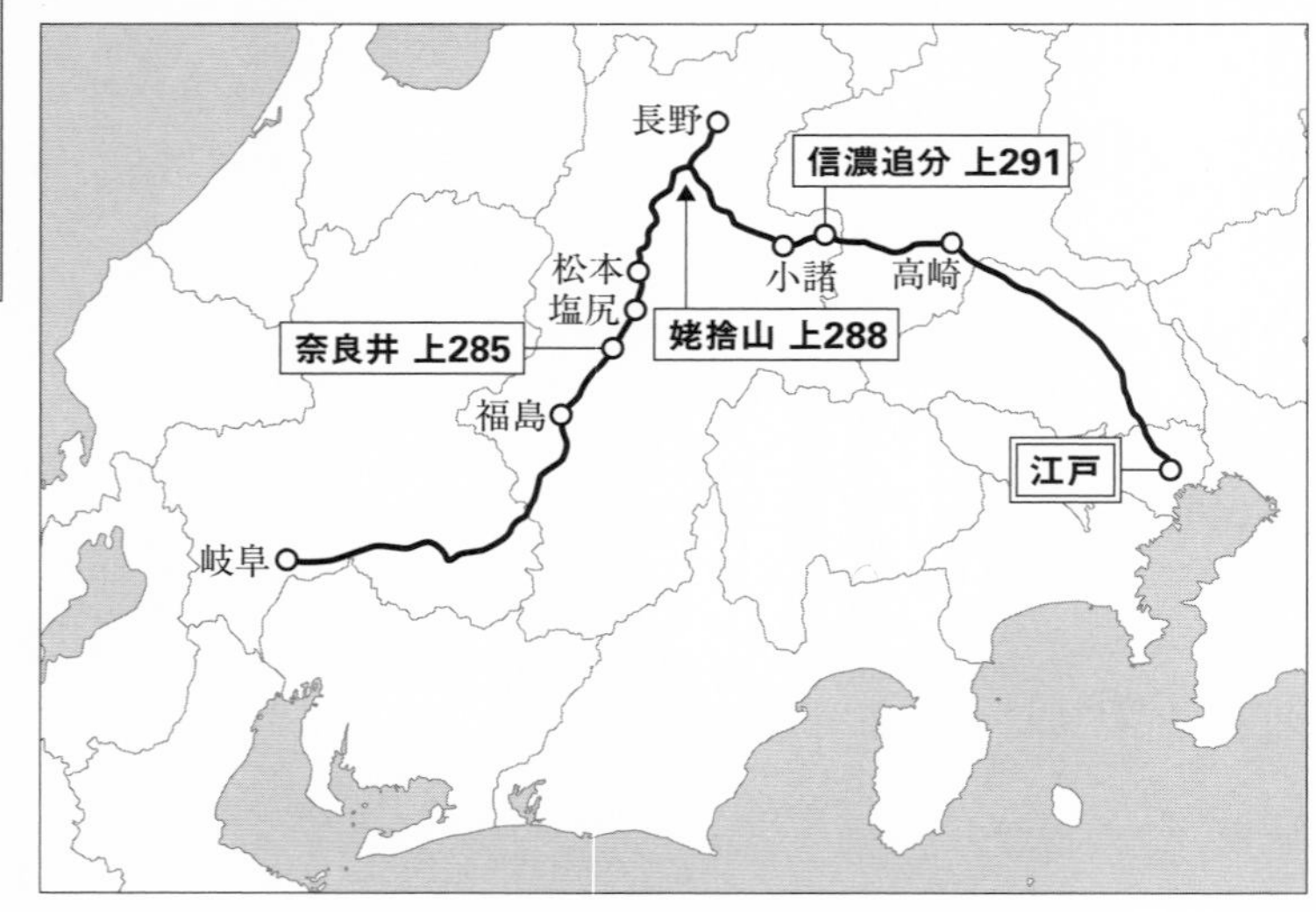

おくのほそ道

元禄二（一六八九）年三月江戸発、同年八月大垣着

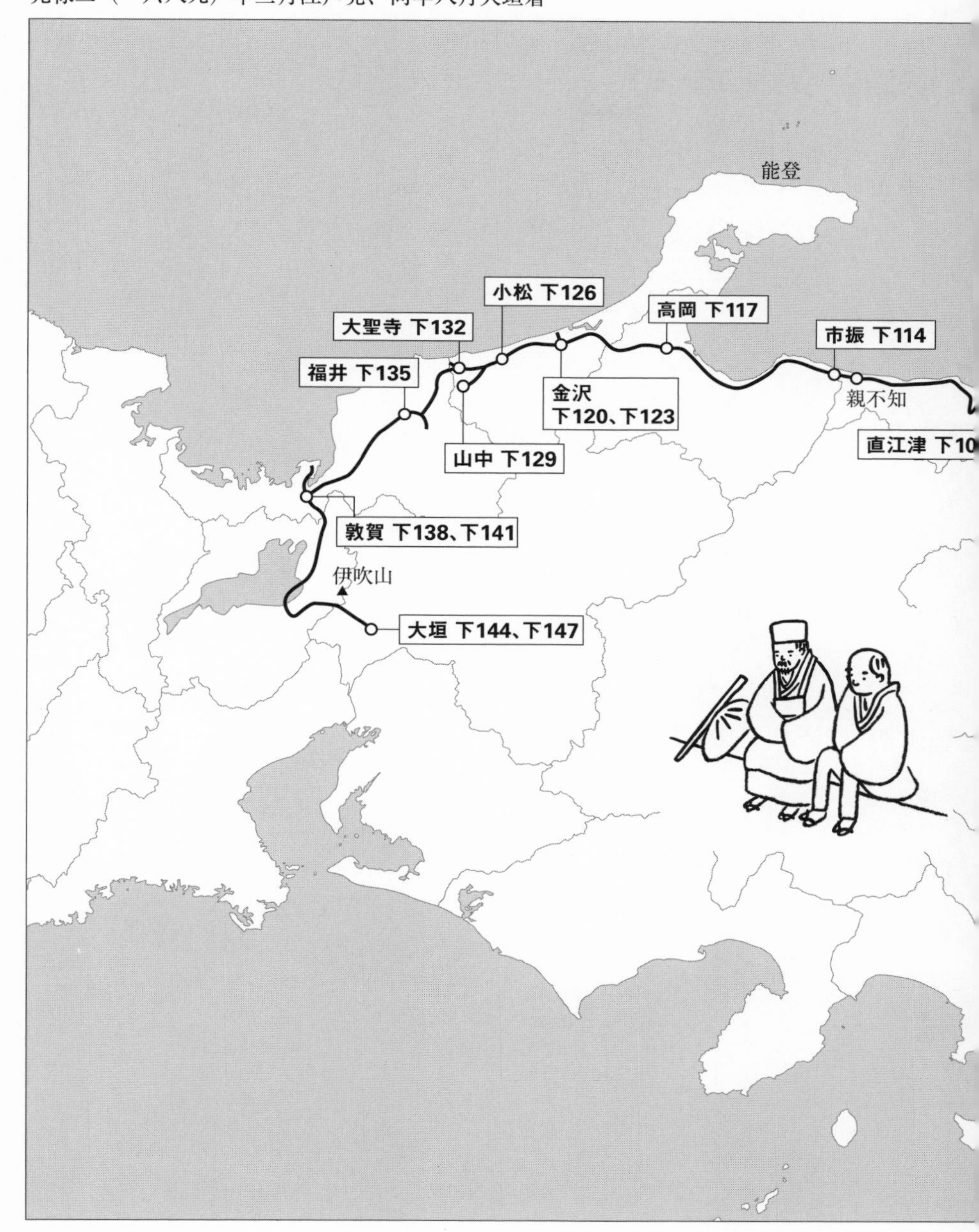

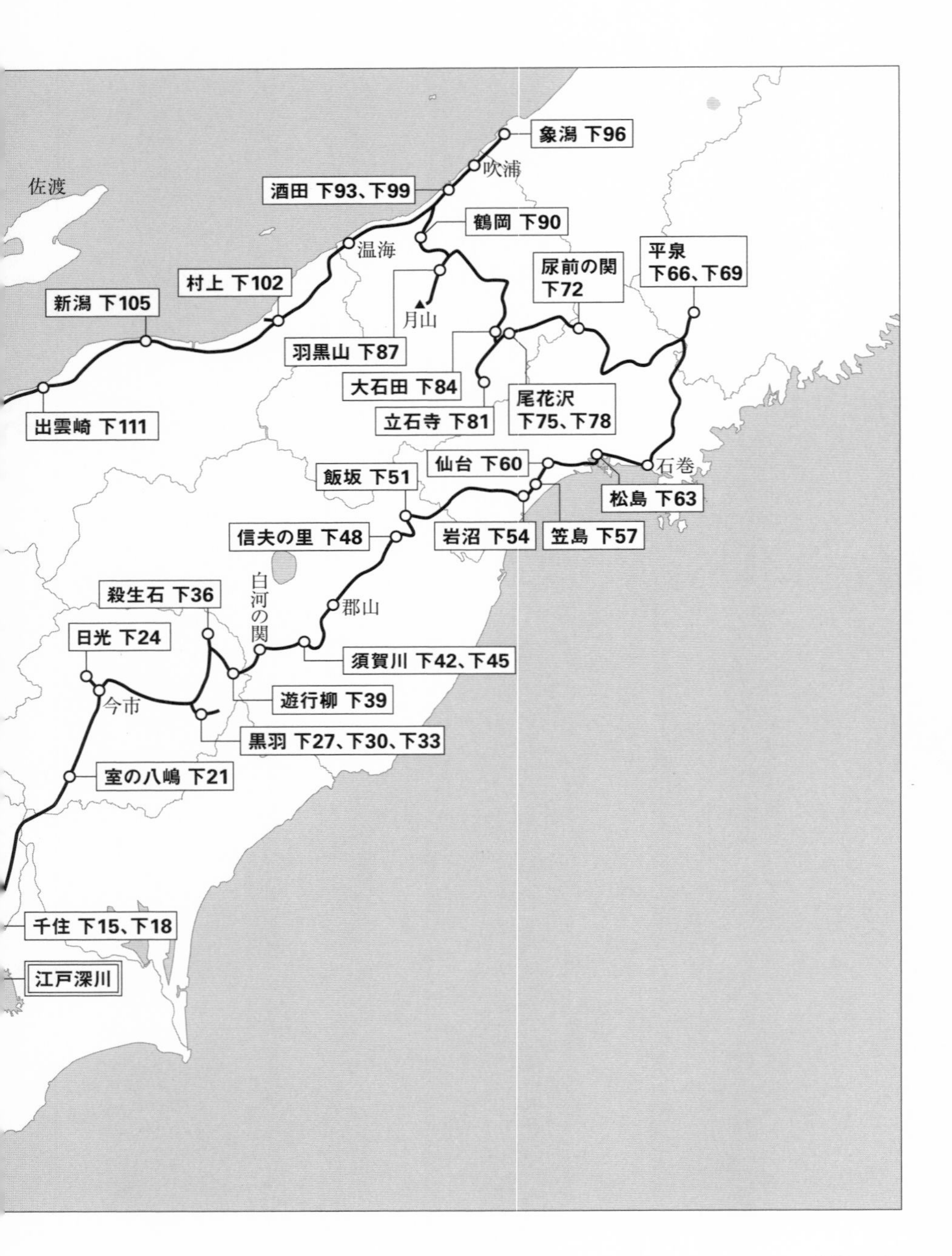

象潟 下96
吹浦
佐渡
酒田 下93、下99
鶴岡 下90
温海
平泉
下66、下69
尿前の関
下72
村上 下102
新潟 下105
月山
羽黒山 下87
大石田 下84
出雲崎 下111
立石寺 下81
尾花沢
下75、下78
仙台 下60
石巻
飯坂 下51
松島 下63
信夫の里 下48
岩沼 下54
笠島 下57
白河の関
殺生石 下36
郡山
日光 下24
須賀川 下42、下45
遊行柳 下39
今市
黒羽 下27、下30、下33
室の八嶋 下21
千住 下15、下18
江戸深川

索引

凡例

○主な関連語句を編集部が選定、索引として掲載しました。

○検索する語句が、同じ掲出句の項のなかで複数回登場する場合、索引にはその項での初出を掲載しています。

掲出句季語別索引

凡例

〇掲出句の表記は本文に合わせ、振り仮名を（　）内に入れています。

〇尾形仂編『芭蕉ハンドブック』（三省堂・平成十四年・二〇〇二年）を参考に、できるだけ句中に用いられている語形のまま、季語として抜き出しました。

引用句索引

○掲出句および本文中で引用されている発句（俳句・付句）を、現代仮名遣いの五十音順で掲載しています。（　）内は作者。

あ行

か行

さ行

た行

な行

は行

ま行

や行

ら行

わ行

引用歌・漢詩索引

〇本文中で引用されている和歌、漢詩を現代仮名遣いの五十音順で掲載しています。（　）内は作者。

あ行

か行

さ行

た行

な行

は行

ま行

や行

わ行

人名索引

○本文中に登場する主な人名を五十音順に掲載しています。
○俳号がある人物については、俳号を優先して掲載しています。
○江戸時代の俳人は姓を省略しています。
○太字になっている人名は芭蕉の門人です。

さ行

た行

な行

や行

ら行

わ行

地名索引

○本文中に登場する主な地名・場所を五十音順に掲載しています。
○各掲出句とゆかりが深い、または芭蕉や筆者が訪れている地名・場所を中心に掲載しています。

あ行

か行

さ行

た行

な行

は行

ま行

や行

ら

わ行

文献索引

○本文中に記載のある文献を五十音順で掲載しています。

あ行

か行

さ行

た行

な行

は行

ま行

や行

ら行

わ行

小澤 實俳句索引

○本文中の小澤 實の発句を、現代仮名遣いの五十音順で全て掲載しています。

あ行

か行

さ行

た行

な行

は行

ま行

や行

ら行

わ行

著者略歴

小澤　實（おざわ　みのる）

昭和31年、長野市生まれ。昭和59年、成城大学大学院文学研究科博士課程単位取得退学。15年間の「鷹」編集長を経て、平成12年4月、俳句雑誌「澤」を創刊、主宰。平成10年、第二句集『立像』で第21回俳人協会新人賞受賞。平成18年、第三句集『瞬間』によって、第57回読売文学賞詩歌俳句賞受賞。平成20年、『俳句のはじまる場所』（3冊ともに角川書店）で第22回俳人協会評論賞受賞。句集に『砧』（牧羊社）および『立像』『瞬間』、鑑賞に『名句の所以』（毎日新聞出版）がある。俳人協会常務理事、讀賣新聞・東京新聞などの俳壇選者、角川俳句賞選考委員などを務める。

芭蕉の風景（下）

澤俳句叢書第三十篇

２０２１年10月20日　第1刷発行
２０２２年10月31日　第3刷発行

著者　小澤　實

発行者　江尻　良
発行所　株式会社ウェッジ
〒１０１-００５２
東京都千代田区神田小川町1丁目3番1号
NBF小川町ビル3階
電話０３-５２８０-０５２８
FAX０３-５２１７-２６６１
https://www.wedge.co.jp/
振替　００１６０-２-４１０６３６
装丁　山口信博＋玉井一平＋宮巻麗
イラスト　浅生ハルミン
組版　株式会社リリーフ・システムズ
印刷製本　図書印刷株式会社

ISBN 978-4-86310-243-9 C0092

芭蕉の風景（上）

故郷・伊賀上野から出た芭蕉は江戸で
自らの俳諧を確立。そして『野ざらし紀行』
『笈の小文』『更科紀行』の旅へ。
23歳から45歳までの芭蕉の吟行をなぞり、
芭蕉と同じ土地で句を詠み続けた
俳人・小澤實のライフワーク『芭蕉の風景』。
句集未収録の約200句を収録。

A5判上製
定価（本体3000円＋税）
ISBN978-4-86310-242-2　C0092